W0063435

Rose Marie Gasser Rist

TRUDE

Band I der Bernstein Saga
1908 - 1998

Roman

SHEEMA

Rose Marie Gasser Rist

TRUDE

Band I der Bernstein Saga
1908 - 1998

Roman

Bibliografische Information der Deutschen Bibliothek
Die Deutsche Bibliothek verzeichnet diese Publikation in der Deutschen
Nationalbibliothek; detaillierte Daten sind im Internet über
http://dnb.ddb.de abrufbar.

1. Auflage 2017
Originalausgabe
Copyright © 2017 Sheema Medien Verlag,
Inh.: Cornelia Linder, Hirnsbergerstr. 52, D - 83093 Antwort
Tel.: +49 (0)8053 – 7992952, Fax: +49 (0)8053 – 7992953
http://www.sheema-verlag.de
Copyright © 2017 Rose Marie Gasser Rist

ISBN 978-3-931560-54-6

Coverabbildung: © 2017 Gutsch Verlag (mit freundlicher Genehmigung)
Buchrückseite: © JulietPhotography – Fotolia.com
Foto der Autorin: © 2017 Giulia Nina Gasser
Lektorat: Monika Stolina-Wolf
Umschlaggestaltung: Sheema Medien Verlag, Schmucker-digital,
Gesamtkonzeption: Sheema Medien Verlag, Cornelia Linder
Druck und Buchbindung: FINIDR, s.r.o., Český Těšín

Alle Rechte vorbehalten. Das gesamte Werk ist im Rahmen des Urheberrechts
geschützt. Jegliche von Autorin und Verlag nicht genehmigte Verwertung ist un-
zulässig. Dies gilt auch für die Verbreitung durch Film, Funk, Fernsehen, fotome-
chanische und digitalisierte Wiedergabe, Tonträger jeder Art, elektronische Medi-
en, Internet, sowie auszugsweisen Nachdruck und Übersetzungen. Anfragen für
Genehmigungen im obigen Sinn sind zu richten an den Sheema Verlag unter An-
gabe des gewünschten Materials, des vorgeschlagenen Mediums, gegebenenfalls
der Anzahl der Kopien und des Zweckes, für den das Material gewünscht wird.
Haftungsausschluss: Dieses Buch dient keinem rechtlichen, medizinischen
oder sonstigen berufsorientierten Zweck, sondern ausschließlich Unterhal-
tungs- und Bildungszwecken. Die hier gegebenen Informationen ersetzen
keine fachspezifische Beratung oder Behandlung. Wer rechtlichen, medizinischen oder sonstigen speziellen Rat oder Hilfe sucht, sollte sich an einen
geeigneten Spezialisten wenden. Autorin und Verlag übernehmen keine Haf-
tung für vermeintliche oder tatsächliche Schäden irgendeiner Art, die in Verbindung mit dem Gebrauch oder dem Vertrauen auf irgendwelche in diesem
Buch enthaltenen Informationen auftreten könnten.

Für Matthias – my Valentine
Und unsere Musik

„All the stones in my way
Will be covered with flowers and green"

(Zeilen aus dem Lied *Morning Star* von Matthias Rist)

INHALT

BRISBANE 1980 – 1998

TARTU

1908 – 1929

1908 Karge Kindheit

Das Neugeborene zitterte zwischen den Schenkeln seiner Mutter, seine Nabelschnur pulsierte noch. Seine Haut schimmerte bläulich-rosa unter der Käseschmiere und machte die Verletzlichkeit des jungen Lebens im Kontrast zu dem grellen Rot, auf dem es lag, deutlich. Die Laken, in denen Mutter und Kind gebettet waren, waren von Blut durchtränkt. Als der Säugling seinen ersten Atemzug nahm, hauchte die entkräftete Mutter ihren letzten aus. Trudes Patenonkel war der Tod. Von der ersten Lebensminute an machte er deutlich, dass er nicht von der Seite des Mädchens weichen würde.

Mutter Marthe konnte das ersehnte Mädchen nicht in die Arme nehmen, es nicht mit nährender Wärme in der Welt willkommen heißen. Es war nicht Trudes Schuld, dass die Mutter unter der Geburt verblutete. Vielmehr war es die Erschöpfung, vielleicht sogar eine Erlösung nach einer Dekade Dauerschwangerschaft, die die ergebene Gattin dahinraffte. Seit der Vermählung hatte sie in regelmäßigen Abständen sechs Söhne zur Welt gebracht. Eine Tante, eine Patin, eine ältere Schwester hätte vielleicht Trudes Ankommen sanfter betten können. Eine Frau auf dem Hof hätte vielleicht die folgenden Jahre mit etwas Fürsorge milder gestalten können. Doch es war, wie es war: Das schutzlose Trudekind betrat eine männliche, herbe Wirklichkeit.

Marthes Tod versteinerte Vater Heinrich. Sieben Kinder verloren ihre Mutter und mit einem Schlag auch die Zuwendung ihres Vaters. Mit dem Verlust der Lebensgefährtin und Arbeitskraft schwand Heinrichs Lebensfreude. Sein Gram überlagerte alles. Für die Trauer seiner Söhne, die ihre Mutter ebenso schmerzlich vermissten, und das Vakuum, in das seine Tochter hineingeboren wurde, war er blind. Er flüchtete vor dem Trauerbrand im Herzen und wurde ein missionarischer Kirchgänger.

Trude wuchs in einem Männerhaushalt auf. An Essen und Kleidung mangelte es nie. Vater Heinrich war ein tüchtiger Mann. Er konnte mit dem Käsereibetrieb für die Familie aufkommen und manchmal beschäftigte er Wandergesellen. Den Haushalt organisierte er militärisch diszipliniert und leitete die Kinder zu Reinlichkeit und Disziplin an. Je älter das Mädchen wurde, desto mehr musste es mithelfen. Und als heranwachsende junge Frau fand sie sich für die Männer kochend, putzend und Wäsche versorgend wieder, während die Brüder mehr und mehr einem Erwerb nachgingen.

Es war in Fels gemeißelt, dass Trude als Frau nie einen eigenen Beruf erlernen, geschweige denn einem Studium nachgehen würde. Es war vorausbestimmt, dass ihr Vater Trude, sobald sie alt genug wäre, einem Burschen aus der Täufergemeinde zur Gattin überlassen würde. Sie würde dessen Kinder großziehen, ihm den Haushalt führen und bis ans Lebensende von seiner Gunst und Existenz abhängig sein. Dafür reichten Grundschule und Kirchgang am Sonntag vollends aus.

In der Kirchenbank fand Trude Abwechslung zum grauen Dasein. Wenn die Gemeinde sang und sie mitten im mehrstimmigen Klangbad saß, schloss sie die Augen und war für wenige Augenblicke glücklich. Im Schmelztiegel des Gesangs gab es keine Moral, keine Schuld, keine Last – nur Wohlklang und Verbundenheit. Unterricht und Kirchgang schenkten ihr Bildung und Seelennahrung, wenn auch nicht befriedigende Antworten auf ihre Fragen. Trude taumelte durch ihre Kindheit wie eine Außerirdische. Zu Tisch wurde geschwiegen, aus der Bibel zitiert oder über die Arbeit der jungen Männer gesprochen. Das Wohl des Mädchens stand nie im Mittelpunkt des Interesses. Sie war als kleines Kind ein geduldeter Schatten und als Heranwachsende eine willkommene Dienstmagd.

Sie nahm ihr Schicksal an, verrichtete die aufgetragenen Aufgaben, ohne aufzubegehren, doch in ihrem Kopf stritten widerspenstige Gedanken. Die Schuld an Mutters Tod hatte sie nie angezweifelt. Doch warum konnte sie den Gott, den der Pfarrer lobpreiste, nicht spüren? Innen und Außen standen in ständigem Widerstreit. Sie tat, was von ihr erwartet wurde, während etwas, wofür sie keinen Namen hatte, rebellierte. Trude spürte in ihrem Herzen ein aufblitzendes Feuer, eine Sehnsucht, die, sobald sie versehentlich nach außen entschlüpfte, an der Eiseskälte erstarb. Es mangelte ihr an lieben Worten und Zuwendung, auch wenn sie das nicht ausdrücken konnte. Sie spürte Vaters seelische Not sehr wohl und wollte ihn nicht durch Aufbegehren in Zorn versetzen. Trude war der Männergesellschaft und der baptistischen Gemeinde auf Gedeih und Verderb ausgeliefert. Sie hatte keine Macht, irgendetwas zu ändern.

Die Brüder waren nicht gemein zu Trude. Sie teilten sich die Hänseleien gegenseitig aus, wenn der Vater nicht zugegen war, ließen die kleine Schwester aber in Ruhe. Alle Kinder teilten sich ein Schlaflager in einer Kammer oberhalb der Wohnstube. Um zu ihr zu gelangen, musste man eine schmale Stiege zum Giebelzimmer hochklettern. Trude gelang es erst mit sieben Jahren, die schwere Falltür nach oben aufzudrücken und war auf die Hilfe einer der Brüder angewiesen. Ein schlichter Holzrahmen war auf den groben Riemenboden genagelt und diente als Umrandung für Schlafplätze. Der Ordnung halber, teilten sich die Kinder nach dem Alter das Lager. Der älteste Bruder schlief an der Außenwand der Kammer. Trudes Platz war am anderen Ende neben der Falltür.

Einmal im Jahr nach der Ernte wurde ein Fuder frisches Stroh eingestreut und die Flachstücher wurden ausgewechselt. In den ersten Nächten, wenn die Schlafstatt nach gesundem Getreide roch und die Unterlage wieder dick genug war, um nicht auf den blanken Boden abzusacken, lag eine feierliche Stimmung in der Kammer. Überschwänglich Freude zu zeigen, war keinem der Burschen gegeben. Aber Trude spürte, dass ihre Brüder das aufgefrischte Nachtlager als willkommenen Unterschied schätzten. Im Winter, wenn Eisblumen die Luke bedeckten, rückten die Kinder enger zusammen, um sich gegenseitig zu wärmen.

Das Mädchen lag manchmal lange wach, während ihre Geschwister schon längst selig träumten. Trude lauschte den tiefen Atemzügen, versuchte die Laute den Brüdern zuzuordnen. Manchmal lullte sie diese selbst auferlegte Aufgabe ein, doch oft gelang das Einschlafen nicht auf Anhieb und Trude ging in ihren Gedanken auf Wanderschaft. Es war die einzige Zeit des Tages, die ihr alleine gehörte, in der sie sich eine schöne, heile Welt erschaffen konnte. In den endlosen Nächten erkannte sie bereits als kleines Mädchen, dass einige Gedanken zuträglicher waren als andere. Es tat ihrem Gemüt nicht gut, wenn sie sich die Annahme erlaubte, vom Leben vergessen worden zu sein. Danach fühlte sie sich tagelang niedergeschlagen. Sie spornte sich an, sich schöne Dinge auszudenken. Manchmal faltete sie die Hände und sprach in die Schwärze der Kammer zu dem Gott ihres Vaters.

„Lieber Gott im Himmel. Vater hat mich heute nicht gescholten. Dann ist es ein guter Tag. Kannst du mir bitte helfen, dass er nicht immer so finster dreinschaut? Manchmal stelle ich mir vor, dass er eine neue Frau findet. Alle Männer in der Kirche haben eine Frau. Die sehen glücklicher aus. Ich stelle mir vor, wie er dann in seinen Holzpantoffeln über den Hof zum Stall schlurft und ihr zum Küchenfenster zuwinkt und lächelt. Und wenn Vater lächelt, sind auch die Brüder fröhlicher. Wenn ich daran denke, hüpft mein Herz."

Mit dem Ersten Weltkrieg streiften Turbulenzen den Hof. Heinrich war als Exilschweizer von der Wehrpflicht befreit, stand jedoch in der Pflicht, mit der Käserei zur Versorgung der Bevölkerung und Armee beizutragen. Zwischen 1914 und

1920 war Estland von wechselnden Herrschern besetzt. Die Menschen waren angehalten, die jeweilige Sprache der Machthaber zu sprechen. Trude wuchs mit Berndeutsch und Deutsch auf. Mit der Okkupation des Hofes durch sowjetische Truppen lernte sie Russisch. Bei der Befreiung durch die estnischen Widerstreiter 1920 – mit dem Frieden von Dorpat – wurde Estnisch Alltagssprache. So hatte der Krieg für Trudes persönliche Belange eine positive Begleiterscheinung: Sie lernte schnell und konnte sich flink in den Sprachen ausdrücken.

Über die Kriegsjahre quartierte sich jeweils die Kavallerie der Vorherrscher auf dem Hof ein. Die Pferde und Soldaten brachten Leben aufs Gehöft, ihnen hing aber auch Kampfgeruch an. Die Reiter scharten sich um die Feuer und sangen von Ehre und Heimat. Trude gingen die Gesänge durch Mark und Bein. In ihrer kindlichen Unschuld wusste sie nicht, was auf den Schlachtfeldern passierte. Doch mit den Liedern bekam sie eine Ahnung vom Heldentum, von Heimweh und der nackten Angst vor dem Feind und dem Tod. Trude fürchtete die Soldaten ebenso wie sie deren Kameradschaft und Geselligkeit bestaunte. Diese Männer strotzten vor Lebenslust.

Manchmal schlich Trude nach dem Abendessen hinaus mit dem Vorwand, am Brunnen Wasser zu holen, huschte zu den lärmenden Kameraden, versteckte sich hinter einem Fass oder Wagenrad und lauschte den Erzählungen. Die Soldaten schwärmten von ihrer Heimat, von gewonnenen Schlachten und wilden Liebschaften. Trude nahm die Geschichten mit und wenn sie nachts auf ihrem Lager lag, ließ sie ihrer Fantasie freien Lauf.

„Was gäbe ich darum, ein Mann zu sein! Nicht um des Kriegs-taumels willen, sondern um die Welt zu sehen. Ich würde mir ein Pferd satteln, Proviant in ein Bündel packen, auf und davon Richtung Meer reiten!"

An ihrem dreizehnten Geburtstag schenkte der Vater Trude zu ihrer großen Überraschung ein gebrauchtes Rad. Es fiel ihr leicht, das Fahren zu erlernen. Wenn sie den Sattel tief stellte, konnte sie den Boden im Sitzen mit den Zehenspitzen gerade erreichen. Im Vorjahr war sie in die Höhe geschossen und hatte an ihrem Körper Veränderungen festgestellt. Sie trug ihre blonden langen Haare jetzt immer zu Zöpfen geflochten unter einem Kopftuch. Unter den Armen und zwischen den Beinen sprießten Härchen, wo vorher keine waren, und ihre Brüste hatten kleine Knospen bekommen. Trude beobachtete ihre körperlichen Veränderungen mit Unbehagen. Die Frauen in der Kirche hatten größere oder kleinere Brüste und manchmal wölbte ein Kind den Bauch einer Mutter. Das war mit bloßen Augen zu erkennen. Trude ahnte, dass ihrem Körper das später auch widerfahren werden würde und fragte sich, wie wohl die schwangeren Frauen unter den Kleidern aussahen.

Trude liebte es, mit dem Rad über Feldwege zu brausen oder durch die lichtdurchfluteten Birkenwäldchen zu fliegen. Sie hielt die Lenkstange fest im Griff und reckte ihren Kopf in die Luft. Wenn Trude fest in die Pedale trat, flatterte der Rock im Fahrtwind. Bergab streckte sie übermütig die Beine in die Luft und flog dem Weg vor sich entgegen. Das Mädchen liebte ihre kleinen Fluchten, die ihr ein unermessliches Freiheitsgefühl schenkten. Je größer der Aktionsradius wurde, desto unbeschwerter konnte sie sich außerhalb der Familie bewegen und desto mehr wurde sie sich aber auch der Beklommenheit zu Hause bewusst.

Nach Tartu brauchte sie etwa eine halbe Stunde mit dem Rad. Sie suchte die Stadt bei jeder sich bietenden Gelegenheit auf. Trude liebte das Pulsieren, die selbstbewusste Würde, welche die Universitätsstadt ausstrahlte. Wissen und Schöngeist schwebten über allem. Im Frühling stolzierten die Studenten wichtig durch die Alleen. Sie trugen die Uniform und Schärpe ihrer Verbindung mit Würde. Zu viert, zu fünft versammelten sie sich auf den pittoresken Steinbrücken zum Kolloquium. Die Gassen selber protzten über die herangezüchtete Denkerelite.

Trude mischte sich gerne unauffällig unter das akademische Volk. Einmal wurde sie Zeugin des jährlich stattfindenden Wettsingens. Studentenchöre schritten Lieder singend vom Domberg über Engelsbrücke und Teufelsbrücke zum Kussberg. Eine Jury verlieh der lautesten Verbindung einen Preis, doch einem Mädchen auf dem Kussberg einen Kuss zu entlocken, war den Sängerburschen der größere Ansporn. Trude beobachtete das Balzen der Burschen und Kokettieren der Mädchen mit einer Mischung aus Neugierde und Resignation.

Mit offenem Mund bestaunte Trude die Linde im Stadtpark, als sie zum ersten Mal auf sie stieß. Sie war über und über mit weißen Taschentüchern behangen. Es kostete Trude große Überwindung, doch am Ende war ihre Neugierde stärker und sie fragte einen älteren Passanten, was der Sinn hinter diesem ungewöhnlichen Baumschmuck war.

„Guten Tag, Fräulein. Ach, den Geheimnisbaum meinen Sie! Ich persönlich finde ja, das ist Mumpitz. Aber es gibt ja Leute, die an alles glauben. Man munkelt, dass er Wünsche erfüllt. Man spricht seine Bitte in ein Taschentuch und hängt dieses dann in die Wipfel des Baumes. Je höher es hängt, desto wahrscheinlicher sei es, dass der Wind den Wunsch mitträgt und er in Erfüllung geht. Es gibt Mädchen, die feuern ihre Burschen richtiggehend an, sich so waghalsig und weit hinauf wie möglich zu schwingen für ihren gemeinsamen Ehe- oder Kinderwunsch. Ob es sinnvoll ist, das eigene Leben zu riskieren, wage ich zu bezweifeln. Nun ja, jedem das Seine. Ich wünsche Ihnen einen guten Tag, junges Fräulein!"*, sprach der Mann, zupfte den Kragen seines Anzuges zurecht und ging weiter.

Trude besaß kein Taschentuch. Aber als sie sich unbeobachtet wähnte, stellte sie sich mit dem Rücken an den Stamm der Linde, blickte durch das Blätterdach zum Himmel empor und sprach in die Wipfel: „Lieber Baum, du bist so prächtig und schön. Ist es wahr, dass du Wünsche erfüllst? Darf ich dir mein tiefstes Verlangen anvertrauen, auch wenn ich das Ritual nicht befolgen kann? Ich wünsche mir so sehr, aus meinem Gefängnis zu entkommen. Ich wünsche mir eine Schwester, mit der ich mich unterhalten und spielen kann. Ich wünsche mir, dass mich kein Ehemann ans Haus fesselt und mir anordnet, was ich zu tun habe. Ich wünsche mir, die Welt zu bereisen. Ich möchte lernen und ich möchte frei sein, wie die Vögel in deiner Krone!"

Trude strahlte über das ganze Gesicht wie schon lange nicht

mehr. Sie hatte sich selber zugehört und freute sich ungemein, Worte für ihr Sehnen gefunden zu haben, und über die ungewohnte Leichtigkeit in ihrem Innern. Der Klumpen in der Brust war verschwunden. Überschwänglich umarmte sie den Baumstamm und schaute grinsend weg, als ein Paar vorbeiflanierte und ihr unschickliches Gebaren entdeckte.

Einmal belauschte Trude zwei Studenten, die im Park des Universitätsgeländes auf einer Bank über einen Wiener Neurologen diskutierten. Sie hörte, dass Sigmund Freud auf dem Gebiet der menschlichen Psyche Forschungen betrieb. Die jungen Akademiker ereiferten sich über die neuen philosophischen und psychologischen Erkenntnisse. Dafür bewunderte und beneidete Trude die Studenten. Für sie als Frau war die Tür zu diesem geheimnisvollen Wissen verriegelt. Der Baptistenpriester schalt diese modernen Geisteswissenschaften Gotteslästerung. Hätte der Vater von ihren realen und geistigen Reisen erfahren, hätte er Trude windelweich geprügelt und zum einzig richtigen Pfad, dem absoluten Gehorsam gegenüber Gott, zurück gezüchtigt.

Die junge Frau vermied es tunlichst, ein Wort über die Fluchten zur Universität zu verlieren, und berichtete, wenn der Vater nachfragte, dass sie sich am Ufer der Embach aufhielt, um sich die Zeit zu vertreiben. Dies stimmte an sich auch. Es gab eine Trauerweide an der Uferpromenade, wo sie sich am allerliebsten aufhielt, um ihre Gedanken zu ordnen. An den Stamm gelehnt, behütet von den überhängenden Ästen blickte sie auf den Strom und kam zur Ruhe. Hier vergaß Trude Zeit und

Raum. Hier vergaß sie die unabänderliche Bestimmung. Das sanfte Fließen des Wassers zog sie mit in andere Welten. Ihre Fantasie beförderte sie ins Land der unbegrenzten Möglichkeiten. Sie malte sich ein liebevolles Elternhaus, Schwestern und Reisen in andere Länder aus. In ihrer Vorstellung studierte sie an der Universität und wurde selber Professorin. In ihren Gedanken war alles erlaubt. In ihren Gedanken war alles möglich.

Im Sommer vor Trudes vierzehnten Geburtstag ging Trudes erster Wunsch in Erfüllung. Lena trat in ihr Leben. Es war ein milder Samstagabend im Juni. Trude hatte nach Erfüllung der Pflichten ihr Rad genommen und war nach Tartu gefahren. An ihrem Lieblingsplatz spielte sie mit Kieseln. Sie versuchte auf dem Wasser treibende Blätter oder Hölzchen zu treffen. Diese Woche war Vater schlecht gelaunt gewesen und hatte seinen Missmut über die karge Heuernte wie gewohnt an ihr ausgelassen. Es tat Trude wohl, mit den Steinen die Anspannung zu entladen. Noch lieber hätte sie ihre ungeordneten Gedanken auf einem Stück Papier aufgeräumt. Sie hatte gesehen, dass die Studenten ständig Notizbüchlein und Stifte mit sich trugen, um eine Beobachtung festzuhalten. Doch für solchen Firlefanz hatte der Vater kein Gehör. Schiefertafel und Kreide genügten für den Schulbedarf.

Als sich Trude für einen kurzen Augenblick aus ihrem Grübeln herausriss und den Kopf hob, sah sie ein Mädchen in ihrem Alter in ein Buch vertieft auf sie zu gehen. Am zielstrebigen Schritt erkannte Trude, dass es ihren Platz anpeilte. Die Unbekannte war jedoch so in die Seiten vertieft, dass sie beinahe über die Wurzeln der Weide stolperte und womöglich sogar ins Wasser gefallen wäre. Trude rief ihr zu, achtzugeben. Der Backfisch blickte Trude verblüfft an, so als hätte sie nicht erwartet, jemanden unter ihrem Baum vorzufinden. Sie hielt ihr offenes Buch vor der Brust und schaute sich suchend nach einem anderen Ort um. Sie machte bereits auf dem Absatz kehrt, als Trude aus einer spontanen Eingebung herausplatzte: *„Ist das dein Platz? Ich bin Trude."*

Trude war Gesellschaft willkommen, das Mädchen sah sympathisch aus und sie war neugierig, worin das Mädchen vertieft war. *„Hallo. Ich heiße Lena. Ja, das ist mein Lieblingsplatz in der Stadt. Ich komme hierher, um zu lesen"*, antwortete das Mädchen mit einem verlegenen Lächeln.

Trude lud Lena mit einer ausladenden Handbewegung ein, neben ihr Platz zu nehmen und den Baumstamm mit ihr zu teilen. Er wäre ja breit genug für ihre hageren Rücken. Darüber mussten beide lachen. Lena und Trude verstanden sich auf Anhieb. Lena verriet, dass sie an diesem Ort heimlich lesen würde, weil es zu Hause nicht gerne gesehen war. Ihr Vater wäre zwar Geschichtsgelehrter an der Universität, er untersagte aber Lena, anderes zu lernen als den Stoff, den die Mädchenschule vorgab. Seine Gunst und sein ganzer Stolz galt ihrem älteren Bruder Karel. Karel liebte seine kleinere Schwester und erkannte ihren Wissensdurst. Er war ihr Verbündeter und er gab ihr heimlich seine Bücher zu lesen.

Lena und Trude entdeckten schnell einen Berührungspunkt. Beide waren neugierig und lebenshungrig. Beide erduldeten das Schicksal, als intelligente Frauen in einer patriarchalischen Gesellschaft geboren zu sein. Sie verfluchten die Ungerechtigkeit, als Mädchen keinen Zugang zu einer höheren Bildung zu haben. Ihre Perspektiven als Frauen waren voraussehbar. Sie waren auf Gedeih und Verderb einem zukünftigen Mann ausgeliefert. Jegliche selbstbestimmte und von einem Mann unabhängige Lebensausrichtung lag jenseits der Konventionen. Die Notwendigkeit, sich der Gesellschaft unterzuordnen, ließ sie jede auf ihre Art Strategien entwickeln, heimlich Zugang zum verschlossenen Himmel zu finden.

Abgesehen von ihrem Wissensdurst unterschieden sich die beiden Mädchen durchaus. Ihre Herkunft war am Äußeren unverkennbar abzulesen. Trude war als Bauernmädchen in schlichten erdfarbenen Leinenstoffen gekleidet. Sie war meist barfuß oder trug die geflickten, abgetragenen Stiefel der Brüder auf. Ihr war die Aufmachung nicht wichtig oder sie hatte es nie gelernt, sich um ihr Äußeres zu kümmern. Das blonde widerspenstige Haar trug Trude zu Zöpfen gebunden oder bändigte es unter einem Stofftuch.

Lena hingegen war stets elegant und adrett gekleidet. Ihre Kleidung war farblich auf die Jahreszeit perfekt abgestimmt. Das braune, schulterlange Haar trug sie gepflegt mal mit Seitenscheitel, mal mit Schleifen oder zu einer Frisur geflochten. Mit den Accessoires (Hut, Taschentuch, Schmuck) wirkte Lenas Erscheinung wie aus einem Guss. Man konnte die Handschrift einer geschmackvollen Komponistin im Hintergrund erkennen: einer Mutter, welche die Tochter nie ohne strengen

Kontrollblick das Haus verlassen ließ. Trude mochte am liebsten Lenas feuerrote Baskenmütze. An ihr konnte sie ihre neue Freundin schon von Weitem erkennen.

Trude war dankbar, dass Lena sie nicht nach ihrem Äußeren bewertete, es schien sie auch nie zu stören. Das Mädchen kam zweifellos aus gutem Haus. Doch das gemeinsame Los, als Frau kein frei bestimmtes Leben führen zu können, schweißte die beiden trotz der großen Unterschiede ihrer Herkunft zusammen. Trude hatte es geschafft, obwohl sie nur über eine spartanische Schulbildung verfügte, sich ein ansehnliches Allgemeinwissen und Schlagfertigkeit anzueignen. Dank ihrer schnellen Auffassungsgabe schnappte sie jegliche Information auf und speicherte diese zuverlässig ab. Sie konnte Lena das Wasser reichen. Diese bemerkte einmal: *„Trude, du hast ein Gedächtnis wie ein Elefant!"*

Sie trafen sich immer samstags am Fluss möglichst unter der Trauerweide, wenn es regnete unter der Flussbrücke. Trude freute sich die ganze Woche auf den spannenden und inspirierenden Austausch mit ihrer Freundin und ließ sich von keiner Witterung abhalten. Sie lasen sich gegenseitig aus den verbotenen Büchern vor. Als sich im September die kühle Jahreszeit ankündete, war es Karel, der ihnen eine Lösung anbot. Er wusste auf dem Unigelände von dem ausgedienten Schuppen neben der Sternwarte. Kommilitonen verschanzten sich dort, um heimlich zu rauchten oder Mädchen zu treffen. Lena schleppte Wolldecken und eine Funzel aus dem Gartenhaus sowie eine Blechdose mit Keksen an.

Für die beiden Mädchen war es der Höhepunkt der Woche, eingemummt in den Decken im fahlen Schein der Lampe eng aneinandergeschmiegt in den Büchern zu schmökern. Lena rückte an einem Samstag mit einer Pappschachtel an. Darin zauberte sie einen Spiegel, eine Haarbürste und Schleifen hervor. Sie zeigte Trude Kniffe, wie sie ihr Haar schöner frisieren konnte. Zu Trudes Verblüffung kamen aus dem Karton zwei Kleider zum Vorschein, die Lena hinterrücks trotz der wachen Mutteraugen wegschmuggeln konnte und Trude schenkte.

Die zwei, drei Stunden verflogen immer viel zu schnell und es wurde den beiden Freundinnen nie langweilig. Das kühne Geheimnis stärkte Trude von innen und trug sie durch die mühselige Arbeitswoche.

Einmal lud Lena ihre Freundin in ein Studentencafé zu einer warmen Schokolade ein. Für Trude, die noch kaum Zucker und Schleckwaren gekostet hatte, war dieses süße Getränk eine Initiation. Sie löffelte das Getränk in ihren Mund, ließ die braune, schwere Flüssigkeit und die geschlagene Sahne auf der Zunge schmelzen und beherrschte sich, Lena nicht mit unanständigen Wohllauten in Verlegenheit zu führen. Trude kicherte stattdessen zu ihrer Freundin: *„Das ist so unglaublich köstlich! Ich wette, ein Kuss schmeckt nicht so gut!"*

Der Herbst brachte eisige Winde nach Estland. Mit den Stürmen bahnte sich eine unheilvolle Wende an. Bis weit über den

Spätsommer hinaus gelangen die Ausflüge nach Tartu, ohne Aufmerksamkeit zu erregen. Es war leicht, einfach zu verschwinden, weil Vater Trudes An- oder Abwesenheit in der Betriebsamkeit des Hofes nicht aufzufallen schien. Doch das Mädchen wog sich in falscher Sicherheit. Denn einmal stellte Vater seine Tochter unerwartet zur Rede. Verraten haben sie bestimmt nicht Lenas Kleider. Diese trug sie nie zu Hause. In einem Waldstück auf dem Weg nach Tartu tauschte sie jeweils die bescheidenden Röcke gegen die feinen Stoffe aus. Sie hütete die geschenkten Kleider wie einen Schatz und bunkerte sie unter einer losen Bodendiele im Heustock.

Häufigkeit und Regelmäßigkeit der Ausflüge hatten Vater stutzig gemacht. Es hatte bereits eingedunkelt, als er sie am Brunnen im Hof abpasste. Trude bog pfeifend um die Stallecke in den Hof, bremste erschrocken ab, sprang vom Rad und schritt geknickt ihrem finster dreinblickenden Vater entgegen. Er knurrte: *„Trude, du hast dich verändert. Du kommst jetzt in das gefährliche Alter. Ich lasse es nicht mehr zu, dass du mit dem Rad ein bisschen in der Gegend herumfährst! Ich werde dich mit Argusaugen beobachten, Trude!"*

Mehr sagte er nicht und wartete auch nicht auf Trudes Antwort. Als sie Luft holte, um ihm etwas zu entgegnen, hatte er sich bereits abgewandt und schlurfte zum Haus. Er ging den Kopf nach vorn gebeugt, ein Buckel zeichnete sich deutlich unter dem dunkelbraunen Kittel ab. Trude sah ihm konsterniert nach, während sie Atemluft durch den offenen Mund ausstieß und mit den Tränen kämpfte. Der Vater hatte es nicht ausgesprochen, aber Trude war sich sicher, dass er überzeugt war, dass sie sich heimlich mit einem Jungen traf. Trude unterdrückte ihre Verzweiflung und folgte ihrem Vater ins Haus. Den Abenddienst verrichtete sie wie immer stoisch und schweigsam. Sie kochte, deckte den Tisch und widmete sich dem Abwasch, während ihre Brüder und der Vater sich im Wohnzimmer um den Holzofen versammelten und sich einer Beschäftigung widmeten. Der Vater las laut aus der Bibel, zwei Brüder schnitzten an ihren Figuren, die jüngeren spielten Schach oder Karten. Trude kniete auf dem Küchenboden und war im Begriff, mit der Bürste die Planken zu schrubben, als sie ihren Namen vernahm. Sie horchte auf, unterbrach ihre Arbeit und lauschte, wie sich Vater und der Älteste über Trudes Zukunft und die künftige Haushaltsführung auf dem Hof berieten. Es war beschlossene Sache, dass der älteste Bruder im Frühjahr seine Braut heiraten und den Hof übernehmen würde. Trude würde dann unter die Obhut der neuen Hausherrin kommen.

„Ich werde dafür sorgen, dass Trude rechtzeitig unter die Haube kommt. Ich möchte nicht, dass sie uns Schande über den Hof bringt! Auf dem Birkenhof gibt es einen Burschen in Trudes Alter. Ich werde morgen in der Kirche seinen Eltern auf den Zahn fühlen, welche Pläne sie mit ihrem Stammeshalter haben", hörte Trude ihren Vater noch anmerken. Sie tauchte die Scheuerbürste in den Wassereimer und schmetterte sie wütend auf den Boden, dass es in alle Richtungen spritzte.

Später wälzte sich Trude auf ihrem Lager. Sie hatte eine Bettstatt in der Vorratskammer neben der Küche erhalten, als sie vor einem Jahr darum gebeten hatte, nicht mehr mit ihren Brüdern im selben Raum zu nächtigen. Die Kammer war winzig, kalt und finster. Für die Kartoffeln, Getreidesäcke und Schmalztiegel ideal, für ein Schlafzimmer wenig behaglich. Doch sie schlief lieber hier alleine, im behelfsmäßig gezimmerten Nachtlager, als im Schlag mit den sechs Brüdern, die nachts schnarchten und ihren körperlichen Bedürfnissen freien Lauf ließen.

Trude lag lange wach und starrte in die Schwärze. Es musste dringend ein sattelfestes Alibi her! Sie bangte um die kostbare Freundschaft mit Lena. Auf dem Hof konnte sich Trude niemandem anvertrauen. Sie musste eine Lüge erfinden, damit sie sich weiterhin mit Lena treffen konnte. Je länger sie sich wand und Auswege suchte, desto größer wurde ihr Zorn auf die Gefangenschaft, auf die männlichen Wächter und deren obersten Befehlshaber: auf Gott!

Trudes Wut loderte auch am nächsten Morgen weiter. Des Predigers Worte gossen ihr Öl in Zornesfeuer. Nach dem Kirchgang, als der Vater den Gaul vor den Wagen spannte und die Brüder noch mit den anderen der Gemeinde einen Schwatz hielten, büxte sie aus. Kopflos hastete sie in das Waldstück davon, das in der entgegengesetzten Richtung ihres Hofes lag. Sie rannte, bis ihre Lungen brannten, das Herz bis zum Hals hämmerte und die Füße sie nicht mehr trugen.

Sie hielt inne, um nach Atem zu ringen. Danach schritt sie weiter immer mehr in das Holz hinein, ziellos, aber wild entschlossen, Brüder und Vater abzuhängen, falls die ihre Verfolgung aufgenommen haben sollten. Was Trude jedoch bezweifelte. Der feuchte Waldboden war glitschig unter ihren Füßen. Plötzlich ballten sich ihre Fäuste und ihre Augen suchten in den Wipfeln nach einem Adressaten für ihre kochende Wut.

Sollte sich der Allmächtige dort oben verstecken? Sie hatte wenig Erfahrung mit ihm, hatte auf ihre Gebete keine Antwort erhalten. Sie stand nicht in seiner Gunst. Er war in Trudes Augen ein Gott der Männer, der die Frauen nicht liebte. Sollte sich der Schöpfer hier in der Natur verbergen, war es Zeit, Tacheles mit ihm zu reden.

„Du da oben, zeig Dich, wenn es Dich wirklich gibt! Du ungerechter, launischer Geselle! Einen Deut scherst Du Dich um meine Mädchenseele! Wo bleibt Deine Menschenliebe? Gib mir ein Zeichen, was ich tun soll, um Lenas Freundschaft zu behalten! Oder erschlage mich auf der Stelle mit einem Blitz, wenn ich Dir so wenig wert bin!"

Dem Zornesausbruch folgten Tränen. Der über Jahre zurückgehaltene Kummer bahnte sich mit der brachialen Kraft der Wut seinen Weg. Hemmungslos weinend sackte die junge Frau auf den herbstnassen Waldboden. Die jahrelange Selbstbeherrschung fiel in sich zusammen wie die Hülle eines entleerten Getreidesackes. Trude drehte sich auf den Rücken. Sie wand und krümmte sich, immer wieder erfassten sie Tränenwellen und ihre Hände krampften im modrigen Laub nach Halt. Irgendwann, leer geweint, übermannte Trude die Erschöpfung und sie schlief ein.

Es war eine Bäuerin, die das regungslose Mädchen fand. Die junge Frau suchte Pilze, um das bescheidene Abendbrot für sich und ihre Mädchenschar aufzuwerten. Der Anblick des regungslosen Körpers erschreckte die Bäuerin zutiefst. Sie wappnete sich für das Schlimmste und stürzte herbei. Die Lippen des Mädchens, das blass und klamm dalag, waren blau wie Pflaumen. *„Mädchen, nun steh doch auf, du holst dir den Tod in dieser Kälte!"*

Ihre Stimme überschlug sich, als sie am leblosen Körper rüttelte und mit der flachen Hand sachte die Wangen abklopfte. Die Frau war erleichtert, als Trude endlich die Augen aufschlug. Trude ließ sich von der fremden Frau aufrichten und hing schlaff in ihren Armen. Langsam kehrte Farbe in das Gesicht des Mädchens zurück. Als die Unbekannte ihr half, auf die Füße zu kommen, sackten ihre Beine ein. Als sie sich selber aufrecht halten konnte, ließ sich Trude noch ganz benommen von der Frau an der Hand mitschleifen. Nach einem kurzen Fußmarsch erreichten sie einen Hof auf einer Waldlichtung.

Die Unbekannte führte Trude in ihr Haus. Mitten in der Küche prangte ein stolzer Ofen, aus dem die Geräusche von knisterndem Holz und flackernden Flammen drangen. Die immer noch matte Trude ließ es geschehen, dass sie auf dem Schemel davor platziert wurde. Sie wehrte sich auch nicht, als ihr die Fremde die feuchten Kleider vom Leib schälte und sie nackt in Wolldecken hüllte. Während der ganzen Zeit sprachen weder Trude noch die Frau. Trude war verwirrt und hätte kein vernünftiges Wort zustande gebracht. Ihr war jedoch nicht unwohl. Seltsamerweise fühlte sie sich hüllenlos vor dieser Frau geborgener als in ihrer gewohnten Umgebung.

Die wiederkehrende Wärme stach wie Nadeln unter der Haut. Doch dies brachte Leben zurück in ihren Körper. Trude konnte langsam wieder klare Gedanken fassen und begann ihre Umgebung wahrzunehmen. Vier Mädchen zwischen sechs und zwölf saßen um einen kargen Holztisch, unterbrachen immer wieder ihr Handwerk und betrachteten den Gast mit neugierigen Augen. Alle hielten ein Flick- oder Flechtzeug im Schoß. Ihre Mutter wirbelte inzwischen in der Küche herum und bereitete eine Mahlzeit zu. Mit dem ältesten Mädchen hatte sie eine Zeitlang in derselben Schulstube gesessen. Jetzt erkannte Trude, wo sie untergekommen war: bei Olga.

Olga war eine Witfrau aus dem Nachbarsdorf. Trude kannte sie vom Hörensagen. Ihrer Leistung, die vier Töchter alleine großzuziehen und einen Hof zu bewirtschaften, nachdem ihr Mann an der Front gefallen war, trug man respektvolle Anerkennung entgegen. Doch ihre Weigerung, am Sonntag zur Kirche zu gehen, wurde missbilligt. Olga war Anfang dreißig und trug ihre blonden Haare stets zu einem Zopfkranz hochgesteckt, was ihre klaren grünen, Augen zum Leuchten brachte. Die harte Arbeit in Haus und Hof hat ihrem gut gebauten, mittelgroßen Körper nichts anhaben können. Olga war eine klassische, strahlende Schönheit. Manche Buhler hatte sie versetzt. Kein Mann hatte es geschafft, den Platz ihres Liebsten neu zu besetzen. Dies brachte ihr den Ruf einer Unbeugsamen ein. Manche munkelten gar, sie sei eine Hexe mit ihrer Brut. Aber da sich Olga nicht unter das Volk mischte, sich nichts zuschulden kommen ließ, konnte man ihr auch nichts anhaben.

Olga war das Zeichen.

Es war der Holzherd und es war Olga, die so viel Herzenswärme abstrahlten, dass Trude rasch zu Kräften kam. Es waren die kichernden, herzlichen Mädchen, die eine Leichtigkeit im Raum versprühten, die Trude betörte. Olgas Heim war so unbeschwert anders. Was hätte Trude darum gegeben, in so einem besonnten Umfeld zu leben.

Doch als ihre Kleider trocken waren und die Suppe sie gestärkt hatte, drängte es sie, heimzukehren. Sie sah ihren Vater mit einem Riemen in der Tür stehen. Es wäre nicht das erste Mal, dass er sie mit dem Leder züchtigte. Vor dem Schmerz hatte Trude Angst. Aber mehr noch fürchtete sie Vaters Moralpredigt. Er verstand es meisterhaft, die junge Frau vor ihren Brüdern zu demütigen.

Olga kannte die Zustände in der Käserei und erahnte die innere Not der jungen Frau. Sie bot sich an, Trude nach Hause zu begleiten. Es dämmerte, als sie mit dem Einspänner im Elternhof einfuhren. Der Vater unterbrach seine Arbeit, rammte das Beil in den Holzstumpf und verzog seine Augen zu Schlitzen, als er die Bäuerin und seine Tochter neben ihr sitzend erkannte.

Während Olga das Pferd anband, sprang Trude vom Kutscherbock. Heinrich eilte herbei, fasste seine Tochter am Oberarm und holte aus, um eine Tirade über seine Tochter zu ergießen. Trude hob ihre Hände zum Schutz vor das Gesicht. Olga trat dazwischen und überraschte sowohl Vater als auch Tochter mit ihrer Unerschrockenheit. Klug, wie Olga war, hatte sie sich auf dem Wege eine Erklärung ausgedacht und trat mutig vor Trudes Vater. Sie schnitt ihm das Wort ab und sagte ihm ins Gesicht: *„Ich habe Trude auf dem Waldboden aufgelesen. Deine Tochter hat ihre Frauentage und viel Blut verloren. Es ist offensichtlich, dass sie zu wenig Speck auf den Rippen hat. Ich vermute, sie hat Anämie und hat wohl deswegen das Bewusstsein verloren. Du als Vater solltest darum besorgt sein, was eine junge Frau in ihrem Alter braucht!"*

Trude bewunderte die Dreistigkeit ihrer Retterin. Tatsächlich hatte sie in diesem Sommer Blutungen bekommen und wusste nicht genau, was ihr jeden Monat geschah. Sie stopfte sich Lumpen zwischen die Beine, bis der rote Ausfluss nach drei Tagen wieder verklang. Sie hütete sich, ein einziges Wort darüber zu verlieren. Sogar Lena gegenüber schämte sie sich. Die Blutung war vor Olgas Augen beim Kleiderwechsel nicht verborgen geblieben. Doch statt unangenehme Fragen zu stellen, hatte die Mutter der Mädchen für das Blut an den Unterkleidern offensichtlich eine plausible Erklärung parat. Im Disput zwischen Olga und ihrem Vater davon zu erfahren, berührte Trude peinlich und machte ihr noch deutlicher, wie einsam sie auf diesem Männerhof war.

Es folgte ein heftiger Wortwechsel zwischen Vater und Olga, welche die Freiheit besaß, alles anzusprechen, was für die Klärung nötig war, weil Vater keine Macht über sie hatte. Es drohten ihr keine unangenehmen Konsequenzen. Olga setzte sich vehement für Trude und ihre existenziellen Bedürfnisse ein wie noch nie ein Mensch zuvor in ihrem Leben. Wie schmerzlich wurde ihr in diesem Augenblick die fehlende Mutter bewusst – die starke weibliche Instanz im Rücken einer Tochter. So gelang es Olga an diesem für Trude schicksalhaften Tag, Vater zu überzeugen, dass das Mädchen eine weibliche Ziehmutter bräuchte, um sie zu einer rechtschaffenen Frau zu erziehen. Sie selber könnte mit ihren vier Kindern eine helfende Hand dringend brauchen und würde diese Aufgabe gerne übernehmen. Heinrich und Olga kamen überein, dass Trude fortan zwei-, dreimal die Woche und immer samstags, wenn auf dem Käsereibetrieb die Hilfe des Mädchen abdingbar war, auf Olgas Hof anpacken sollte.

Bis zum nächsten Samstag blieben Trude ein paar Tage Zeit, Olgas Vertrauen zu gewinnen. Trude weihte sie in ihre geheimen Treffen mit Lena ein und bat sie, ihr das Beisammensein mit ihrer Freundin zu ermöglichen. Olga erbat sich als Bedingung für das Alibi, Bücher mitzubringen und ihr daraus vorzulesen. Trude erschauderte. Olga war Analphabetin. Sie teilte das Schicksal mit vielen Frauen ihrer Generation, denen der Zugang zur Schulbildung noch rigoroser verschlossen und denen das Erlernen von Lesen und Schreiben versagt geblieben war. Diese Tatsache machte Olga zu Trudes und Lenas Komplizin.

Trude konnte es jeweils kaum erwarten, in Olgas Haus, in dem es fröhlich zu- und herging, zu entschwinden. Den Weg zwischen der Käserei und dem Birkenhof legte Trude auf dem Rad zurück. Jedes Mal, wenn sie über den Waldweg holperte, erinnerte sie sich an den Glückstag, an dem Olga sie gefunden hatte. Trude bewunderte Olga.

Mit ihren zweiunddreißig Jahren war sie eigentlich viel zu jung für eine Witwe. Sie hatte sich biegsam und geschmeidig wie Bambus ihrem Schicksal ergeben, sich aber nie brechen lassen. Olga war eine Kämpferin, eine Überlebenskämpferin. Und Olga hatte ein großes Herz. Sie schien eine natürliche Gabe zu besitzen, trotz aller widrigen Umstände, trotz ihrem resoluten Überlebenskampf, sich eine versöhnliche Haltung bewahren zu können. Sie begegnete ihren Mädchen und Trude stets mild und voller Güte. Trude staunte dann und wann: *„Was oder wer hatte Olga zum Pilzesammeln in den Wald geschickt? Hast Du da oben meinen Hilfeschrei erhört? Ich gebe Dir noch einmal eine Chance, Gott!"*

Es kam, dass Trude gar bei Olga übernachtete und von dort zur Schule ging. Heinrich, der zu Beginn jeden Schritt seiner Tochter mit Argwohn beobachtete, schien sich allmählich daran zu gewöhnen und sich sogar mit den neuen Umständen anzufreunden. Ihm war die Erziehung von jungen Männern geläufig geworden, doch er fühlte sich unbeholfen und unbehaglich, seine Heranwachsende schadlos und keusch für einen zukünftigen Bräutigam durch die Pubertät zu schleusen. Auch wenn er das nie zugegeben hätte, kam ihm Olga insgeheim gelegen. Deshalb ließ ihr Heinrich freie Hand.

Trudes vierzehnter Geburtstag im Oktober 1922 wurde zum schönsten ihres bisherigen Lebens. Olgas Mädchen führten das Geburtstagskind mit verbundenen Augen in die mit Girlanden dekorierte Wohnküche. Sie flochten Trudes Haar und schmückten es mit einem Blumenkranz, dazu sangen sie Lieder. Olga buk ihr einen Geburtstagskuchen, den ersten in ihrem Leben, einen Mohnstollen. Dazu gab es warme Schokolade. Olga hatte aus den Gesprächen herausgehört, dass sich Trude schon immer ein Tagebuch gewünscht hatte, und überraschte sie mit einer schwarzen Kladde und einem Bleistift. Trude war gerührt und konnte ihr Glück kaum fassen.

Später stieß Lena zu der Frauenrunde. Endlich lernten sich Olga und Lena kennen. Lena überreichte ihrer Freundin ihr Geschenk in ein schwarzes Seidentuch gewickelt. Trude tastete durch den Stoff die Konturen eines Buches ab. Es kam eine Ausgabe von *Der Glöckner von Notre Dame* von Victor Hugo zutage. Der Einband war schon etwas speckig und Trude schloss daraus, dass das Buch aus zweiter Hand war. Dies schmälerte ihre Begeisterung jedoch in keiner Weise. Es war gut möglich, dass Lena es gestohlen hatte, war es doch auch für sie nur unter großer Heimlichtuerei möglich, an Literatur zu kommen. Sie fragte ihre Freundin nie, woher sie „den Glöckner" hatte.

Übermütig schob Trude den rechten Daumen zwischen zwei Seiten, schlug das Buch auf und las laut: *„Die Esmeralda war nach Gringoires Urteil ein unschädliches und liebliches Geschöpf; hübsch, und zwar hübsch trotz eines Schmolllippchens, das ihr eigen war; ein harmloses und leidenschaftliches Mädchen, das nichts wusste und für alles sich schwärmerisch begeisterte; dem der Unterschied zwischen einer Frau und einem Manne noch nicht bekannt war, dem dieser Unterschied auch selbst im Traum nicht zum Bewusstsein gedrungen war*

– das gebaut und geschaffen war wie ein Traum, das vernarrt war vor allem in Tanz, in Geräusch und Getöse, in frische, freie Luft, eine Art Mittelding zwischen Weib und Biene, das an den Füßen unsichtbare Beine hatte und in einem kreisenden Wirbel lebte."

Trude lachte laut auf. Der Text passte und klang wie ein Weckruf. Sie war doch auch so ein Mittelding zwischen Kind und Frau. Tanz, Geräusch und Getöse! In Trude geriet eine Saite in Schwingung. Sie beschloss an ihrem Geburtstag, wie Esmeralda zu werden: frei und ungebunden, leicht und leidenschaftlich. Ihr Geburtstag sollte das gute Vorzeichen eines neuen Lebensabschnittes werden.

Sie saß zusammen mit den zwei Menschen, die ihr das Leben plötzlich so reich gemacht hatten, am gedeckten Tisch. So etwas Schönes hatte Trude bisher noch nie erlebt. Sie fühlte sich mit einem Mal zugehörig, geliebt und willkommen, sie hätte platzen können vor Glück. Unvorbereitet war es in ihr Leben gekommen. Plötzlich begann Trude wie ein Derwisch um den Tisch herumzutanzen. Sie drehte sich mit ausgebreiteten Armen um ihre eigene Achse, bis sie umfiel und sich mit einem irren Lachen auf den Dielen wälzte. Lena und Olga stürzten sich spaßend auf das Geburtstagskind, kitzelten es. Die Frauen balgten sich wie Welpen auf dem blanken Boden der Bauernküche.

Lange trug Trude das Bild von Esmeralda mit sich herum. Die Tänzerin von Victor Hugos wurde ihr eine Schwester im Geist. Wie Trude, war auch die Zigeunerin früh ihrer Mutter entrissen worden. Das Buch fand Worte für ihre ungestillte Sehnsucht nach der mütterlichen Geborgenheit. Trude träumte davon, so leichtfüssig zu tanzen und so schön zu sein wie Esmeralda. Es war keine Sache, Olgas Einverständnis zu bekommen, als Trude sie darum bat, dem Folkloreverein *Livonia* beizutreten. Lena hatte von der fröhlichen Tanzgruppe geschwärmt, die sie besuchte, um aus ihrem goldenen Käfig auszubrechen, und Trude, die stets das Bild von Esmeralda in sich trug, ließ sich nicht zweimal bitten.

Längst hatte Trude sich der Autorität des Vaters entzogen. Am Abend des letzten Schultages band sie ihr kleines Bündel um, schwang sich auf ihr Fahrrad und zog im Birkenhof ein. Olga und die Mädchen rückten zusammen und teilten fortan ihre Schlafkammer mit Trude, die für die Kinder wie eine große Schwester wurde.

Es muss im Hochsommer gewesen sein, denn es war noch taghell und die Erde strahlte spätabends noch Wärme ab, als Trude von ihrem ersten Tanzen am Samstagabend nach Hause radelte, ihr Fahrrad im Schuppen verstaute und zu Olga eilte. Die Älteste saß am Boden und lockte die Katze mit einem Halm aus ihrem Versteck, während die anderen Himmel und Hölle auf dem Gehweg spielten. Trude trippelte und tänzelte vor Olga auf und ab, die auf der Bank an die Hauswand gelehnt dem Abendfrieden frönte, und schwärmte: *„Es war*

großartig! Ich bin so glücklich Olga! Wenn du die Musik hörst,
fangen die Beine wie von selbst an zu zucken. Die Kapelle be-
steht aus Bassgeige, Rahmentrommel, Geige und einer Laute.
Der Gesang geht unter die Haut. Die Tanztruppe besteht aus
etwa dreißig jungen Männern und Frauen. Sie waren alle sehr
freundlich zu mir. Ich bin ja eine der Jüngsten. Lenas Bruder
Karel war mein Tanzpartner. Er hat nur gelacht, wenn ich ihm
aus Versehen auf die Füße gestiegen bin. Ich habe die Schritte
aber schnell erlernt. Karel hat mich am Schluss ganz eng an
sich geschlungen und mich herumgewirbelt. Was haben wir
gekichert. Wenn ich mich mit den anderen im Kreis drehe,
habe ich das Gefühl zu fliegen. Die Trachtengruppe hält die
livische Tradition aufrecht. Das erfüllt mich mit Würde und
Stolz. Ich habe das erste Mal das Gefühl, zugehörig zu sein
und Wurzeln zu spüren."

Olga folgte der Begeisterung der jungen Frau schmunzelnd.
Trude umarmte Olga überschwänglich und setzte sich zu ihr
auf die Bank. Olga erzählte von den Liven, was ihr die Eltern
weitergegeben hatten. Trude ergänzte Olgas Ausführungen mit
ihrem neu erworbenen Wissen über die baltische Kultur. Neugierig kamen die Mädchen näher und hockten sich auf den Boden zu Olgas und Trudes Füßen und lauschten den alten My-
then. Als die Nacht hereinbrach, war die Kleinste, Malena, mit
dem Kopf im Schoß der ältesten Schwester eingeschlafen.

Die Trachtengruppe wurde Ende des 19. Jahrhunderts gegründet, um die baltisch-livische Kultur zu pflegen. Trotz ethni-
scher Zusammengehörigkeit hatte das Volk der Liven keinen

eigenen Staat. Ihre Heimat lag im Baltikum zwischen dem Peipus See und der Bucht von Riga. Durch alle Jahrhunderte wurden die Ländereien immer wieder neu verteilt. Wie bei einem Spiel zockten die jeweiligen Machthaber aus Polen, Dänemark, Schweden, Deutschland, Finnland oder Russland beliebig um die Siedlungen. Das Volk arrangierte sich jeweils mit den Herrschern im Wissen, dass sie eines Tages sowieso wieder den Platz räumen würden.

Das einfache Bauernvolk war vielmehr darauf bedacht, den in ihren Augen wahren Mächten Tribut zu zollen. Eisige Winter, kurze intensive Sonnenmonate, karge Böden und ein launisches Meer lehrten die Menschen seit Anbeginn, sich mit den Naturgesetzen zu verbünden, statt sie zu bezwingen. Daraus entwickelte sich eine tiefe Verwurzelung in einem uralten Erdenbewusstsein. Die Liven haben sich politisch nicht formiert und nie mit der Faust gegen die Obrigkeiten aufbegehrt. Wohl deshalb ist diese Völkergruppe fast in Vergessenheit geraten.

Die Wurzeln der Liven reichen weit zurück in das Jahrtausend vor der christlichen Zeitrechnung, als die Menschen noch an die Natur und ihre Götter glaubten. Vermutlich hat sich die livische Naturreligion parallel zur keltischen langsam durch die Jahrhunderte entwickelt. Sie hatte einst eine Blütezeit erlebt und sollte dann mit dem Kreuzrittertum ausgerottet werden. Dieses düstere Kapitel der Kirche ist bekannt. Doch sind die Traditionen von Generation zu Generation im Geheimen weitergereicht worden. Ausgestorben sind sie nie ganz. Und als Ende des 19. Jahrhunderts die Gefahr der Inquisition gebannt

war, war es möglich, die alten Gebräuche unter dem Deck-
mantel der Folklore wieder öffentlich auszuleben.

Trude lernte im Folkloreensemble nicht nur die Bräuche und
die Tänze der Liven, sondern auch das Nähen und Besticken
der Trachten. Trude stellte sich jedoch nicht sehr geschickt
an. Auf ihrem schwarzen Schultertuch waren die krummen
Kreuzstiche zum Glück nur von Nahem zu erkennen.

Nach und nach blickte Trude hinter die äußere Fassade der
Folkloregruppe. Getanzt wurde nicht nur zu Kirchweih oder
zur Wiederwahl des Bürgermeisters, sondern im Geheimen zu
sogenannten „hohen Zeiten". Geweihte Tage, wie beispiels-
weise die Sonnenwenden, regelten den Jahreskreis in heidnischen Traditionen. *Livonia* hielt heilige Messen von Tanz und
Gesang umrahmt ab. Trudes Nackenhaare stellten sich auf, als
sie davon hörte. Sie wollte doch nur tanzen und mit Gottes-
oder Naturanbetung nichts zu tun haben. Denn sie war mit
Gott immer noch nicht im Reinen und die Vorstellung, in die
Fänge eines Geheimbundes geraten zu sein, war ihr zuwider.
Doch Lena, die ihr wie immer einen Schritt voraus war, überredete Trude, an einer Zeremonie teilzunehmen und sich ihr
eigenes Bild zu machen.

Es kostete Trude viel Überwindung, sich in den Kreis der Menschen einzureihen, die sich Hände haltend um einen Baum versammelten. So wie lauter Trommelwirbel vom Spieler als ekstatisch und von außen unerträglich erlebt wird, kam ihr dieser
religiöse Kreis suspekt vor. Dieselben Freunde, die ihr sonst
vergnügt bei Tanz und Musik begegneten, erkannte Trude jetzt

in Stille mit geschlossenen Augen dastehen. Es passte nicht mit dem Bild zusammen, das sie von ihnen hatte.

Die Auffassung, dass die prächtige Linde, um die der Menschenkreis gebildet wurde, eine eigene Seele haben sollte, fand Trude absurd. Der Zeremonienmeister sprach: *„Himmel und Erde haben ein eigenes Bewusstsein. Der Baum verbindet sich nun durch Krone und Wurzeln mit diesem göttlichen Sein. Lasst uns unsere Herzen und unseren Geist füreinander und den heiligen Geist der Schöpfung öffnen und uns in Liebe mit ihm verbinden. Wir sind nicht getrennt.“*

Trude fand albern, was sie hörte. Doch Lena und dem Tanzen zuliebe ließ sie sich auf das Kinderspiel ein.

„Hüpfen wir halt um einen Baum herum“, dachte sie spöttisch. Sie reihte sich in den Kreis ein, ergriff die Hände der Nachbarn und schloss die Augen wie alle andern. Trude zügelte ihre Ungeduld und zwang sich, entspannt zu atmen. Das gleichmäßige Ein- und Ausatmen, die stoische Ruhe, die nur vom Säuseln der Blätter unterbrochen wurde, beruhigten Trudes inneres Gezappel. Dann spürte sie ein sanftes Kribbeln in den Handinnenflächen, das immer stärker wurde und über die Arme aufstieg und ihren Körper mit einer warmen Welle kitzelte. Es fühlte sich für Trude nicht bedrohlich, im Gegenteil beglückend an. Sie streckte sich, die Augen immer noch geschlossen, durch und öffnete ihren Brustraum, damit sie noch freier atmen konnte. Die Wärme breitete sich in der Herzgegend aus und schien aus ihr herauszuströmen. Die Grenze zwischen ihr und den anderen löste sich auf, Trude fühlte sich

in einem schwerelosen, schwebenden Zustand, der sie mit unbändiger Glückseligkeit erfüllte.

Es war wie ein kurzer Moment der Erleuchtung. Sie wurde wie von einem Blitz getroffen. Trude wurde von einer starken Kraft erfasst. Eine Energie von Liebe, Verbundenheit und Einssein mit allem. Es gab kein sie und die andern mehr. Sie befand sich in einem Zustand von allem und nichts. Sie wurde zum Baum und zum Himmel, sie war der Grashalm und die Nachbarin. Alles gleichzeitig. Es war, als hätte sich ihre Schädeldecke zum Himmel geöffnet und alles Wissen dieser Welt strömte durch sie hindurch und könnte von ihr jederzeit abgerufen werden. Es gab keinen Anfang und kein Ende. Und es fühlte sich an, als sei sie Schöpfer und Schöpfung in einem. Trude fühlte sich allmächtig und nichts. In dem Moment erkannte Trude, dass sie und alle Schöpfung aus dieser Quelle entsprungen waren. Trude konnte die Tränen vor Überwältigung nicht zurückhalten.

„Das musste GOTT sein!"

❧ ... ❧

Nach dieser Initiation nahm Trude regelmäßig an den Naturzeremonien teil. Es gab keine priesterliche Hierarchie. Abwechselnd gestalteten die Teilnehmer die Andachten selbst. Jedem wurde die Fähigkeit, einen feierlichen Rahmen zu gestalten, zugetraut. Der Kreis, der immer am Anfang und Schluss gebildet wurde, symbolisierte die Gleichheit aller Anwesenden.

Es wurde großer Wert darauf gelegt, denn im Kreis konnte die spirituelle Energie besser gehalten werden.

Der Inhalt der Messe wurde den Jahreszeiten oder anderen Themen angepasst. Immer wurden vom jeweiligen Zeremonienmeister die Elementarkräfte (Wasser, Erde, Luft, Feuer und Äther) gewürdigt und eingeladen, die feierliche Handlung zu unterstützen. Mit den Elementen wurden Gebete, Opfer, Wünsche zum göttlichen Empfänger transportiert. Sie übten sich darin, die Wesenheiten der Erdgeister zu erspüren und mit ihnen zu kommunizieren.

Trude erkannte, dass der Kirchengott des Vaters zwar ihren Kopf beschäftigte, aber nie ihre Seele berührte. Nach einem Kirchenbesuch fühlte sie sich stets getadelt und zurechtgewiesen. Der Gott der Kirche hatte sie als Frau geduldet, zweifellos aber als Schande der Schöpfung betrachtet. Mit dieser neuen, sinnlichen Annäherung an die Schöpfung und deren Ausdruck über die Natur bekam Trude ein Verständnis für das Zeitlose. Sie liebte es, sich bei einem Ritual zu sammeln und zur Ruhe zu kommen. Sie liebte das Eingebundensein in der Gruppe. Das Unspektakuläre und die Schlichtheit der Treffen fühlten sich gut an. In der Gemeinschaft *Livonia* war Trude willkommen. Sie war ein Kind der Schöpfung wie alle andern. Es war ein spirituelles Heimkommen. Ein Heimkommen in den Schoß von Mutter Natur, Vater Himmel und zu Geschwistern – den Tanzfreunden. Trude fühlte sich zugehörig.

Trudes Leben war rund und ganz. In Olgas Obhut hatte sie Arbeit, Schutz und Nahrung. Bei Livonia bekam sie Spiel, Zugehörigkeit und Spiritualität. Der Vater und sein Gott hatten keine Macht mehr über sie. Trude war mit ihrem Leben im Reinen und konnte sich nicht im Entferntesten vorstellen, dass ihr Leben noch reicher werden könnte.

Am Samstag, dem 4. Juli 1925, warteten alle gespannt auf den neuen Geigenspieler, der in der Kapelle die Lücke schließen sollte. Valentin betrat das Lokal, schaute sich im Raum um und schritt selbstbewusst auf die Musiker zu. Seine gepflegte Erscheinung, seine wohlgeformten Gesichtszüge und die schlanken Hände gefielen Trude auf Anhieb. Im Schutz der Gruppe beobachtete sie ihn und spürte, dass der Neue ihren Herzschlag beschleunigte. Nachdem die Musiker ihn mit einem Handschlag begrüßt hatten, nahm Valentin auf dem zugewiesenen Stuhl Platz, sortierte die Noten und blickte sich abwartend im Raum um. Seine Augen streiften die Tänzer. Seine und Trudes Augen trafen sich und in dem Moment war es besiegelt. Es war ein Wiedererkennen eines vor langer Zeit an einem vergessenen Ort gegebenen Versprechens. Eine innere Stimme sagte Trude, dass sie ihn kannte und dass sie und Valentin zusammengehörten.

Nach der Probe wartete sie auf Valentin. Sie war nicht aufgeregt, sie fühlte auch keine Scham. Es schien folgerichtig, auch wenn sie bis dahin kein einziges Wort gewechselt hatten. Er gesellte sich zu der wartenden jungen Frau, als sei es das Selbstverständlichste auf der Welt. Von Beginn an waren sie sich vertraut. Sie redeten, sie vergaßen alles um sich herum.

Trude erfuhr, dass Valentin aus Berlin stammte. Er war angehender Ingenieur und beabsichtigte, an einer ausländischen Fakultät sein Studium zu vertiefen. Zur Wahl hatten Danzig, Tartu oder Leningrad gestanden. In Polen und Russland hätte er Schiffsbau belegen können, was sein Vater ihm nahegelegt hatte. Tartu war der Bauchentscheid von Valentin, den er gegen den Wunsch seines autoritären Vaters gefällt hatte.

„Ich weiß jetzt, warum meine innere Stimme gegen alle Argumente für Tartu sprach. Ich weiß jetzt, dass ich richtig entschieden habe. Der einzige Grund, warum ich nach Tartu gekommen bin, ist, dich hier wiederzutreffen", kokettierte Valentin.

Eine Woche später küssten sie sich unter einem blühenden Bauernjasmin. Zwei Wochen später verlobten sie sich. Die beiden waren sich ihrer Sache sicher. Trude war mit siebzehn noch nicht volljährig und so planten sie, ein Jahr später, im Sommer 1926, zu heiraten. Trudes Vater war heilfroh, dass sie so schnell unter die Haube kam. Vater sah in Valentin einen unerwarteten Glücksfall und gab seinen Segen, bevor der Bräutigam oder seine Familie es sich anders überlegen würden.

Mit einem Telegramm kündigte Valentin seinen Eltern die Verlobung und den bevorstehenden Besuch an. Er wollte, wie es sich gehörte, seine Braut vorstellen. Trude konnte nächtelang kaum schlafen. Das Leben überwältigte sie und übertraf ihre kühnsten Zukunftsträume. Erst die Verlobung, dann auch noch eine große Reise! Sie würde Deutschland und Berlin kennenlernen. Die Weltstadt war die populärste Kulturmetropole der Zwanzigerjahre. Und noch nicht einmal Lena, für die alles möglich war, hatte Berlin gesehen.

Lena borgte ihrer Freundin zwei feine Kleider und gab ihr wertvolle Instruktionen, worauf Trude achten sollte. Valentin kam aus gutem Haus. Der erste Eindruck in der feinen Gesellschaft musste sitzen. Während der beschwerlichen Reise war Trude ständig darauf bedacht, ihre Röcke nicht zu beschmutzen. Sie reisten in einer Kutsche auf staubigen Straßen bis Riga und mit der Eisenbahn bis nach Berlin.

Valentin unterwies sie während der langen Fahrt in die Gepflogenheiten der gehobenen Kreise. Insgeheim war Trude der deutschen Wehrmacht dankbar, dass sie während der Besetzung Deutsch gelernt hatte. Sie würde sich mit den zukünftigen Schwiegereltern in deren Muttersprache unterhalten können. Trude fühlte sich gerüstet.

Doch die Verlobten blieben keine Nacht.

Valentins Vater und Mutter empfingen sie zum Nachmittagstee. Vom Dienstpersonal wurden sie zu den Herrschaften geführt, die sie distanziert und förmlich begrüßten. Valentin hatte seine Eltern mehrere Monate nicht gesehen und küsste Mutters Hand und siezte die Eltern, was Trude befremdete.

„Was für eine Gefühlsarmut! Wenn ich meinen einzigen Sohn so lange nicht gesehen hätte, würde ich ihn ans Herz drücken und abküssen!"

Trude wurde in die Teestube gebeten, während Valentin von seinem Vater zu einem Männergespräch unter vier Augen in ein angrenzendes Zimmer geführt wurde. Die Mutter richtete keine einzige Frage an Trude. Das Gespräch erstarb, als Anreise und Wetter durchgenommen waren und die Gastgeberin erkannte, dass das Bauernmädchen von weiteren Konversationsthemen der Damengesellschaft keine Ahnung hatte. Trude begriff, dass die Schwiegermutter ihr nur aus Höflichkeit Gesellschaft leistete, bis die Herren ihre Unterredung beendet hatten. Oft schaute sie an der jungen Frau vorbei auf die Pendeluhr in ihrem Rücken, räusperte sich und stellte die Teetasse mit einem abgespreizten kleinen Finger sorgsam auf den Unterteller zurück.

Aus dem Nebenraum drang kein hörbares Wort. Es war unheimlich still und Trude schwante, dass sich die Audienz beim Vater nicht zu ihren Gunsten entwickelte. Es fiel dem Mädchen schwer, die ihrem Naturell entsprechend zappeligen Beine ruhig zu halten. Sie biss sich unentwegt auf die Unterlippe, wohlbedacht, nichts Unschickliches aus ihrem Mund zu entlassen. Wenn sie mit Olga beim Kartoffelschälen saß oder sie miteinander im Garten Unkraut zupften, plapperte sie frei von der Leber über Valentin. Auf jede kleine Anekdote von den Frischverliebten antwortete Olga mit einem herzhaften Lachen oder mitfühlenden Nicken. Bei ihr musste sie kein Wort abwägen.

Bei seiner Mutter riss sie sich zusammen. Nichts wollte sie von Valentin und sich preisgeben. In dieser bangen Stunde, in der ihre gemeinsame Zukunft mit Valentin ausgehandelt wurde und sie sich vor dem steifen Richter in Gestalt seiner Mutter um Form bemühen musste, war ihre Vorstellungskraft wie so oft die Rettung. Als alles gesagt war, klinkte sie sich im Geiste aus. Der Körper schützte Präsenz vor, doch sie ging in Gedanken auf Wanderschaft.

Sie schwelgte in der Erinnerung an den ersten innigen Kuss, an seine forschen Hände auf ihrem Busen und zwischen ihren Beinen. An ihre Verwegenheit, als sie seinen behaarten Schoß und seine Männlichkeit zum ersten Mal erforschte. Trude dachte daran, wie Valentin von seinen Zukunftsplänen erzählte, in denen sie neben ihm die Hauptrolle bekam. Sie wusste um seinen Ekel vor Spinnen oder seinen Tick, sich ständig die Augenbrauen mit Spucke glatt zu streichen. Ihr Liebster wusste, dass sie gerne las, und belieferte sie mit Büchern aus der Universitätsbibliothek. Valentin war längst nicht mehr Mutters Söhnchen, er war bereits zum feindlichen Lager, seiner neuen Verbündeten, übergelaufen. Trude wusste mehr über ihn, als seiner Mutter lieb war.

Siegesgewiss sah Trude dann Valentins Rückkehr in den Salon entgegen. Die Tür zum Nebenzimmer öffnete sich. Der Qualm verriet, es war viel geraucht worden. Die Verlobte hatte Valentin noch nie mit einer Pfeife oder Zigarre gesehen. Schon daran hätte sie erkennen müssen, dass sich das Blatt gewendet hatte. Vater rief das Dienstmädchen und bat es, Valentin und Trude hinauszugeleiten. Valentin hielt den Kopf gesenkt und vermied es, Trude anzuschauen. Das Unheil war zu erahnen.

Reserviert verabschiedeten sich Valentins Eltern von dem jungen Paar.

Trude betrat dieses Haus nie mehr.

Vor der Eichentür bat Valentin Trude, umgehend nach Tartu zurückzureisen, und überreichte ihr das Geld für die Fahrt. Er küsste sie flüchtig auf die Wange und wandte sich ab, um ins Haus zurückzugehen. Trude fiel aus allen Wolken. Sie wollten doch vier Tage in Berlin bleiben! Alle Sehenswürdigkeiten standen auf dem Programm: das Brandenburger Tor, der Reichstag, der Botanische Garten! Und er wollte ihr einen großen Wunsch erfüllen: mit Straßenbahn quer durch die Stadt zu fahren. Jetzt schickte er sie einfach weg. Trude ergriff Valentins Hände, suchte seine Augen. Er drehte den Kopf weg, doch Trude blieb nicht verborgen, dass er mit den Tränen kämpfte.

„Valentin, was ist vorgefallen?", bettelte Trude.

Ihr Verlobter richtete sich auf, wurde steif, nahm eine Haltung an, die sie an ihm noch nie erlebt hatte. *„Es ist einfach so!"*, fuhr Valentin sie barsch an, machte auf dem Absatz kehrt, schritt fluchtartig durch die Tür, die mit einem dumpfen Schlag ins Schloss fiel.

Trudes Welt stürzte zusammen. Sie waren auf dem Sprung, die Welt zu erobern. Sie wollten nach Valentins Studium in Deutschland wohnen, später Europa bereisen. Sie waren hoffnungsvoll, dass Trude auch als Frau eine weiterführende Schule besuchen konnte. Sie hatten Amerika in Betracht gezogen. Als Ingenieur stand ihm die Welt offen. Und nun war Trude mit einem Schlag die Tür zur Freiheit vor der Nase zugeschlagen worden. Sie hatte an diesem unheilvollen Nachmittag in Berlin nicht nur ihre große Liebe, sondern auch die Eintrittskarte in eine verheißungsvolle Zukunft verloren. Ein Fiaker kutschierte Trude zum Bahnhof. Die Eisenbahn brachte sie nach Riga. Sie kehrte als leere Hülle, als hätte sie ihre Seele auf dem Weg verloren, nach zwei Tagen und zwei Nächten Odyssee in Olgas Schoß zurück. Doch weder Olga noch Lena vermochten Trude zu trösten. Sie verstanden Valentins Wandlung genauso wenig wie Trude. Denn was immer auch sein Vater zu ihm gesagt haben mochte, zumindest hätte er den Anstand haben müssen, sich zu erklären.

Erst wollte Trude nicht mehr leben. Sie hatte sich alle Varianten ausgemalt, wie es am schmerzfreisten vonstatten gehen könnte. Dann baumelte sie zwischen blinder Wut und bodenloser Traurigkeit. Aber das Schlimmste kam danach: eine graue Gleichgültigkeit. Sie ging nie mehr zum Tanzen, nahm an keiner Zeremonie mehr teil. Sie mied die gemeinsamen Freunde. Ihre Lebensfreude und ihr Glück hatten sich davongeschlichen. Nur Olga und Lena ließ Trude manchmal zu sich durchdringen. Und Olgas Kleinste. Mit Malena hatte sie schon immer eine besondere Zuneigung verbunden. Das Mädchen fand Trude überall. Wenn sie sich zwischen dem Vieh ins Stroh setzte, weil sie von einer Welle der Sinnlosigkeit übermannt wurde, hüpfte die Kleine leichtfüßig zu ihr und schob ihre kleinen Finger zwischen ihre, die sich zu einer bitteren Faust gekrümmt hatten. Wortlos saßen sie so zwischen den warmen Leibern der Tiere. Dies tröstete Trude mehr als alle gut gemeinten Worte der Erwachsenen.

Es war die kleine Malena, die Trude vor dem leisen Sterben bewahrte.

Nach einem Jahr gab es Tage, an denen Trude es schaffte, nicht an Valentin zu denken. Mit der Zeit verflüchtigte sich die Frage nach dem Warum. Doch was sie weder wegreden, wegschließen noch verfluchen konnte, war diese starke Emotion, die sofort im Brustraum entbrannte, sobald sie nur einen Gedanken an Valentin verlor. Das Herz liebte einfach weiter. Und jedes Mal, wenn sie es zuließ, klaffte unmittelbar auch diese hässliche, wütende Trauer um die betrogene Zukunft auf. Trude wurde müde vom ständigen Aufbäumen der heftigen Gefühle und sie begann erfolgreiche Strategien zu entwickeln, alles zu umschiffen, was sie an ihren ehemaligen Verlobten erinnern konnte.

Trude schickte sich in ihr Leben und verrichtete die Arbeit. Antriebslos. Bei der Morgentoilette sah ihr aus dem Spiegel eine verhärmte, ausgemergelte Jungfer entgegen. Unerträglich wurde sie sich. Einmal schleuderte sie den Spiegel zornig an die Wand. Die Erleichterung war allerdings nur von kurzer Dauer.

Von *Livonia* wandte sie sich auch ab. Unerträglich wurde ihr das Gegurre und Gebalze der jungen Menschen. Mit Männern wollte sie sowieso nie mehr etwas zu tun haben. Lena hatte zu Beginn Versuche angestellt, Trudes Mauer von Gram zu durchbrechen. Doch irgendwann gab sie auf. Sie hatte, wie Trude zu Ohren kam, einen Jeronim geheiratet. Die Enttäuschung, dass sie nicht eingeladen war, hielt nur kurz. Auch diese lästige Emotion schüttelte Trude mit einem müden Achselzucken ab.

Ganz nach Olgas Vorbild verinnerlichte Trude, dass es keinen Mann für eine gute Existenz brauchte. Olga, die Mädchen und sie waren eine eingeschworene, fast klösterliche Frauengesellschaft. Was sie vom Kloster unterschied, war, dass sie ihr Dasein keinem Gott zollten. Die Naturzeremonien, die Trude die Jahre davor so viel bedeutet hatten, hatte sie ersatzlos aus dem Leben gestrichen. Sie traute weder einem autoritären Kirchengott noch Naturgeistern mehr über den Weg. Die einzige verlässliche Konstante in ihrem Leben war Olga. Sie gab Trude Nahrung, Arbeit und Schutz. Olga wusste im richtigen Moment zu schweigen und wann es Zeit war, zu feiern und zu lachen.

Olga war das Flaggschiff für ihre Mädchen und Trude. In ihrem Kielwasser war es möglich, allem die Stirn zu bieten. Der Hof warf genug ab, um alle zu ernähren. Trudes Anwesenheit und tatkräftige Hilfe war willkommen und damit war ihre Existenz auf Jahre hinaus garantiert. An dieser Sicherheit begann sie ihr Leben auszurichten. Und allmählich Valentin zu vergessen.

1929 Eine zweite Chance

Es lag sehr viel Schnee im März 1929. In anderen Jahren war zur gleichen Zeit schon das eine oder andere Schneeglöcklein auszumachen. Wie jeden Morgen in der Früh schickte sich Trude an, das Vieh zu versorgen und zu melken. Der Pfad zum Stall zwischen den kniehohen Schneemauern war schmal. Das hungrige, fordernde Rufen der Tiere mahnte sie zur Eile. Bei jedem Schritt knirschte es unter ihren schweren Stiefeln. Sie rechnete aus, ob das Heu bis zum ersten Weidegang ausreichen würde oder ob sie zukaufen müssten. Da der Winter hart und lang war, würde es nicht einfach sein, Tierfutter bei den umliegenden Bauern zu beschaffen. Also würde Trude sparsamer füttern müssen.

Nach dieser Schlussfolgerung blickte Trude auf und erschrak. Valentin lehnte sich seitlich an den Rahmen der Stalltür, schaute verlegen abwartend in Trudes Richtung. In seinen Augen blitzte etwas Schelmisches. Er wirkte gereift und attraktiver denn je. Trude glitt der hölzerne Melkkübel aus den Händen.

Als wäre nichts vorgefallen, erfrechte er sich, hier einfach aufzutauchen. Mit dieser Möglichkeit hatte Trude nie gerechnet. Alle anderen Optionen eines Wiedersehens hatte sie sich ausgemalt. Als die Wut noch ganz frisch gewesen war, hatte sie in Erwägung gezogen, nach Berlin zurückzufahren, ihn zur Rede zu stellen. Dann hatte sie gehofft, dass sie sich in Tartu über den Weg laufen würden, was naheliegend schien. Von Karel erfuhr sie jedoch, dass Valentin nach Leningrad umgezogen war, um dort sein Studium zu beenden. Er hatte sich seine Habseligkeiten nachsenden lassen. Damit wurde ein zufälliges Aufeinandertreffen unwahrscheinlich. So sehr sich Trude eine Aussprache wünschte, so sehr fürchtete sie sich davor und demzufolge war sie erleichtert, sich in Tartu frei bewegen zu können.

Trude rang um Fassung. Den ersten Impuls, ihm vor Freude um den Hals zu fallen, unterdrückte sie. Sie tastete nach einem Gegenstand, den sie ihm entgegenschleudern konnte, um ihn ihre plötzlich in der Brust explodierende Wut spüren zu lassen. Zum Glück hatte sie den Melkkübel nicht im Blickfeld.

„Was fällt dir ein, mein Leben erneut über den Haufen zu werfen!", dachte Trude, brachte aber keinen Laut heraus.

Sie hatte keinen Schimmer, was sie tun sollte. Sie hatte keinerlei Erfahrung mit solchen Situationen. Trude wusste nur, dass sie um keinen Preis wieder in den Abgrund, den sie gerade erst überwunden hatte, zurückwollte. Nein! Sie wollte nicht mehr lieben, nicht mehr hassen und auch nicht mehr trauern. Sie wollte einfach nur ihren hart erkämpften Seelenfrieden bewahren.

Das anhaltende Geplärre des Viehs lockte Olga aus dem Haus. Sie kam, um nach dem Rechten zu sehen, und fand Valentin und Trude in der Morgenkälte regungslos verharren. *„Dass du dich hertraust, Valentin! Ich dachte, der Teufel hätte dich längst geholt! Wenn du jetzt nicht eine anständige Erklärung zuwege bringst, sollst du für immer in der Hölle schmoren!*

Was hast du dir dabei gedacht, Trude so sitzen zu lassen?
Weißt du, ich hatte einmal eine hohe Meinung von dir!"

Olga sah Trude aufmerksam an, versuchte, in ihrem Blick zu
ergründen, ob sie weiblichen Schutz oder eine Ermutigung zur
Aussprache bräuchte. Als sie bei ihrem Schützling kein klares
Signal erkennen konnte, weil Trude immer noch erstarrt da-
stand, dachte sie einen Moment lang nach, was als Nächstes
zu tun wäre. Sie schien in jeder Lebenslage in ihrem unsichtbaren Kompendium Rat nachzuschlagen und zu finden. *„Ich*
schau nach den Kühen. Geht und redet, ihr zwei!"

Wenn Olga das vorschlug, wird es wohl seine Richtigkeit haben. Einmal mehr war Trude froh um Olgas Pragmatismus.
Und sie war sich ihrer Rückendeckung gewiss, wie auch immer die Unterredung mit Valentin ausgehen würde.

Trudes Herz hämmerte. Es war kaum auszuhalten. Doch verlieh ihr das wilde Herzgetöse neuen Mut, der ihre erstarrten
Glieder zum Leben erweckte. Plötzlich wusste sie, was zu tun
war. Mit einer Kopfbewegung deutete sie Valentin an, ihr ins
Haus zu folgen. In der warmen Küche bat sie die Mädchen,
ihrer Mutter im Stall zu helfen, damit Valentin und sie ungestört reden konnten. Die Kinder betrachteten den schönen
Fremden neugierig und erfassten rasch die Bedeutsamkeit des
Moments. Sie folgten Trudes Bitte anstandslos.

Valentin setzte sich erleichtert. Trude fiel erst jetzt auf, dass er
völlig durchgefroren war. Offensichtlich hatte er lange in der
Kälte auf sie gewartet. Die junge Frau goss ihm heißen Getrei-
dekaffee ein und hielt ihm ein Stück Brot hin. Valentin tunkte

das Brot und schlürfte das Getränk behutsam. Das Schmatzen füllte den Raum. Seltsamerweise entspannten Trude die Laute, sie empfand Zärtlichkeit für diese einfache, menschliche Geste. In dem Moment wusste sie, dass sie Valentin vergeben würde. Ihre Liebe für ihn war stärker als die Demütigung, als die vielen Fragen, als alle Wut und Bitterkeit.

„Danke, Trude!", durchbrach Valentin das Schweigen. Er sprach, während Trude ihm ohne Unterbrechung zuhörte. Sie erfuhr, dass Valentins Vater ihn gezwungen hatte, den Kontakt zu seiner Verlobten sofort abzubrechen, wenn er die Unterstützung seiner Eltern nicht verlieren wollte. In ihren Augen entsprach Trude nicht dem Bild einer standesgemäßen Ehefrau. Sie setzten ihm das Messer an den Hals. Hätte er sich für Trude entschieden, hätte er sein ganzes Erbe, das Studium und die beruflichen Perspektiven verloren. In wenigen Augenblicken musste er in der verrauchten Stube in Berlin über sein und auch Trudes Schicksal befinden.

Valentin hatte beschlossen, ein allerletztes Mal seinem Vater zu gehorchen. Die Argumente lagen auf der Hand: Ohne finanzielle Unterstützung hätte er sein Studium nicht beenden können. Ohne Ausbildung hätte er den gewünschten Beruf nicht ausüben und ohne Mittel hätten er und Trude nicht die Welt bereisen können. Wissend, dass er fürs Handwerk nicht geschaffen war, sah er nur in seinem eingeschlagenen Berufsweg eine lukrative Zukunft. Für ihn – wie auch für seine zukünftige Frau. Er wog ab und nahm das Risiko, Trude zu verlieren, in Kauf. Als er sich von Trude verabschiedete, wusste er seinen Vater hinter der Gardine zuschauen. Zu diesem Zeitpunkt war er noch überzeugt gewesen, heimliche Weg zu Trude zu finden, um die Situation zu klären. Doch die Einhaltung von Vaters rigoroser Forderung wurde mit Argusaugen überwacht. Der Patriarch hatte seine Kanäle und Hintermänner. In den ersten Wochen nach Berlin hatte Valentin Briefe zu schreiben begonnen, hatte versucht, seine Situation in Worte zu fassen. Doch was hätte er ihr versprechen können? Valentin durfte Trude nicht wiedersehen und musste sein Studium in Leningrad weiterführen. Er hatte alle unvollendeten Briefe zerknüllt und resigniert ins Kaminfeuer geworfen. Valentins Vater beschlagnahmte seine Violine und verbat seinem Sohn zu musizieren. Dieses weibische Gehabe brächte ihn nur in schlechte Gesellschaft, befand die Autorität.

Valentins Vater war ein politischer Wendehals. Er hatte ein Gespür, zur richtigen Zeit die richtigen Verbindungen zu knüpfen. Nach dem Zerfall des Deutschen Kaiserreiches hatte er schnell herausgefunden, welche Geschäftspartner ihm dienlich waren, um bei der gesellschaftlichen Elite vorne mit dabei zu sein. Er war in engem Kontakt mit den Männern an den Schalthebeln der Macht. Es war die Zeit der Weimarer Republik und der Weltwirtschaftskrise. Während die dekadente Oberschicht Tanzpartys veranstaltete, trieben Hungersnöte und Arbeitslosigkeit die Menschen auf die Straße.

Valentins berufliche wie auch private Laufbahn war von Vaters langer Hand geplant und eingefädelt. Der Sohn war eine strategische Figur in seinem Gefüge. Der Patriarch war sich seiner Durchschnittlichkeit bewusst. Er anerkannte, dass Valentin ihn längst menschlich und geistig überflügelt hatte. So war der Sohn der Trumpf im Ärmel. Valentin war Vaters Stolz und ein Versprechen für seine Machtgelüste. Mit Scharfsinn durchschaute der Sohn die Pläne seines Vaters. Solange er wirtschaftlich abhängig war, spielte der Student mit. Er ließ sich auf Veranstaltungen präsentieren und loben. Valentin wusste, wann es galt, wem die Hand zu schütteln. Er lernte, den Damen der Gesellschaft wirkungsvoll Komplimente zu machen. Sein Vater plusterte sich im Hintergrund wie ein Pfau auf und war hochzufrieden mit der Entwicklung seiner Pläne.

Nach dem Studium nahm er eine Stelle als Ingenieur in einer russischen Marinewerft an. Der Moment der Unabhängigkeit war gekommen. Sein eigenes Einkommen erlaubte Valentin, sich abzuseilen. In Leningrad baute er sich jenseits der Einflüsse seines Vaters ein eigenes Beziehungsnetz auf. Die Abkehr beleidigte seine Eltern. Valentin war zum Feind übergelaufen. Für die russische Armee zu arbeiten, war noch schlimmer, als eine Frau zu heiraten, die unter ihrem Stand war. Valentin wurde nicht nur enterbt, sondern auch als Hochverräter verstoßen. Alle Brücken zur Heimatstadt Berlin waren eingestürzt. Dies wurde Valentins Freiheit.

Er war schon seit Tagen um den Hof geschlichen und hatte Trude in ihrem Tagwerk beobachtet. Valentin hatte mit sich gerungen, ob er das Risiko einer Abfuhr auf sich nehmen wollte, hatte geprüft, ob er sich selber sicher war, wollte herausfinden, ob Trude noch frei war, und hatte auf den richtigen Moment gewartet. Das gesicherte Einkommen, eine leise Hoffnung, dass Trude ihn immer noch liebte und sie in der Lage wäre, seinen Bruch irgendwann zu verstehen, gaben ihm Mut, sich seiner Verlobten zu stellen.

Als Valentin seine Schilderung abgeschlossen hatte, glitt er vom Stuhl und kniete sich vor Trude hin. Er fasste nach ihren Händen und sprach: *„Trude, du bist die Frau, die ich liebe und begehre. Ich bitte dich um Verzeihung, dass ich dich verletzt habe. Doch ich hoffe, du kannst jetzt verstehen, dass es mir nicht anders möglich war. Ich möchte dich hier und jetzt noch einmal um deine Hand bitten! Wenn du mich nicht willst, werde ich für immer verschwinden."*

Trude hatte ihm die ganze Zeit schweigend zugehört. Sie konnte weder einen klaren Gedanken fassen, noch etwas sagen. Der Gefühlssturm nahm sie völlig in Beschlag und schnürte ihr die Kehle zu. Trude begehrte Valentin, sie war wütend auf ihn und zugleich fühlte sie sich zutiefst verletzt. Mitten im Sturm ruhte jedoch wie ein ruhiger See eine sanfte Instanz, die Valentin bereits verziehen hatte, ihn einfach liebte, nie aufgehört hatte, ihn zu lieben. Trude räumte sich einen Tag Bedenkzeit ein, um in Ruhe alle Gedanken und Gefühle ordnen zu können.

„Auf diesen Tag kommt es nun auch nicht mehr an", sagte Trude mit belegter Stimme.

Sie verbrachte, von Olga beurlaubt, den Tag in Tartu am Fluss unter ihrer Weide. Stundenlang warf sie Kiesel in den Strom. Mit jedem Wurf wurden Trudes Gedanken klarer. Die lange zurückgehaltenen Tränen konnten sich endlich einen Weg bahnen und frei fließen. Trude seufzte tief und pausenlos, entließ alle Anspannung aus ihrem Körper. Bis es ruhig wurde in ihrer Mitte.

Am Abend erbat sich Valentin ein Nachtquartier. Olga bot ihm ein Lager im Stall an. Mitten in der Nacht schlich sich Trude an den schlafenden Frauen vorbei aus dem Haus. Sie legte sich zu Valentin ins Stroh, rückte eng an seinen Körper. Erst ruhten sie lange Zeit wortlos innig aneinandergeschmiegt. Als hielten sie sich fest, um sich nie mehr loszulassen. In der Morgendämmerung liebten sie sich zum ersten Mal.

Zwischen einer Kuh und einem Ochsen.

ॐ...ॐ

Bis zur Hochzeit im Juli verstrichen fünf Monate. In der Wartezeit nähte Trude die Aussteuer. Sie war nie sonderlich geschickt in Handarbeit. Doch die Aussicht, mit ihrem Liebsten einen Hausstand zu gründen, beflügelte sie zu Höchstleistungen. Mit Bettwäsche und Tischtüchern kamen auch Strampler für ein erstes Kind zur Aussteuer. Der Weidekorb war bis zum Sommer prall mit bestickten Leinen und Wolltüchern gefüllt. Die Metalllaschen am geflochtenen Deckel ließen sich nur mit Einsatz des ganzen Körpergewichts an den Beschlägen festmachen.

Am vierten Juli heirateten Trude und Valentin auf Olgas Anwesen. Es war ein heißer Sommertag. Blumengirlanden, weiße lange Tafeln und herausgeputzte Menschen schmückten die

Feier. Am meisten strahlte jedoch das Brautpaar. Neu erblüht sprühte Trude neben ihrem feschen Bräutigam voller Lebensfreude. Und sie freute sich zu tanzen.

Die Kummerjahre waren vorbei, abgehakt wie eine hartnäckige Grippe, die endlich überwunden war und um die jedes Wort zu viel vergeudet wäre. Das Paar knüpfte dort an, wo es vier Jahre zuvor aufgehört hatte. Die Freude allerseits war groß. Valentin wurde herzlich zurückgenommen.

Alle waren sie gekommen: die Tanzfreunde, die Musiker, Trudes Vater, alle Brüder, die ältesten mit Ehefrauen und einer Schar Nachkommen. Auch Lena kam. Sie führte an jeder Hand ein Kleinkind. Ein Drittes zeichnete sich deutlich unter dem Kleid ab. In Lenas Gesicht lag ein Ausdruck von müder Schicksalsergebenheit. Jeronim, Lenas Gemahl, den Trude an ihrer Hochzeit zum ersten Mal sah, trat großkotzig auf. Er war ihr auf Anhieb unsympathisch. Trude bemitleidete Lena, die sich jetzt genau in den Lebensumständen wiederfand, vor denen sie sich immer gefürchtet hatten – als dauerschwangerer Schatten eines Gecken. Wie um alles in der Welt war ihre intelligente Freundin an den geraten?

Ein Schleier legte sich über Trudes Festlaune. Sie fragte sich: *„Wo werde ich in zehn Jahren stehen? Begehe ich nicht soeben denselben Fehler, mich mit meinem Jawort von Valentin abhängig zu machen? Als Frau werde ich außerhalb von Olgas Territorium nie meine Autonomie bewahren können!"*

Trude führte ihre Gedanken weiter und erkannte, dass sie dank den unwirtlichen Umständen, unter denen sie aufgewachsen war, einen starken Durchhaltewillen entwickelt hatte. Und in der Folge wurde sie alles andere als eine geschmeidige, gefügige Frau. Darin lag der wesentliche Unterschied zwischen ihr und ihrer einmal so nahen Freundin. Lena hatte zeitlebens nie üben können, eigene Willenskräfte zu entwickeln, immer hatten andere für sie entschieden. Von Geburt an war sie erzogen worden, attraktiv und manierlich zu sein, mit dem einzigen Ziel, eine anpassungsfähige Ehefrau zu werden. Abgesehen von den kleinen Fluchten zur Weide oder zu Livonia stand sie immer unter der Kontrolle von Eltern oder Bruder. Und nun hatte Jeronim das Zepter über ihr Leben übernommen. In Lenas Augen funkelten einst ein Glanz von Zuversicht und Jugendlichkeit. Doch jetzt war ihr mit der bitteren Alltagsrealität alle Hoffnung auf Selbstbestimmung genommen worden. Es gab zu Lena kein Durchkommen mehr. Ihre Augen waren matt und distanziert.

„Warum ist der Wert einer Frau auf die Gebärfähigkeit reduziert? Wofür all das geistige Potenzial, der Lebensantrieb, die körperliche Kraft? Mir widerstrebt es zu akzeptieren, dass eine Frau ihre einzige Existenzberechtigung darin hat, für die Gesellschaft Nachkommen zu produzieren oder keusch einem autoritären Gott zu dienen. Es muss doch möglich sein, sowohl Kindern das Leben zu schenken als auch die eigene Souveränität zu bewahren. Mein Körper möchte empfangen und gebären. Das spüre ich instinktiv. Ich glaube, es ist die Erfüllung eines angelegten Plans. Doch auch der Geist will sich erfüllen. Er hat den Drang, sich weiterzuentwickeln und zu erweitern. Und die Seele will fühlen, will genährt werden,

will in den Austausch mit anderen erwachsenen Menschen."

Auf ihrer Hochzeit führte Trude philosophische Selbstgespräche. Sie begann zu erfassen, dass das Menschsein ein spannendes Zusammenspiel von körperlichen, geistigen und seelischen Bausteinen ist, die nicht voneinander getrennt werden können. Sie verspürte die Sehnsucht nach Herausforderungen, die ihren geistigen Horizont erweiterten. Auch als Frau. Widerspenstigkeit regte sich in ihr und noch vor der Trauungszeremonie gab sie sich selber das Versprechen, das Leben mit Valentin an der Seite in allen Zügen zu genießen, aber nie ihre Würde, Eigenständigkeit von ihm abhängig machen zu lassen. Und nie mehr würde sie sich brechen lassen, wenn er noch einmal gehen sollte.

„Na, eigensinniges Weib, komm, es ist Zeit zum Heiraten, nicht zum Grübeln!" Valentin holte seine Liebste mit einem neckischen Zwicken in die Seite aus dem Sinnieren und führte sie danach zum Trauungsplatz. Seine Worte ließen Trudes Zweifel an der Vermählung verpuffen. Valentin war ein Glückstreffer. Einen Besseren hätte sie nicht abbekommen können. Kein anderer hätte sie mit ihren unbequemen Fragen durchs Leben begleiten können.

Die feierliche Handlung war kurz und schlicht. Unter dem rauschenden Blätterdach der Ulme nahm ein Freund dem Paar das Eheversprechen ab. Sie gelobten sich, in guten wie in schlechten Zeiten füreinander da zu sein, bis dass der Tod sie scheide.

LENINGRAD

1929 – 1938

1929 Das tägliche Brot

Wenige Tage nach der Hochzeit brachen die Neuvermählten nach Leningrad auf. Olga, die Mädchen und Freunde begleiteten das Paar zum Bahnhof. Auch Lena. Es war ein feierlicher Moment. Und gleichzeitig war es ein wehmütiger Abschied von den Menschen, die Trude durch all die Jahre getragen und begleitet hatten. Sie sah ihre Lieben dem wegfahrenden Zug mit Taschentüchern nachwinken, bis eine Kurve den Blickkontakt abbrach. Ihre Wangen glänzten tränennass.

So schwer es ihr fiel, Olgas sicheren Hafen zu verlassen, so sehr freute sie sich auf die neue Zukunft. Es war ihr einerlei, wo sie diese gestalten würden. Hauptsache Valentin und sie waren zusammen. Die beiden verband vom ersten Augenblick an ein entspanntes Wohlbefinden in der Gegenwart des andern, das nur durch den Bruch in Berlin erschüttert worden war. Wie Valentin sich am Ende gegen alle Konventionen und Autoritäten für sie entschieden hatte, zeigte seine Entschlossenheit. Einen größeren Liebesbeweis gab es für Trude nicht.

Mit großem Behagen an der Seite ihres frisch angetrauten Mannes machte sie sich auf nach Leningrad. Das Paar richtete sich die lange Fahrt auf den harten Holzbänken so bequem wie möglich ein. Die meiste Zeit saßen die beiden schweigend, die eine Hand entspannt in der des anderen ruhend. Mit Blick auf die vorbeifliegende Landschaft ließen sie sich von der russischen Eisenbahn in die Zukunft fahren.

Leningrad war Trude bis zu diesem Zeitpunkt nur eine Idee auf der Landkarte und würde nun zu ihrem Lebensmittelpunkt werden. Valentin an seinen Arbeitsort zu folgen bedeutete eine trittsichere Ausgangsposition für alle zukünftigen Schritte.

Trude trat ihren neuen Lebensabschnitt selbstbewusst an. Ihre russischen Sprachkenntnisse würden ihr helfen, Kontakte zu knüpfen. Sie würde die Wohnung ausstatten, die Valentin im Vorfeld gefunden hatte. Irgendwann würde sie einem Kind das Leben schenken – und in den folgenden Jahren eine weiterführende Schule besuchen, studieren und Arbeit finden. Trudes Kopf war voller Pläne, ihr Herz voller Zuversicht.

Nach Tartu und Berlin war Leningrad erst ihre dritte Stadt. Da sie an Berlin keine guten Erinnerungen knüpfte, war Trude einfach zu begeistern. Es war eine prächtige Metropole. Mit den imposanten Palästen und goldenen Kuppeln hatte Leningrad für sie etwas Märchenhaftes. Die Lage am Meer verlieh ihr wie allen Hafenstädten Weltoffenheit. Trude erforschte die Stadt zu Fuß und mit Straßenbahn. Ein in schwarzes Leinen gebundenes Tagebuch, mittlerweile schon das fünfte, war ihr ständiger Begleiter. In ihm hielt sie alle Eindrücke in Worten und Skizzen fest.

Die ersten Monate verflogen wie im Flug. Sie nahm alle neuen Eindrücke durch eine rosarote Brille wahr. Im Rausch der Begeisterung übersah sie die unschönen Flecken der Stadt großzügig. Trude vermied es zu Beginn, genauer hinzusehen.

Erst nach und nach schärfte sich ihr Blick und sie konnte die Arbeitslosen, die sich in den Gassen an offenen Feuern die Finger wärmten, und die schmutzigen Kinder, die barfuß und in Lumpen gekleidet für ihre Familien bettelten, nicht mehr ignorieren.

Trude und Valentin standen auf der Sonnenseite des Lebens und brauchten sich keine existenziellen Sorgen zu machen. In den Häfen wurden emsig Schiffe gebaut, um Weltmeere und Überseeländer zu zivilen und militärischen Zwecken zu erobern. Valentin war als Schiffsingenieur ein gefragter und gut bezahlter Mann.

Tagsüber war Valentin weg, verschluckt von einer Arbeitswelt, zu der Trude keinen Zugang hatte. Die Werft lag dreißig Minuten mit der Straßenbahn von der Zweizimmerwohnung entfernt. Am Abend berichtete er, dass er gerade an einem Eisbrecher arbeitete. Trude hörte zu, viel mehr als die technischen Details interessierte sie, mit wem er seine Mittagspause verbrachte, worüber er mit seinen Kollegen sprach, was kulturell in der Stadt passierte, welche politischen Ereignisse die Menschen umtrieben. Valentin war Trudes Informationsbrücke zur Welt.

Ihre selbst auferlegte Aufgabe war, sich ihr neues Territorium zu erobern. Wo und in welchen Entfernungen waren Brot und andere Lebensmittel zu beschaffen? Trude hätte selber backen können, doch sie erachtete es als wichtig, sich mit dem täglichen Gang zum Bäcker eine Dosis Menschenkontakt zu sichern. So wurde Einkaufen zur Forschungsreise. Aus drei

Möglichkeiten, die in Fußdistanz lagen, wählte sie die Bäckerei Schmitz für das tägliche Brot. Der Schriftzug über der Markise verriet deutsche Herkunft. Fast eine Bürgschaft für gute Qualität. Trude erfuhr, dass Bäckermeister Schmitz mit seiner Familie im Zug der antideutschen Hatz bereits im Ersten Weltkrieg vertrieben worden war. Nur der Name blieb auf der Markise. Ob aus Kalkül – auch Trude ließ sich ja vom Versprechen auf deutsches Backgut ködern – oder Achtlosigkeit, erfuhr Trude nie.

Hinter „Schmitz" verbarg sich ein netter russischer Familienbetrieb. Richtig hießen die Leute Dowski. Es waren Vadim und Svetlana mit ihren fünf Kindern. Trude konnte sie nicht auseinanderhalten und machte sich deshalb auch nicht die Mühe, sich deren Namen zu merken. Allesamt waren sie gemütliche Menschen mit rundlichem Körperbau. Die Gesichtsbacken waren weich wie Semmeln und verrieten, dass kein Mangel herrschte.

Die Dowskis hielten nicht viel von der Politik. Vadim und Svetlana hatten für alle und jeden immer ein nettes Wort. Wozu politisieren? Wer satt ist, braucht nicht missgünstig zu sein. Ein zufriedener Mensch hat keine Feindbilder und keinen narzisstischen Ehrgeiz, sich öffentlich zu profilieren. Wer bei Schmitz eintrat, streifte die Gesinnung an der Fußmatte ab. Der Verkaufsraum war eine kleine heile Welt. So war schon beim ersten Besuch besiegelt, dass sich Trude die Mühe ersparen konnte, eine andere Bäckerei zu suchen. Sie blieb Schmitz alle Jahre treu.

In Leningrad lernte Trude, aus der Brotauslage den Wohlstand der Bevölkerung zu lesen. In den ersten Jahren von 1929 bis 1930 war die Vitrine dürftig mit wenigen Brotlaiben bestückt, welche von der Kundschaft im Nu leer gekauft war. Wie alle Großstädter in Europa hatten auch die Leningrader unter der Wirtschaftskrise Ende der Zwanzigerjahre zu leiden. Später kamen neue Brotsorten hinzu und nach und nach füllte sich das Schaufenster mit bunter Konditoreikunst. Zuckerzeug demonstrierte protzig: *„Es geht uns gut!"*

Manchmal ließ sich Trude von den süßen Leckereien verlocken, doch meist wählte sie Brot für sich und Valentin. Am Anfang gab es nur das eine dunkle Roggenbrot. Als die Auswahl größer wurde, kosteten sie sich durch das Sortiment. Doch allmählich kristallisierte sich ihr tägliches Brot heraus.

An den Abenden und Wochenenden zu zweit arbeiteten sie sich zum anderen durch. Da sie bis dahin kaum geteilte Zeit verbracht hatten, wurden sie sich nicht überdrüssig, aus ihrer Vergangenheit zu erzählen. Abendfüllend waren die Geschichten der Kindheit, von Freundschaften und von Entbehrungen. Valentin brachte seinen Bücherfundus mit in die Ehe, aus dem sie sich gegenseitig vorlasen.

Neugierig erforschten sie auch ihre Körper. Fern aller Konvention waren sie frei, sich ohne Scham kennenzulernen. Sie kannten keinen gültigen Maßstab, wie man sich als Mann und Frau sittlich zu verhalten hatte. Für sie war es das Natürlichste der Welt, sich gegenseitig bei der Morgentoilette zuzuschauen. Es wurde ihr allabendliches Ritual, sich gegenseitig die

Kleider abzustreifen, herumzualbern und sich wie Welpen zu balgen. Sie jagten sich durch die Wohnung bis ins kalte Schlafzimmer, um sich dort unter der klammen Decke aneinander zu wärmen. Manchmal hatte das Spiel eine Fortsetzung und manchmal schliefen sie einfach geborgen ineinander verschlungen ein.

Jeder Abend an Valentins Seite war für Trude ein Heimkommen. Über alle Jahre. Wie sehr auch die Welt draußen tobte und sich ihnen Widrigkeiten in den Weg stellten, die Kindersorgen ihnen über den Kopf wuchsen oder sie sich heftig zankten. Beim Hinübergleiten vom Alltag in den Schlaf, wenn die Körper einander wärmten, wenn sich Gedanken langsam verflüchtigten und sich die Emotionen zur Ruhe legten, kam Trude an, bei sich, bei Valentin, beim stillen Glück.

Mit ihrer Ehe verhielt es sich so wie mit dem Gang zum Bäcker. Unerfahren kostete sich das Paar langsam durch die Auslagen des anderen. Es gab üppige und karge Zeiten. Sie ließen sich vom Zuckerguss des anderen verführen. Manchmal betrieben sie Völlerei. Und mit der Zeit wurde offenbar, was im Zusammenleben taugte und was nicht. Allmählich erkoren sie sich wie von selbst die Lieblinge: die Lieblingsmahlzeiten, der Lieblingsplatz am Tisch, die Lieblingsseife, die Lieblingsredewendungen und die Lieblingsliebesstellung.

1930 Die Kinder

Im Juli 1930 wurde Juri geboren. Ein pflegeleichtes Kind. Die Schwangerschaft verlief beschwerdefrei. Die Eheleute verfolgten die Veränderungen von Trudes Körpers wie ein spannendes Forschungsprojekt. Die werdende Mutter war Objekt und Beobachtende gleichzeitig.

Eine unzimperliche Hebamme begleitete die Gebärende durch die Niederkunft. Männer waren im Kreissaal nicht erwünscht und so war Trude ohne Valentin dem Ereignis ausgeliefert. Ludmilla, eine unerschütterliche Matrone, die schon Tausende wimmernde, klagende, schreiende Frauen durch das Entbinden gelotst hatte, ging überhaupt nicht auf Trudes Ängste und Befindlichkeiten ein. Auf ihre Erfahrung und Souveränität war Verlass. Sie begleitete Trude souverän durch alle Phasen der Wehen und spornte sie an, bis der kleine Junge aus ihrer weit gedehnten Öffnung herausflutschte.

Ludmilla legte ihr das schmierige, rosa Bündel in die Arme. Trude griff nach den winzigen Fingerchen, strich über das flaumige Köpfchen und als Juri die verklebten Lider aufschlug und seiner Mutter mit tiefblauen Augen zublinzelte, begann Trude zu schluchzen. Noch wund von der Entbindung, glückselig über das kleine Wunder in ihren Armen, erinnerte sie sich an ihre Mutter. Die vollbrachte Leistung, einem Kind trotz bestialischer Schmerzen ins Leben verholfen zu haben, schenkte Trude große Selbstachtung. Sie war unbeschreiblich stolz auf sich.

Wie gerne hätte Trude ihren Sohn Marthe gezeigt. In den Stunden nach der Entbindung fehlte ihr die Mutter wie nie zuvor. Selber Mutter geworden, wurde sie ihr ebenbürtig. Auf einmal konnte Trude nachempfinden, was sieben Kinder Marthes Leib abverlangt hatten. Wie wenn ein Hebel umgekippt wurde, betrachtete Trude Mutters Tod mit einem Mal mit anderen Augen. Der Körper hatte schlicht keine Kraft mehr gehabt. Die Schwangerschaften, das Stillen, die schwere körperliche Haus- und Feldarbeit hatten ihren Zoll gefordert. Nicht Trude war schuld an ihrem Tod! Sondern die harten Lebensbedingungen und die Geringschätzung der Frau in dieser patriarchalen Gesellschaft! Plötzlich verflüchtigte sich der schwere Schatten.

Die frischgebackene Mutter hatte keine Vergleichsmöglichkeiten mit anderen Säuglingen. Doch Juri machte ihr den Einstieg in die Mutterschaft sehr leicht. Er trank gut, gönnte ihr nachts erholsamen Schlaf und gedieh prächtig. Es war schön, mit diesem zufriedenen Kind die Tage zu verbringen. Trude dachte sich, wenn Muttersein so ein Spaziergang ist, wäre es ein Leichtes, nebenher ein Dolmetscherdiplom zu erwerben. Sie schmiedete an ihrem Zukunftsplan. Wenn Juri schlief und später, wenn er zur Schule gehen würde, wollte sie als Übersetzerin arbeiten. Trude war überzeugt, dass ihre Sprachfertigkeiten ihr den Einstieg in die Berufswelt ebnen würden.

Im Mai 1931, kurz nachdem sie sich bei der staatlichen Sprachakademie für den Lehrgang eingeschrieben hatte, stellte Trude fest, dass sie erneut schwanger war. Dieses Mal waren die Zeichen nicht die ausbleibenden Tage, sondern die Morgenübelkeit, von der sie bisher nur vom Hörensagen wusste. Trude konnte keinen Bissen halten. Bestimmte Gerüche, wie zum Beispiel Kaffee, wurden ihr unerträglich. Valentin musste sich eine geruchsneutrale Seife zulegen, sonst hätte ihn Trude nur auf Distanz ertragen können. Während dreier Monate war Trudes Radius sehr beschränkt. Sie pendelte zwischen Bett, Küche und Kinderzimmer hin und her mit einem Emailbecken als ständiger Begleiter.

Bei Sergejs Geburt im November verlor Trude viel Blut. Das Viereinhalbkilokind hatte sich zu schnell und zu heftig herauskatapultiert, als hätte er es nicht abwarten können, die Welt zu erobern. Der Junge riss alles mit, was im Unterleib seiner Mutter auf seinem Feldzug in die Freiheit im Weg stand. Zum einen war es wohl die enorme Verausgabung, aber auch die Kälte außerhalb der geschützten Höhle, die dem kleinen Kerl den Atem verschlugen. Sergej bekam nach der Geburt keine Luft in seine Lungen, lief blau an und die Hebamme machte sich schon auf das Schlimmste gefasst. Doch sie unterschätzte den Lebenswillen des Jungen.

An ein Studium oder an Arbeit war nicht mehr zu denken. Trude musste ihre Pläne begraben. Juri übte sich in seinen Gehversuchen und dehnte allmählich seinen kleinen Radius in der Wohnung aus. Sergej trug sie praktisch immer im Arm, weil er so am wenigsten schrie. Sie brachte es nicht übers Herz, wie es damals üblich war, die Kinder in ihren Betten anzubinden und stundenlang schreien zu lassen.

So wie Sergej die Welt betrat, so führte er sich auch als Kind auf. Mit Pauken und Trompeten ging er etwas an. Nie böse oder berechnend. Er war sich schlicht seiner körperlichen Kräfte und Grenzen nicht gewahr. Tollpatschig stieß er manch kleinen Spielkameraden einfach im Vorbeigehen um. So ungestüm sein Auftritt bei Menschen auch war, so sanft war seine versteckte Seele. Dies zeigte sich insbesondere daran, wie er mit Tieren umging.

Jedem herrenlosen Streuner näherte er sich furchtlos, kniete vor ihm nieder und streckte dem Hund die Hand zum Lecken hin. Trude beobachtete, wie das Herz des Jungen für die verwahrlosten Kreaturen überfloss. Sergej hatte eine besondere Gabe, wortlos mit Tieren zu kommunizieren. Seine Gesichtszüge wurden sanft, wenn eine Schnecke über seinen Handrücken kroch. Aus unerfindlichen Gründen konnte er diese zärtliche Seite den Menschen selten schenken. Anderen Kindern gegenüber war er meistens ruppig und abweisend.

Sergej bereitete seinen Eltern manchen Kummer. Er war oft krank und fügte sich beim Spiel unbeabsichtigt Verletzungen zu. Er trieb die Mutter mit seiner Aufmüpfigkeit, die ihrer nicht unähnlich war, manchmal zur Weißglut. Er forderte seinen älteren Bruder und seine Eltern heraus. Trude wusste jedoch um seine sanfte Seele unter der ruppigen Schale und konnte ihm nie lange böse sein. Sie sprach seinen Namen am liebsten auf Französisch aus, weil Serge mit weichem „sch" am Ende sie weicher machte für ihn.

Der Winter 1931/1932 war unbarmherzig kalt. Minus dreißig Grad waren die Spitze. Trude verlangte dem kleinen Kohleofen alles ab, um die Wohnung einigermaßen warm zu halten. Kälte, Schlafmangel, das Schleppen von Kohle, Besorgungen und zwei Kleinkinder erschöpften sie. Seit Ankunft in Leningrad hatte Trude gegen zehn Kilogramm Gewicht verloren. Sie beklagte sich nie und dachte auch nicht daran, eine Hilfe einzustellen, die sie sich mit Valentins Gehalt hätte leisten können.

Im Vergleich zu anderen Müttern in der Straße, mit denen sie lose Kontakte geknüpft hatte, erging es ihr gut. Die junge Familie hatte weder materielle Sorgen noch Eltern, Schwiegereltern oder Geschwister, die sich mit an den Tisch setzten. Trude musste nicht arbeiten und zuverdienen. Nicht wie die anderen Frauen, die ihre Kinder tagsüber in der Wohnung einschlossen oder der Obhut der älteren Geschwister überließen, während sie selber in der Munitionsfabrik Patronenhülsen drehten.

Im Frühjahr 1932, nach dem zweiten Leningrader Winter, war Trude ausgemergelt und am Ende ihrer Kräfte. Die Ehe verkam zu einer Hülle, die weder Trude noch Valentin mit Leben und Freude zu füllen vermochten. Der junge Vater war tagsüber von der Arbeitswelt absorbiert und kehrte abends müde nach Hause. Dort erwartete ihn eine ermattete Gattin mit zwei plärrenden Kleinkindern.

Die Unbeschwertheit und schwirrende Verliebtheit waren verflogen. Trott und Anstrengungen lagen bleiern über dem Paar. Es gab zwischen Valentin und Trude kein fröhliches Turteln mehr. Nicht selten begleitet von Sergejs Wimmern, das aus dem Kinderbettchen drang, gab sie dem Drängen ihres Mannes nach. Sie konnte bald nicht mehr unterscheiden, ob sie das monotone Kindergeschrei oder Valentins ernsthafte Bemühungen, ihr Freude zu bereiten, mehr abstumpfte.

Der Körper der Mutter hatte alle Vitalität und Lust verloren. Der Liebesakt verkam zum verzweifelten Versuch, die verlorene Nähe wiederherzustellen. Trude verscheuchte den lästigen Gedanken, dass Valentin sie als Ventil missbrauchte. Sie war einfach nur froh, wenn er schnell fertig war, sie sich nicht zu sehr verkrampft hatte und es nicht zu sehr schmerzte. Inständig hoffte Trude jedes Mal, von einer dritten Schwangerschaft verschont zu werden.

Trude bekam Heimweh nach Olga. Nach ihrer Ordnung, Zuverlässigkeit und Herzlichkeit. Der Gedanke an sie wärmte die müde Mutter. Olga hatte ihren Mann früh verloren und sich alleine mit ihren Töchtern durchgekämpft. Sie hätte allen Grund gehabt, eine griesgrämige Alte zu werden. Doch Olga hatte sich ein warmes Herz bewahrt und war eine Sonne für ihre Mitmenschen, wenn ihr niemand zu nahe trat. Es hatte schnell die Runde gemacht, als sie einem Nachbarsburschen mit dem Knie in dessen Gemächt getreten hatte, nachdem er ihr vor den Mädchen unflätig den Busen begrabscht hatte. Trude hatte sie nie über ihr Schicksal klagen hören. Es blieb immer ein Geheimnis, wie sich Olga ihre Frohnatur bewahren konnte.

Besonders in den kalten Wintertagen wünschte sich Trude zurück auf Olgas Hof. Es war ihr nach frischer, kuhwarmer Milch oder nach dem Biss von einer am Kraut aus guter Erde gezogenen süßen Karotte. Auf Olgas Hof hatte es nie an Nahrung gemangelt. Auch wenn sich manchmal Gäste an die Tafel setzten: Alles, was Boden und Stall hergab, wurde geteilt. Alle wurden satt an Leib und Seele.

Trude fehlte in Leningrad eine gute Freundin, mit der sie die langen Tage unterbrechen konnte. Die Frauen im Quartier waren freundlich. Doch sie lebten in ihrer eigenen Welt. Die meisten arbeiteten sowieso tagsüber. Und mit denjenigen, die sie beim Einkaufen in der Warteschlange antraf, erschöpften sich die Gespräche sehr bald nach den Höflichkeitsfloskeln. Gebildete oder kulturell interessierte Frauen und Männer verkehrten nicht auf dieser Straße. Für Einkäufe sandten sie ihre Dienstboten. Zu den interessanten Kreisen der Gesellschaft hatte Trude mit zwei Kindern an der Hand keinen Zugang.

Die ersten beiden Leningrader Winter waren eisig und einsam.

Mildere Temperaturen Ende April brachten Regen und lösten die Schneedecken in den Straßen in Matsch auf. Inzwischen wusste Trude, dass sich der Frost noch einmal hämisch zurückmelden konnte, bevor er endgültig das Feld räumen würde. Doch sie war froh um die ersten Zeichen des Frühlings, die ein Ende des Winters ankündigten. Mit dem Regen kommt der Machtwechsel der Jahreszeiten.

Beim Tauwetter hatte sie die Wahl zwischen zwei Möglichkeiten. Sie verbrachte den langen Tag mit zwei Kerlchen mit Bewegungsdrang in der kleinen Wohnung. Oder sie ging bei kühlen Frühlingstemperaturen im Regenmatsch in den Park. Da Lederstiefel, Kleider und Wollmäntel keinen ausdauernden Schutz vor der Nässe boten, war die Wahrscheinlichkeit groß, dass sich die Buben erkälteten und Trude dies in der Folge mit

Nachtschichten wieder auszubaden hatte. Vom langwierigen Trocknen von Kleidern und Schuhen auf engem Raum ganz zu schweigen. Doch Trudes Bedürfnis nach frischer Luft war größer als die Vernunft. Sie verweilten den ganzen Nachmittag im Freien.

Am Tag darauf bekamen Juri, Sergej und sie selber Fieber. Schwitzend versorgte sie die beiden Buben, die apathisch und glühend in ihren Bettchen lagen. Sie erinnerte sich noch daran, wie sie von Schüttelfrost gebeutelt in der Fleischbrühe auf dem Herd rührte und Valentins Ankunft herbeisehnte, damit er sie ablösen und sie sich endlich ins Bett legen konnte.

Viel später wachte Trude im Schlafzimmer auf. Sie erkannte durch einen Schleier die vertraute, sich ablösende grüne Tapete im Eck ihrer Kammer und wie Valentin auf der Bettkante sitzend die matte Hand seiner Frau streichelte. Und wieder später – wie viele Tage mochten vergangen sein? – tauchte Olga in Trudes Gesichtsfeld auf. Olga!

Trude wollte sich aufrichten, um nachzuprüfen, ob sie ihren Augen trauen konnte. Doch starke Gliederschmerzen hielten sie in den Laken zurück. Olga war nach Leningrad gekommen, nachdem Valentin ihr telegrafiert hatte. Er hatte seine Frau ohnmächtig auf dem Küchenboden vorgefunden. Von der Suppe klebte noch eine schwarze Kruste in der Pfanne. Valentin dankte der Fügung, dass er die frühere Tram erwischt und die Küche betreten hatte, bevor die Gasflammen den Topf zum Glühen bringen konnten. Nicht auszudenken, wenn er die Wohnung abgefackelt und die verkohlten Körper seiner Liebsten vorgefunden hätte.

Später erfuhr Trude, dass sie sieben Tage und Nächte zwischen Leben und Tod geschwebt hatte. Der Körper brauchte eine Weile, sich zu entscheiden, ob er kämpfen oder aufgeben wollte. Ihr Hausarzt Medwedew war täglich dreimal vorbeigekommen, um nach der Patientin und der Familie zu schauen. Medwedew heißt Bär auf Russisch. Kein anderer Name hätte besser gepasst zu ihm.

Der Bär war Valentin während der Tage, als die Zukunft seiner Familie in der Schwebe lag, der Fels in der Brandung. Der gute Doktor war eine Seele von einem Menschen, mehr Seelsorger als Mediziner. Der Arzt war es denn auch, der Valentin auf die Idee brachte, Trude die Medizin zu besorgen, die sie ins Leben zurückholen konnte: Olga. Medwedews scharfer Verstand zog schnell Schlüsse aus Valentins Schilderungen. Wenn überhaupt, so konnten nur die Wärme und Fürsorge ihrer Ziehmutter Trude wieder zu Kräften kommen lassen.

Olga folgte Valentins Notruf umgehend. Ihre Töchter waren inzwischen selbstständig genug, sie für eine Weile zu entbehren und den Hof zu führen. Sie traf am fünften Tag nach Trudes Zusammenbruch ein und übernahm das Zepter. Die Erleichterung und Zuversicht reihum war groß. Und in der Tat – Trude genas.

Vier Wochen später fuhr Trude mit den beiden Buben in Olgas Begleitung nach Tartu.

Trude blieb den ganzen Sommer auf Olgas Hof, zu ihrem, aber auch dem Segen der Jungen. Mühelos hatte sich Trude wieder in den Tagesrhythmus eingefügt. Die Handgriffe waren nicht vergessen. Körperliches Zupacken und der rege Austausch mit den anderen waren für Trude die Kur, die ihr Ausgeglichenheit und Lebensfreude zurückbrachten. Ständig war irgendjemand zugegen. Beim Melken, Rübenziehen oder Kochen schwatzten die Frauen rege oder schwiegen einvernehmlich.

Getreide, Gemüse und Schmalz führten dazu, dass die junge Mutter bald wieder im Besitz ihrer alten Kräfte war. Aus ihren dürren Gliedern formten sich ansehnliche muskulöse Arme und Beine. Es gefiel ihr, dass über dem Gerippe der Busen wieder Rundungen und sich an den Hüftknochen ein kleines Fettpölsterchen ansetzte. Sonne und Arbeit in der freien Natur schenkten ihr eine gesunde Gesichtsfarbe. Nach und nach fühlte sie sich wieder gesund und vital.

Olga bemerkte einmal: *„Du kommst mir vor wie ein Spatz, der immer wieder aus dem Nest fällt und den ich immer wieder aufs Neue aufpäppeln muss. Damit uns das erspart bleibt, verbringst du von nun an die Sommer bei uns und lässt dich durchfüttern, damit du die Winter in der Stadt überstehst. Ich kann eine zusätzliche Erntehelferin gebrauchen. Jetzt, wo meine Ältesten bald flügge sind und es nur eine Frage der Zeit ist, bis sie von Männern abgeworben werden. Ich werde das mit Valentin schon regeln."*

Die Jungs liebten die Monate auf dem Land. Endlich war ausreichend Platz für ihren Bewegungs- und Erforschungsdrang.

Das Hofleben wirkte sich ausgezeichnet auf die Entwicklung der Buben aus. Und auf das Wohlbefinden der ganzen Familie.

Sergej machte seine ersten Schritte auf dem Hofplatz und Juri tapste brav den arbeitenden Frauen nach. Mit Stolz und Staunen beobachtete Trude, wie sich geballte Kraft in den kleinen Bubenkörpern entfaltete. Die rohe Energie wollte sich in Taten ausdrücken. Was in der kleinen Leningrader Wohnung stets gezähmt werden musste, konnte sich auf dem Land entladen und austoben.

Trude und Olga lehrten sie dem Alter entsprechend mit Werkzeug umzugehen. Jede Verantwortung, die den Buben übertragen wurde, ließ sie innerlich wachsen. Die Kinder lernten, dass ein offenes Knie vom Umfallen gut wegzustecken ist, dass ein Aufrappeln und Weiterrennen wie ein kleiner Sieg über die eigene Grenze ist. Ein Holzsplint in der Haut war halb so schlimm, wenn der Holzstapel erklommen und das Ziel erreicht ist.

Für Trude war es eine unermessliche Entlastung, die Knaben nicht ständig alleine beaufsichtigen zu müssen. Andere Augen teilten die Aufmerksamkeit, andere Hände trösteten. Für die Hofgemeinschaft waren die Ankömmlinge aus der Stadt eine willkommene Abwechslung. Olgas Töchter liebten es, die Buben zu versorgen, ihnen Geschichten zu erzählen und Lieder vorzusingen. Vielleicht dachten sie dabei schon an ihre eigenen Kinder. Die Zeit auf dem Hof war kurzweilig und verflog im Nu. Der Herbst und damit die Rückkehr in die Stadt nahten viel zu schnell für Trudes Empfinden.

Die Freude über ihr Aufblühen wurde von einem Schatten getrübt, den sie nicht wegstecken konnte. Sie vermisste Valentin nicht. Es erging ihr sehr gut ohne ihn. Ihr Leben war prall. Ganz anders als in Leningrad. Und sie fühlte sich schuldig deswegen. Es war ja nicht so, dass Valentin ihr Leid zugefügt hatte oder fremdgegangen war. Sie hatte da ganz andere Geschichten von Ehemännern gehört. Ihr Mann ließ sich nichts zuschulden kommen. Pflichtbewusst verrichtete er seine Arbeit. Seinen Söhnen war er immer ein fürsorglicher Papa. Trude gegenüber hatte er sich stets bemüht, die Unbeschwertheit der Anfänge wiederherzustellen. Er war sich bewusst, dass die Geburten und Leningrad seiner Frau zusetzten und hatte sich angestrengt, Trudes Leben zu erleichtern.

Valentin hatte alles gegeben, seiner kleinen Familie ein gutes Leben in der Stadt zu ermöglichen. Und doch war es nicht genug. Trude realisierte: Sie liebte ihn nicht mehr. In ihr war kein Platz für ihn. Wenn sie an seine nächtlichen Anstrengungen dachte, schnürte sich ihr Unterleib zusammen. Sein Pflichtbewusstsein war lobenswert, doch es erstickte sie. Valentin war in Leningrad die einzige konstante erwachsene Person. Trude erkannte, dass es zwischen ihnen nichts Neues mehr zu entdecken gab. Die Einsicht, dass ihr Valentin im Gegenteil lästig und überdrüssig geworden war, erschreckte Trude, als sie darüber nachdachte.

Die Distanz war Trude mehr als recht und sie hätte diesen Zustand gerne so aufrechterhalten. Zu kläglich waren die Überreste ihrer Ehe. Ganz heimlich, nach einem langen Arbeitstag auf dem Hof, wenn niemand mehr Ansprüche an sie stellte, wenn sie nachts alleine lag, ging sie in Gedanken und mit ihren Händen auf Entdeckungsreise. In ihrem Körper, von Sommersonne und Lebensfreude erwärmt, keimte leise verloren geglaubtes Lustgefühl auf. Sie entdeckte, dass sie sich selber guttun konnte. Mehr Glück brauchte sie nicht.

Eines Nachts, nachdem sich Trude erfüllt im Federbett einrollte, ploppte ein Gedanke auf, der ihr unangenehm war und den sie dennoch mit einem Mal in Betracht zog: Eine Scheidung war auf einmal eine mögliche Option. Während vieler Wochen war die räumliche Trennung ein Schutzschild und ersparte ihr, eine folgenschwere Erwägung auszusprechen. Doch der Tag würde kommen, der Tatsache ins Auge zu sehen, Valentin ins Gesicht zu sagen, dass es ihr ohne ihn besser ging.

Valentin kündigte sich mit einem Telegramm an: *„Ankunft: 16.7.33 in Tartu. Freue mich auf Dich und Kinder."*

Trude wusste, sie hätte sich freuen müssen. Jede andere an ihrer Stelle hätte ihren Geliebten ersehnt. Die knappen Worte wirkten auf die Gattin wie eine turmhohe Erwartung und sie sah der Begegnung mit Angst entgegen. Sein Wunsch, seine Frau und die Kinder zu sehen, forderte Trude heraus, Stellung zu beziehen. Er würde sich mit ihr unterhalten wollen, er würde mit ihr schlafen wollen, er würde mit den Buben und ihr Familie sein wollen.

In den Nächten vor Valentins Ankunft zerbrach sich Trude den Kopf und fand kaum Schlaf: *„Was hat uns nur entzweit? Leningrad? Die Kinder? Die zerplatzten Träume? Was hat mir* *meine Unbeschwertheit geraubt? Welche Macht war stärker als unsere Liebe, die wir einst füreinander empfanden? Gibt es noch eine Chance für uns? "*

Mit je einem Buben an der Hand wartete sie am Bahnsteig von Tartu auf Valentins Ankunft. Juri und Sergej waren außergewöhnlich brav. Sie bemerkten die Spannung in der Luft und ahnten, dass ihre Mutter ihnen heute keine Aufmerksamkeit schenken würde, so sehr sie sich auch anstrengten. So ließen sie es bleiben, sich wie sonst zu hänseln.

Die Buben trugen ihre Sonntagsanzüge. Die Mutter hatte ihnen das braune Haar am Vortag kurz geschnitten, die wilden Locken waren anders nicht zu bändigen. Trude hatte sich hübsch, aber nicht übertrieben herausgeputzt. Sie trug ein schlichtes weißes Sommerkleid, das mit blauen Kornblumen und grünen Ranken verziert war und das sie sich erst kürzlich hatte anfertigen lassen. Die Kleider, die sie in den ersten Monaten in Leningrad getragen hatte, passten immer noch nicht, so sehr hatte sie abgenommen. Die schönen Stoffe hingen nur schlaff an Trude herunter.

Valentin stieg aus dem Zug, suchte den Bahnsteig nach seiner Familie ab. Er ließ den Koffer stehen und eilte seinen Liebsten entgegen. Er umschloss alle drei mit seinen Armen. Den Buben wurde es rasch zu eng und sie befreiten sich aus dem Griff. Die Kinder plapperten und fragten, sie zerrten und stupsten. Es machte den Anfang einfacher. So still die Buben vor der Zugseinfahrt standen, so aufgeregt tanzten sie jetzt um ihren Vater herum, den sie zu Trudes Erleichterung in Beschlag nahmen.

Der dreijährige Juri hatte sich im Vorfeld viele Gedanken gemacht, ob der Vater derselbe war, wie der in der Stadt, ob der Papa ihn noch gernhaben würde und ob er ihnen etwas mitbringen würde.

Valentin setzte sich auf deren Wunsch zu seinen Söhnen hinten auf den Pferdewagen. Sie forderten seine ganze Aufmerksamkeit. Er musste von Leningrad und der Wohnung erzählen, von den großen Schiffen und den Kindern der Straße. Der Vater lauschte den Heldentaten seines Ältesten. Die Eheleute hatten wenig Gelegenheit, sich zu unterhalten. Und es war Trude recht. Sie saß auf dem Kutschbock und hielt die Zügel des Zweispänners in den Händen. Sie hatte keine Eile, den Hof zu erreichen. Ab und an drehte sie sich kurz um, um nach den Kindern zu schauen und Valentin aus dem Augenwinkel zu beobachten. Valentin versuchte dabei immer wieder, ihren Blick zu erhaschen, um mit ihr Kontakt aufzunehmen. Doch Trude wich ihm aus und richtete sich wieder auf den Weg aus. Sie spürte den Blick ihres Mannes in ihrem Rücken.

Trude hatte es ausgeblendet, doch sie anerkannte: Valentin war ein attraktiver Mann mit seinen ebenmäßigen Zügen. Seine Haut war makellos wie eh und je. Er würde mit Leichtigkeit eine neue Frau gewinnen. Dieser Gedanke versetzte Trude einen eifersüchtigen Stich. Würde sie ihn einfach so an eine andere loslassen können?

Abgesehen von ein paar einzelnen grauen Haaren im dichten Braun hatte sich Valentin äußerlich nicht verändert. Ob und was die Wochen ohne seine Familie in seinem Inneren für Spuren hinterlassen hatten, war mit bloßem Auge nicht erkennbar. Trotz Furcht vor dem nächsten und übernächsten Schritt, dem Gespräch unter vier Augen und der unweigerlichen intimen Annäherung wurde Trude neugierig, wie es ihm ergangen war.

Es stimmte Trude milde, den Vater mit den Kindern herumalbern zu sehen, im gestandenen Mann den kleinen Jungen zu finden, der sich im Spiel vergaß. Wie sie auf dem Kutschbock ihre drei Männer in ihrem Rücken beim Schwatzen belauschte, musste sie unverhofft lächeln. Mit einem Mal wurde es ihr leichter ums Herz. Irgendwie würden sie es hinkriegen. Sie anerkannte seine Größe, wie er aufrichtig an den Räubergeschichten der Jungen Anteil nahm und ihnen ungeniert seinen Vaterstolz und seine Liebe bezeugte. Es ebnete einen gangbaren Weg zwischen ihm und ihr, wo sie vorher nur Dickicht und Abgründe gesehen hatte.

Nach dem Abendessen rückte der Moment unausweichlich näher. Olga brachte die Buben ins Bett. Valentin fasste seine Frau am Arm und führte sie ins Freie. Damit wollte er verhindern, dass sie ihm erneut auswich. Doch sie wusste ja selber, dass ein weiteres Hinauszögern keinen Sinn ergab. Nach dem heißen Sommertag strahlte die Erde immer noch Wärme ab und ein angenehmer Abendwind zog auf.

Sie zogen einfach aufs Geratewohl los. Schweigend. Valentin hatte schon immer ein sicheres Gespür für die Stimmungen seiner Mitmenschen, für den richtigen Zeitpunkt. Es war ihm nicht entgangen, dass Trude ihn den ganzen Tag auf Abstand gehalten hatte. Er signalisierte ihr mit seinem Schweigen, dass er seiner Frau den ersten Schritt überließ.

Trude hatte von anderen Frauen gehört, wie deren Ehemänner die eheliche Pflicht einforderten. Es war gang und gäbe, dass die Angetraute als Eigentum eines Gatten betrachtet wurde. Somit durfte ein Mann zu jeder Tages- und Nachtzeit über sie und ihren Körper verfügen. Ungeachtet, ob die Frau selber Lust empfand, in guter Verfassung, schwanger oder gar krank war. Trude wusste, Valentin hätte sie auf der Stelle irgendwo im Gehölz oder auf dem freien Feld vergewaltigen können, ohne dass er zu Rechenschaft gezogen worden wäre. Dazu gab ihm nicht nur die Tradition des Patriarchats, sondern auch die Kirche den Segen.

Aber er tat es nicht.

Sie schritten, jeder in sich versunken, die Gedanken ordnend, nebeneinander her. Sie berührten sich nicht einmal an den Händen. Von Weitem betrachtet bummelten zwei Menschen wort- und ziellos nebeneinander durch die Gegend.

Jeder spürte das Ringen des andern. Jeder versuchte zu ergründen, was sie voneinander trennte, wie die Lücke zu schließen war. Weder Valentin noch Trude fanden den richtigen Einstieg ins Gespräch. Jedes falsche Wort wäre ein Wort zu viel gewesen. Und darum war Schweigen die bessere Wahl. Augenscheinlich passierte nichts, rein gar nichts. Und doch genau darin geschah das Wesentliche. Im Abwarten, im Aushalten, im Nichts-erzwingen-Wollen, indem sie sich mit gut gemeinten, aber falschen Gesten und Worten verschonten, in dieser

Aussparung wurde der Keim spürbar. Da war es wieder! Das vertraute Behagen. Wie wohl es Trude fühlen konnte in seiner Gegenwart, wenn der Druck wegfiel! Valentins unaufdringliche Anwesenheit ließ sie gänzlich entspannen.

Und plötzlich begriff Trude in aller Klarheit: Sie hatten für ihre Ehe viel zu wenig Sorge getragen. Sie war ein zarter, hoffnungsvoller Trieb, der in sich das Versprechen eines prächtigen Baumes trug. In den ersten Monaten hatten die Frischverliebten die Pflanze genährt und versorgt. Doch eines Tages hatten sie ihr keine Beachtung mehr geschenkt. Allem anderen hatten sie Aufmerksamkeit gegeben: den Kindern, Valentins Arbeit, der Bewältigung von Kälte und Alltag. Doch ihnen als Paar, dem Stamm der Familie, hatten sie nicht die gebührende Wichtigkeit eingeräumt. Und alles war aus dem Lot gekommen. Mit dieser Einsicht übermannte Trude der dringende Wunsch, ihren Mann ganz zurückzugewinnen, nicht nur den physisch anwesenden Mann neben sich. Sie hielt abrupt im Gehen inne und wandte sich ihm zu. Erst zögerte sie einen Augenblick, suchte sein Einverständnis in den Augen. Dann schlossen sie sich in die Arme. Der Bann war gebrochen. Eine Welle von Erleichterung, Liebe und Dankbarkeit spülte über sie hinweg. Wie zwei Gestrandete nach einem Schiffbruch hielten sie sich aneinander fest, als wollten sie sich nie mehr loslassen.

Dem Juliabend folgten sorglose Sommertage in Tartu. Es wurde der erste Familienurlaub. Sie machten Ausflüge, badeten im See und Valentin zeigte Juri das Angeln. Bei der Getreideernte packten alle mit an. Und des Abends wurde an Olgas langer Tafel verspeist, was Hof und Garten abwarfen. Valentin und Trude hatten die Sprache wieder gefunden. In langen Gesprächen erörterten sie, wie es dazu gekommen war, wie die Umstände in Leningrad ihre Kräfte geraubt hatten und wie sie es nicht mehr so weit kommen lassen wollten. Das Paar legte seine Wünsche und Lebenspläne auf den Tisch.

Trudes Körper strotzte dank regelmäßiger, körperlicher Arbeit in freier Natur und gesunder Ernährung vor Vitalität. Es war wieder ein Leichtes, sich ihrem Liebsten zu öffnen und hinzugeben. Sie freute sich an der Wiederentdeckung, dass Brüste und Schoß noch anderes vermochten, als Kinder zu gebären und zu stillen. Nicht nur die schwülen Sommertemperaturen brachten das Paar zum Schwitzen.

Nach drei Wochen kehrte Valentin in die Stadt zurück. Trude folgte ihm mit den Buben im September voller Zuversicht. Die Familie bezog eine geräumigere Wohnung und sie stellten eine Hilfe ein, die Trude im Haushalt und der Kinderbetreuung zur Hand gehen sollte. Dies ermöglichte ihr, ohne Kinder aus dem Haus zu gehen, Arbeit zu suchen und Freundschaften zu knüpfen, was ihrem Gemüt zugutekommen sollte.

Im Oktober 1933 trat die zwanzigjährige Marija bei der Familie in den Dienst. Sie bezog das kleine Gästezimmer. Marija war eine Perle! Sergeij himmelte die junge Frau an und sie wurde den Kindern eine geliebte große Spielkameradin. Trude gewann in Marija eine unbekümmerte Gesprächspartnerin. Die alltäglichen Verrichtungen erledigten sich in ihrer angenehmen Gesellschaft wie fast von selbst. Was Trude auf

Olgas Hof schätzte, stets einen Gesprächspartner zu haben, hatte sie nun auch in der Stadtwohnung. Sie erkannte, dass sie den Austausch mit anderen Erwachsenen brauchte. Trude war nicht dazu geschaffen, alleine zu sein.

Den Eltern kam Marija am meisten zugute. Die Kinder in ihrer guten Obhut wissend, konnten sie unbekümmert ausgehen. Sie gingen ins Theater oder zu Kinovorführungen, die als neue technische Errungenschaft besonders aufregend und gefeiert waren. Endlich konnte Trude Valentin auf seine Geschäftsessen begleiten. Daraus erfolgte auch für sie immer mehr Zutritt zu interessanten Kreisen. Es gefiel Trude, sich schön zu kleiden, sich zu pflegen. Sie entdeckte wieder ihre kindliche Freude am Tanzen. Wenn sich das Paar ins Schlafzimmer zurückzog, sich vergaß und etwas lauter herumalberte, als es sich schickte, ließ sich Marija am nächsten Tag nichts anmerken.

Mit Doktor Medwedew und seiner Frau entwickelte sich allmählich eine herzliche Freundschaft. Medwedew besaß einen köstlichen Humor. Er schaffte es, die Menschen mit seinen Episoden aus der Arztpraxis und von seinen Reisen abendfüllend zu unterhalten. Rita Katarina Medwedew wirkte auf den ersten Eindruck schüchtern, doch half ihr ein Gläschen Champagner stets auf die Sprünge. Sie stand ihrem Mann in Sachen Wissen, Kultur und Witz in nichts nach. Es war ein Vergnügen, mit den beiden auszugehen.

Das Familienleben fügte sich in die Rhythmen der Jahreszeiten ein. Die Winter verbrachte die Familie in der Stadt. Von Juni bis September lebte sie auf dem Land. Die drei Wochen, die Valentin jeweils mit Trude und den Buben auf Olgas Gut verbrachte, waren ein Glückskonzentrat. Jedes Jahr erneuerten Trude und Valentin ihr Eheversprechen.

Rita Medwedews Beziehungen und ihren Sprachkenntnissen verdankte sie, dass sie im Januar 1934 an erste Übersetzungsaufträge kam. Zu Beginn übersetzte sie einfache Korrespondenz für kleinere Exportunternehmen vom Russischen ins Deutsche und umgekehrt. Die Auftraggeber waren zufrieden mit ihrer Arbeit und sie wurde weiterempfohlen. Bald hatte Trude einen festen Kundenstamm. In der Folge wurde sie zu Essen und Vertragsabschlüssen mit deutschen Geschäftspartnern zugezogen. Und es ergaben sich gelegentliche Aufträge vom Militär.

Trude liebte ihre Arbeit. Es war die Ausgewogenheit zwischen stiller Schreibarbeit und regem Menschenkontakt, die sie so spannend machte. In der Auseinandersetzung mit den Sprachen lernte Trude, die Zusammenhänge zwischen Kultur, Geschichte und Sprachentwicklung zu verstehen. Sie machte sich ein Spiel daraus, hinter der Sprache den Geist eines Landes zu erforschen. Die deutsche Grammatik war in ihren Augen ein Gerüst aus Struktur und Disziplin. In ihr findet der Deutsche Klarheit. Trude erinnerte sich an Vaters breites und gemächliches Berner Schweizerdeutsch. Wenn er sprach, klang seine Stimme weich und wohlklingend. In Gedanken reiste Trude in die ferne Schweiz und sie stellte sich die Heimat ihrer Eltern mit lieblichen, hügeligen Landschaften und die Menschen als gemütliche Zeitgenossen vor. Bei Estnisch schwang immer etwas Humorvolles mit, als hätten die Trolle unter der Erde die Sprache erfunden. Und im Russischen schwangen die Schwermut, Poesie und die unergründliche Weite des Landes mit. Es bereitete Trude Freude, mit den Bausteinen der Sprachen zu spielen.

Ein ebensolches Vergnügen war es für Trude, sich in Männerrunden zu bewegen. Sie wurde in ihrer geistigen und sprachlichen Kompetenz geachtet und war nicht zur Dekoration reduziert, wie andere Damen der Gesellschaft. Der Status als verheiratete Frau und Mutter verlieh ihr bei den Herren eine gewisse Unantastbarkeit. Es kam nur einmal vor, dass ein hanseatischer Geschäftsmann nach mehreren Gläsern seinen Anstand vergaß und sie mit aufs Hotelzimmer bat.

Die Kinder wohl versorgt zu wissen, war es ein Einfaches, das Haus zu verlassen und nach getaner Arbeit wieder heimzukehren. Trude war geistig ausgeglichen und erfüllt. Hausarbeit und Kindererziehung gingen ihr nun leicht von der Hand, weil sie zufrieden und vor allem ausgeschlafen war. Es war wirklich ein Privileg, Marija in der Familie zu haben. Für Trude, sie als helfende Hand und mitdenkende Person im Haus zu haben. Für Marija war es ein Glück, weil sie mit dem Einkommen ihre Eltern und die sieben jüngeren Geschwister unterstützen konnte.

Die folgenden Jahre flossen dahin wie ein ruhiger Strom. Auch Philips Geburt im April 1935 brachte niemanden mehr aus der Ruhe. Der Säugling reihte sich reibungslos in die Kinderschar ein. Trude erholte sich schnell von Geburt und Wochenbett.

Ihren Beruf übte sie weiter aus. Die Aufträge ließen sich gut mit dem Stillen koordinieren. Sergej hatte unter Marijas sanftem Einfluss seine Borstigkeit abgelegt und Vertrauen in seine Mitmenschen gewonnen. Mit dem Eintritt in Kindergarten und Schule bekamen die Großen einen neuen Rhythmus, dem sie sich mühelos anpassten. Und mit den neuen Spielkameraden wurde das Haus der Familie noch lebendiger.

Trudes Leben war rund. Bis 1938.

*E*s gab kein einschneidendes Ereignis, das man als Wendepunkt hätte benennen können. Die Veränderung hatte sich langsam eingeschlichen. So wie der kurze Augenblick der Virusübertragung nicht erkannt wird, die Inkubationszeit einer Grippe unbemerkt erfolgt und man sich plötzlich mit hohem Fieber im Bett wiederfindet.

Im Juni 1938 wurde Trude stutzig. Sie fand sich einmal mehr in Medwedews Wartezimmer mit einem Jungen auf dem Schoß. Dieses Mal hatte Juri bei einer Rauferei eine Platzwunde am Kopf abgekriegt. Es war bereits das fünfte Mal in diesem Jahr, dass einer der Buben ärztliche Hilfe brauchte. Die Kinder benahmen sich seit einiger Zeit auffällig daneben. Häufigkeit und Rohheit der Prügeleien überstiegen bei Weitem das Maß von alltäglichem Geplänkel. Schnittwunden, Brüche, Quetschungen, Bisse wurden bei den acht-, sieben- und dreijährigen Knaben zur bedenklichen Tagesordnung. Sie kehrten mit Blessuren aus Schule und Kindergarten zurück oder fügten sie sich gegenseitig zu. Wie nie zuvor musste die Mutter ihre Kinder an die Kandare nehmen. Regelmäßig schickten die Eltern einen der Knaben ohne Abendessen ins Bett oder maßregelten sie mit einer anderen Strafe.

Was hatte sich verändert? War es das hitzige Temperament der Buben, die zunehmenden körperlichen Kräfte, die sie an den Geschwistern auslassen mussten? Reichten die Hinterhof-spiele nicht mehr aus, sich leer zu toben? Fußballspiele und Wettrennen schienen den Jungs nicht mehr genug Ventil für die Testosteronschübe. Irgendetwas musste die kleinen Kerle streitsüchtiger machen.

Auch bei Trudes Arbeit begann sich eine Veränderung abzu-zeichnen. Lange Zeit waren ihre Übersetzungsdienste sehr ge-fragt. Sie musste sich nie um Arbeit bemühen. Und plötzlich fand sie sich vor einem leeren Schreibtisch wieder.

Es lag etwas in der Luft.

Trude musste dem nachgehen. Außer ihrem Gang zu Dowskis Bäckerei hatte sie bis zu diesem Zeitpunkt alle Besorgungen Marija überlassen. Das Mädchen hatte die Kinder zum Unter-richt begleitet und war die Ansprechperson bei den Lehrern. Trude beschloss, sie nun zu begleiten. In keiner Weise, um sie zu kontrollieren, sie genoss zurecht das ganze Vertrauen der El-tern. Nein, Trude drängte eine große Unruhe unter das Volk. Sie musste herausfinden, was los war. Sie begann die Menschen auf der Straße zu beobachten, schenkte den Gesprächen in der Straßenbahn mehr Beachtung und fing an, bis dahin politisch gänzlich desinteressiert, den Zeitungsaushang zu lesen.

Lange hatten die Entwicklungen in Europa Valentins und Tru-des Familie nicht betroffen. Es ging ihnen existenziell gut. Sie fühlten sich vogelfrei, hatten keine Lust, sich mit Parteien und staatspolitischen Geschäften auseinanderzusetzen. Valentin war von den Ambitionen seines Vaters, ihn in die Politik zu drängen, derart angewidert, dass er sich all die Jahre gänzlich von ihr abgewandt hatte. Trude lauschte, las, beobachtete und zählte eins und eins zusammen: Valentins deutsche Herkunft könnte ihrem beschaulichen Leben ein Fallstrick werden. Bei Valentins Arbeit war es bisher nie relevant gewesen, welche Nationalität er hatte. Den Menschen, mit denen Trude zu tun hatte, war es egal, ob ihr Mann Deutscher war, oder sie wussten es nicht. Und Trude wurde in erster Linie als Estin wahrgenommen.

In diesem Jahr kristallisierte sich heraus, dass Valentins Herkunft verhängnisvoller war, als ihnen bewusst war. Die Buben spürten es mit Ausgrenzung und Prügeleien in der Schule. Trude blieben als Übersetzerin die Aufträge aus. Am 7. Juli 1938 traf es Valentin. An diesem unheilvollen Tag kehrte er am frühen Nachmittag nach Hause zurück. Er wurde nach elf Jahren mit der fadenscheinigen Begründung, dass seine Arbeitsstelle ersatzlos gestrichen wurde, entlassen.

Als gar die unerschütterlichen Bäckersleute Dowski den deutschen Schriftzug von der Markise verschwinden ließen, wusste Trude, dass es ernst wurde. Nach Jahren großzügigen Gleichmuts wurde Deutschtum für den Familienbetrieb plötzlich existenzbedrohend.

Der Stimmungsumschwung und die Kündigung bescherten Valentin und Trude schlaflose Nächte. Was war geschehen? Wie sollte es weitergehen? Valentin kontaktierte alte Freunde in Berlin. Er schöpfte alle Möglichkeiten aus, um eine neue Anstellung zu finden. Die Bekannten telegrafierten zurück und berichteten von den Entwicklungen in Deutschland. Es wurde ihm zugetragen, dass Valentins Eltern in Hitlers Entourage verkehrten. Valentin zog es nicht eine Sekunde in Erwägung, seinen Vater um Hilfe zu bitten.

Später, als Trude auf diese Leningrader Jahre zurückblickte, wären die Vorzeichen schon immer zu erkennen gewesen, hätte sie nur einen Blick dafür gehabt. Doch sie hatte kaum Berührungspunkte mit dem einfachen Volk. Sie kümmerte sich um ihre Kinder, ging in ihrer Arbeit auf, bewegte sich in Künstlerkreisen oder in der besseren Gesellschaft. So war Trude lange blind dafür, dass die einfachen Menschen auf der Straße hungerten. In den Schaufenstern war die Ware weniger geworden und die Arbeitslosigkeit angestiegen. Waren die Deutschen bis dahin geduldet, begannen die Leningrader in ihrer Armut den Fremden am Tisch zu hassen.

Trude begriff, dass man die politischen Zusammenhänge verstehen muss, um den Alltag in einem ethnischen Minenfeld zu meistern, und studierte die russisch-deutsche Geschichte.

Was die europäischen Metropolen ausgangs des 19. Jahrhunderts im Eifer der Industrialisierung verband, hat der Weltkrieg zunichtegemacht. Vorher wetteiferten die Staaten um die neusten Errungenschaften und spornten sich gegenseitig zu neuen geistigen Höhenflügen und Erfindungen an. Europa stand in Hochblüte. Der Eiffelturm wurde zum Symbol der modernen Architektur. Die ersten waghalsigen Flüge von Lilienthal und den Gebrüder Wright demonstrierten die kühnen Fortschritte in der Luftfahrt. Freud revolutionierte die Psychiatrie. Doch der Krieg 1914 setzte der enthusiastischen Entwicklung abrupt ein

Ende. Und das aufstrebende Europa wurde zutiefst in seiner Seele gespalten.

Trude war neun, als die russischen Bauern 1917 demonstrierten und den Zaren stürzten. Sie erinnerte sich an die Aufregung und die Sensation, die auf den Hof drangen. Die Russische Revolution war wochenlang Gesprächsstoff der Erwachsenen. Doch sie verstand damals die Zusammenhänge nicht. Vor und während des Krieges hatte Russland im Inneren und im Außen an vielen Fronten zu kämpfen und war als Nation geschwächt. Russland und Deutschland waren die Verlierer des Krieges. Sie mussten zusehen, wie die Gewinnerstaaten die neuen Spielregeln bestimmten. In der Demütigung suchten die Regierungen beider Staaten die Verbündung, die durch den Berliner Vertrag 1926 besiegelt wurde. Daraus erfolgte eine langjährige, unheilvolle Allianz. Unverhohlen missbilligte das Fußvolk die Bemühungen der politischen Elite.

Mit der Weltwirtschaftskrise und der hohen Arbeitslosigkeit in Europa bekam Valentin wie alle Deutschen in Leningrad blanke Feindseligkeit zu spüren. Im Kampf um den Arbeitsplatz und das tägliche Brot ist sich jeder selber am nächsten. Feindbilder helfen die Existenzangst zu bewältigen. Alte Sündenböcke müssen herhalten, wenn man den Grund für die eigene Not nicht versteht. Als Estin war Trude eine geduldete Migrantin. Als Frau eines Deutschen jedoch nicht. Sehr schnell lernte sie, jedes Wort auf die Goldwaage zu legen. Obwohl sie immer ein und dieselbe Person war, wurde sie, je nachdem, welche Sprache sie benutzte, von den Mitmenschen anders behandelt.

Von nun an war es überlebensnotwendig, alles, was annähernd nach Deutsch klang, aus dem Wortschatz zu streichen. Wenn sie über ihre Herkunft befragt wurde, vermied sie tunlichst, die verschwägerte deutsche Verwandtschaft zu erwähnen. Je nach Bildungsstand eines Gegenübers, die Schweiz wurde öfters salopp zum Großreich Deutschland gezählt, war sie sogar mit Schweizer Abstammung unerwünscht.

Trude begann, sich wie nie zuvor mit dem Begriff Heimat auseinanderzusetzen. Wo waren ihre eigentlichen Wurzeln? War sie nun Schweizerin? Estin? Deutsche? Oder mittlerweile Russin? Wo war sie zugehörig? Prägten Wohnort oder Land das eigene Wohlbefinden? Oder kam es ausschließlich auf die Menschen an, mit denen sie das Leben teilte?

Trude kam zur Einsicht, dass sie überall würde wohnen können, wenn sie Valentin und die Kinder bei sich hätte. Diese bedeutungsvolle Erkenntnis trug zur Lösung ihrer Überlebensfrage bei. Sie waren nicht an Leningrad gebunden. Sie könnten mit den Kindern überall auf der Welt leben, sofern sie in einem Land willkommen waren.

Den Sommer verbrachte die Familie bei Olga. Und zum ersten Mal war Valentin die ganze Zeit mit Trude und den Buben. Bis September hatten die Eltern Schonfrist. Es gelang Valentin und Trude, zeitweise die Not der Situation zu vergessen, weil das Glück, als vollzählige Familie den Sommer zusammen zu verbringen, überwog. Sie brachten eine reiche Ernte ein. Das Land warf dieses Jahr einen besonders hohen Ertrag ab. Wie nie zuvor wurde Trude der Wert der Landwirtschaft bewusst. Während in der Stadt Entbehrung in den Gesichtern der Menschen abzulesen war, fuhren sie auf dem Land volle Getreidesäcke ein. Die Keller füllten sich mit Kartoffeln, Gemüse und Obst für den langen Winter.

Es mangelte der Familie auch nicht an Geld. Sie waren ziemlich vermögend. In den Jahren hatten sie dank Valentins gutem Einkommen einiges ansparen können. Doch wenn es nichts mehr zu kaufen gibt, macht auch Geld nicht satt. Eine akademische Bildung mag Ansehen, geistige Erfüllung und ein pralles Portemonnaie einbringen. Doch in den Hörsälen wird kein Weizen gepflanzt und auf Pflastersteinen gedeihen keine Kartoffeln. Der Mensch wird immer fruchtbaren Boden brauchen, ihn mit Fleiß und Ausdauer bearbeiten müssen, wenn er satt sein will. Beherzter denn je packte Trude in diesen Monaten auf dem Feld mit an. Das Kriegsgerassel in Europa mahnte sie, den Augenblick mit aller Intensität zu leben.

Valentin lotete währenddessen in Tallin, Riga, Helsinki und anderen Hafenstädten Arbeitsmöglichkeiten aus. Er kontaktierte in Finnland und Russland Werften. Ohne Erfolg. Und je näher der Herbst kam, die Kinder wieder zurück zur Schule sollten, und Klarheit über ihre Zukunft gefordert war, desto mehr freundeten sie sich mit dem Gedanken an, ein Gut in Estland zu kaufen. Die Idee, sich mit eigenem Land und Vieh zu versorgen, schien nicht mehr abwegig, wenn auch in Anbetracht von Valentins Beruf und Geschick nicht die Lieblingsvariante. Valentin bereiste von da an Estland, um ein Zuhause für die Familie zu finden.

Trude kehrte Ende August nach Leningrad zurück, während die Buben in Olgas Obhut blieben. Es gab einiges zu regeln. Die Wohnung, die Schule der Kinder, ihr verwaistes Büro, Marijas Zukunft. Trude wollte sie mit nach Estland nehmen, sobald sie den Wohnsitz geregelt hatten. Marija verbrachte während der Abwesenheit ihrer Arbeitgeber den Urlaub bei ihrer Familie in der Datscha am Stadtrand und schaute gelegentlich nach der Wohnung.

Trude freute sich darauf, sich eine Woche lang ohne Kinder an der Hand in Leningrad zu bewegen. Ausgehen! Ausschlafen! Sie nahm sich vor, nur dann zu essen, wenn sie hungrig war, nicht wenn die Uhr, die den Familientakt bestimmte, es vorgab. Das gab es noch nie, dass sie ganz alleine in der Stadtwohnung war. Wenn nicht Kinderlärm die Räume füllte, dann Marijas, Valentins oder der der Gäste.

Beim ersten Rundgang durch die Zimmer vergewisserte sie sich, ob alles am angestammten Platz war. Nicht aus Misstrauen zu Marija, mehr um die Gegenstände, die ihren Alltag zierten, wie alte Freunde zu begrüßen. Trude riss die Fenster auf, um die abgestandene Luft entweichen zu lassen und die spätsommerliche Sonne hereinzulassen. Sie zog ihre Schuhe aus, schleuderte sie lustvoll, weil kein Zwang zur Vorbildlichkeit da war, durch den Raum, fläzte sich auf das grüne Sofa und streckte die Beine über die Seitenlehne. Auf dem Gehsteig hörte sie hektische Schritte von Stöckelschuhen vorbeitrippeln.

Von weiter weg schnappte sie barsche Gesprächsfetzen von einem Geschäftsmann auf, der seinem Laufburschen die Leviten las. Ein Automobilist trat quietschend auf die Bremse und eine Fahrradklingel ertönte. Sonst war es still. Aus der Wohnung drang kein Laut. Obschon Trude diesen Augenblick der Ruhe genoss, verkrampfte sich ihr Herz. Sie sehnte sich bereits innerhalb weniger Stunden nach ihren vier Männern! Sie wusste ganz genau, wohin sie gehörte.

Am anderen Tag suchte sie die Praxis des Bären auf. Sie wollte sich von ihm bestätigen lassen, dass die dumpfen Bauchschmerzen und die gelegentliche Übelkeit, die sie schon eine Weile plagten, nur die letzten Zuckungen einer lästigen sommerlichen Darmgrippe waren. Auch wollte sie sich mit ihm und seiner Frau verabreden. Die Sprechstundenhilfe kannte Trude wegen der häufigen Arztbesuche mit den Kindern bestens und schleuste sie, einen Notfall vortäuschend, an den wartenden Patienten vorbei ins Sprechzimmer. Die Wiedersehensfreude war groß. Die Diagnose weniger. Natürlich wusste Trude nach drei Kindern die frühen Anzeichen zu deuten. Erfolgreich hatte sie die Möglichkeit einer Schwangerschaft weggedrängt und hoffte, von Medwedew einen anderen Befund zu bekommen. Sollte er doch Menopause, Anämie und weiß der Geier was diagnostizieren. Doch der Arzt tat ihr den Gefallen nicht, sondern verkündete mit einem breiten Grinsen, dass ihr viertes Kind voraussichtlich im Januar 1939 zur Welt kommen würde. Als guter Freund durfte er sich die Bemerkung erlauben: *„Ihr müsst halt, wenn ihr schon die ganze Zeit über einander herfallt, aufpassen!"*

Trude konnte es ihm nicht übel nehmen. Er hatte ja recht. Sie war körperlich und seelisch in bester Verfassung, sie wurde im Oktober ja erst dreißig. Und dennoch war dies so ziemlich der schlechtmöglichste Zeitpunkt für ein weiteres Kind. Die Bestätigung des Arztes überwältigte Trude und sie brach in Tränen aus. Der Bär drückte sie als Arzt und Freund wortlos an seinen fülligen Körper und ließ sie, wissend, dass seine Patienten in der Sprechstunde warteten, leer weinen. Seiner Meinung nach war Trude ein begründeter Notfall. Die werdende Mutter schilderte ihm schließlich in wenigen Worten den Stand der Dinge und die beiden verabredeten sich zum Nachtessen.

Rita Katarina war bereits in alles eingeweiht, als Trude am Abend bei Familie Medwedew eintraf. Sie schloss die Freundin mit einer langen wortlosen Umarmung in die Arme. Darin drückte sie Wiedersehensfreude, Anteilnahme, Solidarität und auch den berechtigten Anteil Freude am neuen Menschlein aus. Bei Tisch schwatzten sie über Belangloses, über Dinge, die geschahen, gesehen wurden, einen nicht wirklich tangierten, aber einen unterhielten. Trude fühlte sich federleicht in Rita Katarinas Gesellschaft. Der Bär, der inzwischen zu ihnen gestoßen war, hörte ihrem Gezwitscher belustigt zu, bis ihm der Zeitpunkt gekommen schien, den Nichtigkeiten Einhalt zu gebieten und Wichtigerem Gehör zu verschaffen. Er räusperte sich, hielt einen kurzen Moment inne, was die Stimmung im Raum bedeutungsvoll anhob. Dann sprach er mit seiner ruhigen, tiefen Stimme: *„Ich habe nach deinem Besuch in der Praxis mit meinem Vetter telegrafiert. Mikhail Petrowitsch ist*

*Ende der Zwanzigerjahre nach Darwin ausgewandert und
hat sich eine kleine Werft aufgebaut. Er hat mir postwendend
geantwortet, er könnte Hilfe gebrauchen. Valentin kann im
Herbst bei ihm als Schiffsbauer anfangen."*

Wie ein Felssturz den Verlauf eines Flusses umlenkt, brachte das Angebot aus Australien eine neue, unerwartete Wende
für die Familie. Als Trude zum Birkenhof zurückgekehrt war,
von der Schwangerschaft und Petrowitschs Option berichtete,
riss Valentin wie ein Sportler beim Zieleinlauf die Arme hoch.
Er stieß sogar einen Jubelschrei aus. Seine spontane Reaktion
war eindeutig.

Valentin legte sich ins Zeug, Ausreisepapiere und Schiffskar-
ten zu beschaffen und den Hausrat aufzulösen. In dieser Auf-
bruchphase lernte Trude eine neue Seite ihres Mannes kennen.
Er, der nüchterne Pragmatiker, wenn es um Existenzielles, der
Romantiker, wenn es um künstlerisch-ästhetische Belange
ging, verwandelte sich in einen ungestümen Abenteurer.

Während Trude der Auswanderung nach Australien der Kinderschar wegen mit gemischten Gefühlen entgegenblickte,
sah Valentin darin den großen Gewinn seines Lebens. Für
ihn bedeutete sie die einmalige Gelegenheit, in die neue Welt
zu reisen. Diese Chance würde nie mehr kommen. Also war
seiner Ansicht nach keine Zeit und Energie mit zögerlichem
Abwägen zu verschwenden und es galt, nur noch die Koffer
zu packen.

DARWIN

1938 – 1974

1938 Rote Erde

D as Schiff, auf dem die Familie übersiedelte, hieß Minerva. Für die Kinder war es ein spektakuläres Abenteuer. Die Reise war kurzweilig und verlief zum Glück ohne Zwischenfälle. Ende November 1938 fuhren Trude, Valentin und ihre Kinder in Darwins Hafen ein.

Valentin ging als Erster von Bord und schritt zügig über den hölzernen Landesteg. Als er den ersten Fuß auf australischen Boden gesetzt hatte, bückte er sich, griff mit beiden Händen in die rote Erde und ließ sie bedeutungsvoll durch die Finger rinnen. Dann richtete er sich auf, drückte die Schulter durch und rückte seinen Strohhut zurecht. Mit beiden Händen bürstete sich Valentin unsichtbaren Staub von den Schultern. Als würde er Europa und damit alle alten Konventionen abwischen. Als wäre er ab jetzt ein freier Mann. Dann kehrte er noch einmal um, schickte sich an, seine hochschwangere Frau, die in der schwülen Hitze schwer atmete, über den Pier zu geleiten. Ihnen folgten drei wirbelnde Buben, die sich förmlich in das neue Abenteuer stürzten.

Valentin trat bereits eine Woche nach der Immigration seine Stelle bei Mikhail Petrowitsch an.

Petrowitsch war ein ungehobelter Kerl mit beeindruckenden Oberarmen. Als gelernter Schiffsbauer hatte er in den späten Zwanzigern als Seemann nach Australien angeheuert. Er trat laut und derb auf. Dadurch verschaffte er sich nicht Anerkennung, aber Respekt. Ihm entsprach Darwin, wie es anzufinden war – schwül, roh und unzivilisiert. Die Stadt war spärlich besiedelt. Es war das Revier für einen wilden Russen.

Petrowitsch war, als Trude und Valentin ihn kennenlernten, eine stadtbekannte Persönlichkeit. Er hatte sich vom Matrosen und Schiffsbauer zum Werftbesitzer hochgearbeitet. Zupacken konnte er und zuverlässig war er. Er konnte am Vorabend noch so betrunken in irgendeinem Bett landen, anderntags stand er pünktlich in seinem Betrieb. Petrowitsch war als Chef respektiert, jedoch mehr gefürchtet als beliebt. Als Vorgesetzter hatte er ein lautes Mundwerk, hatte ständig ein derbes Wort auf den Lippen. Selbst nach vielen Jahren war sein russischer Akzent immer noch unüberhörbar.

Man munkelte hinter vorgehaltener Hand, dass einige Mischlingskinder der Stadt seinem Schoß entsprungen seien. Laut durfte dies aber nie ausgesprochen werden, denn es war ja bei Gefängnisstrafe verboten, sich mit Aborigines einzulassen. An die Apartheid konnte sich Trude nie gewöhnen. Die Doppelmoral der Weißen war ihr zuwider. Trude musste zugeben, dass ihr die Ureinwohner zu Beginn Angst einflößten. Fremd und finster erschienen sie ihr mit ihrer Sprache und ihrem Auftreten. Trotzdem fand sie es unerträglich, wie die meisten Einwanderer über die Aborigines sprachen und sie behandelten. Als wären sie Vieh. Respektlos spotteten sie über die minderwertige Rasse, über Aussehen und Geruch der Schwarzen. Sie missbrauchten sie als billige Arbeitskräfte in Haus und Hof und hielten sie wie Sklaven. Die weißen Männer bedienten sich der schutzlosen Frauen. Trude musste die Bilder, die vor ihrem inneren Auge entstanden, vehement wegwischen. Sie wollte sich nicht vorstellen, was die geilen Säcke mit den eingeborenen Mädchen anstellten. Jedermann wusste um das Treiben, doch kein Gesetz schützte die indigenen Menschen. Setzten sich Aboriginesfrauen oder ihre Angehörigen zur Wehr, wurden sie wie wilde Tiere abgeknallt.

Mikhail Petrowitsch hatte Arbeit und er bezahlte gut und pünktlich. Petrowitsch kam die Anfrage von Medwedew wie gerufen, da ihm selbst das Know-how fehlte, anspruchsvolle Schiffe zu konstruieren. Er hatte ehrgeizige Pläne mit Valentin. Mit dessen Erfahrung und Talent wollte Petrowitsch aus seiner Fischkutterschreinerei eine lukrative Werft für Hochseeschiffe machen. Valentin krempelte die Arme hoch und machte sich an die Arbeit. Er liebte seinen Beruf und war sehr motiviert, Petrowitschs hochfliegende Ideen zu realisieren. Valentin war sich seines Wertes bewusst und sagte sich, dass, wenn er gute Arbeit verrichtete, Petrowitsch ihm bald aus der Hand fressen würde.

Trude kümmerte sich derweil um das Haus, das Petrowitsch in der Nähe des Hafens für die Familie gemietet hatte. Ihr neues Zuhause war ein einfacher Holzbau, der auf Pfosten einen Meter über dem Boden errichtet war. Eine überdachte Veranda entlang der Frontseite wurde zu einem beliebten Schattenplatz. Wie alle anderen Häuser hatte es ein Wellblechdach. Die breite Holztreppe erkoren die Buben zu ihrem Lieblingsort. Sie

war Ausguck, Treffpunkt und Rampe für Sprung- und Spuck-
wettbewerbe in einem. Sie hatten drei Zimmer und eine Küche. Möbel aus der alten Wohnung, auf die unabkömmlichen
Lieblingsstücke reduziert, waren mit dem Schiff verfrachtet
worden. Das kunstvoll gedrechselte Handwerk passte überhaupt nicht zu den rohen Holzdielen, doch füllten die Möbel
die Räume mit Vertrautheit. Trude hatte vorher nie auf Spit-
zendecken und Vorhänge Wert gelegt, doch hier klammerte
sie sich an alles aus der alten Heimat. Fieberhaft versuchte sie,
sich einen neuen Alltag einzurichten.

Das beißende Heimweh behielt sie für sich. Denn Valentin war
begeistert von seinem neuen Leben. Wenn er zu den Mahlzeiten heimkam, sprang er mit Schwung die Treppen empor,
riss die Tür auf, konnte es kaum erwarten, seine Lebensfreude
mit seiner Familie zu teilen. Doch die gedrückte Stimmung,
die ihm dort von seiner Frau entgegenschlug, bremste ihn aus.
Bei Tisch streifte Trude sein vorwurfsvoller Blick. Er konnte
es nicht begreifen, wie sie sich innerlich gegen die einzigartige
Chance aufbäumte. Ein mächtiger Graben tat sich zwischen ihnen auf, was Trudes Kummer und Einsamkeit noch verstärkte.

Valentin legte ihr nahe, eine Eingeborene als Haushaltshilfe einzustellen, wie alle anderen Siedler. Doch sie wollte nicht. Trude
fürchtete sich zu sehr vor den Aborigines, als dass sie eine in
ihre vier Wände lassen wollte. Sie würde es schon irgendwie
schaffen. Trudes Erschöpfung in Leningrad steckte Valentin
noch tief in den Knochen. Er befürchtete, dass seine Frau mit
Ankunft des vierten Kindes wieder zusammenbrechen würde.

Er drängte Trude: *„Zier dich doch nicht so. Alle Zuwande-rer stellen Eingeborene ein!"* Darüber stritten sie sich jeden Abend, bis Trude nach Russland schrieb und Marija bat, der Familie nach Australien zu folgen.

❦...❧

Die feuchte Hitze machte Trude fertig. Die Regenzeit hatte wenige Tage nach der Ankunft eingesetzt und verwandelte die staubige Erde in eine rote Schlammsuppe. Trude erkannte jetzt den Sinn der Stützen, auf die die Häuser aufgebaut waren. Sie boten Schutz vor Tieren und dienten zur Luftzirkulation in der Hitze. Trude war froh, dass die intensiven Niederschläge, die zu Fluten anschwollen, nicht in den Wohnbereich flossen, son-dern unter dem Haus durchströmten.

In den Tagen vor Weihnachten drapierte Trude Eukalyptuszwei-ge statt eines Tannenbaums in einem Eimer und schmückte sie mit Papiergirlanden. Der Regen prasselte ununterbrochen auf das Wellblechdach. Die Dekoration war ein Versuch, weih-nachtliche Stimmung herzustellen. Doch es erschien absurd, bei den tropischen Temperaturen und dem Lärm des Regens *Leise rieselt der Schnee* zu singen.

Es gelang über die Mission, Zutaten für die Lieblingsplätz-chen der Kinder zu bekommen. Doch weder die noch die Weihnachtsgans vermochten es, die Familie am Heiligen Abend feierlich zu stimmen. Die Knaben in ihre schicken Feiertagsanzüge zu stecken, war ein Ding der Unmöglichkeit.

Es war Hochsommer, heiß und schwül. Jedes Stück Stoff zu viel auf der Haut grenzte an Folter. Trude sah ein, dass die zugeknöpfte, europäische Mode hier nicht diente, und begann es den Bewohnern der Stadt gleichzutun und sich an saloppe Bekleidung zu gewöhnen.

Sechs Wochen nach der Immigration hatte sie sich jedoch immer noch nicht mit dem Schweißfilm auf der Haut abgefunden. Schwangerschaft und Luftfeuchtigkeit pressten alle Säfte aus ihrem Körper. Die Flüssigkeitsdepots verlangten umgehend Nachschub. Reinster Sisyphus. Trude schwitzte und tankte sofort Wasser nach. Sie fühlte sich wie ein rinnendes Sieb. Des Nachts fand sie keinen Schlaf. Die Temperatur sank nie unter fünfundzwanzig Grad. Die Moskitos fraßen Eltern und Kinder in den ersten Nächten fast auf. Sie schafften Moskitonetze für die Betten an, doch vor dem nervtötenden, bis in alle Gehirnwindungen dringenden Gesurre der Plagegeister schützten auch die Netze nicht.

Die Kinder und Valentin hatten keine Mühe. Für sie war Australien ein Abenteuer, in das sie sich vom Fleck weg mit Begeisterung stürzten. Kein Zögern beim Aufbruch aus Estland, kein Heimweh während der Überfahrt. Von Beschwerden mit der Umstellung auf die neuen tropischen Lebensumstände keine Spur. Valentin war der Motor, die treibende Kraft. Er glaubte unerschütterlich an ihre gute Zukunft. Mit Hilfe der Arbeitskollegen und dank seines Ehrgeizes eignete er sich schnell einen ansehnlichen Wortschatz in der neuen Sprache an. Die Jungen spürten sein Feuer und ließen sich von ihm anstecken und nicht von der Mutter dämpfen. Es machte die Sache leichter. Trude teilte die Begeisterung für das exotische Australien überhaupt nicht. Ihr jugendlicher Abenteuergeist war mit der zunehmenden Kinderschar erloschen. Sie war einfach froh, dass ihnen zum richtigen Zeitpunkt eine Lösung in den Schoß gefallen war. Es war unumstritten, dass Leningrad keine Perspektiven mehr für die Familie bot. Doch Trude hätte die näher liegende Lösung, Estland, vollauf genügt.

In ihrer vierten Schwangerschaft war sie so froh wie nie um einen Nistplatz. In dieser fremden Umgebung verlor sie alle Ambitionen, außer Haus arbeiten zu wollen. Sie freundete sich mit dem Gedanken an, dass Frauen Brüterinnen und Männer Pioniere sind. Trudes Fokus war, sich häuslich einzurichten, für den Säugling ein Nest zu bauen und Valentin und die Buben um sich zu scharen. Sie vermisste Marija und Olga schmerzlich. Wieder war Trude ohne Hilfe einer Schwesternschaft auf sich alleine gestellt, musste sich neu ausrichten, sich wieder mit Ungewissem auseinandersetzen. Wieder ausfindig machen, wo Milch und Brot zu beschaffen waren, wie mit Nachbarn umzugehen war. Sie musste ihren Alltag und die Sprache wieder neu erlernen und eine Brücke zu den Mitmenschen schlagen. Und dessen war sie müde. Australien war für sie wie eine Expedition zum Mond ohne Rückfahrkarte. Und so tat sie sich schwer. Hitze, Feuchtigkeit, das schüttere Holzhaus, die Furcht einflößenden Eingeborenen mit ihren finsteren Gesichtern machten ihr zu schaffen. Sie klammerte sich an alles, was in entferntester Form europäisch war. So auch an Weihnachtsbaum, Gans und Plätzchen.

1939 Die Rückkehr des Glücks

Anne kam am siebten Februar 1939 am frühen Morgen zur Welt. Sie schlüpfte einfach heraus, legte sich zur Familie ins gemachte Nest und sagte: *„Hallo ich bin jetzt da!"* Eine Missionsschwester versorgte Mutter und Kind bei der Hausgeburt. Valentin wollte unbedingt der Ankunft seines vierten Kindes beiwohnen. Rohheit und Schönheit des Aktes übermannten ihn. Er weinte hemmungslos, als er die winzige Schwester den Brüdern, die aufgewühlt an der Schlafzimmertür gelauscht hatten, vorführte. Alle waren vom Fleck weg in das Mädchen vernarrt, hübsch, wie sie war. Nach drei kleinen Kerlen, Trude konnte es nicht leugnen, war sie überglücklich, eine Tochter geschenkt bekommen zu haben. Sie hätte ihr Mädchen gerne *Esmeralda* genannt, doch bei der demokratischen Abstimmung setzte sich Valentins Vorschlag *Anne* durch. Den Buben lag Esmeralda zu sperrig im Mund. Und schon am zweiten Tag kam Trude wie von selbst ein zärtliches *Annie* über die Lippen, wenn sie ihre Tochter liebkoste.

Marijas Antwort traf wenige Tage nach Annes Geburt ein.

„Liebe Trude, liebe Familie!

Euer Angebot freut und ehrt mich. So gern ich folgen würde, ist es mir unmöglich, aus Russland auszureisen. Alles ist unübersichtlich und chaotisch geworden. Wir müssen Beamte bestechen, um an Nahrungsmittelmarken zu kommen. Unser

Geld ist kaum noch etwas wert. Die Zeitungen schaukeln sich im Kriegsgerassel hoch. Es ist schwierig, Propaganda von der Wahrheit zu unterscheiden. Es liegt in der Luft, man sieht es an den Gesichtern der Menschen: In Europa bahnt sich Ungutes an!

Ich beglückwünsche euch, dass ihr es noch rechtzeitig geschafft habt, aufzubrechen. Es gibt kaum noch zivile Passagierschiffe. Die meisten Ozeanriesen wurden in der allgemeinen Mobilmachung zu Kriegsschiffen umgerüstet. Die Preise für die wenigen Fahrkarten sind ins Unermessliche gestiegen und sind unerschwinglich geworden. Bitte schickt kein Geld! Es würde nie bei mir ankommen.

Ist das Kleine schon geboren? Alle Glücks- und Segenswünsche für Mutter und Kind! Ich wünsche mir so sehr, euch irgendwann wiederzusehen und das Kleine einmal im Leben kennenzulernen!

In Liebe, Marija"

Trude spürte zwischen den Zeilen die leise Angst und das klamme Bedauern, dass Marija nicht mit ihnen übersiedelt war, deutlich heraus. Sie machte sich Sorgen: *„ Was wird wohl aus Olga, Marija und den Medwedews werden?"*

Trude und Valentin verfolgten die Entwicklungen in Europa mit Sorge. Hitler, Stalin, die Alliierten – die Namen waren in aller Munde. Die Wochenschau im Freiluftkino von Darwin wurde jeden Freitag zum Magneten. Jeder Platz, jede Treppenstufe war belegt. Es gab zeitlich getrennte Vorführungen für Weiße und Schwarze. Jeder Einwanderer, der abkömmlich war,

kam. Jeder hatte Wurzeln irgendwo in Europa. Als Schicksalsgemeinschaft vereint, starrten sie auf die große Leinwand und
verfolgten die Spaltung Europas, Hitlers Propagandareden,
die Rotoren der startbereiten Flugzeuge, Militärparaden und
siegessichere Männergesichter.

Bis zu diesem Zeitpunkt hatte sich Trude nicht um Kontakte in
Darwin bemüht und kaum am öffentlichen Leben teilgenom-
men. Körperlich anwesend reiste sie oft in Gedanken zurück.
Sie malte sich Kaffeekränzchen mit Rita Medwedew aus. Sich
Olgas Lachen zu vergegenwärtigen, richtete Trude auf. Mit
dem sich anbahnenden Unheil in Europa wurde es endgültig:
Es gab keine Umkehr mehr. Der Krieg zog einen Schlussstrich
unter ihre Vergangenheit. Australien war nun die neue Hei-
mat der Familie. Der Kontinent lag fernab der alten Welt. Der
Krieg würde sie physisch nie treffen. Trude dämmerte, welch
Glück sie hatten, und sie war dankbar, mit den Kindern in Si-
cherheit zu sein.

Mit Marijas Brief knallte die Hintertür, die Trude sich insgeheim offen gehalten hatte, für immer zu. Es war besiegelt, es
gab kein Zurück und Trude wurde gezwungen, den Blick nach
vorn zu richten. Sie begann, sich endlich in die klimatischen
Bedingungen zu schicken und ihr Herz für die neue Heimat
zu öffnen.

Von dem Moment an wurde alles einfacher.

Annie war ein Geschenk. Juri und Serge besuchten morgens
die Schule, die von christlichen Missionaren gegründet worden war. Der Lehrer war ein katholischer Priester italienischer

Abstammung. Pater Angelo war sowohl bei Kindern wie auch Eltern sehr beliebt. Er war ein blutjunger frommer Mann. Das Charmanteste an ihm war, dass er sich selbst nicht bewusst war, welch Adonis er war. So sagten manche hinter vorgehaltener Hand, es sei eine Verschwendung, diese Schönheit alleine Gott zu überlassen. Jungs und Mädchen liebten ihn, weil er spannende Geschichten erzählen konnte. Die Mütter vergötterten ihn und widmeten ihm nachts ihre Träume. Pater Angelo war es auch, der das jüngste Kind der Familie in einer schlichten Feier auf *Anne Esmeralda* segnete, doch weder die Eltern noch die Brüder riefen sie je bei ihrem Taufnamen.

Die Buben legten sich ins Zeug mit der Sprache. Spielend leicht lernten die Naturtalente Englisch. Es war für sie von Bedeutung, die anderen Kinder zu verstehen. Sie verbrachten jede freie Minute mit ihren Spielkameraden. Darwin war für sie ein Eldorado. Es war ein Vergnügen, barfuß auf den Straßen aus planierter Erde herumzutollen. Sie waren glücklich, der europäischen Etikette, die ihren Bewegungsdrang stets eingezwängt hatte, entkommen zu sein. Für sie war Australien die Steigerung der glücklichen Sommermonate auf Olgas Hof. Denn jetzt war es ein Dauerzustand.

Valentin nannte seinen zweiten Sohn *Sergej*. Der Vater wollte die russische Anrede unbedingt bewahren. In seinen Ohren tönte es männlich, stolz und passend für einen heranwachsenden Jungen. Trude nannte ihn weiterhin *Serge* mit französischer Aussprache, sie pflegte immer noch dieselben zärtlichen Muttergefühle für den tollpatschigen Jungen. Seine neuen

Freunde riefen ihn: *Sartsch*, weil keiner seinen russischen Namen aussprechen konnte. So kam es, dass er im Spiel oft die Rolle des Seargents, des Polizisten oder Militärchefs bekam. Als ewiger Zweiter in der Geburtsreihe fand er es toll, von den Spielkameraden den Boss zugeteilt zu bekommen. Denn zu Hause blieb Juri der Thronfolger.

Trude lernte mit den Buben die wichtigsten englischen Ausdrücke, viel Nützliches über Darwin und das Buschland vom Northern Territory. Sie schwatzten durcheinander, wenn sie vom Unterricht nach Hause stürmten und sich an den Mittagstisch setzten. Die Mutter ließ sich anstecken.

Nach der Regenzeit machte sich Trude auf Entdeckungsrundgänge. Mit Annie im Kinderwagen und Philip an der Hand streifte sie durch Darwin. Juri und Sergej begleiteten sie, wenn sie grad Lust dazu hatten und keine Murmelmeisterschaft zu bestreiten hatten oder nicht auf imaginärer Kängurujagd waren mit ihren Freunden. Im Meer zu baden war wegen der Krokodile und Quallen unmöglich. Trude lernte auch, dass Mangrovenbuchten wegen der gefährlichen Reptilien zu vermeiden waren.

Sie liebte es, an der Esplanade und im Botanischen Garten spazieren zu gehen. An sicheren Strandabschnitten zog sie die Schuhe aus und ließ ihre Zehen in den weichen Sand sinken. Im Schatten ausladender Pandanabäume setzte sie sich zum Ausruhen in den warmen Sand, während die Kinder herumalberten und Sandburgen bauten. Nach und nach bekam sie einen Blick für die Schönheit der Gegend. Sie konnte sich kaum sattsehen an den leuchtenden Farben. Insbesondere hatte es ihr das leuchtende Türkis des Meeres angetan, das ihre Seele nährte und nach und nach die Sehnsucht nach der alten Heimat verblassen ließ.

Am liebsten flanierte Trude auf der langen Pier auf und ab. Ihr gefiel die solide Holzkonstruktion, die die stolzen Schiffe, die im Hafen vor Anker lagen, vor der offenen See schützte. Wenige Gehminuten entfernt lag Petrowitschs Werft. Der Höhepunkt des Ausflugs bestand jeweils darin, zu fünft Valentins Büro zu stürmen. Trude und die Kinder fanden ihn über seine Pläne gebeugt. Die Jungs stürzten sich mit Gebrüll auf ihn und rissen ihn aus der Konzentration.

Es wurde zu einem lieb gewordenen Brauch: Im ersten Moment setzte er eine verärgerte Miene auf, nahm einen Sohn in die Zange und hob zum Schein den Arm, um ihm den Hintern zu versohlen. Die andern kamen dem Bruder zu Hilfe, zwangen den Vater zu dritt zu Boden. Dieser bettelte um Gnade und bestach die Bande mit Süßigkeiten, die er zufälligerweise immer im Hosensack hatte. Trude verabschiedete sich bei Valentin mit einem Kuss, er kniff ihr als Antwort in den Hintern. Valentin blickte seiner Familie stolz nach, wie sie aus seinem Büro entschwand, und genoss es, wenn wieder Ruhe einkehrte.

Trudes seelisches Ankommen belebte auch die Eheleute wieder. Valentin und Trude fanden nach der Zerreißprobe wieder zueinander. Rückblickend erkannten sie, dass die Schwierigkeit darin lag, dass ihre Kräfte in verschiedene Richtungen zogen. Valentin wollte nach vorn und Trude zurück. In dieser

Spannung hatten sie sich streckenweise verloren. Mit Trudes „Ja" zu Australien hatten sie wieder dasselbe Ziel, nämlich, in diesem Land Fuß zu fassen. Wie jede andere überstandene Krise vorher, festigte auch diese das Fundament ihrer Ehe noch mehr.

Nach zehn Jahren Ehe fielen sie nicht mehr übereinander her. Nach vier Schwangerschaften und unendlich vielen ruhelosen Nächten ist erholsamer Schlaf längst kostbarer als Liebesleben. In diesem Einverständnis legten sie sich zueinander ins Bett, hielten sich die Hand und ließen den Tag zur Ruhe kommen. Mit einem Kuss wünschten sie sich eine gute Nacht. Es war kein außergewöhnlicher Tag, es war nichts vorgefallen, das sich besonders eingeprägt hatte. Trude konnte nicht einmal mehr sagen, wann es genau war. Sie trug ihr hellblaues Trägerhemdchen. Valentin zog es vor, am Oberkörper nackt und in kurzen Shorts zu schlafen. Das Bild von diesem einen Abend, wie Valentin und sie nebeneinander im Bett lagen in Vertrautheit und Zärtlichkeit, was im simplen Händchenhalten zum Ausdruck kam, brannte sich fest in ihre Erinnerung. In dieser simplen Geste lag ihr Glück, in Valentin einen treuen Gefährten und Freund zu haben. Seit ihrer Hochzeit hatte er ihre Hand nie losgelassen und war an ihrer Seite geblieben. Dies erfüllte sie mit unendlicher Dankbarkeit.

1940 Am Billabong

An den Sonntagen lieh Mike Petrowitsch der Familie ab und zu sein Auto, um die Umgebung von Darwin auszukundschaften. Ins Outback führten staubige Fahrwege, die knorrige Bäume und dürres Gestrüpp säumten. Juri und Serge wussten dank Pater Angelo, der ein passionierter Botaniker war, bereits viele Gewächse zu benennen. Trude gefielen vor allem die Boabbäume. Diese erinnerten sie an schwangere Frauen, die mit den Armen zum Himmel gestreckt in der Wüste tanzten. Auf dem Weg scheuchte das Gefährt Kängurus auf, die mit imposanten Sprüngen das Weite suchten.

Einmal entdeckten die Ausflügler einen kleinen Fluss mitten in der Ödnis, dessen Verlauf von sattem Grün eingefasst war. Er mündete in ein kleines hüfttiefes Becken. Aborigines nannten die Wasserstellen Billabongs, wusste Juri. Das Wasser war klar und einladend. Glücklich über die Abkühlung breiteten die Eltern die Picknickdecken im Schatten aus. Juri und Philip zogen ihre Kleider aus und stürmten zum Wasser. Plötzlich tauchte aus dem Nichts ein Aboriginejunge auf. Er fuchtelte wild mit den Armen, in einer Faust umklammerte er einen Speer. Er stand nackt auf der anderen Beckenseite und schrie laut: *„No! No! No!"*

Die Eltern begriffen blitzschnell. Geistesgegenwärtig zerrte Valentin die beiden Buben zurück. Tatsächlich hatten sich zwei Süßwasserkrokodile angeschlichen, die sich unter den überhängenden Büschen versteckt und sich bereits auf zwei Meter den Kindern am Ufer genähert hatten. Trude packte Annie und Serge, schleifte sie zum Auto und ließ sich mit ihnen in dessen Schatten in den Sand sinken. Trude zitterte am ganzen Körper. Ihr Herz hämmerte wild. Sie scharte die beiden Kinder wie Küken unter ihre Flügel und stieß Dankesgebete zum Himmel. Valentin folgte ihnen mit den anderen Buben.

Der Junge tauchte erneut auf und stellte sich breitbeinig vor die Familie hin. Er lachte sie aus. Im dunklen Gesicht blitzten weiße Zähne auf. Hätte er nicht das Leben der Knaben gerettet, wäre Trude über seine Ungezogenheit wütend geworden. Er lachte über ihre Dummheit. Und er hatte recht. Ihre Blindheit hatte sie in Lebensgefahr gebracht. Natürlich hatte man sie vor Krokodilen gewarnt. Es kursierten Schauergeschichten von Männern, die auf der Suche nach ihrem Wild in den Sümpfen spurlos verschwunden blieben. Doch hatten die Eltern im trockenen Outback nie mit Krokodilen gerechnet.

In fließendem Englisch stellte sich der Junge vor: *„Hi, ich bin Pekeri. Ich habe am Billabong Fische gefangen und euch gesehen. Ihr solltet hier nicht baden! Die Freshies, die Süßwasserkrokodile, sind zwar nicht ganz so gefährlich wie ihre Artgenossen, die Salzwasserkrokodile. Sie sind eher scheu. Aber wenn sich junges Menschenfleisch auf dem Teller präsentiert, schlagen sie die Mahlzeit nicht aus."*

Pekeri war bezaubernd mit seiner Fröhlichkeit. Mit einer Handbewegung forderte er alle auf, ihm zu folgen. So kehrte die Familie in seinem Gefolge zurück zur Wasserstelle. Die Krokodile hatten sich zurückgezogen. Pekeri schlug sich den Flusslauf entlang durch die Büsche, mit einer Geschwindigkeit und Geschicklichkeit, mit der die anderen kaum Schritt halten konnten. Und da lagen in einem Wasserbecken einundzwanzig Krokodile. Juri zählte sie. Es war ein gruseliger und gleichzeitig fantastischer Anblick. Furchtlos näherte sich Pekeri dem Wasser, zum Beweis, dass sie nicht angriffen. Tatsächlich ließen sich die Reptilien unbeirrt und träge im seichten Wasser treiben. Trude war es wohler, die Tiere aus gesunder Distanz zu beobachten, und hielt die Kinder scharf an, ihr zu folgen. Ewig hätten die Jungen bei den Krokodilen bleiben wollen, um sie zu betrachten. Doch Annes Quäken war Zeichen, dass sie Hunger hatte.

Krokodile witterten ihre Beute anhand von Schallwellen im Wasser oder durch Tritte nahe am Wasser. Weiter entfernt vom Ufer, wenn man sich ruhig verhielt, so lehrte der Aboriginejunge, hätte man wenig zu befürchten. So trauten sie sich, es sich ein wenig abseits, mit wachsamem Blick auf den Billabong, auf den Picknickdecken gemütlich zu machen. Trude fand es seltsam, sich in die Obhut eines Zwölfjährigen zu begeben. Doch Pekeris Unerschrockenheit und sein offenbar breites Wissen über das Leben im Busch gaben den Eltern Sicherheit.

Pekeri plapperte und plapperte. Es war eine Freude, sich von seiner Unbekümmertheit und unverdorbenen Lebenslust anstecken zu lassen. Die Buben waren begeistert von dem neuen

Freund. So erfuhren sie, dass die Kinder der Aborigines unterrichtet werden, wenn auch von den Weißen getrennt. Pekeri ging gerne in die Missionarsschule, weil er vom merkwürdigen Gott erfuhr und weil er die Sprache der Einwanderer lernte.

Bis zu diesem Nachmittag war Trude den Einheimischen erfolgreich ausgewichen, obwohl das Stadtbild in Darwin von ihnen geprägt war. Sie hatte bis zu diesem Zeitpunkt schlicht nicht gewusst, wie mit ihnen umzugehen wäre. Die gängigen Verhaltensregeln hatten ihr nicht gefallen. Die Haltung der Einwanderer, sich als edlere Rasse über die Aborigines zu stellen, widerte sie an. Und doch hatte sie keinen eigenen Zugang zu den Einheimischen gefunden. Und nun Pekeri. Trude musste sich eingestehen, dass er es ihr leicht machte, verzückt zu sein. Er war ein richtig charmanter kleiner Kerl.

Es war in der Trockenzeit im Jahr 1939. An einem Sonntag, zwei, drei Wochen nach der Begegnung mit Pekeri fuhr die Familie wieder von Darwin zu der Wasserstelle. Die Kinder hatten darum gebettelt, weil sie auf ein Wiedersehen mit dem Aboriginejungen hofften. Tatsächlich fanden sie ihn am selben Platz wieder. Als hätte er die ganze Zeit an Ort und Stelle auf sie gewartet – was er natürlich nicht hatte. Pekeri hatte gespürt, dass seine Freunde ihn an diesem Sonntag aufsuchen würden. Der Himmel hatte ihm zugetragen, dass die Familie unterwegs zu ihm war.

Pekeri ließ sie das Picknick erst gar nicht auspacken. Er wollte seine Freunde zu seinem Clan führen, der eine Meile vom Wasserloch entfernt im Buschland lebte. Es erstaunte alle, dass er sich nicht dazu bewegen ließ, ins Auto zu steigen. Er rannte barfuß den ganzen Weg neben dem Chevrolet her und konnte mühelos Schritt halten.

Etwa dreißig Menschen, vorwiegend Frauen und Kinder, empfingen sie. Während die Kinder herumtollten, hockten die Frauen und wenigen alten Männer im Schatten der Bäume. In Darwin trugen die Indigenen Kleider. Hier im Buschland waren die Menschen nackt. Die Hüllenlosigkeit beschämte und faszinierte Trude gleichzeitig. Sie zwang sich, den Frauen nicht auf die bloßen Busen und den Männern nicht auf die baumelnden Glieder zu starren.

Bisher hatte sie nie Gelegenheit, ihre Brüste mit denen anderer Frauen zu vergleichen. Unter Stoff verdeckt ließen sich Fülle und Form ja nur erahnen. Nicht einmal Olga oder Lena hatte sie je entblößt gesehen. In der westlichen Gesellschaft hüllten Kirche, Zucht und Ordnung die Menschen in Kleidung. Im Buschland schien der Anblick nackter Haut niemandem zu schaden. Trude wusste nicht, wohin sie die Augen richten sollte. Sie begann mit Valentin über Belangloses zu plappern, um ihre Befangenheit zu überspielen.

Die Aborigineskinder unterbrachen ihr Spiel und umzingelten das Auto der Neuankömmlinge neugierig. Die erwachsenen Aborigines musterten die Familie aus Distanz. Es war schwierig, aus ihren Blicken herauszulesen, ob sie angekündigt, willkommen oder unerwünscht waren. Doch mit Pekeri fühlte sich Trude auf der sicheren Seite. Ihre eigenen Kinder im Schlepptau war sie zuversichtlich, die kulturelle Hürde überwinden zu können. Denn aus ihrer Erfahrung wusste sie, wohin es sie bisher auch auf ihrer Odyssee verschlagen hatte, Elternschaft brachte immer Solidarität. Kinder waren eine sichere Brücke, Sprach- und Kulturbarrieren der Erwachsenen zu überwinden.

Pekeris beide älteren Brüder waren wie die meisten jungen Burschen mit ihren Vätern im Buschland. Sie waren auf Wanderschaft, wie die Einweihung in die Traditionen, die in der väterlichen Linie vollzogen wird, genannt wird. Aus diesem Grund waren zum Zeitpunkt des Besuches kaum Männer anwesend. Pekeri stellte seine Mutter Bakana vor. Sie war eine rundliche, eher kleine Person, die im Schneidersitz vor einer Hütte aus Ästen und Blättern saß. Die schwarzen, strohigen Haare reichten ihr bis über den Hintern. Wie Bakana so ausladend dahockte, lagen die Haarenden wie Tentakeln auf der roten Erde. Dank ihrem gewinnenden Lächeln wich schließlich Trudes Befangenheit. Trude setzte sich mit Annie auf dem Arm neben Bakana auf die rote Erde, nachdem sie mit einer tätschelnden Geste dazu aufgefordert wurde. Valentin folgte der Einladung ebenfalls. Für einen kurzen Moment zögerte Trude, um das Sonntagskleid bangend. Wer geht schon ins Outback in hellen Leinenkleidern! Sie bedauerte sofort, mehr auf die Etikette als auf ihren praktischen Verstand gehört zu haben.

Den Buben wie auch den einheimischen Kindern wurde das Herumstehen und Abwarten schnell zu langweilig. Sie wandten sich einander zu und nach kurzer Zeit fanden sie sich im Spiel.

Wenn man nicht weiß, wie der nächste Schritt ausfallen soll, kann man schweigen und abwarten. Trude hielt die peinliche Stille nicht aus und begann in Englisch über die Kinder, das Wetter und Darwin drauflos zu plappern. Dann wurde ihr gewahr, dass Bakana kein Wort verstand. Sie begann in ihrer Sprache loszulegen, was sich wie ein Erdrutsch aus gurrenden und kehligen Lauten anhörte, denen ein Tropfen Wasser fehlte. Wenn die Sprache als Verständigungsbrücke nicht taugt, hilft nur noch eine gemeinsame Mahlzeit. Valentin holte den mitgebrachten Proviant aus dem Wagen und warf sich die Picknickdecken über die Schultern, obwohl diese keinen Sinn mehr ergaben, da die Kleider bereits verschmutzt waren. Vom Essen gerufen, gesellten sich die anderen der Sippe hinzu. Die vollen Schüsseln wurden herumgereicht. Wie sie wieder bei Trude und Valentin am Ende des Kreises ankamen, waren sie bis auf ein paar Reste leer. Auch Baby Annie wurde herumgereicht. Die schwarzen Menschen streichelten und bestaunten die helle Haut und den Flaum auf dem Kopf. Sie schaute nur mit weit aufgerissenen Augen in die Runde und wusste nicht so recht, was ihr geschah. Sie ließ es gewähren und Trude schritt nicht ein.

Hier waren sie fernab und unbeobachtet von anderen Einwanderern und ihren Gesetzen. Es bot sich der Familie die Chance, eigene Verhaltensregeln zu erfinden. Sich einer unbekannten Kultur zu nähern, ist nicht wie Zähneputzen, das man täglich unreflektiert erledigt. Man muss sich selber neu erfinden. Nichts ist festgelegt. Man muss die vorgefassten Bilder beiseitelegen, wenn man einem neuen Menschen wahrhaftig begegnen will, und man muss Risiken eingehen. Davon gibt es viele: Man könnte abgelehnt, ausgeraubt, getötet oder an die eigenen Unzulänglichkeiten herangeführt werden, was Trude als das wahrscheinlichste Risiko betrachtete.

Bakana und Pekeri halfen der europäischen Familie, die Brücke zwischen den Kulturen zu schlagen. Der Junge hatte zweifelsohne die Fröhlichkeit von seiner Mutter geerbt. Auch sie hatte eine gewinnende Ausstrahlung, die es einem leicht machte, die kulturellen Grenzen allmählich zu überwinden. Sie stellte pausenlos Fragen, die Pekeri übersetzte. Bakana wollte wissen, wie Trude die Kinder aufzog. Sie staunte, als sie von der weiten Reise aus Europa erfuhr. Man sah ihr und den anderen Aborigines in den fragenden Gesichtern an, dass sie sich die mehrwöchige Schiffsreise zwischen zwei Kontinenten nicht ausmalen konnten.

Bakana erzählte mit der Unterstützung von Pekeri vom Brauch der Namensgebung: *„In der Schwangerschaft folgt der Vater des werdenden Kindes in einer Sternennacht einem Ruf und geht in den Busch. Er lauscht allen Geräuschen, die ihn umgeben. Er beobachtet Steine, Gräser, die Erde und die Sterne genau, bis er ein deutliches Zeichen empfängt. Eine innere Stimme nennt ihm Geschlecht und den Namen des Kindes. Bakana heißt die Seherin. Pekeris Name bedeutete Traum."*

Die Zeit verging im Flug. Vor Einbruch der Dämmerung tuckerte die Familie in die Stadt zurück. Auf allen Gesichtern lag Zufriedenheit. Trude fühlte sich, als wäre sie über sich hinausgewachsen, weil sie an diesem Sonntag offen und ohne

Vorbehalte auf die fremden Menschen zugegangen war. Valentin und sie tauschten sich auf der Heimfahrt darüber aus. Sie kamen zum selben Schluss. Der Clan hatte sie freundlich empfangen. Es bestand nie Gefahr oder Feindseligkeit. Da Australien ihr neues Zuhause war, wollten sie mit den Ureinwohnern respektvoll umgehen. Das hieß, dass sie die einheimische Bevölkerung als den Zuwanderern ebenbürtig ansahen und wertschätzten. Auch wenn die meisten Immigranten anderer Meinung waren. Sie beschlossen, auch wenn ihnen die Kultur der Buschleute gänzlich fremd war, ihnen dennoch würdevoll zu begegnen.

Sie besuchten die Buschleute von da an regelmäßig und lernten viel von ihnen. Trude wagte nie zu behaupten, das Denken und das Weltbild der Aborigines zu verstehen. Aber sie wurde herausgefordert, ihre Mystik neu zu hinterfragen. Seit *Livonia* hatte Trude sich nie mehr mit Glaubensfragen beschäftigt. In Leningrad galt es, den Alltag zu meistern, die Existenz für die Familie zu sichern. Wie auch in den ersten Monaten in Darwin. Der Kopf war übervoll mit Alltagsfragen, da blieb kein Platz für Spiritualität. Mit der Begegnung der einheimischen Bevölkerung begann sich das zu ändern.

1941 holte die Familie Pekeri mit seinen Eltern nach Darwin und stellte Bakana als Haushaltshilfe ein. Für den Vater fand Valentin einen Hilfsjob in der Werft. Von außen sah es aus, als täten sie es den anderen Immigranten gleich und hielten sich eine Eingeborene als unbezahlte Sklavin. In den vier Wänden stellte die Familie jedoch ihre eigenen Regeln auf. Sie entlöhnten Bakana mit Gegenleistungen. Sie brachten ihr Englisch, Lesen und Schreiben bei, besorgten ihr und Pekeri Kleider. Trude sorgte dafür, dass Pekeri Bücher las.

Bakana mit Geld zu entschädigen war zu dem Zeitpunkt völlig sinnlos. Als Schwarze hatte sie keinen Zugang zu den Geschäften der Weißen, sie konnte das verdiente Geld nicht ausgeben. Auch war ihr, wie allen Einheimischen, die Grundidee des Geldes suspekt. Sie verstand nicht, warum die Zuwanderer um die bunt bedruckten Zettel und geprägten Metallstücke so einen Wirbel machten und sogar Menschen dafür töteten?

Die Aborigines kannten den Begriff Besitz nicht. Weder Land noch Tiere, noch Haus und Hof konnten nach ihrem Verständnis jemandem gehören. Alles, was sie zum Essen, als Wärme und Schutz brauchten, war von der Natur gegeben. Es war genug da für alle. Jeder wurde satt. Und über die Sattheit hinaus Güter anzuhäufen, machte in ihren Augen das Leben beschwerlich. Die Wanderung, die Initiationsreise der jungen Männer in den Busch, war mit schwerem Gepäck nicht möglich und machte zudem den Geist träge. Die Aborigines lebten nicht in Mangel und kannten so die Gier auch nicht.

Trude erlebte Bakanas Anwesenheit als eine Bereicherung. Die Europäerin konnte sich nicht mit allem, was die australische Kultur hervorbrachte, anfreunden. Offensichtlich bot die Traumzeit den Aborigines kein Werkzeug, dem Gebaren der Besatzer Paroli zu bieten. Die Ureinwohner ließen sich einfach vereinnahmen. Trude gefiel es nicht, dass Frauen und Männern strikte Rollen zugeteilt wurden, die bei Nichteinhaltung mit Verbannung aus dem Clan bestraft wurden. So war Frauen zum Beispiel Fischen oder Jagen untersagt. Sie hatte von dem Mädchen gehört, das sich verirrt hatte. Es hatte, um ihren Hunger zu stillen, einen Fisch gefangen und gegessen. Statt sich über die wiedergefundene Tochter zu freuen und ihren Überlebensinstinkt zu loben, wurde sie von den Eltern und der Sippe in die Wüste verbannt.

Der Schöpfungsmythos der Ureinwohner inspirierte Trude jedoch sehr. Es machte ihr Appetit, sich wieder mit Spiritualität und Sinnfragen zu befassen, die Trude mit Valentins Bruch in Berlin weit von sich gestoßen hatte. Keine Religion und keine Mystik hatten ihr damals in ihrer Sinnkrise Vertrauen und Halt geben könnten. Nichts und niemand hatte ihr die brennenden Fragen beantworten können. Sie hatte Gott und alles Überirdische in ein Verließ ihres Bewusstseins verbannt und hinter einer massiven Tür verriegelt.

Im *Dreaming* der Aborigines fand Trude nun einen Schlüssel, die Pforte zur mystischen Welt wieder aufzuschließen. Die Naturrituale der Uraustralier waren gar nicht so verschieden von denen *Livonias*. Erstaunlicherweise fand Trude viele Parallelen. Beiden lag ein Urvertrauen in die Naturgesetze zugrunde. Die australischen Ureinwohner glaubten, dass allem eine Seele innewohnt – jedem Stein, jedem Baum. Die Livonier und auch die Kelten glaubten das! Und alle diese heidnischen Kulturen existierten, längst bevor die Weltreligionen den Glauben an einen Gott lehrten.

Es packte Trude wie eine Forscherlust, das Mysterium zu ergründen. Sie wollte der Schöpfung auf den Grund gehen. Was war allen Menschen im tiefsten Ursprung gemein? Worin lag der Sinn ihrer Existenz? Seit ihrer Geburt hatte Trude immer wieder Brüche auf ihrem Lebensweg erfahren. Kulturelle oder innere Zerrissenheit, Fremdsein und Zugehörigkeit, dogmatische Religionen, donnernde Götter und versöhnende Engel, Zeiten des Friedens und des Krieges hatten Trude geprägt. Wenn sich Menschen noch so fremd waren: es musste doch in allen einen verbindenden Kern geben!

Trude war in Australien angekommen. Sie fühlte sich ihrer Existenz und ihrer Familie sicher. Was würde sie jetzt noch erschüttern können? In sich ruhend und zuversichtlich blickte sie in ihre Zukunft. Sie würde den vier Kindern eine liebevolle Mutter sein. Sie würde alles daran setzen, mit Valentin eine lebendige und fröhliche Ehe zu führen. Sie würde irgendwann, wenn die Kinder wieder mehr Freiräume zuließen, einer Arbeit außer Haus nachgehen.

Jetzt, wo äußere Ruhe eingekehrt war, konnte sie sich auf innere Reise begeben. Sie verspürte ein Sehnen, die Bruchstücke ihres Lebens zusammenzufügen. Sie suchte den roten Faden, der sich durch ihr Leben zog. Worin lag die höhere Ordnung der Erfahrungen, die sie gemacht hatte? Trude fragte sich, was aus ihr geworden wäre, wenn die Mutter nicht bei der Geburt gestorben wäre. War sie als Ahnin noch präsent, was Bakana glaubte? Wer hatte alles geschaffen? Wer war Gott und in welcher Beziehung stand er zu den Menschen? Zu Trude?

Wann immer es die Familie erlaubte, machte sich Trude zu langen Buschwanderungen auf. Sie suchte die Stille, um ihre Gedanken zu klären. Wenn sie danach heimkam, begann sie niederzuschreiben. Alles, was sie beobachtete, hielt sie im schwarzen Notizbuch fest. Sie begann ihre Lebensgeschichte auf Papier zu bringen.

In Europa tobte bereits seit drei Jahren ein wüster Krieg. Die Bilder prangten auf den Frontseiten der Zeitungen. Jeden Freitag versammelten sich die Auswanderer im Kino und verfolgten die Entwicklungen. Man war bestürzt, bangte um die Angehörigen in Europa. Die Menschen in Darwin wähnten sich lange in Sicherheit, bis sich die Japaner und Amerikaner in die Gefechte einmischten. Damit veränderte sich die Lage schlagartig. Plötzlich war Australien, wenn auch nicht als Streitmacht, so doch als Verbündeter und strategischer Stützpunkt der Amerikaner involviert. Nach dem Angriff der Japaner auf Pearl Harbor im Dezember 1941 rüstete sich Amerika für einen Gegenschlag und stationierte in Darwin 32.000 GIs. Alle Zeichen deuteten darauf hin, dass der Weltkrieg sich bis zum Pazifik ausdehnte. Plötzlich rückte Darwin als Kriegshafen und Luftwaffenbasis als Angriffsziel ins Visier der Japaner. Die Stadt war in Aufruhr. Die Dauerpräsenz der Soldaten und die Gefahr eines Luftangriffs versetzten die Menschen in Panik. Die Regierung rief die Bevölkerung im Januar 1942 auf, sich zu Verwandten in den Süden zu begeben, bis die Gefahr gebannt war. Insgesamt dreitausend Menschen, vorwiegend Frauen und Kinder, wurden mit den nötigsten Habseligkeiten auf Armeelastwagen aus der Stadt evakuiert.

Trude und Valentin hatten keine Verwandten im Süden. Valentin konnte nicht weg, er wurde in der Werft gebraucht. Er wollte auch nicht, denn er glaubte persönlich nicht an einen japanischen Angriff. Juri war mit zwölf inzwischen ein stattlicher Junge geworden. Er verehrte seinen Vater und wollte in dessen Fußstapfen treten. Nach der Schule war sein erster Weg zum Vater, der seinen Sohn in seinen geliebten Beruf einführte. Juri war auch nicht zur Evakuation zu bewegen, zumal Valentin, der die Autorität dazu gehabt hätte, ihn nicht dazu zwang.

Trude tat sich schwer, die drei Jüngsten und sich selber in Sicherheit zu bringen. Sie sträubte sich dagegen, mit den Kindern alleine die Fahrt ins Unbekannte anzutreten. Doch vor allem widerstrebte es ihr, von Valentin und Juri getrennt zu werden. Nein! Nichts brachte sie erneut von der Seite ihres Weggefährten fort! Sie würden das gemeinsam meistern. Trude hätte auch Pekeri und Bakana zurücklassen müssen, weil Eingeborene nicht evakuiert wurden.

Um sie brauchte sich Trude zwar weniger zu sorgen, denn sie waren im Busch bei ihrer Sippe außerhalb der Gefahrenzone. Doch die Vorstellung, Bakana, die ihr lieb und vertraut geworden war, loszulassen, missfiel Trude. So zögerte sie eine Abfahrt in ein südliches Evakuationslager, trotz berechtigter Sorge um die Kinder, ständig hinaus. Sie beschloss, Valentins Beschwichtigungen, die Japaner würden es nicht wagen, Australien anzugreifen, zu glauben. Sie blieben in der Stadt und versuchten, ihren Alltag so normal wie möglich aufrechtzuerhalten. Einige Geschäfte waren geschlossen, der Schulbetrieb war zwar reduziert, doch Pater Angelo, der sich ganz Gottes Schutz und Fügung anvertraute, unterrichtete die Handvoll verbliebener Schüler unbeirrt weiter. Die ausharrenden Bewohner bildeten eine Schicksalsgemeinde.

Oft erfasste Trude kalte Angst. Todesangst. Wieder war sie einer Bedrohung ausgesetzt, die außerhalb ihrer Macht lag. Wieder war ihre Existenz bedroht. Wie wünschte sie sich, sie wäre eingebettet gewesen in eine spirituelle Ordnung wie die Aborigines. Trude bedauerte, dass sie keine unerschütterliche Instanz in sich verspürte, auf die sie vertrauen konnte. Der erst kürzlich erfolgte Aufbruch zum großen Mysterium gab ihr noch zu wenig Boden. Zu wenig gefestigt und erprobt waren die Einsichten, die sie auf den Wanderungen gewonnen hatte. Trude schwebte ohne fertige Antworten zwischen der weltlichen und geistigen Welt.

Bakana besang ihre Ahnen und bat um deren Schutz. Sie ließ sich nicht durch das Kriegsgerassel aus der Ruhe bringen. Die rote Erde würde viel Blut aufsaugen können. Das Land, die Vegetation und die Einheimischen würden auch ohne die Weißen weiterleben, wie sie es seit Anbeginn der Zeit getan hatten.

Auch Pater Angelo schaute der Todesgefahr gelassen entgegen. Sein Messias würde ihn erlösen und ihn ins ewige Himmelreich führen. Jesus würde ihn an der Schwelle des Todes abholen. Trude konnte nicht daran glauben. Dennoch besuchte die Familie nun regelmäßig des Sonntags die christliche Mission. Gemeinschaft und Gesang schafften es manchmal, Trude zu beruhigen. Es war eine Krücke. Abgeschnitten von ihren Wurzeln, ungeübt in einer neuen spirituellen Praxis fand sie aber auch keinen Zugang mehr zu den livornischen Ritualen, die ihr einst so viel bedeutet hatten und die ihr jetzt vielleicht Seelenruhe gebracht hätten. Valentin wollte nicht mehr an die Studienzeit in Estland erinnert werden. Trude sah ein, dass es zu absurd war, auf der heißen australischen Erde die Geister des Baltikums zu beschwören.

Silvester 1941 feierten Valentin und Trude mit den Kindern alleine. Bakana und Pekeri waren bei ihren Familien. Valentin legte Glenn Millers *Moonlight Serenade* auf den Grammofonteller. Trude schmiegte sich eng an ihren Mann und ließ sich von ihm durch das Wohnzimmer führen. Mit der einen Hand hielt Valentin Trudes Hand sanft umschlungen an seiner Brust, währenddessen die andere in ihrem Rücken mit sanften Impulsen die Richtung wies. Trude streichelte mit den freien Fingern zärtlich über Valentins Nackenhaare. Sie schwebten beinahe, berührten kaum den Boden mit ihren leichten Schritten, Trudes Rock schwang unbeschwert nach.

Die Jungs durften am Sekt nippen und bis Mitternacht aufbleiben. Es gelang der Familie an diesem Abend, die Sorgen außen vor zu lassen und den Jahreswechsel fröhlich zu begehen. Annie schlief selig auf Trudes Schoß, als die Eltern mit den aufgedrehten Knaben auf der Veranda auf das neue Jahr anstießen und hoffnungsvolle Neujahrswünsche in den Nachthimmel schickten.

Nachdem die Kinderschar zu Bett gebracht war, setzten sich Valentin und Trude zurück auf die Veranda. Es war eine Tropennacht, ein sternenklarer Himmel wölbte sich über ihnen. Trude war es im Herzen warm. Sie war glücklich. Es gelang ihr, in diesem Augenblick alle Bedrohung auszublenden. In diesem Moment vermochte sie, an eine glückliche Zukunft zu glauben. Sie würden als Familie ein gutes Leben führen und sie würde mit Valentin alt und tatterig werden. Es durchflutete Trude, welch Glück sie hatte, Valentin als Gefährten an ihrer Seite zu haben. Trude rückte ein Stück näher an ihn heran, hielt seine Hand fest und sprach aus, was ihr durch den Kopf ging: *„Wir haben schon so vieles zu zweit gemeistert. Wir werden auch die Kriegsgefahr überstehen! Valentin, ich bin unendlich dankbar, an deiner Seite zu sein. Du hast mich immer als ebenbürtig betrachtet und mich wertgeschätzt! Ich liebe dich so sehr. Ich wünsche mir nichts mehr, als dass wir noch einen langen Weg gemeinsam gehen können."*

Valentin legte den Arm um seine Frau, zog sie nahe zu sich heran. Beieinander geborgen hielten sie sich lange ohne Worte umschlungen. Nach einer Weile brach er das Schweigen, löste sich aus der Umarmung. Er gestand: *„Liebste, ich muss es eingestehen, ich habe insgeheim leise Ängste vor dem Krieg und vor dem Tod. Doch ich zögere, in den Süden zu fahren. Wohin sollen wir denn fliehen? Gibt es eine hundertprozentige Sicherheit? Ich frage mich, ob es einen Unterschied macht, wo wir uns aufhalten, wenn unser Schicksal so oder so vorbestimmt ist. Wenn wir vor der Zeit sterben müssen, ist es dann nicht höhere Fügung und es spielt keine Rolle, wo wir wohnen? Wir können uns auch im Süden nicht dem Schicksal widersetzen. Ich glaube, dass es nach dem Tod sowieso irgendwie weitergeht. Es kann doch nicht einfach zu Ende sein. Ich werde dich suchen und überall finden. Ich liebe dich Trude.*

Du bist die beste Gefährtin, die ich mir für mein Leben habe aussuchen können. Mit dir an der Seite, mit unseren Kindern bin ich der glücklichste Mann der Stadt!"

Trude zwickte ihn neckisch in die Seite und lächelte. Hand in Hand, ohne ein weiteres Wort zu verlieren, führten sie sich gegenseitig ins Schlafzimmer.

ॐ ... ॐ

Bakana klopfte am 19. Februar vor Tagesanbruch an die Zimmertür der Eltern. Ruhig und füllig stand sie im Türrahmen und sagte in klarem Englisch: *„Madam, wir müssen weg. Der Himmel bringt Unheil. Die Wolken haben es mir gesagt."*

Trude sprang auf und begriff sofort. Sie hatte genug Zeit mit Bakana verbracht, um zu wissen, dass die Zeichen, die sie sah, ernst zu nehmen waren. Blitzschnell beratschlagte sie mit Valentin, was zu tun war. Auch er anerkannte Bakanas Warnung, obwohl am Himmel weder Flieger zu hören waren, noch Sirenen eine Gefahr androhten. Er hieß seine Frau, mit Annie, Philipp, Serge, Pekeri und Bakana sofort zur Sippe in den Busch loszufahren. Er würde mit Juri zu Pater Angelo eilen, ihn und andere Menschen warnen, um sie mit dem Missionswagen zu evakuieren. Trude flehte ihn an, auf der Stelle mit Juri und den Jüngeren mitzufahren. Valentin ließ nicht mit sich verhandeln. *„Ich muss so viele Menschenleben in Sicherheit bringen wie möglich, solange Zeit ist. Ich gebe gut auf Juri und mich acht!"*

Trude packte, was sich in einer Viertelstunde in einen Koffer stopfen ließ und sinnvoll erschien, weckte die Kinder, schnappte Proviant aus der Küche und fuhr mit dem Wagen ins Buschland zu Bakanas Clan.

Stunden später war der Rauch auch im Outback zu sehen. Schwarze, fette Schwaden zogen sich gegen den Himmel. Es war ruhig. Totenstill. Alles war erstarrt, sogar die Tiere schwiegen. Auch die Vegetation verhielt sich gespenstisch lautlos. Kein Rascheln, kein Huschen, kein Zischen im Gebüsch. Klamm wäre das richtige Adjektiv für einen Februar im fernen Baltikum gewesen. Klamm, wie eine frühe Morgenstunde, deren Eishauch alles erfasst, die durch die Kleider bis ins Knochenmark dringt und alles Leben zum Stillstand bringt. Klamm ist aber kein passendes Wort unter der sengenden australischen Sonne. Trude fiel kein anderes ein, es besetzte ihr ganzes Denken. Ein kalter Schweißfilm überzog ihren Körper. Trudes Glieder waren eiskalt, als sie im Schatten eines Eukalyptusbaumes stand und zum Himmel starrte. Sie musste nicht hinfahren, um bestätigt zu bekommen: Valentin und Juri wurden getötet. Ihr Liebster und ihr Sohn waren tot. Klamm.

Die dreijährige Annie beobachtete ihre Mutter eine Weile aus einiger Entfernung. Sie waren am Morgen noch in der Dunkelheit aus der Stadt zu Bakanas Sippe im Busch aufgebrochen. Das Mädchen kannte die dunkelhäutigen Menschen. Sie waren oft bei ihnen im Outback. Die Kinder waren lustig mit ihren Lauten und Spielen. Aber Annie konnte es nicht ausstehen, dass sie ihr ständig mit den staubigen Fingern durchs blonde Haar fuhren oder ihre hübschen Kleider verschmutzten. Die

Kleine liebte ihre Röckchen, weil sie so schön schwangen beim Springen. Aber weil die nackten Buschkinder gerne an ihr herumzupften und sie neckten, hielt sie zu den Aborigineskindern lieber Abstand.

Annie war zufrieden, wenn sie ihrer Puppe Maggie mit der weichen Bürste das Haar kämmte. So wie es Mutter immer bei ihr tat. Dabei spielte es für Annie keine Rolle, dass Maggie gar keine richtigen Haare hatte, sondern nur eine wellenartige Wölbung am Kunststoffkopf. In ihren Augen war Maggie das schönste Kind auf der Welt. Zum Glück hatte Bakana heute Morgen Annies Drängen, Maggie auf die überstürzte Reise mitzunehmen, nachgegeben. Maggie gehörte mit den drei Brüdern Juri, Serge und Philipp, ihren Eltern und der Aboriginessippe zu ihrem Universum.

Annie ahnte, dass es ihrer Mutter nicht gut ging und rannte auf ihren kurzen Beinchen zu ihr hin. Sie würde sie in den Kniekehlen kitzeln, um sie zum Lachen zu bringen. Das hatte bisher immer funktioniert, wenn Mutter mit den Buben schimpfen musste oder die Hitze ihr zu schaffen machte. Immer hatte Mutter lachen müssen, wenn Annies Fingerchen die Haut in der Kniebeuge sanft berührten. Annie liebte den Klang des Glucksens und Kicherns aus Mutters Kehle, sie liebte es, wenn sich über ihrem Gesicht der Mund zu einem breiten, warmen Lächeln nach oben verzog. Annie liebte es so sehr, ihre Mutter glücklich zu sehen. Wie sie dort unter dem Baum stand, gefiel dem Mädchen gar nicht. Annie stupste Trude an und setzte dazu an, die vertraute Kitzeltaktik anzuwenden, um die Mutter aus der eigenartigen Starre zu befreien. Die tapsige Berührung der kleinen Tochter drang zu Trude durch und erlöste sie wie aus einem Bann. Ihre Gelenke begannen zu schlottern, eine Welle von Schüttelfrost erfasste sie, bis sie sich nicht mehr aufrecht halten konnte und sie auf die rote Erde sackte.

Annie, verwirrt und erstaunt über ihre magischen Kräfte, rief ihre Brüder zu Hilfe: *„Sersch, Fiiipp! – Mutter ist umgefallen, ich habe sie gezaubert!"*

Serge stieß als Erster hinzu. Der Elfjährige war schon seit Aufbruch ins Outback sehr unruhig. Nichts war wie gewohnt. Sonst war eine Reise zu Bakanas und Pekeris Sippe ein wohlgeplantes Ereignis mit der ganzen Familie. Brote wurden geschmiert, Wasservorräte und Dosenleckereien für eine Kompanie eingepackt, an Ersatzkleider, Ball und Sonnenschutz wurde gedacht. Heute Morgen in der Früh ging die Abreise kopflos vonstatten. Ein Zeichen, dass etwas nicht stimmte.

Er liebte die Ausflüge zur Familie seines Freundes Pekeri. Doch heute konnte er nicht wie sonst im Spiel aufgehen. Bakanas Geschwafel von den Zeichen am Himmel und dass Juri und Vater in der Stadt zurückgeblieben waren, gefiel ihm gar nicht und Sorgen trieben ihn den ganzen Morgen um. Seine Mutter und ihn verknüpfte ein Band, das er zu niemandem sonst so empfand. Sie konnte vor ihm nichts verbergen. Serge hatte am Morgen mitbekommen, wie Vater und Mutter gestritten hatten und wie sie bei der Fahrt aus der Stadt immer noch vor Wut kochte. Er sprach sie nicht darauf an, sie konnte wie ein Vulkan explodieren. In solchen Momenten musste sie alleine gelassen werden. Irgendwann kühlte sie sich ab und kehrte wieder zu ihnen zurück. Doch seit dem Morgen waren unzählige Stunden verstrichen und Mutter war immer noch unzugänglich. Serge hatte sich immer wieder vergewissert, ob sich ihre Aufregung gelegt hatte. Später, als Flugzeugschwadronen am Horizont erschienen und die Sonne verdunkelten, als weit entfernte pausenlose Detonationen zu hören waren, als sich der Himmel mit Rauch überzog, wusste Serge, dass seine Stadt bombardiert worden war. Vater und sein Bruder waren immer noch nicht bei ihnen eingetroffen.

Jetzt sputete er zu Annie und Trude, froh, endlich aus dem Gefängnis seiner Ruhelosigkeit in Aktion treten zu können, eine Aufgabe zu haben: seiner schreienden kleinen Schwester beizustehen. Philipp war nicht zu sehen. Auch gut, so konnte er als ältester Mann auf dem Platz seine Aufgabe ohne Geplänkel seines nervigen kleinen Bruders wahrnehmen. Sein Vater hatte ihm am Morgen den klaren Auftrag erteilt, auf die Familie zu achten. Er hatte seinen Zweitältesten kräftiger als üblich in die Arme genommen und mit Nachdruck verabschiedet. Serge hatte es mit Stolz erfüllt, dass Vater ihm vertraute.

Die Mutter lag auf dem Boden, krümmte sich, als hätte sie Bauchschmerzen. *„Hast du Schmerzen? Kann ich etwas für dich tun?"*, fragte Serge besorgt.

Trude setzte sich auf und sah Serge in die Augen. Annie stand unmittelbar daneben und blickte entgeistert zwischen ihren Händchen und der Mutter hin und her. Philipp kam unbekümmert lachend angerannt. Trude betrachtete einen kurzen

Augenblick ihre drei Jüngsten mit einem zaghaften Lächeln, bis ein brennender Schmerz wie ein Blitz ihr Herz durchfuhr. Trude hielt sich die Hand an die Brust und rang um Fassung. *„Ja. Serge, bring mir bitte etwas Wasser, ich habe Durst. "*

Das Erkennen und Aussprechen des körperlichen Bedürfnisses war Trude ein Stück banale Normalität, an der sie sich fest-krallte. Der Boden unter ihren Füßen war gerade explodiert, unter ihr hatte sich ein gefräßiger Schlund aufgetan, der ihr bisheriges Leben verschluckt hatte und nie mehr hergab. Die sechs Kinderaugen blickten sie fragend und verwirrt an. Trude spürte die Erwartung und befürchtete, dass sie ihren Kindern keine Sicherheit mehr geben konnte. Sie verlor gerade selber jeglichen Halt. Am liebsten würde sie sich in den klaffenden Abgrund hineingleiten lassen, die Augen verschließen und wegsterben. Der Gedanke war verlockend: nie mehr aufzuwa-chen, nichts mehr fühlen zu müssen, sich nicht dem stellen zu müssen, was jetzt wie ein Tsunami auf sie zurollte.

Annie krabbelte auf Trudes Schoß. Philipp schmiegte sich von hinten an ihren Rücken und legte seine Arme über ihre Schul-tern. Serge kniete sich auf den Boden und reichte seiner Mut-ter die Trinkflasche. Trude breitete ihre Arme wie Flügel um ihre Kinder. Sie musste stark sein. Für diese drei Kinder, die noch da waren. Als das kleine Mädchen mit ihrem Fingerchen die Träne, die sich gelöst hatte, auf Trudes Wange abwischte, sackte Trude in sich zusammen, ihr Körper wurde von heftigen Schluchzern erschüttert. Die Tränen rannen ihr über das Ge-sicht den Hals hinunter. Wortlos und verwirrt klammerten sich die beiden Kleinen, wie an einen Rettungsring, an ihre klagende Mutter. Währenddessen kniete Serge daneben und überlegte sich, was es jetzt brauchte. Er klaubte aus seiner Hosentasche ein zerknülltes Taschentuch und reichte es seiner Mutter.

„Juri und Vater sind ...“

Trude brachte den Satz nicht zu Ende. Eine neue Welle übermannte sie. Sie hielt sich an Annies Körperchen und Philipps Händen fest. Die Kinder erwiderten den Druck, klammerten sich noch enger und begannen nun, angesteckt von der Mutter, auch zu wimmern. Serge rang noch einen Moment mit sich, als er seine Familie wie ein Knäuel ineinander verknotet weinen sah. Er hockte sich hinzu, legte seinen Kopf auf Mutters Schulter und hörte auf, gegen die Tränen zu kämpfen. Trude streichelte unentwegt die Glieder und Hautteile, die sie zu fassen kriegte, sie konnte nicht zuordnen, welchem Kind sie gehörten.Irgendwann löste sich Trude sanft aus dem Knoten, stellte Annie auf ihre Beinchen und richtete sich selber auf. Sie klopfte sich den roten Staub aus den Kleidern, wischte mit dem Handrücken über ihr feuchtes Gesicht. Trude strich ihren Kindern übers Haar, drückte jeden Einzelnen noch einmal beherzt und sagte: *„Kinder, ich muss in die Stadt zurück. Ich muss nachsehen, was passiert ist. Serge, kümmere dich um Annie und Philipp. Ihr seid bei Bakana und ihrer Familie in Sicherheit.“*

Trude wurde beim Stadteingang von Soldaten aufgehalten. Sie wurde aufgefordert, umzukehren und sich in Sicherheit zu bringen, da weitere Angriffe zu befürchten waren. Der Ranghöchste ließ Trude entgegen der Anordnung nach einem kurzen Wortwechsel passieren. Ihre Entschlossenheit rührte ihn und hätte seine Frau nach ihm gesucht, wäre er dankbar, wenn niemand sie aufhalten würde.

Auf der Anhöhe über dem Hafen verschaffte sich Trude einen Überblick. Auf dem offenen Meer brannten Schiffe lichterloh. Die Rauchschwaden schwärzten den Himmel. Die Überreste der abgebrannten Pfeiler am Pier ragten wie zerborstene Knochen aus dem Wasser. Verkohlte Holzplanken trieben in der Bucht. Das Werftgebäude war bis auf die Mauern zerstört. Als wäre es zerknülltes Papier lagen Wellbleche verstreut auf den Zufahrtswegen. Zwischen all den Ruinen und kokelndem Holz hasteten Soldaten und zivile Männer, um Verletzte zu bergen oder Brände zu löschen. Mit Tüchern bedeckte Körper wurden fortgetragen. In der Luft hing der Geruch von Schwefel, Kerosin und beißendem Rauch.

Es gab mit dem Wagen kein Durchkommen zur Mole. Trude überlegte verzweifelt, wo sich ihre Männer zuletzt aufgehalten haben konnten. Sie wog ab, sich zu Fuß durch die Apokalypse im Hafen zu kämpfen oder mit dem Wagen zur Mission zu fahren. Trude folgte ihrem Instinkt und steuerte den Stadtkern an. Auch dort traf Trude Zerstörung und Chaos an.

Das Post Office war von einer Granate komplett zerstört worden. Nebenan waren dort, wo einst das hübsche Holzhäuschen der Mission stand, nur noch glimmende Überreste und Rauchschwaden zu erkennen. Zwei Ordensschwestern versorgten im Schatten einer Baumgruppe die Wunden der Schwerverletzten.

Unter behelfsmäßigen Tüchern ruhten sieben leblose Körper auf dem blanken Boden. Die weißen Laken, die die Leichen bedeckten, waren mit großen Blutflecken getränkt und ließen das Ausmaß der Versehrung erahnen.

Trude untersagte sich, sich Bilder auszumalen, kämpfte, nicht in Panik zu geraten, und wandte den Blick von den Toten ab. Sie klammerte sich an die Hoffnung, dass Juri und Valentin nur verletzt im Krankenhaus lagen oder bereits auf dem Weg ins Outback waren und sie sich verpasst hatten.

Sie trat näher zu den Ordensfrauen und erkannte Schwester Claire, der die Erschütterung im Gesicht stand und die gegen aufkommende Tränen kämpfte. Die blutjunge Nonne war erst vor zwei Monaten zu Pater Angelos Station gestoßen. Sie war aus Sydney angereist, um ihr Leben in Gottes Dienste zu stellen. Pekeri schwärmte von der hübschen, neuen Lehrerin. Der Mann, den Schwester Claire versorgte, schien bewusstlos. Teile seiner Finger waren abgetrennt, durch die zerfetzte Kleidung klafften offene Wunden und zersplitterte Knochen. Claire war restlos überfordert, was zu tun war und welche Blutung zuerst zu stillen war. Trude beobachtete, wie sie gegen den aufkommenden Brechreiz rang und sie sich zwang, sich in die schwere Aufgabe, die ihr Gott abverlangte, zu schicken.

Die unerfahrene Ordensschwester tat Trude leid und sie legte ihr eine Hand auf die Schulter. Mehr vermochte sie nicht für das junge Ding in dem heillosen Durcheinander zu tun. Sie hatte nur ein Ziel. Bevor Trude ihre Männer nicht gefunden hatte, würde sie nicht Erste Hilfe leisten. Trude wandte sich an die zweite Nonne und erkundigte sich, ob sie etwas über den Verbleib von Pater Angelo und ihren beiden Angehörigen wusste. Schwester Mildred war bekannt als Dienstälteste im Orden. Die stattliche Frau hatte für jeden ein gutes Wort zum Geleit übrig. Alle wussten um ihre Vorliebe für einen guten Schluck erstklassigen Whiskey, den sie sich nach dem letzten Abendgebet gönnte. Es war ihr einvernehmliches Abkommen mit dem Herrn, damit ihr Leben in der heißen Kolonie, fern von ihrem geliebten England, erträglicher war.

Mildred blickte in Trudes Augen, atmete tief durch, fasste Trude am Arm und führte sie schweigend dorthin, wo Trude nicht hatte hinsehen wollen. Die Ordensschwester kniete in der Tracht auf dem Boden, lüftete ein Tuch an der Fußseite. Es war unmissverständlich, es waren die Füße eines Kindes. Weich, sanft, unversehrt, als lägen sie nur schlafend da, um im nächsten Moment aufzuspringen und das Kind fortzutragen.

Trude schlug die Hände vor den Mund. Es waren Juris Füße. Reflexartig setzte Trude an, das ganze Tuch wegzureißen, um sich zu vergewissern, dass es ihr Sohn war. Doch Mildred hielt sie mit aller Kraft zurück. *„Nein, Lady Trude, bitte, bitte warten Sie! Das dürfen Sie sich nicht antun! Bitte! Geben Sie mir einen Moment, ihn und ihren Mann herzurichten!"*

Im selben Augenblick brauste ein Wagen heran. Pater Angelo hatte personelle Verstärkung und frisches Verbandsmaterial aus dem Krankenhaus besorgt. Er löste Mildred ab, die sich, ohne zu zögern, wieder den Verwundeten zuwandte. Der schöne Pastor war körperlich unversehrt. Doch die Katastrophe spiegelte sich in seinen Augen. Er, der sonst immer ein tröstendes und aufmunterndes Wort wusste, schwieg. Pater Angelo setzte sich neben Trude auf den Boden und hielt besänftigend eine Hand auf Trudes Schultern, die sich ihrem Taumel hingab und sich schmerzverzerrt auf der Erde krümmte.

Um die beiden herum wirbelten die neu eingetroffenen Rettungskräfte. Ärzte und Schwestern versorgten die Schwerverletzten und machten sie bereit für den Transport ins Lazarett. Soldaten tauchten auf, um die Brandruinen zu evakuieren und die Leichen zu bergen. Mit stummen Zeichen gab Pater Angelo Mildred zu verstehen, dass sie sich um Valentins und Juris Überreste kümmern sollte. Obwohl die brütende Hitze dagegen sprach, setzte sich Mildred resolut dafür ein, dass die toten Körper vorerst auf dem Platz blieben. Kein Soldat traute sich, sich der Schwester zu widersetzen.

Mildred hatte im Ersten Weltkrieg die britischen Soldaten, die von der Front zurückkehrten, im Lazarett versorgt. Es gab nichts, was die Nonne noch erschüttern könnte. Sie wusste auch, wie wichtig Abschiednehmen ist. Immer, auch im größten Chaos und unter Zeitnot, hatte Mildred dafür gesorgt, dass die Angehörigen einen würdevollen Anblick der Hingeschiedenen bekommen hatten. Es war der letzte Eindruck, bevor die Tür für immer zuging. Jetzt, wo ihre Hilfe nicht mehr bei der Wundversorgung der Überlebenden gebraucht wurde, machte sich die Ordensschwester daran, Juris und Valentins Körper herzurichten. Es war kein schöner Anblick. Doch Mildreds Hände wussten, was zu tun war. Das Blut war versiegt. Es war nun einfacher, die Fleischwunden der abgetrennten Glieder mit weißem Mull zu verbinden. Den versehrten Gesichtern widmete Mildred ihre ganze Aufmerksamkeit und Hingabe. Die Mutter sollte von ihren Liebsten einen würdevollen letzten Eindruck mitnehmen. Als die Wunden alle verborgen waren, bemühte sich Mildred, frisches Wasser und saubere Tücher aufzutreiben.

Trude regte sich und setzte sich auf. Pater Angelo hielt sie zurück. Doch Trude wirkte gefasst und versicherte ihm, dass sie nun nicht mehr warten konnte. Sie wollte Valentin und Juri betrachten. Sie würde es aushalten. Der Pater nickte zustimmend und ließ sie.

Juris Kopf war mit Mull eingebunden, eine Haarsträhne klebte an eingetrocknetem Blut an der Stirn. Seine Augen und sein sanft geschwungener Mund waren geschlossen. Eine große Schürfwunde versehrte seine kindlichen Wangen. Ihr schöner Junge! Trude weinte hemmungslos, als sie wieder und wieder über seine Konturen strich. Später wandte sie sich Valentin zu. Seine störrischen Augenbrauen! Er hatte sie bei der Morgentoilette immer mit den Fingern in Form gestrichen. Es war unerträglich, ihn daliegen zu sehen, und dennoch musste Trude über die Erinnerung an diese banale, alltägliche Geste lachen. Sie würde ihren Liebsten, der in manchen Dingen so eitel war, nie mehr damit aufziehen können.

Trude rang gegen die anrollende Walze. Sie konnte sich kaum noch auf den Beinen halten. Der Schmerz überstieg alles, was sie bisher gespürt hatte. Wie eine vom Schlaf erwachte, zornige

Bestie türmte er sich in ihrem Bauch auf, dehnte sich aus und nahm ganz von Trude Besitz. Trude durchfuhr eine Welle von Schüttelfrost, gleichzeitig schwitzte sie und erbrach sich. Pater Angelo eilte herbei, um ihren Sturz abzufangen.

Mildred kehrte auf den Platz zurück und half dem Pater mit Trude. Sie reinigte Trude vom Erbrochenen und flößte ihr frisches Wasser ein. Die Ordensschwester kehrte sich danach wieder den beiden Leichnamen zu, um sie zu waschen. Das plätschernde Geräusch beim Auswringen des Wassers brachte Trude wieder zur Besinnung.

„Ich möchte meine Männer selber waschen", bat Trude schwach. *„Ja, natürlich"*, erwiderte die Ordensschwester, machte Trude Platz und blieb jedoch in der Nähe.

Andachtsvoll wusch Trude die Gesichter und Glieder ihrer Liebsten. Sie ließ sich alle Zeit, ihrem Sohn als Mutter und ihrem Mann als Geliebte noch einmal alle Liebe und Zärtlichkeit, die sie verspürte, zukommen zu lassen. Trude empfand es als Segen, ihnen in der Berührung noch einmal ganz nahe zu sein. Es wurde still in ihr. In aller Ruhe betrachtete Trude die beiden.

„Du hast gesagt, dass wir uns finden werden, Valentin. Ich möchte gerne daran glauben. Bitte pass auf unseren Sohn auf, da, wo ihr jetzt seid!" Nach diesen Worten richtete sich Trude auf und wandte sich an Schwester Mildred und Pater Angelo. *„Ich möchte die beiden mit ins Outback nehmen und zu Erde tragen. Ich muss zurück zu den Kleinen. Vorher möchte ich aber im Haus nach dem Rechten sehen, ob unsere Sachen verschont blieben. Aber ich möchte nicht in der Stadt bleiben."*

Schwester Claire dankte dem Herrgott für die glückliche Wende. Sie war erleichtert, aus der Stadt herauszukommen und der noch nicht gebannten Gefahr zu entkommen. Es war entschieden worden, dass sie Trude begleitete. Pater Angelo stellte sich als Fahrer zur Verfügung, weil Trude nicht imstande war zu fahren und er es der unerfahrenen Claire nicht zutraute, Trude und den Kindern alleine seelsorgerisch beizustehen. Er wollte dann, sobald er nicht mehr gebraucht würde, nach Darwin zurückkehren und Schwester Mildred im Lazarett und beim Wiederaufbau der Mission unterstützen.

Soldaten halfen, die Körper von Valentin und Juri auf den Pick-up der Mission zu laden. Trude bedeckte sie sorgfältig mit Tüchern, um sie vor Blicken und der sengenden Hitze zu schützen. Der Pastor steuerte das Automobil und folgte Claire, die Trudes Wagen lenkte. Das Haus der Familie war unbeschadet. Kaum hatte Trude Zelt, Töpfe, Kleider und Lebensmittel für einen längeren Aufenthalt im Outback in den Kofferraum verstaut, heulten die Sirenen auf.

Panisch mahnte Claire Trude zur Eile. Sie wollte nicht noch einmal einem Bombenhagel ausgesetzt werden. Noch waren keine Flugzeuge am Himmel zu sehen. Doch die Sirenen mahnten, dass ein weiterer Angriff der japanischen Streitmacht bevorstand. Angelo wog ab, ob er Mildred mit evakuieren sollte. Doch sie würde sich nicht fortbewegen lassen. Die Ordensschwester würde die Verwundeten nicht zurücklassen. Er machte sich Gewissensbisse, weil er als Oberhaupt des Ordens als Letzter gehen sollte. Er kam zum Schluss, dass es in

Gottes Sinn sein musste, den drei Kindern die Mutter wieder zurückzubringen. Angelo betete um ein gutes Geleit ins Outback und legte das Schicksal der Mission in Gottes Hände.

Claire und der Pastor holten aus ihren Automobilen alles heraus. Es galt, keine Zeit zu verlieren. Außerhalb der Stadt vernebelte rote, staubtrockene Erde ihnen die Sicht und erschwerte ein zügiges Vorankommen. Claire hielt das Steuer fest umklammert und konzentrierte sich auf die drei kleinen Kinder. Ihretwegen musste sie so schnell wie möglich aus der Gefahrenzone. Es half nichts, in Panik auszubrechen. Um sich zu beruhigen, betete oder rezitierte die junge Ordensschwester Bibelsprüche während des ganzen Weges. Trude saß in sich gekauert und nahm Claires Selbstgespräche kaum zur Kenntnis.

Sie waren schon ein Stück auf der Hauptstraße Richtung Marrakai vorangekommen, als sie die herannahenden Bomber hörten. Claire drückte das Pedal durch und Pater Angelo folgte im Pick-up dichtauf.

Bei Einbruch der Dunkelheit erreichten sie endlich den Clan. Annie rannte der Mutter entgegen und umschlang ihre Beine. Serge und Philip folgten der kleinen Schwester. Die Erleichterung war ihnen anzusehen.

Juris und Valentins Körper wurden bei der Feuerstelle aufgebahrt. Der Clanälteste ehrte in einem kehligen Singsang die Toten, während er Buschpflanzen in die offenen Flammen warf. Der würzige Rauch, der dadurch entstand, stieg in den Nachthimmel. Pekeri erklärte, dass der Schamane die Ahnen damit besänftigte und ihnen die Seelen der Toten anvertraute, sie auf der Reise zu begleiten. Die Sippe bildete einen Kreis um die Trauerfamilie und hielt sich im Hintergrund. Trude saß, die Kinder nahe an sich herangerückt, am Feuer. Pater Angelo und Schwester Claire hatten Trude und den Kindern ihre Seelsorge und Worte aus der Bibel angeboten. Sie respektierten jedoch Trudes Wunsch, die Nacht schweigend bei ihrem Gatten und Sohn verbringen zu wollen.

Die kleine Annie schlief wie ein Kätzchen zusammengerollt an Trudes Seite. Auch Serge und Philip wollten Bruder und Vater die letzte Ehre erweisen. Irgendwann übermannte aber auch sie der Schlaf. Die Mutter deckte die beiden Brüder behutsam zu. Nach und nach schliefen alle. Nur Bakana, die dafür sorgte, dass das Feuer nicht erlosch, wich nicht von der Seite ihrer Madam. Trude fühlte sich leer und gleichzeitig geborgen im Kreis dieser seltsam zusammengewürfelten Gemeinschaft. Sie war dankbar, nicht alleine zu sein. Sie war auch dankbar, dass die anderen ihr Schweigen respektierten und sie in ihren Gedankengängen und den ständig wechselnden Gefühlen beließen. Wie hätte sie denn auch Worte finden können für ihren inneren Sturm, der ihr Leben auseinanderpflückte! Das Feuer, das Schweigen, die Nähe der Menschen schenkten ihr eine Ruheinsel.

Mit der Dämmerung verblassten die Sterne am Himmel. Die ersten Menschen regten sich. Es war am Abend noch beschlossen worden, vor Anbruch des Tages die letzte Ruhestätte für die Männer zu suchen und Gräber auszuheben. Die Körper mussten vor Sonne und Tieren beschützt werden. Trude weckte ihre Söhne. Nach einem erfrischenden Schluck Tee machten sich die drei auf, im Umkreis den Ort zu suchen, der sich für Vater und Gemahl, Bruder und Sohn als Grabstätte würdig erweisen würde.

Sie wählten eine Stelle, wo zwei Felsen sich berührten und ein majestätischer Teebaum wuchs. Serge begann, die Erde vom Steppengras zu befreien, Philipp half ihm dabei. Die erwachsenen Männer der Sippe und Pater Angelo huben die Gräber noch vor Tagesanbruch aus. Als die Sonne hinter dem Felsmassiv hervortrat, waren die Toten bereits der Erde übergeben. Die ganze Nacht, die ganze Beisetzung lang bewahrte Trude die Haltung und sprach nur das Notwendigste. Doch nachdem der Pater nach einer schlichten Rede den Segen für die Verstorbenen und die Trauerfamilie ausgesprochen hatte, überwältigten sie Müdigkeit und Trauer. Sie lehnte sich an einen Felsen und ließ sich auf die Erde niedergleiten.

Bakana lockte die kleine Annie und die beiden Brüder mit dem Versprechen auf frische Pfannkuchen von der Grabstätte weg.

Die Kinder sorgten sich um ihre Mutter, sie wussten aber auch, dass Pater Angelo und Schwester Claire, die bei ihr blieben, sich kümmerten. Jetzt überwogen Hunger und das Bedürfnis nach Bewegung und Normalität. Auch wenn sie ahnten, dass es die Normalität, die sie gewohnt waren, nie mehr geben würde.

Nach offiziellen Berichten hatten am 19. Februar 1942 über achtzig japanische Kampfflugzeuge Darwin angegriffen. Die Bomber zielten auf die Frachtschiffe im Hafen, die Luftwaffenbasis, den zivilen Flughafen und das Krankenhaus. Sämtliche Abwehrflugzeuge wurden zerstört oder nicht mehr einsatzfähig gemacht. Es gab 250 offizielle Opfer. Vor dem Pazifikkrieg hatten in Darwin fünftausend Menschen gelebt, wovon zweitausend vor dem ersten Anschlag evakuiert wurden. Nach der ersten Bombardierung flohen Tausende.

Darwin und das Umland wurden in der Folge noch mehrere Male beschossen. Auf Empfehlung der Regierung hätten Trude und ihre Familie die Stadt und Northern Territory verlassen sollen. Eine beschwerliche Reise in den Süden nach Perth, Sydney oder Melbourne traute sich Trude nicht zu. Sie zog jedoch in Erwägung, nach Cairns zu siedeln, obwohl sie dort keine Verwandten hatte. Man erzählte, dass dort Arbeit in den Zuckerrohrfeldern und Raffinerien zu finden war. Trude hatte nämlich nicht nur Valentins und Juris Tod zu bewältigen, sondern sah sich plötzlich damit konfrontiert, auch für die Existenz der Familie zu sorgen.

Angeschlagen durch den Verlust ihres getreuen Gefährten fühlte sie sich wie gelähmt, in einer fremden Umgebung neu zu beginnen. Ohne helfende Hände, ohne Beziehungsnetz, ohne Garantie auf Arbeit wollte sie nicht aufbrechen. Ihr Abenteuergeist war längst verflogen und das Leben forderte Trude ständig aufs Neue heraus. Nachdem auch in Queensland die Städte Cairns und Townsville von der japanischen Luftwaffe angegriffen wurden, stand fest, dass es nirgends größere Sicherheit gab als im Busch.

Trude arrangierte sich allmählich mit dem Leben im Outback. Die Familie errichtete ein Zeltlager unweit der Sippe. Um die Kinder vor Schlangen zu schützen, nähte sie aus Leinensäcken Hängematten, die an langen Pfählen aufgehängt wurden. Gelegentlich fuhr Trude mit den Söhnen zurück ins Haus, um nach und nach Gebrauchsgegenstände, die im Busch tauglich waren, nachzuholen. Sie haushaltete mit dem Ersparten. Im Busch brauchte sie kein Geld. Doch bei ihren Exkursionen in die Stadt kaufte sie Vorräte, Stoffe und Werkzeuge ein. Sie besuchte auch jedes Mal die Mission.

Pater Angelo war mit Schwester Claire in die Stadt zurückgekehrt. Er fühlte sich von Gott berufen, in der Stadt zu bleiben, beim Wiederaufbau als moralische Instanz für die Bewohner da zu sein. Schwester Mildred durfte er nicht noch einmal im Stich lassen. Sie hatte von einem Beschuss schwere Brandverletzungen davongetragen, die ihr Gesicht und ihren Hals mit Narben entstellten. Mildred ließ sich, wie der Pater vermutet hatte, nicht dazu bewegen, in eine andere Mission versetzt zu werden. Sie wollte der Stadt und ihrem Schicksal treu bleiben. Schwester Claire folgte ihnen. Sie hatte nach wie vor Angst vor der Lebensgefahr. Doch sie zog die Gemeinschaft des Ordens, wenn es denn Christus' Prüfung war, sie im Bombenhagel durchzustehen, dem Leben im Busch vor. Als frommer Christin waren ihr der stetige Anblick der nackten Eingeborenen und deren Ahnenverehrung eine noch größere Herausforderung.

Bis zum Kriegsende lebte Trude mit ihren Kindern im Busch. Sie entspannte sich nie richtig, doch schickte sie sich drein, ergriff Möglichkeiten, wie sie sich ergaben. Trude war zu erschöpft, sich für eine andere Lösung aufzumachen. Sie kämpfte jeden Tag gegen die Schwerkraft an, liegen zu bleiben und sich gehen zu lassen. Sie versuchte, die Anstrengung vor den Kindern zu verbergen. Trude raffte sich nur ihretwegen auf. Ohne die Kinder hätte sie sich aufgegeben. Hätte sich am liebsten den Krokodilen im Adelaide River hingeworfen.

Wenn die Kinder Valentin und Juri erwähnten, ließ sich Trude nicht anmerken, wie es in ihrem Innern loderte, wie das Schmerzmonster sie fast auffraß. Sie wollte die Kinder nicht mit ihrem Kampf belasten. Sie war froh, dass sie einen Weg gefunden hatten, mit Vaters und Bruders Lücke zu leben. Die drei Kinder äußerten sich wenig und so war es Trude recht, die Toten vermeintlich ruhen zu lassen. In Trudes Erinnerung klopften sie schon häufig genug an. Valentin und Juri fehlten und fehlten. Sie hörten nicht auf zu fehlen.

Die kleine Annie verabscheute das Leben im Busch. Sie mochte die wilden Tiere nicht, sie mochte den roten Staub nicht, sie mochte die Regenzeit nicht, sie mochte die Hitze nicht, sie mochte das Essen nicht, sie mochte die dunklen Menschen nicht. Sie vermisste das schöne Haus und die hübschen Kleider. Sie war wütend auf ihre Mutter, die sie weggebracht hatte vom alten Leben. Sie war wütend auf ihren Vater, der auf einmal nicht mehr da war. Und sie verstand nicht, warum der große Bruder mit dem Papa mitgegangen war und die Schwester im Stich gelassen hatte. Annie wurde immer stiller und verkroch sich in ihre eigene Welt. Sie hielt sich an ihre Puppe Maggie, die niemand außer ihr berühren durfte. Zu groß war Annies Angst, die Puppe könnte durch den Dreck gezogen und die Erinnerung an ihr Zuhause, als die Welt noch heil gewesen war, beschmutzt werden.

Die heranwachsenden Knaben gingen täglich mit Pekeri auf Entdeckungstour. Der Aboriginejunge wuchs mit ihnen heran, sie durchlebten zeitgleich dieselben körperlichen Veränderungen. Ihre Oberkörper wurden kräftiger, die Stimmen veränderten sich, das Haar wuchs an Stellen, die sie nicht mehr Mutter zeigen mochten. Pekeri wurde zu einem Bruder. Er lehrte Serge und Philipp zu jagen, zu fischen, Buschwerkzeug herzustellen und Spuren zu lesen. Es gab stille Momente beim Einschlafen, an denen Serge und Philipp an Vater und Bruder Juri dachten.

Serge vermisste sie wenig. Der Zweitgeborene hatte immer in Juris Schatten gestanden, der unausgesprochen, aber unbestreitbar Vaters Liebling gewesen war. Nie hätte Serge dieselbe Gunst seines Vaters erhalten. Nun waren beide nicht mehr da. Serge schämte sich ein wenig, aber der Tod der beiden ließ ihn beinahe gleichgültig. Jedoch nicht die Art und Weise, wie sie umgekommen waren. Die Bilder, die sich in seinem Kopf produzierten, ließen sich manchmal tagelang nicht abschütteln. Serge sorgte sich jedoch sehr um seine Mutter. Auch wenn er nach außen immer den Unnahbaren mimte, hatte er eine feinsinnige Seele und spürte Mutters Trauer. Serge fühlte sich nutzlos ihr gegenüber. Das Zusammensein mit ihr und der kleinen verdrossenen Annie war unbehaglich. So verzog er sich am liebsten und pirschte mit seinen Brüdern Philipp und Pekeri durch die Steppe.

Philipp weinte manchmal heimlich. Er wollte niemandem zeigen, wie traurig er war, wie sehr er seinen Vater und seinen Bruder und das Leben, wie es früher war, vermisste. Der Busch war für sein Naturell zu roh, die Abenteuer mit Pekeri nur eine willkommene Tagesbeschäftigung. Er vermisste die Schule, das Lesen, die Buntstifte und das Schönschreiben. Dann und wann fasste er sich ein Herz und wollte Mutter bitten, ihn zu Pater Angelo in die Mission zu bringen. Er wollte lieber in seiner Obhut leben und lernen. Doch jedes Mal, wenn er all seinen Mut zusammengefasst hatte und sie ansprach, sah sie ihn mit matten Augen fragend an. Sie hätte ihm zugehört, sie hätte ihm wahrscheinlich seinen Wunsch erfüllt. Aber er brachte es nicht fertig, Mutter zu verlassen, wie Juri und Vater es getan hatten.

1945 Zurück in die Stadt

Ohne Pater Angelo, die Ordensschwestern Claire und Mildred, Bakana und ihre Sippe hätte es Trude nicht geschafft, die Jahre nach Valentins und Juris Tod zu überstehen. Die Menschen in ihrem Umfeld halfen der Witwe und den Kindern in diesem Ausnahmezustand der Kriegsjahre, so viel Normalität wie möglich zu bewahren. Die Familie musste selten Hunger leiden. Es war ein Glück, dass die Einheimischen sich mit dem, was die Wildnis hergab, ernähren konnten und es teilten. Es war ein Segen, dass die Mission von Schwesterstationen aus dem Süden mit Vorräten und Material für den Wiederaufbau beliefert wurde. Pater Angelo zweigte Büchsen mit Kondensmilch sowie Früchte und Kaffee aus Queensland, Zucker und Mehl für die Witwe und ihre Kinder ab.

Das Zeltprovisorium wurde durch eine einfache Hütte aus Brettern ersetzt. Serge, der zu einem kräftigen Burschen herangewachsen war, hatte Auto fahren gelernt und sich mit Gelegenheitsjobs auf den umliegenden Farmen Geld und Lohn in Naturalien erarbeitet. Serge war es dann, der darauf bestand, dass Mutter und Schwester eine solidere Unterkunft bekommen sollten.

Serge, der Tiere und die Freiheit im Busch liebte, lernte bei Farmer Jason reiten. Jason erkannte Serges Talent im Umgang mit Pferden und die Robustheit des Burschen. Er mochte und schätzte den vierzehnjährigen Jungen und nahm ihn unter seine Fittiche. Serge machte die Arbeit auf der Rinderfarm Spaß und er fühlte sich erwachsener, wenn er im Sattel saß. Im Frühjahr 1945 musste eine Herde in die Stadt getrieben werden. England orderte für das ausgehungerte Volk Fleisch von der Kolonie. 300 Rinder aus Jasons Bestand sollten in Darwin nach London verschifft werden. Um die Herde von Marrakai nach Darwin zu lotsen, brauchte der Farmer fünf Mann. Einer davon war Serge. Serge erfüllte es mit Stolz, mit von der Partie sein zu dürfen. Er schwor sich, seinen Job gut zu machen und Jason zufriedenzustellen.

Zwei Tage lang dauerte es, bis die Tiere zum Schiff getrieben waren. Es war harte Arbeit und forderte höchste Präsenz, sich so lange im Sattel und das Vieh in der Herde zusammenzuhalten. Serge spürte jeden Muskel und konnte anschließend kaum noch gehen. Das schadenfreudige Gespött der anderen Männer ließ er über sich ergehen. Es gehörte dazu. Die Cowboys schleppten Serge mit in die Hafenkneipe. Er sollte sein erstes Bier bekommen und mit ihnen auf den gelungenen Auftrag anstoßen. Es war ihre Art, dem Jungen Achtung und Anerkennung zu zollen und ihn in den Stand der Cowboys aufzunehmen.

Das Getränk schmeckte bitter, doch löschte es den Durst. Es blieb nicht bei einem Bier. Bevor die Männer bereit waren, die Rückreise ins Outback anzutreten, musste Serge noch ein paar Gläser kippen. Der Rausch überraschte ihn. Er bekam gerade noch mit, wie ein Mann den Pub betrat und alle in der

Gaststube zu johlen begannen, nachdem der Mann verkündet hatte: *„Deutschland hat kapituliert! Der Krieg ist vorbei!"*

Serge schlief auf dem Tresen ein. Er bekam vom ganzen Freudentaumel nichts mit. Auch nicht, wie die Männer ihn bei Tagesanbruch auf seinem Pferd festgezurrt hatten. Auf halbem Weg zurück zu Jasons Farm erwachte Serge. Sein Schädel brummte und der Trab des Tieres brachte seinen Mageninhalt durcheinander. Serge richtete sich auf, um sich im selben Moment zu übergeben. Er hatte es eilig, zu seiner Familie zu kommen, denn er konnte es kaum erwarten, die zwei guten Nachrichten zu verkünden. Das Kriegsende bedeutete, dass Mutter und seine Geschwister wieder in ihr Haus zurückkehren konnten. Seine Anstellung als Cowboy bei Farmer Jason sicherte ihnen ein Einkommen. Endlich ging es vorwärts, sie konnten unter das traurige Kapitel einen Schlussstrich ziehen und neu anfangen. Serge schwor sich, als Ältester für alle gut zu sorgen, und hoffte, dass seine Mutter den Kummer allmählich überwinden würde. Dass er ihr einen neuen Mann wünschte, der sie zum Tanz ausführte und wieder zum Lachen brächte, behielt Serge für sich.

Am allermeisten freute sich Annie auf die Rückkehr ins Stadthaus. Auch Philipp war glücklich über die Wende. Er freute sich, wieder zur Schule zu gehen. Trude zog mit gemischten Gefühlen zurück. Sie fürchtete sich vor den Erinnerungen, die das Zuhause der Familie unweigerlich heraufbeschwören würde und davor, dass die allmählich verheilenden Wunden aufreißen würden. Sie hatte sich in den drei Jahren mit Valentins Lücke arrangiert. Trude war froh, dass die Intensität der Trauer und Sehnsucht nach ihren verlorenen Männern verblasst war. Es war ihr gelungen, an jedem neuen Tag aufzustehen, sich dem zu stellen, was die Kinder tagsüber brauchten. Zu mehr war sie nicht imstande. Es kam Trude gelegen, dass Serge eine führende Rolle in der Familie übernahm und ihr wichtige Entscheidungen abnahm oder anstieß.

Wie viele andere auch war das unbewohnte Haus geplündert worden. Uringeruch, zerbrochene Flaschen, rostige Blechbüchsen und Köttel zeugten davon, dass fremde Männer und Tiere die Unterkunft für sich beansprucht hatten. Dach und Fenster waren von Witterung und Vandalismus beschädigt. Serge nahm die Hilfe von Farmer Jason und seiner Frau gerne an, das Zuhause vor dem Umzug der Familie wieder instand zu setzen.

Bakana und Pekeri blieben bei ihren Familien. Trude traute sich den Neuanfang mit Hilfe der heranwachsenden Jungs alleine zu. Sie brachen im August 1945 ihre Zelte im Busch ab. Der Pick-up der Mission knirschte unter den Rädern, als Pater Angelo mit Trude, Philipp, Annie und den Siebensachen festgezurrt auf der Ladefläche auf den bekiesten Vorplatz fuhr. Annie standen Freudentränen in den Augen, als sie mit Maggie im Arm aus dem Auto sprang und das frisch gestrichene Haus erblickte. Philipp stürzte sich gleich in sein Zimmer und schmiss sich auf das Metallbett, das mit einer neuen Matratze und einer Patchworkdecke bestückt war. Er hatte endlich wieder einen eigenen Raum. Trude stieg bedächtig Stufe um Stufe hoch, hielt sich am Geländer fest und atmete tief durch.

Sie lächelte Serge zu, legte die rechte Hand auf ihre Brust und dankte ihm stumm mit einem Kopfnicken. Er hatte die ganze Zeit in der Hängeschaukel unter dem Vordach gesessen und die Ankunft seiner Angehörigen beobachtet. Serge stieß einen unhörbaren Seufzer der Erleichterung aus, als er das Lächeln seiner Mutter sah.

Nach der Abendmahlzeit setzte sich Trude mit ihren drei Kindern auf die Veranda. Sie hatte im überwucherten Garten Pfefferminze gefunden und daraus frischen Tee gebraut, den sie nun mit Honig gesüßt tranken. Auch eine verrostete Laterne hatte sie im Schuppen aufgestöbert, die jetzt mit einer Kerze ein schönes Licht verbreitete. Es war ein milder Winterabend. Sie brauchten weder Jacken noch Wolldecken und die Moskitos waren gnädig. Mutter und Kinder sprachen wenig, jeder hing seinen Gedanken nach. Trude strich dann und wann über Annies Locken, suchte die Augen der Jungen und nahm immer wieder tiefe Atemzüge. Sie dachte: *„Es ist gut, wieder in der Stadt zu sein. Es wird einfacher für die Kinder."*

Im November kündigten Stürme die Regenzeit an. Trude stand der sechste Sommer mit Hitze, tropischer Luftfeuchtigkeit, Wassermassen, überschwemmten Wegen, Zyklonen und den kleinen und großen Biestern, die das Leben im Nordterritorium erschwerten, bevor. Trude gestand sich ein, dass sie froh war, wieder ein solides Dach über dem Kopf zu haben! Es machte zumindest den Alltag wieder einfacher.

Immer noch dachte sie jeden Tag an Valentin und Juri. Sie hatte im Wohnzimmer einen Altar eingerichtet. Gerahmte

Schwarz-Weiß-Fotos von den beiden und ihrer Hochzeit standen darauf, umrahmt von anderen Erinnerungsstücken, wie die Uhr von Valentin, eine Zeichnung von Juri und das Buch von Victor Hugo. *Der Glöckner von Notre Dame* hatte Trude überall auf ihrer ganzen Odyssee begleitet. Sie hatte sich nie von ihrem ersten Buch trennen mögen. Es war die Erinnerung an Lena und Olga, an die Zeit des Aufbruchs in Tartu und für Trude stets ein Symbol der Hoffnung.

Jeden Abend, wenn die Kinder im Bett waren, zündete Trude die Kerze am Altar an. Sie strich mit den Fingerkuppen zärtlich über Juris und Valentins Fotos und ließ den Stich, der ihr Herz durchfuhr, zu. Sie war gewappnet. Und dennoch: Es hörte einfach nicht auf. Sie vermisste die beiden wie am ersten Tag!

Einmal sprach Trude zu Valentin: *„Ach, Liebster! Das Land war für dich das willkommene Abenteuer. Jetzt ist dein Körper zur roten Erde geworden! Was wäre aus uns geworden, wenn wir in Europa geblieben wären? Wären wir dem Krieg entronnen? Weißt du, ich zweifle oft, ob wir die richtige Wahl getroffen haben! Was mache ich bloß auf diesem heißen Kontinent? Du fehlst mir so! Ich brauche deine Zuversicht! Bitte gib mir ein Zeichen, was ich als Nächstes tun soll! Ich kann nicht klar denken und sehe zu, wie Serge zu viel Verantwortung übernimmt. Er ist doch noch ein Junge! Soll ich zurück nach Europa oder soll ich in den Süden ziehen? Bitte, Valentin, schick mir ein Zeichen! Was würdest du an meiner Stelle tun?"*

Trudes Blick streifte das Hochzeitsfoto. Plötzlich überfluteten sie die Erinnerungen an den prächtigen Sommertag 1929.

Trude dachte an all die Menschen, die mit ihnen ausgelassen gefeiert hatten! Der Duft von sich verströmenden Lindenblüten stieg ihr in die Nase. Sie erinnerte sich an die weiße Festtafel, die Mädchen mit ihren Blumenkränzchen in den Haaren, an ihre liebste Schwester Olga. Trude schmunzelte, als ihr wieder in den Sinn kam, wie sie kurz vor der Trauung ein Selbstgespräch geführt hatte. Sie hatte sich doch damals das Versprechen gegeben, sich nie von einem Mann abhängig machen zu lassen! Wie war sie an jenem Tag unbeschwert und zuversichtlich, dass ihr alles gelingen würde! Widerspenstigkeit und Mut regten sich in ihr. Kann es sein, dass die immer noch vorhanden waren? Mussten sie nur freigeschaufelt werden? Plötzlich fragte sie sich: *„ Was würde die einundzwanzigjährige, vor Leben strotzende Trude heute tun? "*

Sie verspürte auf einmal Lust zu schreiben. Seit Valentins Tod hatte sie nie den Drang verspürt, ihre Gedanken auf Papier zu bringen. Doch jetzt holte sie Schreibzeug und Notizbuch, setzte sich an den Tisch im Esszimmer, entzündete die Petrollampe und schrieb drauflos. Die Kerze auf dem Altar war längst niedergebrannt, am Himmel kündigte ein rosa Streifen die Morgendämmerung an, als Trude aufsah und sich vergegenwärtigte, dass sie die Zeit und alles um sich herum vollkommen vergessen hatte.

Trude klappte das Buch zu, legte den Bleistift zur Seite und rieb sich die von Tränen geröteten Augen. Sie fühlte sich leer, erleichtert und jäh von Müdigkeit übermannt. Sie hatte in den letzten Stunden ihre ganze Lebensgeschichte niedergeschrieben. Von der Kindheit in Tartu, vom Leben mit Olga, über die

Turbulenzen in Leningrad und die Übersiedelung bis zu Juris und Valentins Dahinscheiden. Ihr Leben war prall wie das bis zur letzten Seite beschriebene Notizbuch. Trude wankte ins Bett, wollte sich noch ein bis zwei Stunden Schlaf gönnen, bis die Kinder lautstark den Tag begrüßen würden. Wie ein feines Satintuch legte sich in den Minuten beim Hinübergleiten eine friedliche Stimmung über Trude.

In den Tagen darauf hatte sich der schwere Druck in Trudes Brust gelöst. Sie konnte wieder tief und frei atmen. Beflügelt von der Erfüllung, die das Schreiben Trude gebracht hatte, nahm sie sich vor, zu Olga, Lena, den Medwedews und Marija Kontakt aufzunehmen. Kein einziger Brief, den sie während der Kriegsjahre geschrieben hatte, war beantwortet worden. Trude wusste nicht, ob ihre Post je angekommen war oder ob die Rückantworten nicht zugestellt wurden. Jetzt nach Kriegsende schöpfte Trude Hoffnung, dass sie durchkommen und Lebenszeichen von ihren Freundinnen erhalten würde.

1946 Der Bernstein

Die Bilder aus dem zerstörten Europa waren schrecklich. Wochenschau und Zeitungen zeugten vom großen Elend der Menschen in den zerbombten Städten. Nach und nach fügten sich die Informationen zu einem Gesamtüberblick über das Ausmaß dieses schrecklichen Krieges zusammen. Es gelangten keine Berichte über den Alltag in Estland nach Australien. Trude konnte einzig in Erfahrung bringen, dass viele Landsleute unter der Okkupation der deutschen Wehrmacht nach Finnland flüchteten und nach der Machtübernahme im Jahr 1940 durch die Sowjets verhaftet und in sowjetische Gulags deportiert worden waren. Trude bangte um ihre Brüder und den Vater, mit denen sie seit ihrer Auswanderung keinen Kontakt mehr hatte. Was war wohl aus ihrem alten Vater geworden?

Zehn Briefe hatte Trude an Olga und Lena geschickt. Doch alle blieben unbeantwortet. Konnten sich Olga und ihre Töchter in Sicherheit bringen? Was war mit Lena? Die Ungewissheit über den Verbleib ihrer Freundinnen zermürbte Trude. Sie konnte nichts für sie tun. Auch von den Medwedews hörte sie nichts. Über Leningrad und die Sowjetunion wurde mehr berichtet. Es war ausschließlich Trauriges, was Trude praktisch alle Hoffnung nahm, dass ihre Freunde noch lebten. Leningrad war von September 1941 bis Januar 1944 von der Wehrmacht belagert worden. Hitlers Ziel war, das Volk auszuhungern, zu demütigen und das feindliche Russland in die Knie zu zwingen.

Einem Zeitungsbericht entnahm Trude, dass während der Blockade eine Million Leningrader an Hunger und Kälte starben. Sie mochte sich das unsägliche Leid der Menschen in ihrer ehemaligen Heimat nicht ausmalen. Auch den wohlgenährten Bäckersleuten Dowski wird wohl irgendwann das Mehl ausgegangen sein, dachte Trude traurig.

Es war beklemmend, all die Menschen, mit denen Trude einst das Leben geteilt hatte, im Ungewissen zu wähnen. Sie durch Krieg und Vertreibung zu verlieren ist ganz anders, als wegzureisen in der Hoffnung, sie irgendwann wiederzusehen oder mit ihnen zu korrespondieren. Trude kamen die Frauen in den Sinn, die ihre Männer an die Front ziehen lassen mussten und nie erfahren würden, was aus ihren Liebsten geworden war. Verschollen, spurlos verschwunden ...

„Wie gelingt es einem da, Frieden zu finden?"

Trude begriff, dass es im Unglück ein Glück war, dass sie sich von Valentin und Juri hatte verabschieden können. Dass Trude die Körper gesehen hatte, war unendlich wichtig für sie. Mit dem Waschen, Wachen und Beisetzen hatte sie den beiden einen letzten Akt der Liebe erweisen können. Dies gab ihr selbst Würde und Ermächtigung in der Trauer. Diese Bedeutsamkeit und Erinnerung konnte ihr nicht genommen werden. Von keinem Schicksal und von keinem Gott.

Trude spürte den Wunsch, auch den Menschen aus ihrem alten Leben, die ihr einst so wichtig waren, Wertschätzung zu erweisen. Sie durften nicht vergessen werden! Im Garten errichtete Trude eine Gedenkecke. Sie ließ sich viel Zeit und war erfüllt von der neuen Aufgabe, die sie sich selbst gestellt hatte. Es wurde zu einem Ritual, sich in jede Person und die gemeinsame Geschichte einzustimmen. Auf ausgedehnten Spaziergängen durch die Gegend nahm sie in Gedanken einen lieben Menschen aus ihrem früheren Leben mit und sammelte, was ihr vor die Füße fiel. So grub sie einen Mimosenstrauch mit zarten rosa Blütenbällchen für Olga und ihre Mädchen aus und im Garten wieder ein. Für Lena musste es etwas Rotes sein, rot wie die Baskenmütze, die Trude an ihrer Freundin so geliebt hatte. Trude stolperte über einen roten Stein. Bei Vater, den Brüdern und ihren Familien musste Trude an Werkzeug denken, das ihnen Schwielen an den Händen einbrachte. Eine ausrangierte Harke, deren Stil abgebrochen war, stöberte Trude hinter dem Schuppen auf. Auf einem Rundgang im Hafen fanden sich verkohlte Holzreste der zerstörten Hafenmole und Schwemmholz. Diese Gegenstände erinnerten Trude an Medwedews und Marija. Alle Fundstücke arrangierte Trude liebevoll in ihrem Gärtchen. Weitere Pflanzen kamen hinzu. Serge schreinerte für seine Mutter eine schlichte Bank im Schatten eines Baumes, worauf sich Trude zur Einkehr setzen konnte.

Tage und Wochen zogen ins Land. Darwins Bewohner räumten auf. Infrastrukturen wurden wieder instand gesetzt. Die Stadt kehrte allmählich zu einer Normalität zurück. Trude und die Kinder fanden sich in einem neuen Alltag ein. Serge lebte unter der Woche bei Farmer Jason und besuchte seine Familie an den Wochenenden. Philipp besuchte mit Eifer die wiedereröffnete Schule. Pater Angelo unterrichtete ihn in Latein und Altgriechisch, um seinen Wissensdurst zu stillen, und gewährte dem Jungen Zugang zur Bibliothek. Philipp war ein begabter Zeichner. Der Pater erkannte das Talent und beauftragte seinen Zögling, Illustrationen von den Menschen, Pflanzen und Tieren des tropischen Territoriums zu fertigen. Diese fügte das Kirchenoberhaupt seinen Berichten aus der Mission hinzu, die nach England und Südaustralien zu Schwesterorden versandt wurden.

Trude erhielt nicht zuletzt dank ihrer Söhne weiterhin Naturalien von Farmer Jason und der Mission. Diese Unterstützung und Valentins Erspartes ließen Trude, die mit allem sorgfältig haushaltete, genügend Freiraum, um nicht Arbeit suchen oder Darwin verlassen zu müssen. Für den Moment war gesorgt, was die Mutter sehr erleichterte. Denn Annie wurde zu einem Sorgenkind. Das Mädchen blieb verschlossen und bockig. Am liebsten verkroch sie sich nach der Schule in ihrem Zimmer. Annie spielte nicht mit anderen Kindern. Um ihre Mutter schien sie einen Bogen zu machen. Trude kam nur noch in seltenen, kostbaren Momenten zu ihr durch. Annie ließ sich nicht mit gütigem Zureden und auch nicht mit Androhung von Strafen aus der Reserve locken. Und irgendwann ließ Trude davon ab, ihre Tochter zu bedrängen und zum Reden zu zwingen. Vielleicht war es einfach Annies Wesensart, tröstete sich die Mutter.

Es war ein milder Julitag, eine leise Brise strich um das Haus und säuselte durch die Blätter der Palmen. Trude war im Begriff, Veranda und Treppenstufen zu kehren, als der Postbote auf sie zutrat und ihr ein kleines, arg ramponiertes Paket in die Hand drückte. Trudes Herz klopfte bis zum Hals. Sie überlegte blitzschnell, von wem sie eine Sendung erwartete. Kamen doch bislang die Briefe aus Europa ungelesen zurück. Trude schickte dem Postboten ein flüchtiges Dankeschön hinterher. Ihre Hände zitterten, als sie das Päckchen betrachtete. Absender und Poststempel waren unleserlich. Die Bleistiftschrift war verblichen und das eingerissene Einschlagpapier an den Rändern mehrfach zusammengeheftet. Was für ein Glück, dass die Adresse für die Post leserlich war: Coconut Grove, Darwin.

Ungeduldig schlitzte Trude mit fahrigen Fingern eine Öffnung in das Paket und klaubte den Inhalt heraus. Zum Vorschein kamen ein dickes Kuvert und etwas Leichtes und Kantiges, das in Samt gewickelt war. Trude sackte auf die Stufen. Sie entfaltete den mehrseitigen Brief und als sie als Unterschrift in krakeliger Schrift den Namen Olga las, entfuhr ihr ein schriller Schrei der Freude. Olga! Sie schrieb! Sie lebte! Trude machte keine Anstalten, die Tränen, die ihr übers Gesicht liefen, wegzuwischen. Aus dem dunkelgrünen Samtstoff enthüllte sich ein orange-brauner, daumengroßer Gegenstand mit einer glatten Seite und einer kantigen, unebenen Seite. Er lag leicht in der Hand und war transparent. Als Trude ihn gegen die Sonne hielt, erkannte sie erstaunt ein eingeschlossenes Insekt. Es war ein Bernstein!

„Tartu, 12. April 1946

Liebste Trude!

Du weißt, wie mir das Schreiben schwerfällt und ich mich sträube, Stift und Papier in die Hand zu nehmen. Doch bin ich heute froh, dass Du es mir damals beigebracht hast. Ich habe vier Briefe von Dir erhalten, die auf Antwort warten. Ich ringe mit Worten und Tränen. Es ist die Hölle auf Erden! Europa ist am Boden zerstört. Ich weiß nicht, wie viele Menschen gestorben sind, es dringt nicht alles zu uns durch. Aber es müssen Millionen sein. Zivile Menschen und Soldaten aus allen Ländern wurden getötet, sind verschollen, verhungert oder unter Mauern begraben. Das Leid ist unbeschreiblich groß. Auch bei uns. Zum Glück gibt uns der Boden immer noch etwas her und wir konnten uns grad so durchbringen. Doch alle Tiere und manche Ernte wurden erst von der Wehrmachtbesatzung und später von der Roten Armee beschlagnahmt. Ich habe Kartoffeln und Getreide im Wald vergraben, damit ich meine Mädchen und mich ernähren konnte.

Ich bin unendlich müde! Und ich muss die Bilder aus dem Kopf verscheuchen. Soldaten haben sich einquartiert, ausgemergelte Kerle, voller Läuse und mit schlechtem Atem. Sie taten mir leid und ich versuchte, gütig mit ihnen zu sein, versuchte, sie als Menschen zu behandeln. Aber der Krieg hat sie zu Monstern gemacht. Nach dem Tod meines Gatten hatte ich nie einen anderen an meiner Seite vermisst. Tomasz war durch keinen zu ersetzen. In den Kriegsjahren hätte ich mir gewünscht, er hätte mir zur Seite gestanden und das Pack in Schranken gewiesen. Aber auch Tomasz hätte an die Front müssen und wäre vielleicht nie wieder zurückgekehrt.

Ich konnte mich und die Mädchen nicht schützen. Die Soldaten haben uns immer wieder gedemütigt. Die Zweitjüngste hat in der Folge einen kleinen Russen geboren. Er heißt Mirko *und ist jetzt bereits drei Jahre alt. Er ist ein süßer Kerl. Doch er wird sein Leben lang den Schatten mit sich ziehen, dass er ein Balg eines verhassten Besatzers ist. Sein Erzeuger ist nach dem Krieg nach Wladiwostok zu seiner Familie zurückgekehrt.*

Die Sowjets haben Estland annektiert. Russland zwang unsere Regierung in die Knie. Entweder ihr macht mit oder wir vernichten euch. Das Leben ist hart geworden. Jeder kämpft ums nackte Überleben. Die Fröhlichkeit auf unserem Hof ist gewichen. Ich vermisse unsere Zeit, liebe Trude. Es war die schönste und unbeschwerteste Zeit meines Lebens nach dem Tod meines Tomasz. Ach Trude, ich fühle mit Dir! Ich bin selber traurig. Wie schmerzhaft muss es für Dich sein! Valentin war so ein guter Mann. Und Juri, dieser feine kleine Kerl! Die Zeit hilft, damit umzugehen, glaube mir. Aber die Lücke im Herzen bleibt für immer unbesetzt.

Über Lenas Verbleib weiß ich nichts. Vielleicht ist es ihr und Jeronim gelungen, mit den Kindern nach Finnland zu fliehen. Einigen ist es geglückt, im nördlichen Nachbarland Asyl zu bekommen. Doch ich kann es nicht mit Gewissheit sagen, wir hatten keinen Kontakt mehr.

Von deinen Brüdern kann ich leider nichts Gutes berichten. Dein Vater ist zum Glück ein paar Monate nach Ausbruch des Krieges an einem Herzschlag verstorben. Es ist ihm gut ergangen damit. Die Rote Armee ist – es muss im Winter 1943 gewesen sein – auf das Gut gekommen und hat die Käserei beschlagnahmt. Deine Brüder sind verhaftet und in sowjetische Lager deportiert worden. Man hörte, dass Deportierte zu

Straßen- und Eisenbahnbau im entfernten Sibirien gezwungen wurden. Aber mit Sicherheit weiß man es nicht, denn es ist bisher noch keiner zurückgekehrt.

Deine Schwägerin Luisa ist zu mir gekommen und hat von den furchtbaren Entwicklungen auf Eurem Gut berichtet. Sie und die zwei anderen Frauen der Brüder planten, mit ihren Kindern heimlich in den Westen zu fliehen. Auch sie wurden regelmäßig von den Soldaten vergewaltigt. Die besorgten Mütter wollten ihre Mädchen vor demselben Schicksal bewahren und entschlossen todesmutig, lieber zu fliehen oder es zumindest zu versuchen, als sich auf unbestimmte Zeit dieser Schmach auszusetzen.

Am Tag vor der Flucht hat sie mir den Bernstein gebracht. Sie bat mich, ihn Dir zukommen zu lassen und Dir ihre Geschichte zu erzählen. Der Bernstein gehört Dir und ist ein Geschenk Deiner verstorbenen Mutter Marthe! Er wurde Deiner Mama, als sie auf der langen Reise von der Schweiz nach Estland in der Bucht von Riga eine Pause einlegten, vom Meer vor ihre Füße gespült. Marthe hob ihn auf und wollte den Stein ihrer erstgeborenen Tochter schenken. Heinrich fand nach Marthes Tod den Stein in diesen Samt eingeschlagen in ihrer Kommode neben der Bibel. Er brachte es zu Lebzeiten nie fertig, dir das Erinnerungsstück an Deine Mutter zu geben. Heinrich war verbittert über Marthes Tod. Luisa, die die Führung des Haushaltes übernommen hatte, ist eines Tages hinter Heinrichs Geheimnis gekommen und hat das Stück heimlich an sich genommen. Sie war entschlossen, das Unrecht ohne

Heinrichs Zustimmung wiedergutzumachen. Luisa befand, dass er es mit zunehmender Altersschwäche vergessen würde und Du die rechtmäßige Eigentümerin bist!

So gelang der Bernstein zu mir und ich hoffe sehr, dass er wohlbehalten bei Dir im fernen Australien ankommt. Auch wenn ich nicht weiß, ob und wie lange es noch möglich sein wird, unter der Sowjetherrschaft Lücken nach außen zu finden und ins Ausland zu korrespondieren, bitte schreibe mir! Bitte versuche es! Du bist für mich ein Symbol der Hoffnung. Du schenkst mir Kraft, das alles hier zu ertragen. Lass uns an diesem winzigen Faden festhalten und uns gegenseitig unterstützen. Auch wenn die Wahrscheinlichkeit gering ist, dass wir uns jemals wiedersehen. Ihr habt das einzig Richtige gemacht, vor dem Untergang Europas fortzugehen. Bitte lebe und genieße Dein Leben in Freiheit. Für Dich, die Kinder und ein wenig für mich! Und lass mich von Zeit zu Zeit wissen, wie sich die Kinder entwickeln.

In Liebe, Olga"

Olgas Zeilen waren Trude wie ein Schlag mit der Faust in die Eingeweide. Der Bericht aus dem zerstörten Europa und vom Schicksal der nahen Menschen war an sich schon schwer verdaulich. Doch das Vermächtnis ihrer Mutter traf sie mit einer unerwarteten Wucht. Sie hatte lange nicht mehr an ihre Mutter gedacht, sie hatte ja nie ein Bild oder eine Erinnerung an sie aufbewahren können. Immer, wenn sie an ihre Mutter dachte, öffnete sich in ihr eine Tür zu einem leeren, dunklen Zimmer, in dem sie sich nicht orientieren konnte. Deshalb zog Trude es vor, diese Tür lieber zu ignorieren und geschlossen zu halten. Doch nun erfuhr sie, dass zeitlebens ein Geschenk ihrer Mutter an sie bereitlag und ihr Vater es ihr vorenthalten hatte. Mit der Rührung über das Andenken entflammte zugleich auch Wut auf ihren Vater. Wie konnte er ihr das antun! Was hatte Trude ihrem Vater angetan, dass er sie so hasste?

Trude saß immer noch auf der Holztreppe, befühlte den Stein, ließ ihn von einer Hand in die andere gleiten und wanderte in Gedanken zurück in ihre Kindheit in Estland. Nein, es gab keine Schuld! Trude war ein Säugling und war unschuldig in diese unwirtlichen Umstände geboren. Es war Schicksal oder Gottes Wille, dass Mutter sterben musste. So wie es dumme Fügung war, dass Valentin und Juri sterben mussten. Es gab keine Schuld! Trude hätte sich gewünscht, dass ihr Vater sie als einzige Tochter liebevoller behandelt hätte. Wie sehr hätte sie sich gewünscht, er hätte ihr nur einmal über die Haare gestrichen oder mit seinen schwieligen Händen über die Backe gestrichen. Er war nicht dazu imstande. Trude erkannte, dass Heinrich dieselben Höllenqualen empfunden haben musste wie Trude nach Valentins und Juris Fortgehen. Sollte sie Heinrich dafür böse sein?

Der Bernstein war leicht und geschmeidig. Die Wut verpuffte und wich. Sanft und unaufdringlich wie der Stein in ihrer Hand entspannte sich Trude und es wurde ihr froh im Herzen. Trotz widriger Umstände, auf Umwegen, durch Tod und Verderben hatte es der Bernstein bis nach Australien geschafft! Als würde der Bernstein zu Trude sprechen, klärte sich in ihr das ganze Knäuel an Emotionen und Gedanken: Ja, Marthe musste sterben, Valentin und Juri und viele Menschen aus ihrem Umfeld sind hinübergegangen oder verschollen. Trude würde die Gründe nie verstehen oder erfahren. Aber Marthe hatte Trude das Leben geschenkt und sie war immer noch am Leben! Und ihre anderen Kinder waren am Leben! Trude beschloss, nicht denselben Fehler wie ihr Vater zu machen und sich aus Groll und Bitterkeit abzuwenden und sich zu verschließen. Sie wollte für ihre Kinder da sein. Und Trude wollte sich dem, was das Schicksal von ihr forderte, stellen!

Trude richtete sich auf, verscheuchte die Fliegen, die sich in ihrem tränennassen Gesicht festsetzen wollten, und sprang entschlossen die Stufen hinunter. Sie musste umgehend ein Versäumnis nachholen. Im Garten hatte sie einen Platz für ihre Mutter vergessen! Mit bloßen Händen grub Trude eine ausgedehnte Stelle frei, die von Gras und Schlingpflanzen überwuchert war. Trude fasste die bloß gelegte, rote Erde achtsam mit Steinen zu einer Herzform ein. In der Mitte platzierte sie ein Schwemmholzstück, das von den Gezeiten ausgewaschen war und die Form einer offenen Hand hatte. In die Wölbung legte Trude behutsam den Bernstein.

Von der Bank aus betrachtete Trude ihr Werk und war zufrieden. Das rote Herz der Erde wirkte verletzlich und entblößt. Doch das war stimmig für Trudes Empfinden. Es stand für ihre Mutter, die ihr Leben geschenkt hatte, um Trudes Leben zu ermöglichen. Das Herz war aber auch Sinnbild für sie selber als Mutter, für alle Mütter, für das Empfängliche, für das dem Leben Zugewandtsein. Es war ebenso wichtig, das Leben zu würdigen wie die Toten.

Eine blühende Pflanze sollte den Platz des Gedenkens an ihre Mutter vollenden. Doch dafür wollte sich Trude Zeit nehmen. Eine weiße Rose wäre schön. Doch Trude wusste, dass es nicht einfach sein würde, in diesen Breitengraden Rosen aufzutreiben. Sie dachte wehmütig an Olgas Bauerngarten, der sich im Sommer in seiner ganzen Farbenpracht zeigte: Ringelblumen, Rittersporn, Schleierkraut und Stockrosen erblühten in bunter Fülle. Der Mohn mit seinem frechen, lustvollen Rot hatte zwischen den grünen Kräutern gestrahlt. Ein Rosenbusch mit unzähligen kleinen, weiß-rosa Blüten, die beim Vorbeigehen einen betörenden Duft verströmten, rankte die Stallmauer empor.

Trude kannte den Vergleich nicht, wie eine Kindheit mit einer Mutter gewesen wäre. Doch spürte sie als Mädchen immer die Abwesenheit einer sanften, versöhnlichen, schönen, behütenden Energie. Roh war es, mit Brüdern und einem gestrengen Vater aufzuwachsen. Es herrschte im Haus ein stetiges Vergleichen, Messen und Vorwärtstreiben vor. Nicht viel anders waren Trudes Söhne, sinnierte Trude. Auch sie spornten sich stets zu neuen Höchstleistungen an. Einzig bei Philipp und Valentin hatte ein feingeistiger Charakterzug durchgeschienen. Die beiden waren sich darin ähnlich, sie mochten sich nicht mit anderen messen und vergleichen.

Olga war ein Segen gewesen für Trude, der so viele Entbehrungen in ihrer Kindheit wiedergutmachte. Mit Olga und ihren

Töchtern lernte sie zu lachen und eine unbeschwerte Seite des Seins kennen. Sie entdeckte ihre eigene Weiblichkeit, die in der wohlwollenden Obhut der Ziehmutter wie eine der Blumen im Bauerngarten zur vollen Blüte reifte.

„Frauen brauchen Frauen!", kam Trude zum Schluss. Sie sorgten ganz natürlich für ein nährendes Klima, das eine angelegte Saat zum besten Wachstum brachte. Und in der Folge brauchten Männer wahrscheinlich Männer, um auch ihr Potenzial am besten gedeihen zu lassen.

Dankbarkeit durchströmte Trude, die immer noch auf der Bank in ihrem Gärtchen weilte und sinnierte. Sie realisierte, dass nach widrigsten Umständen und schwersten Prüfungen stets eine glückliche Fügung folgte. Olga hatte sie zur richtigen Zeit mit so viel Tiefe und Liebenswürdigkeit beschenkt, die wärmte sie heute noch nach Jahren. Petrowitschs Angebot hatte die Familie gerettet. Was wäre aus ihnen in Europa geworden? Und jetzt hatten Serge in Farmer Jason und Philipp in Pater Angelo Ziehväter gefunden, die Trude in hohem Maß entlasteten. Sie wäre alleine nie und nimmer der Aufgabe gewachsen, den Heranwachsenden den Vater zu ersetzen und ihnen die Orientierung zu geben, die sie jetzt brauchten.

Sorgte das Leben, das Schicksal oder dieser Gott, für den sie immer noch keinen Namen hatte, nicht immer wieder dafür, dass es weiterging, dass sich nach der Abbiegung ein neuer Weg auftat? Ein Gefühl von Vertrauen und Zuversicht breitete sich in Trude aus. Es war immer für sie gesorgt worden. War es vielleicht ihre Mutter, die im Himmel Einfluss auf die

Geschicke nahm, die allem Leid, das Trude widerfuhr, den giftigsten Stachel zog? Trude war hart gebeutelt worden, das Liebste wurde ihr genommen. Doch Trudes Reise war noch nicht zu Ende.

An Weihnachten 1953 suchten heftige Regenfälle das Land und die Bevölkerung heim. Überall war Land unter und mit den Autos war tagelang kein Durchkommen mehr. Im Februar zog sich das Wasser allmählich zurück. An einem Sonntag erwartete Trude Besuch von Serge und seiner Braut. Ihr Ältester hatte sich in ein Mädchen verliebt und wollte sie seiner Mutter vorstellen. Mutter und Sohn waren sich immer noch sehr verbunden. Es rührte Trude, dass Serge um ihren Segen für seine Hochzeit bat. Es bewegte die Mutter, dass Serge der Erste war, der eine Familie gründete.

Trude stand auf der Veranda unter dem schützenden Vordach, lehnte sich an einen Stützpfeiler, von dem die Farbe abblätterte, und betrachtete ihre Hände. Altersflecken und hervortretende Adern zeugten davon, dass die Jahre nicht spurlos an ihr vorbeigezogen waren. Trude strich sich mit den Händen das Gesicht aus, das kantiger geworden war. Ihr Haar war an einigen Stellen dünner geworden und jedes Mal, wenn sie mit den Fingern durch das Haar fuhr, blieben ein paar Haare hängen. Sie sollte vielleicht doch mal eine Hefekur in Erwägung ziehen. Trude hatte nie Aufhebens um ihr Äußeres gemacht, aber sie hatte sich auch nie gehen lassen. Ein gesunder Körper war ein Kapital, um in diesem Klima zu bestehen. Der Kollaps in Leningrad war tief in Trudes Zellen gespeichert. Sie hatte sich damals geschworen, auf die vitalen Bedürfnisse zu achten und nie mehr in solch eine elende Verfassung zu verfallen. Valentin fehlte. Jeden Tag. Juri fehlte. Jeden Tag. Und dennoch hatte sich Trude in ihrem Leben eingerichtet. Sie hatte Petrowitschs Angebot angenommen, für ihn die Korrespondenz mit seinen Kunden zu führen. Seine Werft war beim Bombenangriff total zerstört worden. Petrowitsch selbst hatte überlebt. Sein Hang, sich in Betten schöner Frauen zu wärmen, war ihm zum Glück geworden an diesem verhängnisvollen Morgen. Als die Japaner Darwin angriffen, befand er sich offiziell „auf Geschäftsreise" im südlichen Katherine.

Petrowitsch war zäh wie Unkraut. Während der Kriegsjahre gelang es ihm, die wichtigen Geschäftsbeziehungen aufrechtzuerhalten und mit Kriegsende ließ er seine Werft umgehend wieder aufbauen. Valentins und Juris Tod waren ein herber Verlust für ihn. Vater und Sohn als Hoffnungsträger waren seine besten Pferde im Stall. Umtriebig wie Petrowitsch war und dank seiner Beziehungen fand sich ein Ingenieur aus Perth, der 1946 Valentins Nachfolge antrat.

Wie sehr Petrowitsch Valentin schätzte und Trude achtete, bewies er dadurch, dass er sie und die Kinder heimlich unterstützte. Er ließ ihnen während der Kriegsjahre Lebensmittel über die Mission zukommen, ohne sich erkennen zu geben. Mit den ersten Aufträgen Ende der Vierzigerjahre, es waren vor allem Reparaturen der havarierten Schiffe, bot er Trude die Stelle in der Administration an. Das Angebot kam Trude gelegen, da Annie sie nicht mehr zu Hause brauchte, und sie nahm es an. Petrowitsch war es auch, der ihr einen Telefonanschluss ins Haus hatte installieren lassen. Diese Errungenschaft liebte

Trude sehr. Es ermöglichte ihr, mit ihren Söhnen, die nicht
mehr bei ihr wohnten, wöchentlich einen kurzen Schwatz zu
halten.

Serge lebte nun schon eine Weile auf Jasons Farm. Er wurde
als Viehtreiber und Pferdeflüsterer von seinem Boss sehr geschätzt. Serges gutes Händchen mit Pferden hatte sich weit
herumgesprochen. So brachten Farmer aus der ganzen Gegend wilde Pferde zum Zähmen und Austreiben der Flausen
zu Serge. Mit Geduld und einer eigenen Art, mit den Tieren
zu kommunizieren, gelang es ihm, jedes widerspenstige Ross
handzahm zu machen. Serge wandte nie Gewalt an und es
gelang ihm, auch die Cowboys mehr und mehr davon abzu-
bringen, die Tiere mit Schlägen zur Kooperation zu zwingen.
Trude war zuversichtlich, dass Serge sich und einer Familie
eine gute Existenz aufbauen würde. Einer, der mit Pferden
umgehen konnte, war ein gefragter Mann. Um ihn brauchte
sie sich keine Sorgen zu machen.

Ihren Segen zu einem gewählten Partner würden Philipp und
Annie, die so unabhängig von ihr waren, wahrscheinlich nie
erbeten, dachte Trude schmunzelnd. Die beiden Jüngeren gingen ihre Wege, ohne Trudes Rat oder Einverständnis zu erfra-
gen. Philipp lebte, lernte und arbeitete in der Mission als Pater
Angelos zweite Hand und schmiedete Zukunftspläne. Darwins
Parlament plante, die Schulbildung zu verstaatlichen und eine
neue Primary School zu bauen. Philipp zeigte Ambitionen, als
Lehrer angestellt zu werden. Seine Chancen standen gut. Mit
seinen Illustrationen und seinem Wirken in der Mission hatte

auch er sich einen Namen gemacht. Er war auf dem besten Weg, sich zu einem stattlichen, selbstständigen Mann zu entwickeln. Etwas Besseres, als unter Pater Angelos Fürsorge heranzuwachsen, hätte nicht passieren können. Im Busch wäre der Junge mit seiner künstlerischen Ader und seinem Schöngeist verloren gewesen. Philipp war nicht geschaffen für das rohe Leben im Outback.

Annie lebte als Einzige noch bei Trude. Das Mädchen war zu einem schlaksigen jungen Backfisch herangewachsen. Meist hielt sie ihre Bücher fest umschlungen, so, als hätte sie Angst, die Arme würden ihr davonschlenkern. Annie ging stets mit vorsichtigen Schritten den Gehweg entlang, als würde sie darauf achten, nicht über ihre langen Beine und Füße zu stolpern. Trude fand kein Gramm Babyspeck mehr an ihrer einst süßen, knuffigen Tochter. Annie besuchte die Mädchenschule und fühlte sich dort sichtlich gut aufgehoben. Des Morgens machte sie sich beschwingt auf, um aus dem Haus zu kommen. Doch am Nachmittag kehrte Annie wortkarg zurück, pickte im Essen herum und verschwand auf ihr Zimmer zum Lernen. Trude gegenüber war Annie unterkühlt und abwesend. Als Trude einmal in Sorge die Lehrerin aufsuchte, beschwichtigte diese die Mutter. *„Es ist ganz normal in diesem Alter, dass Töchter ihre Mütter von sich weisen. In der Schule ist Annie ausgeglichen. Sie ist nicht auffällig im Unterricht, ihre Leistungen sind angemessen. In der Pause sitzt sie meistens in einer Gruppe Mädchen, die ausgelassen tratschen und kichern. Machen Sie sich keine Sorgen!"*

So richtig beruhigte diese Aussage Trude jedoch nicht. Die Zeit im Busch, der Tod des Vaters und Bruders, hatten das Mädchen verändert. Sie verwandelte sich nicht mehr in das fröhliche, tapsige Mädchen zurück, das sie einst gewesen war. Trude vermisste diese kleine Annie sehr. Trude hatte nichts in der Hand, um Annie aus ihrer Verschlossenheit herauszulocken. Manchmal sprach Annie tagelang kein Wort mit ihr und hielt ihre Mutter mit deutlichen Signalen oder einer steifen Körperhaltung auf Distanz. Es herrschte meist eine frostige Atmosphäre im Haus der beiden Frauen. Trude fühlte sich ohnmächtig deswegen.

Es gab eine einzige tiefe Begegnung zwischen ihnen. Die Erinnerung daran hütete Trude wie einen kostbaren Schatz. Annie hatte ihren zwölften Geburtstag wenige Tage zuvor zusammen mit den Brüdern, guten Kuchen und Geschenken gefeiert. Freundinnen mochte Annie nicht einladen. Gegen Bakanas und Pekeris Besuche wehrte sich das Mädchen immer mit Händen und Füßen. An diesem heißen Februartag türmten sich die Wolken schwarz und dramatisch am Himmel. In der Nacht war ein heftiger Monsun zu erwarten. Für Trude hatten jedoch die Niederschläge und die Hitze an Bedrohung verloren, sie hatte sich an das heftige Klima gewöhnt. Es hatte ihr nichts etwas anhaben können. Jedes Unwetter hatten sie bisher unbeschadet überstanden.

Trude ging im Hinblick auf die Gewitterfront in den Garten, um wie gewohnt alles niet- und nagelfest zu machen, was vom Sturm weggefegt werden könnte. Zu diesem Rundgang gehörte auch, im Gedenkgarten nach dem Rechten zu sehen und lose Stücke zu befestigen oder in Sicherheit zu bringen. Sie war verblüfft, Annie vor dem roten Herz aus Erde knien zu sehen. Es war ein ungewohnter Anblick, denn ihre Tochter war immer darauf bedacht, ihre Kleider nicht mit Erde zu beschmutzen. Annies nackte Kniescheiben bohrten sich, vom violett-weiß gemusterten Stoff des Rockes umspielt, in den Grund. Trude blieb auf ein paar Schritte Abstand in Annies Rücken stehen und sah zu, wie ihre Tochter den Bernstein ihrer Großmutter aus der Holzschale klaubte und in ihre linke Handfläche legte. Ungewohnt zärtlich streichelte Annie den Stein, drehte und wendete ihn, hielt ihn gegen den Himmel. Trude konnte es nicht mit den Augen erkennen, aber die Stimmung verriet, dass Annie weinte. Ahnend, dass sie ihre Tochter in diesem intimen Moment der Einkehr nicht stören durfte, unterdrückte Trude den Affekt, Annie die Hand auf die Schulter zu legen oder sie gar in die Arme zu nehmen. Nichts wünschte sich Trude mehr, als ihre Tochter wieder einmal ganz nahe am Herzen zu spüren. Es waren viele Jahre verstrichen, seit sie das kleine Mädchen verloren hatte.

Trude hatte Annie von der erstaunlichen Reise des Bernsteins, von Mutter Marthe, von Olga berichten wollen. Doch die Tochter hatte sie stets abgewimmelt, als sie davon angefangen hatte. Annie selber hatte nie nach der Bedeutung des Steines gefragt. Trude berührte es, wie sie jetzt Zeugin ihrer Tochter wurde, die im stillen Zwiegespräch mit dem Bernstein versunken war. Ein Zauber schien das Mädchen zu umhüllen.

Trude hielt den Atem an und wartete ab, was als Nächstes passieren würde. Als der Wind aufzog, erhob sich Annie wie auf Zeichen, wischte sich die Erdkrümel von den Knien und Unterschenkeln und weckte die eingeschlafenen Füße mit ein paar Stampfbewegungen auf den Boden. Den Stein immer noch in der Hand haltend, kehrte sie dem irdenen Herzen den Rücken und entdeckte ihre Mutter. Statt ihrem ersten Impuls zu flüchten zu folgen, stürzte sich Annie ihrer Mutter schluchzend um den Hals. Trude umschloss ihr Mädchen wortlos und erleichtert mit ihren Armen.

Aus Annie brach ein Schwall aus Rotz und Worten: *„Alle meine Schulkolleginnen haben eine ganz normale Familie! Ich traue mich nicht, jemanden nach Hause zu bringen. Alles ist so anders als bei meinen Freundinnen! Du bist so merkwürdig. Ich verstehe nicht, warum du ohne Papa und Juri einfach weitermachen konntest. Du musst doch jeden Tag traurig sein, wie ich! Ich vermisse Papa! Ich vermisse meinen großen Bruder! Und ich mag diesen Ort nicht! Ich mag den Busch nicht! Ich mag die Schwarzen nicht! Sie machen mir Angst. In der Stadt, überall lungern sie halbnackt herum. Ich fühle mich fremd, möchte am liebsten weg von diesem Ort! Möchte am liebsten auch sterben!"*

Lange hielt Trude ihre Tochter stumm im Arm, hörte ihr zu, streichelte ihr über das Haar, ruhte in diesem innigen Moment, war dankbar, dass sie ihrer Tochter nahe sein, Mutter sein durfte. Der Wind nahm zu, wurde immer stürmischer. Trude kam, ungeachtet der Gefahr des aufkommenden Unwetters, Annies

Wunsch nach, zu den Gräbern von Valentin und Juri zu fahren. Sie würde ihre Mutter vielleicht nie mehr darum bitten. Und vielleicht würden sie einander nie mehr so nahe sein. Es musste sein! Es war Trude nahezu gleichgültig, sich in Todesgefahr zu begeben, sie wollte dieses innige, heilige Momentum nicht mit Vernunft abwürgen.

Mutter und Tochter standen zwei Stunden später im peitschenden Regen bei den Grabstätten. Die beiden waren bis auf die Unterwäsche durchnässt, die Haut aufgeweicht, ihre Haare klebten an der Stirn. Die Frauen berührten sich nicht. Jede war in ihren Gedanken versunken. Als wäre ein trennender Vorhang weggerissen worden, fühlten sie sich und den Verstorbenen verbunden wie noch nie. Niederschlag und Tränen vermischten sich, der heulende Wind trug den Schrei, der unangekündigt aus Trudes tiefsten Eingeweiden kam, mit sich. Aufgeschreckt über den brachialen Ausbruch ihrer Mutter zog sich Annies Faust, die immer noch den Bernstein umschloss, kurz und reflexartig zusammen und entspannte sich zugleich wieder.

Als sie später in der Dunkelheit sicher heimgekehrt waren, wärmten sie sich am Kamin auf. Sie sprachen kaum. Doch etwas hatte sich zwischen ihnen verändert. Annie war ihrer Mutter gegenüber sanfter geworden. Es ruhte eine entspannte Geborgenheit im Wohnzimmer. Mutter und Tochter saßen mit der dampfenden Teetasse in der Hand vor dem Kamin und jede sinnierte vor sich hin, während sie in die Flammen schaute. Annie hatte den Bernstein die ganze Zeit in ihrer Faust eingeschlossen, als würde sie sich an ihm festhalten. Dann öffnete sie ihre Hand, studierte den Stein noch einmal eindringlich, stupste ihre Mutter leicht an und legte ihr das feste Harz in den Schoß. Trude stellte die Tasse zur Seite, umfasste Marthes Fundstück und führte es in den gefalteten Händen vor die Stirn. Mit dieser Geste der Andacht holte sie die Großmutter zu sich und ihrer Tochter in den Raum. Der Bernstein gehörte jetzt Trude. Doch sie beschloss in diesem machtvollen Moment der Verbundenheit, dass sie den Stein einmal an ihre Tochter weitergeben würde.

In der Nacht fegte ein Sturm über Darwin. Er entwurzelte Bäume, riss einige Blechdächer mit sich und einen Familienvater in den Tod.

An das Unwetter im Februar 1954 dachte Trude beim Warten auf Serge und seine Verlobte. In diesem Augenblick tauchten am Ende des Weges die Scheinwerfer eines Pick-ups auf und Trude erkannte Jasons Auto. Fröhlich hupte Serge und kündigte ihre Ankunft an. Die Fliegentür wurde aufgerissen und Annie stürmte auf die Veranda, um den Bruder und seine zukünftige Frau zu begrüßen.

„Schau mal, Mom, Philipp ist auch dabei!", rief Annie freudig überrascht. *„Er hält etwas im Arm!"*

Annie und Trude eilten die Verandastufen hinunter. Annie riss die Wagentür auf, um ihre Brüder zu begrüßen. Der Welpe, den Philipp während der Fahrt auf seinem Schoß gebändigt hatte, witterte Freiheit, stürmte mit heraushängender Zunge an Annie vorbei auf den Vorgarten und wälzte sich verspielt im Gras. Annie war hingerissen, begrüßte ihre Brüder mit einem flüchtigen Kuss auf die Wange und wandte sich dem knuffigen Wollknäuel zu. Serge führte die junge Frau, die sich beim ganzen Hallo der Familie schüchtern hinter dem Wagen zurückhielt, zu Trude. Lucy trug Jeans, ein kariertes Hemd und hatte braunes, schulterlanges Haar, das in weichen Locken über die Schultern fiel. Der Rotschimmer und die Sommersprossen auf der Nase verrieten ihre irischen Wurzeln. Mit dem Kopf zur Seite geneigt lächelte Lucy Trude verlegen an. Ein patentes Mädchen, dachte Trude erleichtert darüber, dass sie einen ersten negativen Eindruck nicht mit höflichen Floskeln überspielen musste. Das war ja schon mal die halbe Miete.

Während Serge Mutter und Lucy bekannt machte und sie sich bei einem Austausch über Wetter, Wohnort und Beschäftigung auf den Zahn fühlten, balgten Philipp und Annie mit dem kleinen Hund auf dem feuchten Rasen im Vorgarten herum. Der Welpe raste wie ein Verrückter um die Beine der Menschen, brach abrupt sein Rennen ab und tollte sich erneut im Gras, während er vor freudiger Erregung bellte. Der Rabatz brachte Trude zum Lachen. Was für ein Glück, die Kinder so ausgelassen zu sehen! Es war schön, um Lucy und Philipps kleinen Tollpatsch bereichert, alle wieder einmal beisammen zu haben.

„Alle mal stillhalten und herschauen!" Philipp zückte aus seiner ledernen Umhängetasche eine weitere Errungenschaft: einen Fotoapparat! Trude wunderte sich, woher ihr noch nicht einmal zwanzigjähriger Sohn die Mittel für die Kamera hatte. Philipp kam der Mutter, ihre Gedanken erahnend, entgegen. Er hatte die Leica von Pater Angelo als Leihgabe für sein

neustes Projekt bekommen. Er hatte sich in den Kopf gesetzt, die Menschen von Darwin in ihrem Alltag zu porträtieren. Die neue Technologie war eine willkommene Ergänzung zu seinen Illustrationen, um die Entwicklung und den Fortschritt in den nächsten Jahren zu dokumentieren. *„Es ist eine spannende Zeit, Mutter. Es ist Aufbruchsstimmung! In Amerika und Europa wird geforscht und entwickelt. Jede Woche kommen neue Geräte auf den Markt, die unser Leben erleichtern! Wir werden dir zum Geburtstag einen Fernseher schenken! Der kleine Hund kann dir und Annie bis dann die Zeit vertreiben! Ihr müsst ihm nur noch einen Namen geben."*

„Was, der Hund gehört uns?", quietschte Annie erfreut. Sie war ganz außer sich. Trude hingegen wusste nicht so recht, was sie davon halten sollte. Rührend, wie es auch war, dass sich Philipp um sie Gedanken machte, aber ein Hund war das Letzte, woran sie als neue Anschaffung gedacht hatte. Es war Serges und Philipps gemeinsame Entscheidung gewesen, Mutter und Schwester den Welpen zu schenken. Serge war die frostige Stimmung im Haus der Frauen nicht entgangen. Als nun auf Jasons Farm die treue Hündin Sally einen Wurf von sieben Welpen bekam, weihte er seinen Bruder in seine Idee ein. Philipp war Feuer und Flamme, den Frauen Leben ins Haus zu bringen. Er wusste, dass Annie Hunde vergötterte und ein Welpe sie aus der Reserve locken würde. Die Mutter würde sich auch noch um den Finger wickeln lassen.

„Ihr seid ja lustig, mir einen Hund ins Haus zu bringen!", sagte Trude sarkastisch zu ihren Söhnen, weil ihr nichts

Besseres einfiel. *„Da muss ich erst mal eine Nacht drüber schlafen. Kommt jetzt essen, Kinder!"*

Das Lieblingsessen der jungen Männer, Kartoffelpuffer und Bratensauce, schmeckte wie in Kindertagen und sorgte für ein heiteres Beisammensein. Annie war wie ausgewechselt. Lag es am Hund oder an Lucy, die Annie als weiblichen Familienzuwachs willkommen hieß? Schon lange nicht mehr hatte Trude ihre Tochter so fröhlich und gesprächig erlebt. Sie plapperte ausgelassen über die Schule und dies und das, was ihr so durch den Kopf ging. Sie verhörte Lucy, woher sie kam und welche Pläne sie mit Serge hatte. Serge schickte seiner Verlobten fragende Blicke zu. Doch diese gab ihm mit den Augen zu verstehen, dass alles in Ordnung war und sie sich in dieser aufgedrehten Runde wohlfühlte.

Trudes Widerstand gegenüber dem Hund schmolz beim Kaffee. Unverhofft platzierte Annie den kleinen Welpen auf Trudes Schoß. Das schwarz-weiße Wollknäuel schmiegte sich an ihren Bauch, die Augen des kleinen Tieres suchten treuherzig Trudes Gesicht. Trude tätschelte das Köpfchen und umfasste mit der anderen Hand ein Pfötchen des knuffigen Kerls. Sie ergab sich seinem Charme. So kam der Australian Shepherd *Lewis* zu Trude und Annie.

Lewis mischte den Frauenhaushalt und die eingefahrenen Rollen auf. Es brachte Trude in Rage, wenn er ihre Schuhe anknabberte oder sich zwischen ihren Beinen trollte, wenn sie mit Geschirr in den Händen in der Küche hantierte. Aber sie konnte ihm nie ernsthaft böse sein. Der kleine Kerl brachte sie oft zum Lachen. Und er schaffte es, Annie aus ihrer Reserviertheit und ihrem Zimmer zu locken. Wenn sie aus der Schule kam, riss Annie die Tür auf und rief als Erstes nach Lewis. Trude freute die Verwandlung ihrer Tochter. Es war rührend, wie Annie sich um den Hund kümmerte und bei dieser Aufgabe aufblühte. Mit Lewis kehrte Fröhlichkeit ins Haus zurück. Es häufte sich, dass sich Annie mit ihrem vierbeinigen Kameraden für lange Spaziergänge aufmachte: an der Esplanade und an den Mangroven entlang bis zu den gelben Felsküsten in Nightcliff. Annie und er wurden ein eingespieltes Team. Je älter Lewis wurde, desto größer wurde ihr Radius. Das Zweiergespann legte unzählige Meilen zurück. Mit der körperlichen Ertüchtigung entwickelte sich aus dem blassen Teenager, der seine schlenkernden, schlaksigen Glieder kaum im Zaum hatte, eine braun gebrannte, athletische und selbstbewusste junge Frau.

Annie besuchte mittlerweile das College. Trude nahm Lewis mit zur Arbeit. Sie fuhr mit dem Fahrrad zur Werft und Lewis trabte freudig neben ihr her. Im Office angekommen schlabberte er Wasser aus dem Blechnapf, der immer für ihn bereitstand. Danach rollte er sich auf der Wolldecke unter dem Schreibtisch zusammen, döste ein, hob ab und zu den Kopf. Trude unterbrach dann und wann ihre Arbeit kraulte ihm den Kopf, Lewis fiepte wohlig unter ihren Händen und legte sich danach wieder hin.

Petrowitschs Geschäfte liefen gut. Trude hatte das Feingespür für die richtigen Worte zur richtigen Zeit als Übersetzerin bei Geschäftsverhandlungen in Leningrad gelernt. Petrowitsch schätzte Trudes Geschick und übertrug ihr den ganzen geschäftlichen Papierkram. Das war sowieso nicht sein Ding.

Amerikaner waren Petrowitschs wichtigste Kunden geworden. Trude führte öfters mit Boston und New York Ferngespräche. Mit Lynn, der Sekretärin bei *ACI Atlantic Cruise Incorporation*, dem wichtigsten Geschäftspartner in den Vereinigten Staaten, hatte Trude wöchentlich zu tun. Zwischen den beiden Frauen entwickelte sich über die Belange der Firmen hinaus eine persönliche, herzliche Verbindung. Sie hatten im wörtlichen Sinne einen guten Draht zueinander. Lynn war Anfang vierzig und alleinstehend. Der Richtige war ihr noch nicht über den Weg gelaufen, scherzte die Amerikanerin, mit einem Unterton, der verriet, dass sie eigentlich gerne eine Familie gegründet hätte. Während eines Gesprächs vertraute Lynn Trude an: *„Ich muss jetzt einfach mit jemandem darüber reden. Ich vertraue dir Trudy. Mein Boss Stuart macht mir Avancen, obwohl er verheiratet ist. Ich weiß nicht, wie ich mich verhalten soll. Mein Gewissen sagt mir, dass ich ihn auf Distanz halten muss. Wenn ich ihn jedoch abwimmle, riskiere ich meinen geliebten Job. Und er gefällt mir eigentlich auch. Es raubt mir den Schlaf! Trudy, was soll ich tun?"*

Mit ihrer Ratlosigkeit rannte die Amerikanerin bei Trude offene Türen ein. Sie befand sich seit geraumer Zeit in einer ähnlich heiklen Situation mit Petrowitsch. Trude rang um eine

Haltung an ihrem Arbeitsplatz und konnte sich niemandem anvertrauen. Sie liebte ihren vielseitigen Job und die daraus resultierenden Freiheiten. Doch es häufte sich, dass ihr Petrowitsch dicht auf die Pelle rückte.

Petrowitsch war kein übler Kerl, auch keine schlechte Partie. Der Russe war Mitte fünfzig, nicht wesentlich älter als Trude, immer noch Junggeselle und Lebemann. Er sah gut aus, hatte stahlblaue Augen, angegraute Haare und war von kräftigem Körperbau. Mit den Jahren und Damen hatten sich seine ungehobelten Kanten abgeschliffen und er hatte leisere Töne angeschlagen. Die Frauen verehrten, die Männer fürchteten und achteten ihn zugleich. Petrowitschs strotzende Schaffenskraft übertrug sich auf die Moral seiner Angestellten. Die florierende Werft trug enorm zu Darwins Wiederaufbau und Würde bei und steigerte Petrowitschs Ansehen. Auch Trude wertschätzte ihren und Valentins ehemaligen Vorgesetzten. Sie arbeitete gerne für ihn. Doch mehr als ein Angestelltenverhältnis wollte sie nicht mit ihm.

Kein Mann konnte Valentins Lücke besetzen. Trude hatte in den fünfzehn Jahren nie einen Neuen an sich herangelassen. Sie hatte nie in Erwägung gezogen, sich umzuschauen. Sie vermisste keinen. Trude konnte für sich und die Kinder selbst sorgen, sie brauchte keine Männergesellschaft. Sie hatte keine Lust, jemandes Morgenatem auszuhalten oder die Spuren in der Unterwäsche eines Kerls zu entfernen. Sie hatte zeitlebens genug Wäsche gewaschen. Natürlich kam es vor, dass sie sich nach einer starken Schulter oder einer sinnlichen Umarmung sehnte. Doch so schwer wog es nicht, es kam nur selten in einsamen Nächten vor. Für diese sinnlichen Bedürfnisse konnte sie sich selbst ganz gut versorgen. Dass sie ihr ganzes, gut eingespieltes Leben für einen Mann umkrempelte, konnte sich Trude nicht vorstellen. Die Vorstellung, einen anderen Mann auf den Mund zu küssen, eine andere Haut als die samtene, wohlriechende von Valentin zu liebkosen, stieß sie ab.

Petrowitschs Annäherungen häuften sich. Er strich Trude beim Vorbeigehen über den Rücken. Reichte sie ihm die Briefe zur Unterschrift, ruhten Petrowitschs Finger länger als nötig auf ihren Händen. Sie fand Blumen auf dem Schreibtisch. Petrowitsch schickte seine Handwerker zu Trudes Haus, um Unterhaltsreparaturen auszuführen. Petrowitschs Absichten waren deutlich. Eines Abends ertappte sie sich kurz vor dem Einschlafen bei ihren eigenen Gedanken: *„Sollte ich ihm den Gefallen tun und mich auf ihn einlassen? Eine neue Erfahrung wird mir schon nicht schaden ... Für ihn bin ich doch einfach nur eine weitere Trophäe, die er als eine Kerbe in seiner Schlafzimmertür einritzen wird. Bestimmt wird er ein Stelldichein zwischen uns wie seine anderen Eskapaden mit nobler Diskretion behandeln. Niemand wird davon erfahren. Mein Ruf wird keinen Schaden nehmen. Und nachher habe ich Ruhe!"*

In Lynn fand sie eine Verbündete und sie weihte ihre amerikanische Freundin in ihre kühnen Pläne ein. Es war für Trude nur noch eine Frage der richtigen Umstände. Stillos im Büro oder auf dem Rücksitz seines Fords sollte es dann doch nicht sein. Petrowitsch verkehrte ab und zu bei ihnen zu Hause. Doch Annies Gegenwart machte es unmöglich, ihn in ihrem Schlafzimmer zu empfangen. Dass Trude nach so langer Zeit auch Angst vor einer intimen Begegnung hatte, gestand sie sich nicht ein.

Es hatte sich eingependelt, dass sich Serge und Philipp mit Annie absprachen und sie sich alle einmal im Monat zu einem „Kartoffelpuffer Happening" bei ihrer Mutter einfanden. Lucy gehörte mittlerweile mit zur Familie. Es machte Trude glücklich, die beiden zu erleben, wie sie ihr Leben als Paar anpackten und an ihrem Traum einer eigenen Pferdefarm arbeiteten.

Philipp machte keine Anstalten, sich ein Mädchen zu suchen. Wie es um Annie und die Liebe stand, wusste Trude nicht. Die Beziehung zwischen Mutter und Tochter hatte sich, seit Lewis im Haus war, entspannt. Doch in ihre amourösen Geheimnisse weihte Annie ihre Mutter dennoch nicht ein. Damit konnte Trude leben. Annie war nicht der Typ Mädchen, der sich leichtsinnig auf eine Romanze einließ. Sie wollte studieren und war zu vernünftig, um ungewollt schwanger zu werden. Annie hatte ihr Leben total unter Kontrolle.

Trude wurden die Kartoffelpuffertage zu einer lieb gewordenen Tradition. Der dritte Sonntag im Mai 1957 würde allen unvergesslich bleiben! Die Kinder versammelten sich um den gedeckten Familientisch, langten in die vollen Schüsseln und prosteten sich ausgelassen zu. Lewis lag wie immer zu Annies Füßen unter dem Tisch und stieß ab und zu einen wohligen Seufzer aus. Trude platzte kurz darauf mit ihrer Neuigkeit heraus: *„Ich werde zum ersten Mal in meinem Leben fliegen! Petrowitsch möchte, dass ich ihn für eine Woche nach Sydney auf Geschäftsreise begleite!"*

„Ist es nur eine Geschäftsreise oder läuft da was zwischen euch?", neckte Serge seine Mutter. Trude blieb der Bissen im Hals stecken. Ihre Wangen überzogen sich mit verräterischem Rot. Ihr feinsinniger Sohn hatte mal wieder ins Schwarze getroffen! Es berührte Trude peinlich, dass er sich überhaupt Gedanken über ein mögliches Liebesleben seiner Mutter machte! Sie konnte zu diesem Zeitpunkt ihre Kinder unmöglich einweihen. Weder in Petrowitschs eindeutige Absichten noch in ihre Zerrissenheit und Befürchtung, die Arbeitsstelle zu verlieren. Oh nein! Zu Serge sagte Trude: *„Na hör mal! Was denkst du denn, Sohn! Petrowitsch ist mein Boss! Du weißt, wie ich den Job liebe! Ein Flug nach Sydney! Das hätte ich mir nie träumen lassen. Diese Chance kann ich mir nicht entgehen lassen! Mal raus aus Darwin. Würdest du darauf verzichten?"*

Aber nein doch. Serge freute sich für seine Mutter und erhob das Glas zu einem Toast. Alle stießen auf Mutter an, die als Erste von allen Anwesenden ein Flugzeug besteigen sollte. Serge konnte es sich jedoch nicht verkneifen, seiner Mutter einen schelmischen Blick zuzuwerfen. Wenige Minuten später erhob sich Serge und verkündete: *„Dann lasst die Gläser gleich noch mal erklingen. Lucy und ich machen die ambitionierte Geschäftsfrau zur Großmutter! Wir bekommen im August ein Baby!"* Jubelschreie und Hurrarufe erfüllten das Wohnzimmer. Annie stürzte zu ihrer Schwägerin und umarmte sie, betätschelte das Bäuchlein und schrie überdreht, dass sie jetzt Tante würde. Lucy und Serge wurden in Beschlag genommen und ausgequetscht. Die Freudenstimmung übertrug sich auf Lewis, der aus seiner Gemütlichkeit aufsprang und mit lautem Gebell den Lärmpegel im Raum erhöhte.

Nur Philipp blieb zurückhaltend, rang mit sich selber. Er nahm einen tiefen Atemzug, sprach sich Mut zu, erhob sich mit einem Schwung. Seine zitternde Stimme erregte die Aufmerksamkeit der Familie. Es wurde still im Raum, als er langsam zu sprechen begann: *„Ich will ja eure Festlaune nicht verderben, aber ich muss es jetzt endlich loswerden. Ich möchte mich nicht mehr verstecken und es euch verheimlichen: Ich bin schwul. Angelo und ich sind seit einer Weile zusammen."*

Serge ließ sein Glas sinken, Annie blieb die Kinnlade offen, Trudes Stirn legte sich in Falten, sie überlegte scharf und Lewis rollte sich wieder unter dem Tisch zusammen. Auf Philipps Geständnis folgten Sprachlosigkeit und Stille. Das einzige Geräusch kam vom Stuhl, der knarrte, als sich Philipp sachte setzte. Lucy begann zu kichern, bemühte sich um Fassung, hielt sich mit beiden Händen den Mund zu, doch sie konnte sich nicht halten und prustete los. Serge suchte peinlich berührt den Blick seines Bruders. Dieser zuckte verwirrt die Achseln. Er hing in der Luft und wartete auf eine Reaktion seiner Mutter und Geschwister. Die Situation überforderte Annie. Sie ahnte, dass ein falsches Worte ihren Bruder verletzen könnte. So stimmte sie in Lucys Lachen ein. Während die beiden jungen Frauen sich in albernes Kichern hineinsteigerten, rang Serge um eine Haltung gegenüber seinem Bruder. Er wusste, dass Schwule in den Kreisen, in denen er verkehrte, als Weicheier und Missgeburten verachtet waren. Der Gedanke, was es für ihn bedeutete, wenn es herauskam, dass er einen schwulen Bruder hatte, der mit dem Pfarrer ins Bett ging, streifte für einen Bruchteil von Sekunden durch seinen Kopf. Die Vorstellung, dass der um einiges ältere Mann und sein jüngerer Bruder sich liebkosten, stieß ihn ab. Auch Serge fühlte sich überfordert. Er war froh, dass Trude das Wort ergriff: *„Philipp, Sohn! Eigentlich überrascht es mich nicht. Für mich macht es keinen Unterschied, ob du Frauen oder Männer lieber magst. Doch du machst es dir nicht einfach! Als Lehrer bist du der Öffentlichkeit ausgesetzt. Ich hoffe, du bist gescheit genug, es nicht publik zu machen. Sie werden dich lynchen! Und – muss es denn unbedingt Pater Angelo sein?"*

Trude streckte Philipp ihre offenen Arme hin. Sie wollte ihm mit dieser Geste einladen, sich herzen zu lassen, und ihm bekunden, dass sie für ihn unter allen Umständen da sein würde. Annie und Lucy hatten endlich aufgehört zu lachen. Philipp blieb sitzen und antwortete: *„Danke, Mutter. Ich komme klar. Angelo und ich haben beschlossen, dass wir es für uns behalten. Auch um seine Position nicht zu gefährden. Aber ihr solltet es wissen! Ich bin froh, dass es jetzt raus ist. Ihr werdet von mir nie Nachwuchs erwarten können! Aber ich werde ein stolzer Onkel sein!"*, fügte Philipp mit einem Lächeln an.

Die Familie kehrte danach zu Tratsch und Klatsch zurück. Die Neuigkeiten mussten erst mal bei jedem richtig durchsickern und ankommen. Der Nachmittagsspaziergang fiel wortkarg aus. Jeder ging in sich gekehrt auf dem Trampelpfad, den Weg den sie immer nahmen, bis zum Hafen. Lucy schmiegte sich wortlos an Serge. Annie biss auf ihrer Unterlippe herum. Trude suchte hin und wieder Philipps Augen. Doch er hatte den Kopf auf den Horizont gerichtet und erwiderte ihren Blick nicht. An seinem Gang erkannte die Mutter, dass es ihm gut ging. Sein Gang war leichtfüßig, als wäre er erleichtert. Lewis lenkte mit beharrlichem Bellen die Aufmerksamkeit seines Rudels auf sich und forderte sein gewohntes Spiel, Stöckchenwerfen, ein.

Am vereinbarten Morgen im April stand die neue Reisetasche aus Segelstoff fertig gepackt auf der Veranda. Trude wartete auf Petrowitsch, der sie abholen und mit ihr zum
Flughafen fahren würde. Nervös nestelte Trude am Reißverschluss, der in Leder eingefasst war, widerstand dem Impuls,
ein fünftes Mal nachzusehen, ob sie alles für die vier Nächte
und fünf Tage in Sydney eingepackt hatte. Sie war aufgekratzt
und unausgeschlafen. Die Vorfreude auf den Flug erregte sie,
die Vorstellung, alleine mit Petrowitsch unterwegs zu sein,
beklemmte sie. Beides raubte Trude den Schlaf. Stundenlang
hatte sie sich hin und her gewälzt, war ein par Mal aufgestanden, um mit heißer Milch mit Honig, sogar mit einem Schluck
Whiskey nachzuhelfen. Auch Lesen hatte nichts genutzt.

Das kratzende Geräusch der Krallen und das Tappen der Pfo-
ten auf Holz kündigten Lewis an. Trude grub ihre Finger in
sein dichtes Fell und lehnte ihren Kopf an seinen Körper. Er
hatte Tollpatschigkeit und Wildheit längst abgelegt und war
ein ruhiger, treuer Freund geworden. Die Wärme und der leise
Atem des Tieres hatten eine beruhigende Wirkung auf Trude.
Sie entspannte sich ein wenig in Lewis' Gegenwart.

Es hupte. Das Zeichen zum Aufbruch. Trude wuschelte noch einmal Lewis' Pelz, ermahnte ihn, gut auf das Haus aufzupassen, bis
Annie am Abend zurück war. Trude warf die Reisetasche lässig

auf den Pick-up und stieg ein. Petrowitsch begrüßte sie mit dem gewohnten Handschlag und fuhr Richtung Flughafen los. Mikhail hatte wie so oft lässig eine Zigarette im Mundwinkel. Als ihm die Asche bei einem Schlagloch auf die Hose fiel, wischte er sie ungerührt weg. Trude lehnte sich im Beifahrersitz zurück und fasste in die eingenähte Tasche ihres leichten Sommerkleides. Dort hatte sie den Bernstein versorgt. Er sollte ihr Schutz auf der Reise ins Unbekannte sein. Der Stein lag gewöhnlich in der Holzschale im Garten. Oft vergaß ihn Trude wochenlang. Nur in brenzligen Situationen, wie bei einem aufkommenden Sturm oder wenn sie mit sich Zwiesprache suchte, um etwas in sich zu klären, suchte sie das Erbstück ihrer Mutter. Dann trug sie ihn tagelang mit sich – je nach Kleidungsstück im Büstenhalter am Herzen, in der Hosentasche der Jeans oder eben in der Nahttasche eines Rocks.

Es war nicht so, dass sie über den Stein mit der Mutter in Kontakt kam. Es stellte sich zu ihr keine Verbindung her, weil sie kein Bild, kein gemeinsames Erlebnis mit ihr teilte. Es war auch nicht so, dass sie Valentin näherkam. Valentin trat sonst immer wieder unerwartet aus heiterem Himmel in ihr Bewusstsein. Als Auslöser reichte ein Geruch, eine Melodie oder die Erinnerung an ein gemeinsames Erlebnis. Und jedes Mal ließ sie es gewähren, dass sowohl die grenzenlose Liebe für Valentin wie auch der gemeine Stachel der Trauer sie überwältigten. Der Stein war ihr Begleiter und Berater geworden, den sie immer so lange bei sich trug, bis sie eine Antwort auf ihre Fragen fand. Der Bernstein gab ihr Halt, half ihr, den Fokus in kniffligen Umständen zu halten. Wenn Trude den Stein in ihren Händen hielt, gelang es ihr, ganz tief in ihrer Seele abzutauchen und alles um sich herum auszublenden. Es war ihre mystische Einkehr. Der Bernstein war kein Götze, er war Trudes Instrument, ihre Gedanken, die Gefühle und die Intuition zu einem Strahl zu bündeln, der ihr half, sich tief in eine Einkehr zu begeben, aus der sie immer gestärkt und inspiriert sowie klar ausgerichtet auftauchte.

Im Außen hatte sie die Suche nach dem richtigen Gott aufgegeben. Die Götter der Eingeborenen waren Trude nach wie vor fremd. Pater Angelos Gespaltenheit bestätigte Trude, dass die Kirche als moralische und spirituelle Instanz nichts taugte. Der Pastor verrichtete seine Aufgabe als Seelsorger tadellos und vollbrachte eine Meisterleistung: Vor der Öffentlichkeit gelang es ihm, seine geheime Liebe und die sinnlichen Bedürfnisse, die er mit ihrem Sohn Philipp auslebte, zu verbergen.

Petrowitsch und sie hatten alles Geschäftliche und die Informationen zum Flug bereits am Vortag im Office geklärt. Da sie beide nicht gerne Small Talk führten, fuhren sie nun schweigend. Trude saß auf dem Beifahrersitz und hielt den Bernstein fest umschlossen. Sie befand sich in einer kniffligen Situation. Trude wollte es nun endlich hinter sich bringen, es sollte in Sydney passieren. Sie hatte sich keine Pläne gemacht, wie es danach weitergehen sollte. Aber sie dachte bei sich, wenn sie vier Kindern das Leben geschenkt, ihre Heimat Estland hinter sich gelassen und ihren Geliebten sowie den ältesten Sohn losgelassen hatte, dann würde sie, was immer auch passierte, auch in Zukunft Mittel und Wege finden.

Das Propellerflugzeug der Quantas glänzte silbern in der Sonne. Petrowitsch trug Trudes Tasche und ging zwei Schritte hinter ihr, zerdrückte mit den Schuhen die Zigarette, als sie die metallene Treppe bestiegen. Trude fuhr mit den Fingern über den Handlauf und über die Nieten, die die Aluminiumbleche zusammenhielten. Trude bestaunte die Konstruktion, fragte sich auch, ob das Material hoch in den Lüften den Elementen standhalten würde. Eine Stewardess in einer dunkelblauen Uniform hieß die Passagiere willkommen an Bord und geleitete Trude und Petrowitsch zu ihren Sitzen. Trude zählte 30 Sitze, die zur Hälfte bereits besetzt waren. Petrowitsch überließ Trude, weil er selber schon oft geflogen war und seiner Kollegin im Gesicht ablesen konnte, wie aufgeregt sie war, den Fensterplatz und orderte Champagner zu Trudes Flugtaufe.

„Auf einen guten Flug, eine sichere Landung und auf eine erfolgreiche Zeit in Sydney!", prostete Petrowitsch Trude zu. *„Und bitte nenn mich jetzt endlich Mikhail!"*

Er hatte schon mehrere Anläufe genommen, Trude umzustimmen, ihn mit dem Vornamen anzusprechen, doch sie hatte stets darauf bestanden, ihn Mister Petrowitsch zu nennen.

Der Sekt prickelte auf der Zunge und es war ihr, als stiegen ihr die Bläschen direkt in den Kopf. Sehr schnell wurde Trude lockerer, gesprächiger und lustiger. Die Rotoren starteten und das Flugzeug stimmte sich in ein Brummen ein. Als die Maschine über die Fahrbahn rollte, beschleunigte und sich vom Boden abhob, krallte sich Trude an Petrowitschs Arm und kicherte in ihren Schal. Sie fühlte sich beschwingt und großartig.

Mit dem Flug streifte sie ihre angestammte Mutterrolle ab, sie war jetzt Geschäftsfrau auf dem Weg zu neuen Horizonten. Sie fühlte sich mit einem Mal vogelfrei. Für alle ihre Liebsten war gesorgt, jetzt konnte sie die Flügel ausbreiten und losfliegen, wohin der Wind sie trug.

Obwohl sie sich fest vorgenommen hatte, die Landschaften aus der Vogelperspektive zu beobachten, lullten sie der kleine Rausch und das monotone Vibrieren der Turbinen ein. Beinahe hätte sie den Überflug über den *Ayers Rock* verschlafen. Hätte sie Petrowitsch nicht angestupst, wäre ihr der atemberaubende Anblick des roten Felsen in der grünen Steppenlandschaft entgangen. Ergriffen blickte Trude aus dem Fenster und konnte sich kaum satt sehen an den Farben. Sie zwang sich, nicht mehr einzuschlafen, um nichts mehr von ihrem Heimatkontinent zu verpassen.

Abgesehen von ein paar kaum nennenswerten Turbulenzen verlief der Flug ruhig und war kurzweilig. Als sie über Sydneys majestätische Bucht, die sich wie eine blaue Schlange tief in die Landschaft wand und in den Hafen mündete, und über das Wahrzeichen der Stadt der Harbour Bridge flogen, klopfte Trudes Herz vor Aufregung.

Am Ausgang des Flughafens wurden Petrowitsch und Trude von Fred Flickers und seiner Sekretärin empfangen und zum Hotel geleitet. Flickers besaß eine Firma, die mit Metall aus Australien und Afrika handelte, dem Rohstoff für Petrowitschs Schiffe. Die beiden Geschäftsleute versprachen sich durch eine engere Zusammenarbeit eine Expansion in den

Weltmarkt. Eine Strategie dazu zu erarbeiten, war das Ziel der Geschäftsreise und Trudes Auftrag war, die Gespräche zu protokollieren und Petrowitsch Gesellschaft zu leisten.

Das erste Meeting war auf den nächsten Tag angesagt, so hatten Petrowitsch und Trude Gelegenheit, am Abend Sydney auszukundschaften. Trude zog sich kurz auf ihr Zimmer zurück, um die Reisetasche auszupacken und sich frisch zu machen. Trude beglückwünschte sich, dass sie sich zwei neue Kleider und einen leichten Mantel besorgt hatte. Es störte die Arbeiter nicht, dass die einzige Frau im Betrieb in Jeans und Hemd zur Arbeit erschien. In Darwin war es gang und gäbe, dass Frauen keine Röcke trugen. Für sie war es praktischer, in Hosen auf dem Fahrrad zur Arbeit zu fahren. Es kam oft genug vor, dass die Kette aus dem Zahnrad sprang und wieder eingerastet werden musste. Das Leben in Darwin war praktisch und unkompliziert. Sydney hingegen war gepflegt und mondän, eine Weltstadt.

Sie wählte für das Abendessen das petrolfarbene Kleid. Es war figurbetont, wadenlang und ausfallend geschnitten. Bei jedem Schritt schwang der Stoff verspielt um die Knie. Die angeschnittenen Ärmel und das Dekolleté unterstrichen Trudes feminine Kurven. Die Farben betonten ihre blauen Augen. In der Boutique hatte das Kleid schlicht am Bügel gehangen, sich beinahe der Aufmerksamkeit der Käuferinnen entzogen. Andere Kleider und Stoffe hatten auf den ersten Eindruck viel spektakulärer und raffinierter gewirkt. Weil es lange her war, seit sie sich ein Kleid gekauft hatte, hatte sie dieses unscheinbare

Stück zum Anprobieren gewählt. Im Spiegel staunte sie über ihre eigene Verwandlung. Das Kleid passte wie angegossen. Schnitt und Farbe schmeichelten ihr, machten sie, die sich immer als burschikos betrachtet hatte, zu einer attraktiven Frau. An diesem Abend durften es auch Lippenstift und Lidschatten sein. Wenn schon eine neue Rolle, dann richtig. Trude gefiel ihr Spiegelbild.

Wie vereinbart traf sie sich mit Mikhail an der Hotelbar. Dieser traute seinen Augen nicht, denn er erkannte seine Sekretärin kaum wieder. Er hielt sich zurück mit Komplimenten, weil er wusste, dass sie anders als alle Frauen, mit denen er zu tun gehabt hatte, nicht mit Floskeln zu gewinnen war. Er mochte Trude als Mensch sehr und sie war als seine Perle im Betrieb mittlerweile unersetzbar. Er wollte sie um keinen Preis verlieren. Er hatte sich vorgenommen, auf dieser Geschäftsreise die Reserviertheit, die Trude seit Arbeitsbeginn aufrechterhielt, aus dem Weg zu räumen. Petrowitsch wollte mehr von ihrem Privatleben herausfinden. Hatte Trude nach Valentin je einen anderen Mann gehabt?

Trude war eine rechtschaffene Frau ohne Schnickschnack, die man nicht mit Geschenken herumkriegen konnte. Es war schwer, zu ihr durchzudringen. Sie war eine Frau, die ihn seit jeher fasziniert hatte. Solange Valentin noch lebte, war Trude unantastbar. Das war Ehrensache. Und danach brauchte auch er eine Weile, um den Tod seines besten Mannes zu verdauen. Er ließ es sich nie anmerken, doch er vermisste Valentin sehr. Sie einzustellen war zuerst eine Geste der Loyalität seinem verstorbenen Geschäftsfreund gegenüber. Doch als sich Trudes Qualifikationen zeigten, begriff er, welch Glücksgriff sie für ihn war. An diesem Abend zeigte sich seine Sekretärin von ihrer eleganten Seite. Das Kleid betonte ihre natürliche Schönheit. Trudes bezaubernder Anblick machte Petrowitsch verlegen, was ihn selbst überraschte.

Mikhail zückte sein silbernes Feuerzeug und steckte sich eine Zigarette an, lenkte damit geschickt von seiner Befangenheit ab und begann über ihre Umgebung zu plaudern. Das Interieur der Bar war geschmackvoll. Erlesene Hölzer, stilvolle Polstermöbel und die Lüster an der Decke verrieten, dass ihr Hotel eine bessere Adresse war. Sie redeten über Architektur und die Geschichte der Stadt, während sie am Cocktail nippten. Später flanierten sie zum Hafen, bestaunten die modernen Schiffe und aßen Austern in einem gepflegten Restaurant direkt an der Mole.

Irgendwann begann es Trude zu langweilen, nur über Technik und Geschäfte zu sprechen. Sie wünschte sich, Mikhail würde mehr über sich selber erzählen, getraute sich aber nicht, ihn auf sein Privatleben anzusprechen. Sie verspürte den Wunsch, ins Hotel zurückzukehren, um sich zu sammeln und einen klaren Kopf zu bekommen. Sie täuschte nach dem langen Tag und dem aufregenden Flug körperliche Müdigkeit vor.

Mikhail begleitete Trude zur Zimmertür, verabschiedete sich bei ihr mit einem eleganten Handkuss. Als er über ihre Hand gebeugt stand, stieg Trude sein würziges Aftershave in die Nase.

„Er riecht nicht unangenehm", dachte Trude. Mikhail blickte Trude an, sie sah in seinen Augen, dass er nachdachte und

zögerte, zu seinem Zimmer zu gehen. Trude nahm allen Mut zusammen, packte den Stier bei den Hörnern und platzte heraus: *„Was geht in dir vor Mikhail? Du verhältst dich mir gegenüber anders als sonst. Wir schleichen umeinander herum wie die Katze um den heißen Brei! Magst du mit mir aufs Zimmer kommen? Wir lassen uns einen Drink bringen und dann legen wir die Karten auf den Tisch!"*

Petrowitsch nickte verblüfft, er hatte Trude unterschätzt und ihr nicht zugetraut, dass sie den ersten Schritt machte.

Zwei Martinis später lagen sie auf Trudes Bett. Mikhail hauchte weiche Küsse auf Trudes Nacken, wanderte zu dem Grübchen am Hals und zu ihren Armbeugen. Mit sicherer Hand streifte er ihre Kleider ab. Erst das Kleid, dann die Strumpfhosen, den seidenen Unterrock, den Büstenhalter und das Höschen. Auch seiner Kleider entledigte er sich elegant. Trude ließ sich auf seinen Tanz ein, versuchte den Kopf auszuschalten, was ihr jedoch nicht ganz gelang. Sie spürte Mikhails Lust, auch seinen Wunsch, sie zu stimulieren und ihr Freude zu bereiten. Er streichelte ihre Oberschenkel und liebkoste ihre Brustwarzen. Es gefiel ihr, es war nicht unangenehm, doch sie konnte die Angst vor seinem Eindringen nicht abschütteln. Sie sprach sich Mut zu, es nach fünfzehn Jahren einfach mal geschehen zu lassen. Sie war erregt, sie waren jetzt schon so weit vorangeschritten. Mikhail und sie hatten keine Vereinbarung getroffen, aber so, wie sich die Dinge entwickelten, waren beide einverstanden. Sie musste unverwandt an Valentin denken und fing plötzlich an zu weinen. Trude drehte sich von Mikhail ab und zog das Bettlaken über ihren nackten Körper.

„*Habe ich etwas falsch gemacht, Trude?*", fragte Mikhail verunsichert.

„*Nein, ich musste an Valentin denken. Es fühlt sich nicht richtig an, was wir tun! Und ich kann mich nicht hingeben. Du bist der erste Mann nach ihm. Ich habe Angst, dass es wehtut ...*"

Plötzlich grinste Trude: „*Ich werde Großmutter. Gehört es sich als Nanny, Sex mit ihrem Chef zu haben?*"

Mikhail rückte an Trude heran, legte einen Arm um sie und flüsterte ihr sanft ins Ohr: „*Ich glaube, Valentin möchte nicht, dass du ein Leben lang schwarz trägst und deine Sinnlichkeit zurückhältst. Würdest du an seiner Stelle ewige Enthaltsamkeit von ihm einfordern? Wie du selbst sagst, fünfzehn Jahre sind eine lange Zeit für eine Frau in der Fülle, wie du. Auf wen möchtest du warten? Ich verspreche dir, ich werde sachte sein.*"

Plötzlich wechselte Petrowitsch ins Russische. Er wusste, dass Trude diese Sprache beherrschte: „*Krassawitza maja. Lass mich in deine schönen Augen schauen und darin lesen, was dir guttut. Du führst uns! Aber bitte, lass mich dich heute ganz spüren! Wir sind beide freie Menschen, können tun und lassen, was uns gefällt! Lass uns nur das tun, was uns Freude bereitet und aufhören, wenn es nicht mehr stimmt! Großmutter Trude, ich begehre dich! Lass uns wild und dreckig sein, lass uns sanft und zärtlich sein. Lass uns das Leben auskosten!*"

Sie liebten sich langsam, hingebungsvoll. Mehrere Male. Beim zweiten Mal erlebte Trude einen Orgasmus, dessen Intensität ihr beinahe den Verstand raubte. Nachdem Mikhails virtuose Liebkosungen Trudes Lust von Gipfel zu Gipfel bis ins beinah Unermessliche steigerten, explodierte sie unerwartet mit einem Schrei der Ekstase aus sich heraus, schwebte einen Moment lang in glückseligem Rausch und verlor jegliches Gefühl für Zeit und Raum.

In den frühen Morgenstunden machte sich Mikhail in sein Zimmer auf. Sie wollten sich beide noch ein wenig Schlaf gönnen, denn ein wichtiger Tag stand bevor. Mikhail verabschiedete sich bei Trude mit einem zärtlichen Kuss auf den Mund und strich ihr zum Abschied über das Haar. Schläfrig blickte sie ihm nach. Sie war völlig ahnungslos gewesen, was zwischen Mann und Frau möglich war. Der Akt mit Mikhail hatte die Tür zu einer neuen Dimension aufgestoßen.

„Davon will ich mehr! Ich muss es unbedingt Lynn erzählen ...", waren ihre letzten Gedanken, bevor sie mit einem seligen Lächeln auf dem Gesicht in einen traumlosen Schlaf glitt.

Trude wurde vom Klopfen des Zimmerservices geweckt. Sie brauchte ein paar Minuten, um zu realisieren, wo sie war. Trude biss sich spitzbübisch auf die Lippen, als sie sich an die vergangene Nacht, die wie ein Film vor ihrem inneren Auge ablief, erinnerte. Sie schämte sich nicht. Trudes Augen überflogen hastig das Zimmer und suchten nach Spuren der Nacht. Es gab nichts, was sie vor dem Room Service hätte verstecken müssen. Trude glitt aus dem Bett, streifte sich den Morgenrock über. Das Zimmermädchen stellte das Frühstückstablett auf das Tischchen beim Fenster und verließ still den Raum mit einem Knicks.

Trude erblickte den Bernstein, den sie am Tag zuvor auf den Nachttisch gelegt hatte, nahm ihn in die linke Hand, betrachtete ihn lange und sprach zu ihm: *„Na, du Voyeur!? Hat es dir die Schamesröte in dein Harz getrieben, als du uns beim Spielen zusehen musstest? Zum Glück kannst du nicht sprechen und uns verraten! Ich weiß im Moment grad überhaupt nicht, wie das alles enden soll! Wenn du sprechen könntest, Stein, was würdest du von mir und Mikhail halten?"*

Der Bernstein lag weich und entspannt in Trudes Handwölbung und schwieg. Trude setzte sich und goss sich heißen Kaffee aus der silbernen Kanne ein und gab einen Schuss Milch dazu. Sie umfasste die Tasse mit beiden Händen, den Bernstein immer noch in der linken haltend. Als Trude ihre Nase an den Tassenrand führte, um den Duft des belebenden Getränkes einzuatmen, fiel ihre Aufmerksamkeit auf den kleinen, weißen Umschlag auf dem Servierbrett. Ihr Name stand darauf, mit blauer Tinte geschrieben. Hastig klaubte Trude die schlichte Karte heraus und las in kyrillischer Schrift:

„Ich danke dir für die wundervolle Nacht! Danke, dass du mich nach Sydney begleitet hast! Mikhail
PS: Flicker holt uns um zehn in der Lobby ab, sei bitte bereit."

Natürlich würde sie pünktlich sein! Es waren die ersten beiden Sätze, die Trudes Herz zum Pochen brachten. Sie freute sich sehr über seine Zeilen. Wenn das nur gut herauskam!

Nach dem Kaffee – Ei, Toast und Marmelade ließ sie unangerührt stehen – zog sie sich an. Sie wählte das neue pastellgelbe Twinset. Vor der Reise hatte sie sich Modezeitschriften besorgt, um sich inspirieren zu lassen. In ihnen waren Bilder von Grace Kelly, Marilyn Monroe und Audrey Hepburn abgebildet.

Sie bewunderte die Schönheit und den Stil der Frauen, dachte aber auch, dass es unendlich aufwendig sein musste, sich so herauszuputzen. Das war Trude viel zu kompliziert. Doch die Stars inspirierten sie, mehr auf ihr Äußeres zu achten. Die Verkäuferin in der Modeboutique hatte gemeint, dass ein Twinset für den Tag perfekt sein würde. Es war gepflegt und doch nicht zu overdressed für ein geschäftliches Meeting.

Die farblich abgestimmten Schuhe waren ebenfalls neu. Das Leder schnitt an der Ferse noch ein. Doch mit der Zeit würden sich die Schuhe ihren Füßen anpassen und heute musste Trude ja keine weiten Strecken zurücklegen. Sie warf einen letzten Blick in den Spiegel und ging eine halbe Stunde vor der vereinbarten Zeit in die Lobby. Trude beabsichtigte, ein kurzes Ferngespräch mit Lynn zu führen. Sie musste unbedingt ihrer Freundin in Amerika von der Nacht berichten. Sie brauchte eine Verbündete im Geiste, um die nächsten Tage gut über die Runden zu bringen.

Lynn hörte begierig zu, kicherte mit Trude, gab ihr den Rat, das private Techtelmechtel unbedingt vom Business zu trennen. Die Freundin ermunterte sie, die Dinge sich in den folgenden Tagen entwickeln zu lassen. *„Hör auf dich, Trude! Wenn es bei dem einen Mal bleiben soll, höre auf! Wenn du den Sex mit Mikhail liebst, genieße ihn! Und wenn du dich in Mikhail verliebst, wird es etwas kompliziert. Aber auch dafür finden wir eine Lösung. Ich bin für dich da! Im allerschlimmsten Fall kannst du zu mir nach New York ziehen und wir finden hier einen Job für dich!"*

Die beiden Frauen tuschelten und kicherten noch eine Weile am Telefon, als es plötzlich an der Scheibe der Telefonkabine klopfte. Trude fuhr herum und erkannte Mikhail. Der Blick auf die Wanduhr in der Lobby zeigte zehn. Hastig verabschiedete sich Trude von ihrer amerikanischen Kollegin, hängte ein und öffnete mit pochendem Herzen die Kabinentür.

Mikhail begrüßte sie mit einem Kuss auf die Hand wie ein Gentleman. *„Komm, Flickers wartet schon! Jetzt reden wir über Schiffsbau und Metallhandel. Heute Abend über uns",* raunte er ihr mit einem spitzbübischen Lächeln zu.

Die Woche in Sydney verging wie im Flug. Tagsüber entwickelten Petrowitsch und Flickers Visionen und überlegten, wie sie diese in die Realität umsetzen konnten. Trude und Flickers Sekretärin Melanie Stuart assistierten den Herren. Sie protokollieren, telefonierten, beschafften Informationen, Kaffee und Snacks. Melanie und Trude hatten zwischendurch aber auch viel Zeit für sich. Für jedes der Kinder besorgte Trude ein Souvenir und in einem Babygeschäft kaufte Trude ein Kleidchen für ihren Enkel. Melanie zeigte Trude ihre Lieblingsplätze in der City und überredete Trude zu einer Maniküre und einem Besuch beim angesagten Friseur der Stadt.

Die neue Dauerwelle bereitete Trude Freude. Ihr Haar hatte eine Form, wippte beim Gehen verspielt auf und ab. Beflügelt von ihrem neuen Look kaufte sie sich in ihrer urbanen Gönnerlaune noch zwei neue Kleider. Es war ein großer Spaß, mit einer Frau zu bummeln und sich mit Schönem zu verwöhnen. Melanie erinnerte Trude an ihre Jugendfreundin

Lena. Auch Lena hatte es damals fertiggebracht, aus Trude das Beste herauszukitzeln. Trude hatte aus sich heraus nicht die Veranlagung, sich zu stylen wie andere Frauen. Vielleicht lag es daran, dass ihr nie eine Mutter Zöpfe geflochten hatte. Trudes Leben musste praktisch sein. Für sie waren Kosmetik und Mode ein Spiel, auf das sie sich gerne einließ, wenn andere sie dazu einluden. Sydney war die perfekte Bühne für einen Rollenwechsel.

An den Abenden dinierten sie zu viert in schicken Restaurants, gingen ins Theater oder ins Kino. Einmal bummelten sie auf dem Weg zurück ins Hotel an einem Lokal vorbei, aus dem Musik erklang. Eine Liveband spielte Swing und Mambo. Trude zuckte es in den Beinen. Ihren letzten Tanz hatte sie mit Valentin an Sylvester getanzt. Die Nostalgiewelle trübte an diesem Abend ihre gute Stimmung nicht. Mikhail hatte recht, Valentin hätte bestimmt nicht gewollt, dass sie ewig trauerte. Nichts und niemand konnte Valentins Platz in ihrem Leben ersetzen. Aber sie durfte fröhlich sein! Trude kannte die modernen Tänze nicht, aber es sollte nicht zu schwer sein, sie zu erlernen.

„Lasst uns tanzen! Ich habe schon so lange nicht mehr das Tanzbein geschwungen!"

Mikhail und Flickers zögerten, waren alles andere als begeistert, willigten dann aber auf Betteln der Frauen ein. Sie setzten sich an einen Vierertisch in einer Nische und bestellten Martinis. Die Sitzecken waren mit türkisfarbenem Leder und schwarzen Bakelittischchen ausgestattet. Der Boden war mit schwarzen und weißen Karos gefliest. Einzig die Tanzfläche bestand aus einem Holzparkett. Darauf wirbelten bereits ein Dutzend Paare ausgelassen zum beschwingten Sound der Combo. Trude war es gewohnt, dass in Männergesellschaft geraucht wurde, an dem Abend fühlte sie sich in der Laune, selber einmal zu paffen. Mikhail bot ihr einen Zug seiner Zigarette an. Der Rauch kitzelte sie im Hals und Trude musste reflexartig husten. Sie beschloss sofort, es dabei bewenden zu lassen, da Rauchen nichts für sie war.

Nachdem Trude den Tänzern eine Weile zugeschaut und sich die Schritte gemerkt hatte, hielt sie nichts mehr auf der Sitzbank. Petrowitsch zierte sich ein wenig, doch wollte er sein Gesicht nicht verlieren und ließ sich aufs Parkett zerren. Flicker und Melanie folgten ihnen. Die Frauen hatten die Führung übernommen, weil sich die Geschäftsmänner zu Beginn etwas hölzern zur Musik bewegten. Doch je später der Abend und je mehr Alkohol geflossen war, desto lockerer wurden sie. Die Nacht war ausgelassen, sie kugelten sich vor Lachen und Übermut. Trude fühlte sich albern und frei. In den frühen Morgenstunden begleitete sie Mikhail wie jede Nacht zuvor auf ihr Zimmer. Er war eindeutig ein besserer Liebhaber als Tänzer.

„Darwin, 1. Oktober 1958

Liebste Olga,

Du meine liebste Schwester. Mir bedeutet unser Briefwechsel, auch wenn wir uns wenig schreiben, unendlich viel. Wir bleiben trotz der enormen Distanz verbunden! Ich freue mich immer über Deine Zeilen, auch wenn ich weiß, was es Dir abverlangt! Was müsst Ihr entbehren in Estland! Deine Zeilen über deinen Alltag unter der russischen Okkupation und in der Mangelwirtschaft machen mich traurig und betroffen. Wie gerne würde ich Dir helfen! Hast Du Dich erkundigt? Könntet Ihr ausreisen? Es ist zurzeit einfach in Australien, insbesondere hier im Northern Territory, ein Visum zu bekommen. Menschen, die zupacken können wie Du sind gefragte Leute. Wie gerne hätte ich Dich in der Nähe. Es gibt genug Arbeit auf den Farmen. Neue Geschäftsideen sind immer willkommen. Aber ich weiß auch, dass Du Deine Mädchen und ihre Familien nie verlassen würdest! Ich würde es auch nicht tun!

Mich halten Serge, Lucy und Greg, mein kleiner Enkel, hier in Darwin. Und auch mein eingespielter Alltag. Die Hitze, die Moskitos und die Wassermassen der Wet Season verfluche ich zeitweise immer noch. Aber ich habe mich an mein Leben hier gewöhnt. Es ist gut eingelaufen wie ein paar bequeme Schuhe, die man nicht so gerne hergibt. Im vergangenen Jahr allerdings habe ich mir zu den ausgelatschten Tretern auch neue Schuhe gekauft und spiele mit neuen Rollen. Ich bin nicht mehr nur Mutter und Berufsfrau, nun bin ich auch Großmutter und Geliebte ... Jaja, Olga, ich höre Dein verschmitztes Lachen!

Ich hatte Dir doch im Frühjahr 1957 von meinem Vorgesetzten Petrowitsch und der geplanten Geschäftsreise nach Sydney erzählt. Auf der Reise sind wir uns sehr nahe gekommen und ich habe mich mit ihm auf ein erotisches Abenteuer eingelassen. Es hatte sich angebahnt und ich habe im Vorfeld eine Weile mit mir wegen Valentin gerungen. Doch soll ich bis zu meinem Lebensende enthaltsam bleiben? Die Reise hat mich innerlich und äußerlich sehr verändert. Zuerst hatten Mikhail und ich vereinbart, es für uns zu behalten. Das, was in Sydney passierte, sollte in Sydney bleiben.

Doch meinen Kindern konnte ich meine Veränderungen nicht verbergen. Serge grinste mich wissend an, als er Mikhail und mich am Gate abholte. Auf der Heimfahrt beglückwünschte er mich zum Schalk in meinen Augen, zu meinem frischen Teint und den schicken Kleidern. Er sagte, es stehe einer zukünftigen Großmutter gut, einen Liebhaber zu haben!

Dann verflog seine Freude und er verharrte die letzten Meilen bis zum Haus in einer seltsamen Wortkargheit. Später begriff ich, warum. Annie wartete auf der Veranda, musterte mich von oben bis unten, während ich aus dem Wagen stieg und von Lewis stürmisch begrüßt wurde. Dann schimpfte sie mich „Verräterin und Schlampe", machte auf dem Absatz kehrt und

verriegelte sich wie zu den schlimmsten Zeiten in ihr Zimmer.
Ich war verwirrt und verstand die Welt nicht. Annie kam erst
auf Serges drängendes Bitten wieder heraus und ich begriff
nach Serges Schilderungen, dass ihr verbaler Angriff nicht
mir galt, sondern der heftigen Ereignisse, die über meine Kin-
der während meiner Abwesenheit gekommen sind.

Wir versammelten uns um den Küchentisch. Serge berichtete
sichtlich ergriffen und mit belegter Stimme, was er in Erfah-
rung bringen konnte. Annie war kreidebleich und kaute unent-
wegt auf ihren Nägeln herum.

Ein Eingeweihter hatte Angelo und Philipp verraten. An ei-
nem Abend hatte die Neuigkeit, dass der Pastor schwul war,
im Pub am Hafen die Runde gemacht. Die anwesenden Män-
ner und Frauen zogen über den süßen Diener Gottes her,
verspotteten ihn, bis sie realisierten, dass Kinder der Stadt
ihm im Unterricht anvertraut waren. Sechs zornentbrannte,
alkoholisierte Kerle machten sich auf den Weg zur Mission.
Unglücklicherweise fanden sie Philipp und Angelo vor, über-
wältigten sie und verfrachteten sie in ein Auto, mit dem sie zur
Stadtmitte fuhren.

Unter großem Aufruhr wurden den beiden die Kleider vom
Leib gerissen, sie wurden vom Pöbel beschimpft und gede-
mütigt. Und als ob das nicht genügte, band man sie nackt an
Straßenlaternen wie an einen Pranger. Auf Schildern schrie-
ben sie: ‚Das passiert mit Missgeburten der Natur. Wir dulden
keine schwulen Kinderschänder in unserer Stadt.' Es war ein
Glück, dass es Nacht war und keine Kinder auf der Straße

waren. Für Philipp wäre es die größte Schmach gewesen, sei-
nen Schülern ins Gesicht blicken zu müssen und eine Antwort
schuldig zu sein. Auch ein Glück war, dass der Bürgermeister
schnell Wind davon bekam und dem Albtraum ein Ende setzte.
Er hieß Angelo und Philipp losbinden und zu ihm führen. Weil
er Angelo wegen seiner Taten für die Stadt hoch achtete, ließ
er die beiden laufen und empfahl ihnen, Land zu gewinnen.

Ich machte mir tagelang, nächtelang Sorgen um den Verbleib
der beiden. Du kannst Dir vorstellen, wie ich mit Philipp mit-
gelitten habe. Es war eingetroffen, was ich immer befürchtet,
aber nie ausgesprochen hatte. Philipps Homosexualität wurde
ihm zum Verhängnis. Mikhail bot mir seine Hilfe an, mit der
Unterstützung seines landesweiten Netzwerks nach ihnen su-
chen zu lassen. Doch ich schlug es aus. Ich beruhigte mich
allmählich damit, dass Philipp ein kluger junger Mann war
und selber eine Lösung für sich finden würde. Auch vertraute
ich Pater Angelo, dass er gut für meinen Sohn sorgen würde,
wie er es in all den Jahren für uns alle getan hatte.

Auch wenn ich persönlich mit dem Gedanken der gleichge-
schlechtlichen Liebe nichts anfangen kann, wünsche ich Phi-
lipp, dass er ein glückliches, argloses Leben führen kann, das
zu ihm passt. Eine Woche später rief er mich aus dem Süden
an. Es ging ihm gut und ich sollte mich nicht sorgen. Die
Nachricht aus San Francisco drei Wochen nach ihrem Ver-
schwinden war dann wie eine Entwarnung. Sie hatten es ge-
schafft, sich in die Staaten abzusetzen. Wahrscheinlich ist das
sogar eine gute Ausgangslage für Philipps Zukunft. Ich hatte

von San Francisco gehört, dass dort viele Künstler verkehrten. Bestimmt war Philipp als Lehrer und mit seiner Fotografie dort besser aufgehoben.

Annie ließ, nachdem ich Philipps ersten Anruf erhielt und mich etwas entspannt hatte, ihre Bombe platzen. Sie eröffnete mir, dass sie in meiner Abwesenheit den zwei Jahre älteren Malcolm kennengelernt hatte und ihm nach Brisbane folgen wollte. Ich erfuhr, dass sie Malcolm während meiner Abwesenheit in der Mall kennengelernt hatte. Er war auf der Suche nach Souvenirs für seine Familie in Brisbane, zu der er nach dem Armeedienst in Darwin zurückkehren wollte. Malcolm sprach Annie und ihre Schulfreundin, die Eistee im Schatten der Bäume tranken, an und fragte sie nach guten Adressen für Krokodillederwaren.

In der Folge verabredeten sie sich und ich vermute, dass Malcolm Annie in unserem Haus verführt hatte. Aber ich sprach Annie nicht darauf an. Sie sagte mir, sie sei verliebt, aber ich glaubte ihr nicht. Ich glaube ihr heute noch nicht. Sie wollte auf der Stelle mit Malcolm nach Brisbane fahren, der in der Autowerkstatt seines Vaters Arbeit hatte. Ich bestand darauf, dass Annie ihren Collegeabschluss machte und nichts überstürzte. Insgeheim hatte ich gehofft, dass sie Malcolm vergessen würde. Zum Glück hat sie die Schule beendet. Aber Annie ist nun seit Juli in Brisbane. Sie jobbt als Kellnerin, bis sie einen Platz an der Wirtschaftsuniversität erhält. Immerhin. Ich mag den kurzgeschorenen Malcolm nicht. Er mich auch nicht. Das hat er mir, als Annie ihn mir vorstellte, ziemlich *eindeutig zu verstehen gegeben. Er hat abfällige Bemerkungen gemacht, wie der Gatte von Lena. Erinnerst du Dich an ihn? Ja genau, Malcolm ist ein langweiliger Schwätzer wie Jeronim. Ich wünschte, ich könnte Annie zulieb, mein ungutes Gefühl im Bauch ablegen. Annie sagte, Malcolm sei der Erste, der sie wie eine Erwachsene behandelte und sie bei ihrem richtigen Namen nannte.*

Serge, der mir als Kind am meisten Kopfzerbrechen bereitet hatte, führt heute ein ruhiges, besonnenes Leben. Er ist und war der ruhige Pol in den Turbulenzen des vergangenen Jahres. Auf Serge ist Verlass, sagen seine Pferdekunden, sagt seine Lucy, sage ich. Als Vater zeigt Serge seine zärtlichste Seite. Greg, mein kleiner, süßer Enkel, ist im August ein Jahr alt geworden! Ich bin so stolz auf den kleinen Kerl. Nie hätte ich gedacht, dass Großmuttersein so glücklich macht. Wie viele Enkel hast du schon?

Serge und Lucy haben wenige Monate vor Gregs Geburt in einer schlichten Buschkappelle geheiratet. Pekeri war sein Trauzeuge. In einer rührenden Festrede würdigte Serge seine wichtigsten Männer, die an seiner Hochzeit leider nicht teilnehmen konnten: seinen Vater Valentin und seine Brüder Juri und Philipp. Alle Anwesenden wischten Tränen weg.

Ja, Valentin und Juri bleiben unvergessen. Sie begleiten mich stetig irgendwie. Die Erinnerung an sie brennt nicht mehr so sehr wie früher. Aber ihre Lücke ist unbesetzt und gehört zu meinem Leben, genauso wie die Falten im Gesicht, die ersten grauen Strähnen oder die Hornhaut an den Füßen vom

Barfußlaufen. Ich werde älter, milder, aber auch narrenfreier.

Meine Liebsten sind in alle Welt verstreut. In Darwin, in Brisbane, in Amerika, Du in Europa, Valentin und Juri im Himmel ... Ich freue mich über Lewis, der das Haus hütet und belebt. Ja, ich freue mich auch über Petrowitsch. Er besucht mich ein-, zweimal die Woche. Wir sind kein offizielles Paar! Oh nein! Keine Männerwäsche und überquellenden Aschenbecher mehr! Ich bin zu eigensinnig geworden für eine neue Partnerschaft. Mikhail schätzt, dass er nicht mehr herumstreunen muss, wie er sagt, und ich liebe es, wie er mich als Frau begehrt. Wir tun uns einfach gut. Wir haben eine eigene Strategie entwickelt, um Geschäft und Privates auseinanderzuhalten. Tagsüber unterhalten wir uns im Büro auf Englisch und nachts flüstern wir uns Worte in Russisch zu. Wir sind albern, ich weiß ...

Die Kinder haben sich an Petrowitsch als meinen geheimen Liebhaber gewöhnt wie an Philipps Homosexualität, ohne ein Aufhebens darum zu machen. Auch an Malcolm werden wir uns – Lucy und Serge finden ihn auch äußerst seltsam – Annie zuliebe gewöhnen.

In wenigen Tagen ist mein fünfzigster Geburtstag. Alle werden sie kommen! Wie ich mich freue! Serge mit seiner kleinen Familie. Philipp werde ich zum ersten Mal wieder in die Arme schließen können. Angelo begleitet ihn. Die beiden sind fest entschlossen, trotz Altersunterschied zusammenzubleiben. Auch Lynn, eine Freundin aus New York, reist extra an und wird danach Australien bereisen. Annie kommt mit Malcolm.

Ich werde mich bemühen, freundlich zu ihm zu sein. Pekeri kommt mit seiner Familie und Mutter Bakana. Wir sehen uns nicht mehr häufig, die Sippe ist nach einem verheerenden Buschbrand viele Meilen weiter Richtung Kakadu gezogen. Aber wenn wir uns sehen, ist die Begegnung immer sehr herzlich. Mikhail überlegt sich noch, ob er am Fest teilnimmt. Auf jeden Fall hat er mir eine Überraschung versprochen. Und du fehlst, liebe Olga! Werden wir uns je wiedersehen?

Ich umarme Dich in Gedanken, grüße die Mädchen herzlich von mir!

In Liebe und Freundschaft

Trude

ॐ...ॐ

Am Morgen des 4. Oktobers stand Trude zeitig auf. Annie schlief noch und Trude dachte, als sie am Morgen in den Garten trat, wie schön es war, den vorherigen Tag mit ihr alleine verbracht zu haben. Annie war früher angereist, um ihrer Mutter bei den Vorbereitungen zu helfen. Sie hatten Gemüse und Zutaten geschnippelt, Saucen für Salate und die Grilladen zubereitet, Geschirr und Gläser bereitgestellt. Sie sprachen wenig, mieden es, über Malcolm zu reden. Es waren einvernehmliche Stunden mit Annie, die in der Geschäftigkeit der Festvorbereitungen ihre Nähe suchte und dennoch nicht ihre Distanziertheit aufgeben musste. Sie hatten eine lange

Tafel im Schatten der Bäume aufgestellt. Wimpel und Girlanden tanzten in der lauen Morgenbrise, die einen warmen Frühlingstag versprach. Den Tag würden sie auf dem Meer verbringen. Mikhail hatte die Festgesellschaft eingeladen, der Küste entlang zu schippern und zu fischen. Am Abend würde es ein üppiges Barbecue geben. Serge hatte erfahren, dass seine Mutter das Tanzen wieder entdeckt hatte und eine Band organisiert. Getränke und Salate waren kühl gestellt.

An diesem Tag vor fünfzig Jahren war sie in Estland zur Welt gekommen und nun feierte sie auf der anderen Seite des Planeten. Wie verrückt kam ihr das alles vor. Sie wollte sich in der Ruhe vor dem Sturm, bevor die Gäste das Haus belebten, noch ein wenig sammeln. Wie immer gelang ihr dies am besten in ihrem Garten. Das Holz der Bank, die Serge gezimmert hatte, war rissig und aufgequollen, hatte allen Stürmen, die in den vergangenen Jahren über das Land fegten, standgehalten. Wenn sie Serge darum bitten würde, würde er die Bank ersetzen. Doch Trude liebte sie, weil sie mit ihr alterte. Trude setzte sich darauf und betrachtete die Pflanzen und Steine, die sie einst angelegt hatte. Da und dort wucherte Unkraut. Sie jätete nur, was ihr Auge störte. Alles andere ließ Trude wild wachsen.

Das große Herz hielt Trude immer sauber, nach jedem Sturm arrangierte sie die Steine neu, reinigte die rote Erde von Blättern und Insekten. Erst seit wenigen Tagen zierten es drei Rosenstöcke. Als Trudes Blick darauf fiel, wurden ihre Augen feucht. Mikhail hatte ihr die Rosen zum Geburtstag geschenkt! Eine weiße für Marthe, eine rote für Valentin und eine gelbe für Juri. Rosen in diesem Klima! Der Russe zeigte in der Öffentlichkeit seine gerissene Seite als Geschäftsmann. Trude war wohl eine der wenigen, die wussten, welch feinfühlige Seele unter der harten Schale verborgen war. Immer wieder gelang es ihm aufs Neue, Trude zu überraschen und ihr zu zeigen, wie er Stimmungen und Wünsche seiner Mitmenschen aufnahm.

Der Bernstein lag in der Schwemmholzschale, Trude bückte sich, ignorierte das Zwicken im unteren Rücken, griff nach ihm, umschloss ihn mit ihren Händen und setzte sich auf die verwitterte Bank. Sie wusste, dass sie die Rückenschmerzen, die sie nun schon seit einer Weile begleiteten, untersuchen lassen musste. Wenn sie einen Arzt des Vertrauens hätte, wäre dies schon längst geschehen. Der vor Ort war ein ungehobelter Kerl, der Frauen an Stellen untersuchte, die keine Beschwerden machten.

Trude nahm ein paar tiefe Atemzüge und sog die Friedlichkeit des jungen Tages in sich auf. Sie schloss die Lider. Aus den Wipfeln flötete ein Magpie. Bilderfetzen aus ihrem Leben zogen vor ihrem inneren Auge vorbei. Die Geburten der Kinder, St. Petersburg, die karge Kindheit in Tartu, die große Überfahrt nach Australien. Immer wieder Valentins Lachen, seine grünen Augen. Juris erste Schritte. Sie wischte die Tränen, die ihr über das Gesicht rannen und in ihren Schoß tropften, nicht weg.

Sie hatte sich an ihrem vierzehnten Geburtstag und am Tag der Hochzeit mit Valentin die Versprechen gegeben, dass sie frei und unabhängig sein wollte. Ein Lächeln huschte über Trudes nasses Gesicht. Das war ihr tatsächlich geglückt. Es war ihr gelungen, aus Estland fortzukommen. Doch die Freiheit hatte einen schalen Beigeschmack. Valentin und sie hatten doch gemeinsam die Welt erobern wollen. Es tat immer noch weh. Valentin war die Liebe ihres Lebens und würde es immer bleiben. Trude ließ es brennen, atmete in die Trauer, krampfte und krümmte sich, gab sich ganz hin. Der Schmerz verebbte nach und nach wie eine Geburtswehe.

Das Schicksal hatte ihr viel genommen, aber sie war nicht daran zerbrochen. Wie das harte Harz in ihrer Hand hatte ihr Leben Ecken, Schürfungen und scharfe Kanten. Das Kernstück war heil geblieben. Trude dachte an ihre Kinder, die flügge waren, an Mikhail, den sie sehr schätzte, an ihre Arbeit, an ihr Haus. Wie hatte sie es zu Beginn gehasst und jetzt war es ein Teil von ihr geworden. Eine warme, helle Welle der Dankbarkeit flutete Trude durch den ganzen Körper. Sie hatte ein reiches Leben! Und die Reise war noch nicht zu Ende.

„Was wünschst du dir zu deinem Fünfzigsten Trude?", fragte sie sich selber.

Die Antwort stieg postwendend aus ihrem Innern auf und überraschte sie selber: *„Ich möchte irgendwann den Sinn von Valentins Tod verstehen und Frieden mit Gott finden!"*

Der Taxifahrer, der Trude an diesem Vormittag Anfang August vom Flughafen Brisbane zu Annies und Malcolms Haus in der Vorstadt beförderte, summte zum Ohrwurm von Bobby Vee, das aus dem Autoradio ertönte: *Take good care of my baby!*

„Ja! Pass gut auf mein Baby auf", seufzte Trude besorgt. Ihre Gedanken waren bei ihrem Schwiegersohn Malcolm. Sie strich sich nervös ihren lila Rock aus Wollstoff glatt, der immer wieder auf der glatten Oberfläche der Nylonstrümpfe über die Knie glitt. Er war unbequem und zu eng geschnitten. Sie trug das Kostüm Annie zuliebe. Sie hatten es vor einem Jahr gemeinsam für Annies Hochzeit ausgesucht und Trude wusste, dass ihre Tochter es an ihr mochte, wenn sie es trug.

Seit Malcolm in das Leben der Familie getreten war, entglitt Annie ihrer Mutter immer mehr. Malcolm konnte seine Schwiegermutter nicht leiden und er ließ es sie bei jeder der seltenen Begegnungen spüren. Er war nicht der Schwiegersohn ihrer Wahl. Doch Annie und dem Frieden zuliebe bemühte sich Trude um einen anständigen Umgang. Trude war nicht beleidigt, dass Malcolm sie nicht vom Flughafen abholte. Er hatte es seiner Schwiegermutter nicht einmal angeboten. Sie nahm die Taxikosten lieber in Kauf, als eine beklemmende Fahrt mit ihm alleine zu ertragen. Annie war es unmöglich geworden zu fahren. Sie war im neunten Monat schwanger. Der Arzt hatte ihr wegen Komplikationen strikte Bettruhe im Krankenhaus verschrieben.

Es war immer Trude, die angerufen und nachgefragt hatte, wie es dem jungen Paar erging. Annie hatte sich nie von sich aus gemeldet. In den knappen Telefonaten erfuhr Trude, dass Annie ihr Studium nicht angetreten hatte, sondern die Buchhaltung für Malcolms Autowerkstatt machte und Ersatzteile besorgte, kurz, sich um alles kümmerte, was Malcolm selber nicht gerne tat. Annie erzählte beiläufig, dass sie seit ihrer Ankunft in Brisbane wöchentlich die anglikanische Kirche besuchte und sich dort für wohltätige Zwecke engagierte. Und erst beim letzten Ferngespräch vor einem Monat hatte Trude erfahren, dass sie zum fünften Mal Großmutter wurde.

Wie unkompliziert hatten Serge und Lucy die Ankunft der Zwillinge mitgeteilt, sie teilhaben lassen am Werden und Gedeihen der kleinen Familie. Sie schätzten Trude als Nanny. Dass Annie sie erst kurz vor der Niederkunft eingeweiht hatte, kränkte Trude sehr. Natürlich wusste sie, dass sie die Kinder nicht vergleichen sollte. Natürlich spielte die räumliche Distanz eine Rolle. Aber Philipp in Los Angeles meldete sich bei seiner Mutter öfter, war mitteilsamer als Annie, die nur wenige Flugstunden entfernt war. Mit dem Fortschritt des Telefons und der guten Flugverbindung war die Distanz von Darwin nach Brisbane leicht zu überbrücken. Trude würde sogar nach Brisbane ziehen, um ihrer Tochter nahe zu sein, wenn sie nicht genau wüsste, dass sie unerwünscht war.

Es ärgerte Trude, sie rang mit sich, dass Annie sie als Mutter in ihr Leben nicht einbezog. Erst recht jetzt, wo die Tochter schwanger war! Wie oft wäre Trude froh gewesen, eine Mutter um sich zu haben. Trude schluckte ihre Enttäuschung hinunter. Sie respektierte alle Entscheidungen ihrer erwachsenen Tochter und zügelte sich, sich nicht einzumischen. Aber jetzt, kurz vor Annies Niederkunft, trieb es Trude nach Brisbane, um nach dem Rechten zu sehen! Annie hatte am Telefon niedergeschlagen gewirkt, ihre Stimme klang, als hätte sie Tränen unterdrückt. Es waren nicht nur die üblichen Floskeln, dass alles in Ordnung wäre, die sie immer hervorbrachte, wenn sie am meisten etwas zu verbergen hatte, die Trude alarmierten. Es war eine innere Stimme, die sie drängte, Mikhail um Urlaub zu bitten, das nächste Flugzeug zu nehmen und nach Brisbane zu reisen. Sie musste Annie sehen, komme was wolle. Trude war bereit, ein Zimmer in einer Pension zu nehmen, falls Malcolm ihr das Gästezimmer verweigern sollte. Es lag ihr fern, der jungen Familie zur Last zu fallen. Aber sie wollte sich nie den Vorwurf machen, dass sie bei diesem wichtigen Ereignis nicht für ihr Mädchen da gewesen wäre.

Das Taxi fuhr sie direkt ins Krankenhaus. Trude trippelte, so schnell es der enge Rock erlaubte, durch die endlosen, leeren Korridore. Sie fragte sich zur Frauenabteilung durch. Vor Annies Tür hielt sie wenige Zentimeter vor dem Anklopfen kurz inne. Was, wenn Malcolm im Zimmer war? Mit einem tiefen Atemzug wappnete sie sich, klopfte an und drückte die Klinke herunter. Annie döste in einem Berg von weißen Laken und Kissen. Trude trat auf Zehenspitzen ein, darauf bedacht, die Reisetasche nirgends anzuschlagen. Die Mutter schob einen Stuhl sachte an das Bett heran, setzte sich und betrachtete ihr erwachsenes Kind. Ein Buch lag aufgeschlagen, hob und senkte sich mit jedem Atemzug auf dem kugeligen Bauch, unter dem das Kleine heranwuchs. Der Sonneneinfall wurde durch die halb zugezogenen Vorhänge gedimmt und legte ein pastellenes, warmes Licht über die Schlafende. Annies Wangen waren prall und rosa, das braune, schulterlange Haar umspielte ihr Gesicht, das sich seit ihrer letzten Begegnung an Weihnachten völlig verändert hatte. Trude erkannte ihre Tochter kaum wieder. Sie war verblüfft, was die Schwangerschaft mit ihr gemacht hatte. Annie blühte. Aus dem knuffigen, süßen Mädchen, das zu einem dunkelhaarigen, klapprigen, mageren Teenager mutierte, war eine vollbusige, füllige, bildschöne Frau geworden. Die Schwangerschaft stand ihr gut.

Es war ein zärtlicher, intimer Moment zwischen Mutter und Tochter. Trude verhielt sich still, um dieses unverhoffte Geschenk der Nähe ausgiebig auszukosten und zu verinnerlichen. Einzig, als aus dem Rachen der Schwangeren schnarchende Laute drangen, musste Trude kichern. Sie hielt sich rasch die Hand vor den Mund, um Annie nicht zu wecken. Mit dem Warten veränderte sich Trudes Stimmung. Vielleicht würde Annie sie als Eindringling empfinden und wütend reagieren, wenn sie erwachte und feststellte, dass ihre Mutter sie im Schlaf beobachtete. Trude fühlte sich auf einmal sehr unwohl, schob den Stuhl sachte an den Ursprungsplatz zurück, nahm ihre Reisetasche und verließ leise das Zimmer. Vor der Tür schimpfte sie in Gedanken über die Situation und ihre

Unsicherheit ihrer Tochter gegenüber. *„So ein Mist! Ich habe mein Leben lang alles gemeistert. Aber ich weiß nicht, wie ich mit meiner Tochter umgehen soll!"*

Sie packte ihre Reisetasche und steuerte die Kaffeestube beim Eingang der Klinik an. *„Ein Kaffee ist immer eine gute Idee"*, bemerkte die blonde, toupierte Frau an der Theke, die Trude das heiße Getränk ausschenkte. Sie hatte schon manchen Klinikbesuchern den Kummer an ihrem Gesichtsausdruck ablesen können. Trude sah sich um. Im Raum warteten ein Dutzend Angehörige auf Patienten oder eine Diagnose. An jedem Tisch bildete sich eine Schicksalsgemeinschaft. Einer Frau rannen zwei Spuren schwarzer Mascara über die Wangen. Trude setzte sich an einen Tisch, wärmte ihre Hände an der Tasse und sammelte ihre Gedanken. Sie fühlte sich verloren, etwas ratlos, unterdrückte den starken Impuls, eine Zigarette zu rauchen. Sie hatte sich angewöhnt, nach dem Sex mit Mikhail oder in geselliger, meist beschwipster Runde gelegentlich eine anzuzünden. Sie hatte jetzt immer Zigaretten dabei. Die halfen tatsächlich, sie in angespannten Situationen in eine lässigere Stimmung zu befördern. Doch mit kaltem Tabakgeruch würde sie die Tochter kaum gewinnen. Zu gut erinnerte sie sich an ihre extreme Abneigung gegen intensive Gerüche während ihrer Schwangerschaften.

Trude nahm einen zweiten Anlauf. Auf dem Weg zur Frauenabteilung suchte sie die Toilette auf, machte sich frisch, sprach ihrem Spiegelbild Mut zu und schob sich ein Pfefferminzbonbon in den Mund. Als sie anklopfte, antwortete Annie mit gedämpfter Stimme. Sie war wach. Gut. Als Trude das Zimmer betrat, saß die junge Frau frisch geschminkt und mit aufgesteckten Haaren aufrecht im Bett, erkannte ihre Mutter, begrüßte sie mit einem scheuen Lächeln und streckte ihr die Arme entgegen. Trude frohlockte, ließ die Reisetasche stehen und drückte die werdende Mutter mit Bedacht an ihr Herz. Nach der stummen Umarmung rückte Trude den Stuhl ans Bett, schmunzelte kurz über die Erinnerung an dieselbe Szene vor dreißig Minuten und fragte ihre Tochter nach ihrem Wohlbefinden.

Annie sprudelte drauflos: *„Mir geht es blendend! Brisbane ist eine tolle Stadt. Die neuen Freunde aus der Kirche sind total nett. Mir macht es Spaß, mit Malcolm zusammen die Autowerkstatt auf Vordermann zu bringen. Er ist ein wunderbarer Ehemann. Er freut sich sehr, Vater zu werden, und liest mir jeden Wunsch von den Augen ab!"*

Es war nicht das, was Trude hören wollte, und sie glaubte ihrer Tochter kein Wort. Die Mutter wandte sich kurz ab, gab vor, ein Taschentuch aus der Kostümjacke, die sie über die Stuhllehne gehängt hatte, zu klauben. Aber sie brauchte kurz Zeit, um zu überlegen, welche Strategie sie wählen wollte, um an ihre Tochter heranzukommen. Sie beschloss, mit Small Talk weiterzufahren, und plauderte nun ihrerseits über den reibungslosen Flug und über das Lied, das sie im Taxi gehört hatte und das ihr nun wie ein Ohrwurm nachlief. Über die Arbeit und Mikhail gäbe es nicht viel Neues zu erzählen, es gehe alles den gewohnten Gang. Lewis wäre der gleiche treue Freund wie eh und je. Er begleitete sie überall hin. Trude erzählte von Serges Familie, den beiden Knaben Greg und Tim, die mit den Zwillingen nun noch zwei Schwestern bekommen hatten, war aber bedacht, nicht zu überschwänglich von den vier Kindern zu schwärmen. Philipp hatte vor ein paar Tagen angerufen und ließ sie grüßen.

Nach Trudes Schilderungen suchte Annie umständlich eine bequemere Position und bat die Mutter, ihr ein Glas Wasser zu besorgen. Trude verließ das Zimmer, um bei der Krankenstation eine Flasche zu holen. Sie zog kurz in Erwägung, die diensthabende Schwester über den Zustand ihrer schwangeren Tochter zu befragen. Als Angehörige würde sie die Auskunft bekommen. Doch Trude wollte aus Annies Mund hören, was wirklich los war.

Zurück im Zimmer schenkte sie sich beiden ein und als Annie durstig ihr Glas hinunterkippte, platzte Trude heraus: *„Nun sag schon Annie, warum musst du liegen? Was ist los mit dir und dem Baby? Und warum hast du mir erst so spät von der Schwangerschaft erzählt?"*

In der beklemmenden Sprechpause waren nur Annies schwere Atemzüge und die Luft, die sie mit Druck durch die Nasenlöcher stieß, zu hören. Die werdende Mutter zupfte nervös an den sich lösenden Haarsträhnen herum, wand sich im Bett und suchte erneut eine andere Liegeposition. Sie strich sich über den Bauch, als sie stockend zu sprechen begann: *„Na dann. Du wirst es sowieso erfahren. Ich .., wir .. wollten euch nichts vom Baby erzählen, weil wir es nach der Geburt in ein Heim* *geben. Du hättest es nie erfahren. Der Arzt hat gesagt, dass ein Nächstes normal sein werde. Ich schäme mich so, aber ich kann dieses Baby nicht behalten. Das schaffe ich nicht."*

Annies Augen füllten sich mit Tränen.

"Ich verstehe nicht, Annie! Bitte erzähl mehr!", sprach Trude besänftigend zu ihrer Tochter und setzte sich zögernd auf den Bettrand. Als Annie nicht wegrückte, fasste sie den Mut, die Hand ihrer Tochter zu berühren.

Weinend fuhr die junge Frau fort: *"Ich bemerkte Ende Januar, dass ich schwanger war, als mir von einem Tag auf den andern sterbensübel wurde. Ich konnte tagelang nichts mehr essen und wenn ich es versuchte, musste ich sofort erbrechen. Der Arzt den ich aufsuchte, bestätigte die Schwangerschaft. Gegen die Übelkeit verschrieb er mir Tabletten. Ich vertraute dem Arzt und mir war alles recht, wenn nur dieser sterbenselende Zustand aufhörte. Ich wollte dich anrufen und um Rat bitten. Aber Malcolms Mutter riet mir ab, ich solle doch damit warten, bis die ersten drei unsicheren Monate vorbei wären. Es sei nie sicher, ob ein Kind bleibe. Dann könnte ich dir ja immer noch die freudige Nachricht mitteilen. Ich nahm ,Thalidomid' nach Rezept zwei Monate lang ein und war überglücklich, als die Beschwerden sehr schnell aufhörten. Im April plante ich, nach Darwin zu fliegen, um dich zu überraschen und dir meinen Bauch zu zeigen. Doch bevor ich den Flug buchte, setzten Blutungen und wilde Wehen ein. Ich hatte Angst, das Baby zu verlieren. Der Gynäkologe riet mir, mich zu schonen, so viel wie möglich zu liegen und auf keinen Fall zu fliegen. Im*

Juni rief mich mein Frauenarzt an, er müsste mich und meinen
Mann dringend sprechen. Wir sind gemeinsam in seine Praxis.
Wir erfuhren, dass wir damit rechnen müssen, dass unser Kind
mit hoher Wahrscheinlichkeit schwerbehindert, mit fehlenden
Gliedern zur Welt kommen wird. In Europa waren die Tablet-
ten, die er mir verschrieben hatte, unter dem Namen ,Con-
tergan' an werdende Mütter mit Erfolg gegen Schlaflosigkeit
und Schwangerschaftsbeschwerden verabreicht worden. Jetzt
hatten internationale Forschungen enthüllt, dass dieses Me-
dikament die Ursache der ungewöhnlich häufig aufgetretenen
Missbildungen ist. "

Annie schluchzte, schlug sich die Hände vors Gesicht, ihr
ganzer Körper bebte. Trude strich ihrer Tochter zärtlich die
losen Strähnen aus dem Gesicht, bemerkte Annies eiskalte
Hände. Gerade erst hatte *Women's Weekly* über die Enthüllung
dieses Skandals berichtet. Trude hatte sich beim Lesen über
die Fahrlässigkeit der Pharmafirma und der Ärzte empört. Sie
hatte die betroffenen Familien bedauert. Dass nun aber ihre
Familie selber davon betroffen war, gab der Schlagzeile eine
ganz andere Dimension. Was das alles bedeutete, überstieg in
dem Moment die Vorstellungskraft der Großmutter.

Annie fuhr mit zittriger Stimme fort: *„ Malcolm wurde zornig.*
Er schrie den Arzt mit hochrotem Kopf an, dass er ihn verkla-
gen würde. Mein Mann wischte im Jähzorn Gegenstände vom
Schreibtisch der Praxis. Ich habe ihn noch nie so erlebt und
ich schämte mich in Grund und Boden. Und gleichzeitig fuhr
mir die Dimension der Nachricht in die Glieder. Ich fühlte

mich völlig überfordert. Ich bin doch noch so jung! Malcolm
und ich – wie sollten wir das schaffen! Das Schlimmste war
jedoch, dass Malcolm mir zu Hause eröffnete, dass er keine
Missgeburt großziehen würde. Er wollte nicht vor seinen Mit-
menschen das Gesicht verlieren. Ich müsste das Kind nach
der Geburt weggeben. Er verbot mir, dir oder irgendjeman-
dem aus meiner Familie vom Baby zu erzählen, weil es nicht
existieren durfte. Danach ist er gegangen und kehrte sturzbe-
trunken in der Nacht nach Hause zurück. In der Folge bekam
ich wieder vermehrt Wehen und Blutungen. Zwischenzeitlich
betete ich darum, dass das Baby von alleine abgehen würde.
Den Mut nachzuhelfen hatte ich nicht. Ich wollte und konnte
mir nicht ausmalen, was auf mich zukommt. Nun liege ich seit
drei Wochen in der Klinik. Das Kind kann jederzeit kommen.
Ich bin mit den Nerven am Ende und möchte am liebsten ster-
ben. Malcolm besucht mich kaum. Den besorgten Bekannten
hat er gesagt, ich sei in Darwin zur Niederkunft."

Trude legte sich zu ihrer Tochter ins Bett und wiegte sie, sie
konnte nur erahnen, welch Albtraum Annie in den letzten
Monaten durchmachen musste. Sie verwünschte Malcolm ins
Pfefferland. Wie gut, dass sie auf ihre innere Stimme gehört
hatte! Sie würde nicht von Annies Seite weichen, bis das Kleine da war. Und dann würde man weitersehen.

Gegen Abend stieß Malcolm zu ihnen. Er begrüßte seine Frau mit
einem flüchtigen Kuss auf die Wange und seine Schwiegermutter
mit einem festen Händedruck und knappen Hallo. Er roch nach
Kernseife. Die rosa Farbe und die wundgescheuerten Stellen

zeugten, dass er die Hände lange geschrubbt hatte, dennoch war es nicht gelungen, die schwarzen Ränder unter den Fingernägeln ganz zu entfernen. Malcolms Haar war, obwohl er nicht mehr bei der Army war, kurz geschoren. Seine Haarfarbe war dadurch kaum zu erkennen. Die Pilotenbrille umrahmte seine grauen zugekniffenen Augen. Mitten im Gesicht prangte ein unmodischer Schnauzer.

Wie bei jeder Begegnung mit Trude trug Annies Mann khakifarbene Bundfaltenhose, ein sandfarbenes Hemd mit Achselpatten und Brusttaschen, das akkurat im Bund steckte, der mit einem Gürtel aus Amphibienleder und augenfälliger Krokodilschnalle zusammengezurrt war. Im Ausschnitt blitzte ein kleines Kreuz an einer goldenen Kette hervor.

Trude ließ die Eheleute alleine, verabschiedete sich bis zum nächsten Tag von der Tochter und wartete vor der Klinik auf Malcolm, der ihr höflicherweise doch noch angeboten hatte, sie in ihrem Gästezimmer einzuquartieren. Trude setzte sich auf eine Bank, zog an der Zigarette, die sie sich jetzt endlich gönnte, und gab sich ganz ihren Gedanken hin. Die Neuigkeiten mussten erst einmal verdaut werden.

In der Nacht träumte Trude: Sie und Malcom standen in weißen Kitteln in einem Labor vor zischenden und qualmenden Reagenzgläsern. In einem Nagerkäfig lag Mikhail als Fötus und rauchte. Trude entnahm ihm eine Gewebeprobe, die sie auf das Milieu einer Petrischale strich. Die gallertartige Substanz reagierte mit gelben Pusteln, die zu deckenhohen Pilzen aufwallten. Malcolm verbrannte sich die Finger am Bunsenbrenner, den er wutentbrannt von der Arbeitsplatte fegte, das entwichene Gas entzündete sich mit einer riesigen Explosion. Labor und Menschen wurden vernichtet und alles rieselte als Glitter vom Nachthimmel auf die Erde. Ein kleines, nacktes Mädchen stand barfuß auf roter Erde und griff nach den funkelnden Konfettis. Es gluckste und lachte vor Freude.

Nach dem Frühstück, das sie alleine einnahm, fuhr sie zur Klinik. Malcolm hatte ihr ein Auto für die nächsten Wochen zur Verfügung gestellt. Das zollte Trude ihm als eine Geste der Annäherung. Malcolm und Trude mussten beide Schritte aufeinander zu machen, wenn sie diese Situation meistern wollten, das war klar. Es fiel Trude jedoch schwer, denn sie nahm ihm seine Arroganz und sein Benehmen Annie gegenüber übel. Die Großmutter verstand Malcolms harten Kurs nicht. Als bekennender Christ wäre doch mehr Nächstenliebe zu erwarten! Malcolm verstieß das Ungeborene. Wie konnte er nur!

„Werde ich ein behindertes Enkelkind bedingungslos lieben können?", fragte sich Trude selber. Plötzlich begannen ihre Hände heftig zu zittern. Wut loderte in ihrem Bauch auf. Sie schlug mit flachen Händen auf das Lenkrad ein und fluchte laut. War es denn noch nicht genug! Schon wieder zeigte ihr dieser zynische Gott eine lange Nase. Es durchfuhr sie wieder einmal aus heiterem Himmel: Valentin fehlte! Dieser Schicksalsschlag war erneut ein heftiger Stoß, der sie an den eingewachsenen Stachel im Fleisch erinnerte und ihn noch ein Stück tiefer bohrte. Wenn alles normal verlaufen wäre, wäre jetzt Valentin an ihrer Seite, sie würden es gemeinsam durchstehen. Mikhail

war ein guter Kerl, keine Frage, aber er war nicht der Mann, der Antworten auf heikle Gesellschaftsthemen hatte. Er würde sich heraushalten. Sie zwang sich, das Auto an den Randstein zu fahren und innezuhalten. Die Gefühle übermannten sie und sie hatte beinahe die Kontrolle über den Wagen verloren. Trude hatte es erst bemerkt, als sie in letzter Sekunde das Steuer impulsiv herumreißen musste, um dem Zeitungsjungen auf dem Rad vor ihr auszuweichen.

Zwei Zigaretten später hatte sie sich wieder gefasst und fuhr weiter. Auf der letzten Strecke wog sie verschiedene Möglichkeiten ab. Sie könnte nach Brisbane ziehen und der kleinen Familie beistehen. Möglich wäre, Annie zu überreden, mit dem Baby zu ihr nach Darwin zurückzukehren, oder sie würde das Enkelkind zu sich nehmen. Doch Trude verwarf alles. Sie stellte sich vor, in welcher Welt das Kleine aufwachsen würde. Die Erinnerung an Philipps Peinigung war unvergessen. Darwin war ein rohes Pflaster. Da gab es keine Gnade für Menschen, die aus der Norm fielen. Ob die Gesellschaft in Brisbane aufgeschlossener war, wagte sie zu bezweifeln. Nun schien ihr die Verwahrung in einem geschützten Heim auf einmal nicht mehr so abwegig. Trude wusste keinen Rat. Aber sie war entschlossen, bei ihrer Tochter zu bleiben, bis sich eine gütige Lösung finden ließ.

Trude besuchte Annie täglich, brachte ihr frisches Obst, Magazine und Schminksachen mit. Annie hatte eine Vorliebe für Mode und Styling. Alles, was die werdende Mutter bei guter Laune hielt, war Trude recht. Oft hörten sie Musik und Nachrichten aus dem Transistorradio. Manchmal saßen beide einfach nur da, jede in ihren Gedanken versunken. Annie schätze die Gesellschaft ihrer Mutter, auch wenn sie es nicht ausdrücklich sagte. Es war ein einvernehmliches Zusammensein zwischen Mutter und Tochter, das nicht gekünstelt war. Trude beobachtete die Schwangere und ihren Bauch genau, freute sich über die deutlich sichtbaren Dellen und aktiven Bewegungen des Ungeborenen. Es strampelte lebhaft, wie Trude es in ihren eigenen Schwangerschaften mit Juri, Serge, Philipp und Annie erlebt hatte. Wie war die Zeit vergangen!

„Wie würde Juri jetzt aussehen?", fragte sich Trude des Öfteren.

Trudes Vorfreude auf das Kleine war verhalten. Sie wollte sich für alle Möglichkeiten wappnen. Man würde bei der Geburt sehen, wie schlimm die Schädigungen waren. Trude bemühte sich mit allen Mitteln, Annie bei Laune zu halten und die Kräfte für die Geburt beisammenzuhalten. Sie sprach Annie ermutigend zu, die Hoffnung auf eine minimale Beeinträchtigung des Kindes nicht zu verlieren. An einem Morgen sprach sie Annie auf ein Thema an, das Trude unter den Nägeln brannte:

„Liest du eigentlich die Bibel?"

„Ja täglich."

„Was hast Du davon?"

„Sie gibt mir Orientierung, denn sie regelt alles, wovon ich bisher keine Ahnung hatte. Besonders das Zusammenleben zwischen Mann und Frau. Ich habe Dad so sehr vermisst, obwohl ich ihn kaum gekannt habe. Du hast uns Kinder einfach immer machen lassen. Seit ich Malcolm und seine Familie kennengelernt habe, weiß ich, dass mein Leben einen Sinn hat und dass Jesus mir alle Sünden vergibt. Ich glaube, der Herr wird uns vergeben, dass wir das Baby in ein christliches Heim geben. Dort wird es eine religiöse Erziehung bekommen und die Güte der erfahrenen Schwestern erhalten, die ich ihm zu geben jetzt nicht in der Lage bin."

Trude seufzte. In ihren Ohren klangen Annies Worte wie eine leise Anklage. *„Was hätte ich in denn deiner Meinung nach anders machen sollen?"*

„Ich weiß es auch nicht, Mom ... Wahrscheinlich hast du dein Bestmöglichstes getan. Ich weiß nur für mich, dass ich nie mehr so orientierungslos sein möchte, wie ich mich als Kind fühlte. Wir Menschen sind unvollkommen und schwach. Jesus ist für unsere Begrenzungen am Kreuz gestorben, damit wir ins Himmelreich kommen."

Trude wusste schlicht nicht, was sie dem entgegenhalten sollte, und schwieg. Sie war froh, dass Annie darauf das Thema wechselte. Die Sache mit Gott und Jesus ließ sie jedoch noch tagelang grübeln. Welche Kraft oder Magie steckte hinter diesem Jesus, die ihren Vater Heinrich und nun auch Annie in Bann zogen? Sie selber fühlte sich überhaupt nicht angesprochen. Es hörte sich an, wie eine Party, von der alle begeistert schwärmten, zu der sie nicht eingeladen war.

An einem der Tage beschloss Trude, da sie nun schon mal in einem Krankenhaus war, sich ihrem Rückenleiden zu stellen. Es war ihr in den letzten Jahren gelungen, die morgendliche Steife in den Lendenwirbeln und das brennende Ziehen in den Hüftgelenken zu ignorieren oder zumindest über den Tag hinweg den Schmerzattacken mit geübten Schonbewegungen auszuweichen. Sie sagte sich, dass sie mit dreiundfünfzig zu jung war für Altersgebrechen. Sie wollte einfach nicht hinsehen. In Brisbane bei den deutlich kühleren Temperaturen krochen die Schmerzen bis tief in die Knochen. Es kam vor, dass sich ihre Beine taub anfühlten, als würde das Blut nicht mehr bis nach unten fließen. Trude hörte sich in der Klinik nach einem Facharzt um. Die Dame an der Auskunft empfahl ihr den Rheumatologen Dr. Arvin Sharivasalesan, der als Experte auf seinem Gebiet einen ausgezeichneten Ruf hatte. Trude ließ sich sogleich einen Termin geben.

Der indische Arzt umschloss Trudes rechte Hand mit weichen Händen zur Begrüßung. Diese Geste amüsierte sie und gleichzeitig fühlte sie sich durch den warmen Händedruck auf Anhieb wohl und willkommen. Der weiße Kittel hing dem Arzt eine Nummer zu weit an seiner schlaksigen Gestalt. Kaum größer als Trude, blickte er sie direkt aus seinen freundlichen, braunen Augen an. Er wirkte jung und unbekümmert, als hätte er noch nie eine Bürde getragen, als wäre er aus purem Vergnügen Arzt geworden.

„Was führt Sie zu mir, Lady Trude, how can I help you?", fragte er sie mit einem charmanten indischen Akzent.

Trude berichtete von ihren chronischen Schmerzen. Als Antwort auf die weiteren Fragen des Arztes schilderte Trude ihre Schlaf- und Essgewohnheiten, den immer noch regelmäßigen Zyklus, die Tagesaktivitäten, den Beziehungsstatus und etwas zögerlich ihre sexuellen Aktivitäten. Nach eingehender Untersuchung der Funktionen und nachdem Trude Kniebeugen, Balanceübungen und andere Verrenkungen machen musste, diagnostizierte Dr. Sharivasalesan, dass sie eine fortgeschrittene Arthrose hätte.

„I am sorry Lady, aber Sie werden sich mit diesem ‚Freund' einrichten müssen. Der geht nicht mehr weg. Ihre Hüftgelenke und Lendenwirbel werden immer mehr Beweglichkeit verlieren. In zehn Jahren werden Sie wahrscheinlich gekrümmt gehen. Andere Gelenke sind bereits betroffen und werden sich versteifen. Wir werden Ihnen natürlich Schmerzmittel verschreiben."

Bei Trude schrillten die Alarmglocken. Die Worte des Arztes klangen wie Hohn in ihren Ohren – auch sie hatte sich jetzt mit Medikamenten und Nebenwirkungen auseinanderzusetzen. Natürlich war sie im Gegensatz zu einem Fötus eine robuste erwachsene Person. Doch sollten Pillen der einzige Weg sein, schmerzfrei die letzten Jahrzehnte ihres Lebens zu verbringen?

Doktor Sharivasalesan fuhr nach einer kurzen Pause weiter: *„Dies war meine Diagnose nach klassischer Medizin. Die stelle ich an Patienten aus, die das hören wollen. Doch Ihnen, Lady Trude, empfehle ich aus ayurvedischer Sicht, die Ernährung*

umzustellen und regelmäßig Yoga und Meditationen zu machen!
In Indien haben die Menschen, die das befolgen, kein Rheuma
mehr." Schelmisch fügte er an: *„ Glauben Sie mir, dann werden*
Sie mit neunzig noch ein schönes Liebesleben haben ..."

Der Inder empfahl Trude eine Reise nach Indien und einen
Aufenthalt in einer ayurvedischen Klinik unter der fachkun-
digen Aufsicht eines ayurvedischen Arztes. Dieser war zufäl-
lig sein Vetter. Eine vierwöchige Fasten- und Yogakur böte
ausgezeichnete Heilungschancen. Trude erkannte, dass der
schlitzohrige Arzt Geschäfte mit ihr machen wollte, konnte es
ihm aber nicht verargen. Seine Argumente für eine sanfte Umstellung der Lebensgewohnheiten – auch das Rauchen aufzu-
geben – überzeugte sie. Und schließlich war es nur natürlich,
seiner Verwandtschaft Kunden zuzuführen.

Yoga und eine körperliche Entgiftung mittels Fasten zog Trude als interessante Aspekte in Betracht. Der Zeitpunkt für eine
Reise nach Indien lag für Trude jedoch denkbar schlecht. Es
gab weitaus wichtigere Prioritäten: allem voran Annies Baby!
Vor allen anderen Auslandsreisen wollte sie unbedingt Philipp
in Amerika besuchen. Der Arzt empfahl Trude, aus ayurvedischer Sicht auf Milchprodukte und Brot zu verzichten und viel
Scharfes und Bitteres zu sich zu nehmen. Das würde das Verdau-
ungsfeuer entfachen und die Entzündung an den schmerzenden
Stellen reduzieren. Am Schluss entließ Dr. Sharivasalesan sie
mit einer Liste von Büchern, die er ihr zur Lektüre empfahl.

Am Abend des 19. August, es war ein Samstag, saß Trude wie
meistens alleine im Wohnzimmer. Malcolm verbrachte seine

freie Zeit bei seinen Eltern. Sie wähnten Annie in Darwin und umsorgten ihren Sohn wie zu seinen Junggesellenzeiten. Malcolm nahm die Mahlzeiten bei ihnen ein und brachte seiner Mutter die Wäsche. Trude hatte sich am Nachmittag von einer nervösen Annie verabschiedet. Diese hatte sich die ganze Zeit über gewälzt, umgebettet, war aufgestanden und auf dem Gang hin- und hergegangen. Sie war unausstehlich und reizbar. Trude war mit dem sicheren Gefühl von der Klinik nach Hause gefahren, dass es nicht mehr lange dauern konnte. Um sich abzulenken, setzte sie sich vor den Fernseher und verfolgte halbherzig die Nachrichten. Mitten in der Berichterstattung über den Bau der Berliner Mauer hörte Trude das Klingeln des Wandtelefons. Sie hastete zum Apparat und nahm aufgeregt den Hörer ab.

Annie hatte ein Mädchen geboren. Mehr war der diensthabenden Schwester nicht zu entlocken.

Sie schrieb Malcolm die freudige Nachricht auf einen Zettel und hinterließ ihn auf dem Dielenboden beim Eingang. So schnell es der Verkehr zuließ – die ausgehfreudigen Menschen in Brisbane füllten die Straßen –, fuhr Trude zur Klinik. Trude traf ihre Tochter mitgenommen an. Annies Haare klebten ihr an der Stirn, ihre Augen waren gerötet. Trude machte sich auf das Schlimmste gefasst. Im selben Moment trug eine Krankenschwester ein kleines Stoffbündel auf den Armen ins Zimmer. Darin war ein faltiges, verkniffenes Säuglingsgesicht zu erkennen.

„Du darfst sie ruhig halten und Meilin Hallo sagen, Mama!", krächzte Annie mit heiserer Stimme. Die Stimmbänder schienen während der Geburt arg strapaziert worden zu sein. *„Es*

ist alles dran! Ich gebe dieses wunderbare Geschöpf auf jeden Fall nicht mehr her!", fügte Annie an.

Trude atmete tief aus und nahm das Bündel der Schwester ab. Sie liebkoste ihre kleine Enkelin, strich zärtlich über die vollkommenen Fingerchen, streichelte sanft über das schrumpelige Gesichtchen, als sie flüsterte: *„Willkommen, wundervolles kleines Geschöpf. Willkommen auf dieser Welt, Meilin."*

Danach legte sie Meilin behutsam zu der jungen Mutter ins Bett. Sie schloss Annie in die Arme und sprach mit leiser Stimme: *„Was für einen wunderschönen Namen hast du für sie gewählt, Annie. Ich bin so stolz auf dich!"*

Trude nestelte etwas aus ihrer Handtasche. *„Erinnerst du dich an den Bernstein meiner Mutter Marthe? Ich gebe ihn dir jetzt. Es ist der richtige Zeitpunkt. Du hast etwas Großartiges vollbracht! Und ich bin mir sicher, du wirst eine wunderbare Mutter sein!"* Annie nahm die Holzschatulle mit beiden Händen entgegen und öffnete den Deckel. Ein flüchtiges Lächeln huschte ihr über das Gesicht, aber sie war zu erschöpft, um auf die Geste ihrer Mutter eine passende Antwort zu geben. Sie flüsterte deshalb nur ein leises: *„Danke."* Sie legte das Geschenk auf die Ablage und sank zurück ins Kissen, zog das friedlich schlafende Neugeborene nah an ihren Körper und fügte an: *„Ich möchte mich ausruhen."*

Wenige Minuten später fiel Annie in einen tiefen Schlaf. Trude küsste ihre Tochter auf die Stirn, setzte sich auf die Bettkante und blieb noch einen Moment schweigend bei den beiden. Die Großmutter nahm einen tiefen Atemzug.

1966 New York

Meilin wuchs zu einem vor Energie strotzenden Wirbelwind heran. Ihren Bewegungsdrang und ihre Entdeckerlust ließen sich kaum bändigen. Trude flog, so oft es ihr Geldbeutel zuließ, ein paar Tage nach Brisbane, um ihre Enkelin zu sehen. Sie liebte es, mit der ausgelassenen Meilin Zeit zu verbringen und herumzualbern. Zwischen ihnen beiden war ein Band, das stärker war als zu einem ihrer Kinder oder zu einem der anderen Enkelkinder. Das gegenseitige Wohlbefinden in der Gegenwart des anderen erinnerte Trude oft an die Nähe mit Valentin. Nie hätte sie es für möglich gehalten, dass zwischen Großmutter und Enkelin so eine tiefe Liebe möglich war. Als der kleine Bruder Peter auf die Welt kam und sich alles nur noch um den Säugling drehte, war Meilins Sehnsucht nach der Großmama fast unerträglich. Einmal büxte die Kleine von zu Hause aus, lief die Straße entlang, bis sie fand, was sie suchte: ein Auto mit einem Schild auf dem Dach. Das Mädchen öffnete die Tür des Taxis und krabbelte auf den Rücksitz. Als der Fahrer sie amüsiert fragte, wo denn die kleine Lady hinwollte, sagte Meilin mit ernster Stimme: *„Ich möchte zum Airport. Dort nehme ich das Flugzeug nach Darwin zu meiner Trudy."* Der Taxifahrer fuhr das Mädchen um ein paar Häuserblocks, stellte ihr Fragen, um herauszufinden, wo sie wohnte. Beim Elternhaus läutete er dann und übergab der verblüfften Annie die kleine Ausreißerin.

Trude hielt nicht mehr viel in Darwin. Einzig Serges Buben und die Zwillingsmädchen vermochten das Haus, das ihr zu groß und zu leise geworden war, seit Lewis gestorben war, mit Leben zu füllen. Ihre Liebschaft mit Mikhail hatte sich totgelaufen und schmeckte wie abgestandener Champagner. Das Prickeln hatte sich verflüchtigt. Es zeigte sich, dass die Bindung zwischen ihr und dem Russen zu wenig solide war, um die Stimmungsschwankungen und Schweißausbrüche, die die Menopause nun mal mit sich brachten, auszuhalten. Als Trude Mikhail zum wiederholten Mal mitten in der Nacht bat, ihr Haus zu verlassen, weil sie es vorzog, alleine zu schlafen, verlor er die Lust, sie privat zu besuchen. In der Folge gingen sie sich auch im Betrieb immer mehr aus dem Weg. Die Arbeit, die ihr über so viele Jahre Freude und Sinn gegeben hatte, verlor völlig ihren Reiz. Unmotiviert verrichtete sie ihren Bürojob.

Es gärte schon eine Weile, doch eines Tages auf dem Heimweg an der Mangrovenbucht entlang, reifte der Entschluss, nach Brisbane zu ziehen. Sie hatte jahrelang Serges und Lucys Kinder gehütet und jetzt stand es Annie zu, von ihr unterstützt zu werden. Mit Peters Ankunft und vielleicht noch weiteren Enkeln könnte sie sich nützlich machen und zugleich Meilin nahe sein. Der Einfall begeisterte Trude so sehr, dass sie noch fester in die Pedale trat, zu Hause das Rad in der Einfahrt fallen ließ, hastig die Schuhe abstreifte und zum Telefonhörer eilte, um ihre Tochter anzurufen.

„Danke Mama, es ist nicht nötig. Wir kommen schon zurecht!

*Wir haben ja unser Umfeld. Du musst nicht unseretwegen dein
Leben aufgeben! Es ist o.k., wenn du uns besuchst. Aber suche
dir doch einen neuen Job, der dich erfüllt!"*

Nach der Abfuhr blieben Trude die Worte im Hals stecken.
Rasch unterbrach sie die spannungsgeladene Stille unter dem
Vorwand, noch etwas erledigen zu müssen. Es war nicht nur
Annies Zurückweisung, die Trude verletzte. Annie traf den
Kern der Sache: Trude wusste nicht, was sie mit bald sechzig
noch erfüllte. Annie mochte recht haben, dass sie die Enkel
nicht als ihren Lebensinhalt ausnutzen durfte. Und dennoch
fühlte sich Trude gekränkt, dass Annie und Malcolm sie nicht
in Brisbane haben wollten.

*„Ist das der Dank für alles, was ich meiner Tochter gegeben
habe?"*, schmollte Trude tagelang.

Philipps Postkarte, die eines Morgens im Briefkasten lag,
kam ihr wie gerufen. Er berichtete von der neuen Wohnung
und sprach zum wiederholten Male eine Einladung nach New
York aus. Trude hatte ihren Jüngsten noch nie in den Staaten
besucht. Erst fehlte ihr das Geld, danach wollte sie nicht der
Arbeit fernbleiben, mit Meilins Geburt waren ihr die Flüge
nach Brisbane wichtiger geworden. Trude las Philipps Zeilen
mehrere Male und schnippte an den Ecken der Karte mit der
Abbildung der Freiheitsstatue, während sie nachdachte. Sie
hatte Philipp immer weniger Aufmerksamkeit geschenkt als
den beiden anderen Kindern und ihren Familien. Es war ihr
peinlich, als sie sich dabei ertappte, dass die Enkel ihr immer
wichtiger waren als Philipp. Im Grunde kam ihr die räumliche

Entfernung gelegen. Sie hatte sich nie richtig mit seiner Homosexualität auseinandersetzen müssen. Sie hatte wenig Anteil genommen an seiner Partnerschaft mit Angelo, an seinem beruflichen Werdegang und dem Umzug von San Francisco nach New York.

In der folgenden Nacht wälzte sich Trude lange wach im Bett. In den frühen Morgenstunden reifte die Entscheidung, nach Amerika zu reisen. Trude erreichte Philipp beim Lunch. Er klemmte den Hörer zwischen Schultern und Ohr, um den Anruf entgegenzunehmen und gleichzeitig mit den freien Händen einem zu großen Salatblatt zu Leibe zu rücken. Als er die Stimme seiner Mutter erkannte und sie ihm ihre Pläne eröffnete, ließ er Messer und Gabel fallen. Das Dressing spritzte ihm an die Knopfleiste des Hemdes. *„Na toll!"*, murmelte er sarkastisch in den Hörer und korrigierte sofort: *„Sorry Mams! Ich habe nicht dich gemeint! Das ist ja großartig! Ich freue mich sehr. Ganz ehrlich gesagt, habe ich nicht mehr damit gerechnet, dass du uns besuchen kommst ..."*

Nachdem sie die Reisedetails besprochen und noch ein paar Neuigkeiten ausgetauscht hatten, hängten sie ein. Trude trat in den Garten, nahm ein paar tiefe Atemzüge und war sehr zufrieden mit sich. Die Reise nach Amerika war der beste nächste Schritt. In der folgenden Nacht fasste sie noch einen weiteren Entschluss. Am nächsten Morgen trat sie mit entschlossenen Schritten in Mikhails Büro. Sie fand ihren Vorgesetzten und Liebhaber von Zigarettenqualm vernebelt über Papierbögen mit Skizzen brütend vor. Mikhail blickte auf und bot ihr Platz an. Trude zog es vor, stehen zu bleiben, hielt einen Moment inne und verkündigte danach mit fester Stimme: *„Ich möchte meine Stelle kündigen.“*

Mikhail betrachtete sie schweigend und dachte nach. Trude fuhr fort: *„Und ich wünsche mir eine letzte Nacht mir dir, um unserer Liebschaft einen würdevollen Schlusspunkt zu setzen.“*

Die Mundwinkel des Russen zogen sich spitzbübisch nach oben und er antwortete: *„Trude, dieser Abgang passt zu dir!“*

Dann fügte er etwas nachdenklicher an: *„Natürlich ist es unerfreulich für mich. Ich verliere meine beste Kraft. Du weißt, was du und deine Arbeit mir bedeuten! Aber ich werde dich nicht zurückhalten!“*

Nach einer kurzen Denkpause ergänzte er: *„Ja, lass uns einen letzten Tango tanzen. Das sind wir uns schuldig.“*

❧ ... ❧

Vier Wochen später, es war Anfang April, flog Trude mit Stopover in Sydney und Los Angeles nach New York. Die Reise zog sich über zwei Tage hinweg und war sehr beschwerlich. Trude war erleichtert, als sie endlich im John F. Kennedy Flughafen landeten. Sie hatte versäumt, Nichtraucherplätze zu buchen. Sie selber hatte seit der Konsultation beim indischen Arzt, mit wenigen Ausnahmen, keine Zigaretten mehr angerührt. Es war ihr nicht schwergefallen, sie war nicht abhängig. Rauchen gehörte zu den lässigen Ritualen, die sie von Mikhail übernommen hatte und leicht wieder ablegen konnte. Sie hatten in ihrer allerletzten gemeinsamen Nacht mit Champagner, Kaviar und Hanfzigaretten zum Schlussakkord gehört.

Trude störte sich nicht daran, wenn andere rauchten. Unglücklicherweise hatte sie auf dem Flug von Sydney nach New York panikartige Flugangst bekommen. Diese in Kombination mit dem Qualm der Sitznachbarn und dem kalten Rauch, der sich in den Polstern festgesetzt hatte, hatte Trude wiederholt Papiertüten füllen und die Hilfe des Flugpersonals in Anspruch nehmen lassen.

Trude war heilfroh, als Philipp sie nach der Passkontrolle in Empfang nahm. Philipp erschrak über den Anblick seiner kreidebleichen Mutter, die er seit drei Jahren nicht mehr gesehen hatte. Die Mutter beschwichtigte ihn mit einer abwinkenden Geste. Sie berichtete von den Strapazen des Fluges, der Zwischenstopps und der Reiseübelkeit, ersparte ihm jedoch die peinlichen Details. Philipp trug ihren Koffer und führte sie zum nächsten Kiosk. Dort kaufte er eine Cola, die er seiner Mutter zum Trinken reichte. Das braune Getränk beruhigte ihren Magen und erfrischte sie.

Philipp winkte ein gelbes Taxi herbei. Das brachte Mutter und Sohn über den East River nach Chelsea in die 22. Straße. Im Erdgeschoss begrüßte ein afroamerikanischer Concierge in einer marineblauen Uniform Philipp, indem er an die Mütze tippte. Er hieß Trude in Big Apple herzlich willkommen. Anschließend bestiegen Mutter und Sohn den Aufzug, der durch eine Metalltür verriegelt wurde und fuhren ins 20. Stockwerk.

Das Rattern des Liftes und das Klingeln der Glocke kündigten die Ankunft an. Angelo öffnete die Tür des Apartments und schloss seine alte Freundin und die Mutter seines Lebenspartners in die Arme und sagte: *„Was für eine Freude, dich wiederzusehen Trude! Sei unser Gast!"*

Trude betrat die große Fensterfront und war überwältigt. Ihre Augen streiften über die Skyline der Stadt. Noch nie in ihrem Leben hatte sie so hohe Wolkenkratzer und so dichte Bauten gesehen. Von der Straße drang gedämpfter Lärm. Der Verkehr pulsierte, einzelne Stimmen von vorübereilenden Passanten, Hot-Dog-Verkäufern oder Zeitungsjungen waren zu hören. In der Ferne heulte die Sirene der Polizei auf. Durch einige Straßen zogen sich Baumalleen, die mit ihren rosa Blüten das Stadtbild zierten. Überhaupt war die Stadt sehr begrünt. Kleine Parkanlagen wucherten zwischen Häuserblocks. Es erinnerte Trude an Mikhails dichtes Brusthaar, das frech aus dem Kragenausschnitt schwoll. Es war Frühling, die Stadt räkelte sich aus dem Winterschlaf. Trude spürte es als ein leises Kribbeln, eine freudige Erregung im Körper. Es war diese Aufbruchsstimmung, die sie aus der Zeit in Estland und St. Petersburg kannte. Wenn sich nach klammen Wintern die Frühlingssonne langsam durchsetzte, regten sich in Mensch und Natur die Säfte zum Neuanfang. Trude fühlte sich zur richtigen Zeit am richtigen Ort und verliebte sich in diese Stadt.

Trude wandte sich den beiden Männern zu, die in der offenen Küche eine Mahlzeit zubereiteten. Es rührte Trude, wie sich die beiden beobachteten. Im achtsamen Ton, in der Art, wie

Philipp Angelo die Teller reichte, oder in ihrer entspannten Körperhaltung erfasste Trude, wie wohl sie sich in der Nähe des anderen fühlten. Beide Männer legten Wert auf eine gepflegte Erscheinung. Auch die Wohnung zeugte von Geschmack, sie war modern und stilvoll eingerichtet. Es lag auf der Hand: In Darwin wären die beiden Männer nie glücklich geworden.

Philipp entkorkte den Sekt und füllte die Gläser. Die drei stießen an, aßen zu einem Cesar Salad Eiersandwiches und schwatzten über Neuigkeiten der Geschwister. Nach und nach tauchte Philipp, einmal ungestört vom Rummel der Familie, in seine Odyssee ab. Trude lauschte seinen Schilderungen aufmerksam und war erleichtert, aus seinen Worten keine Vorwürfe herauszuhören. Im Gegenteil, er wirkte aufgeräumt mit seinem Leben und schien ihre ungeteilte Aufmerksamkeit aufrichtig zu genießen.

Nach der Flucht aus Australien hatte Philipp eine Anstellung als Lehrer in San Francisco gefunden. Angelo war aus der katholischen Kirche ausgetreten und hatte danach als Sozialarbeiter für Obdachlose gearbeitet. Um ihre Jobs nicht zu gefährden, lebten sie in zwei getrennten Wohnungen. Bald hatten sie Anschluss an die Schwulenszene gefunden. Philipp und Angelo schrieben und fotografierten für die lokale Zeitschrift der Homosexuellen. Das Blatt war eine wichtige Plattform der Untergrundbewegung und bot wichtige Informationen und Hilfestellungen. Denn Schwule und Lesben kämpften, wie auch die Schwarzen, für ihre Anerkennung und Gleichstellung in der Gesellschaft.

Philipp hatte in San Francisco zwei Mal das College wechseln müssen. Missgünstige und moralische Kollegen hatten Wind von seiner Neigung bekommen und ihn verpfiffen. Die Schulleitungen hatten Philipp auf Druck der Eltern, trotz seiner Beliebtheit bei den Schülern, entlassen. Als Angelo auf dem Weg zur Arbeit in einer Gasse von einer Handvoll Halbstarker als Missgeburt der Natur beschimpft und spitalreif geprügelt wurde, nahm das Paar dies als Zeichen, die Stadt zu verlassen. Es stand für die beiden nie in Frage, dass sie trotz Altersunterschied und gesellschaftlichem Widerstand zusammenbleiben wollten.

Amerika befand sich im Umbruch. Der Vietnamkrieg spaltete das Volk in Befürworter und empörte Gegner. Dem vorherrschenden weißen, patriarchalischen Establishment stellte sich plötzlich an breiter Front Widerstand entgegen. Friedensaktivisten gingen auf die Straße. Martin Luther King war zum Freiheitskämpfer und Hoffnungsträger der Schwarzen geworden. In vielen Städten erhoben sich Homosexuelle für ihre Rechte. Philipp und Angelo beschlossen, sich den Aktivisten in New York anzuschließen. In der Anonymität der Großstadt wagte das Paar, eine gemeinsame Wohnung zu beziehen. Obwohl sie auch hier Repressalien und Diskriminierung zu befürchten hatten, standen sie für sich ein.

„Es ist eine Frage der Zeit, bis wir die vollständige Anerkennung bekommen! Dies gibt uns Mut und Entschlossenheit dranzubleiben“, schloss Angelo.

Trude nickte ihrem Sohn und seinem Freund anerkennend zu. Sie spürte jetzt die Strapazen der Reise und bat um Verständnis, weil sie sich zurückziehen mochte. Philipp führte sie in sein

Arbeitszimmer, in dem ein Gästebett für die Mutter hergerichtet war, und schloss leise die Tür. Während Trude die Schuhe abstreifte und den Rock zu Boden gleiten ließ, schweifte ihr Blick durch das Zimmer. Auf dem Arbeitstisch lagen Papiere, eine Schreibmaschine, eine aktuelle Ausgabe der Schwulenzeitschrift. Zwischen unzähligen Schwarz-Weiß-Fotos war eine vergilbte Karte an die Wand gepinnt und zog Trudes Aufmerksamkeit auf sich. Die Mutter zögerte, dachte jedoch, dass sie Philipps stilles Einverständnis hatte, denn die Sachen, die sie nicht zu Gesicht bekommen sollte, hatte er bestimmt weggeräumt, und so trat sie einen Schritt näher. Die Karte war an Philipps Anschrift in San Francisco adressiert und in New York abgestempelt. In makelloser Schrift stand:

„Liebster!
Lass uns nicht aufgeben! New York bietet uns neue Möglichkeiten. Komm!
Love ist the bridge between you and everything." A.

Trude legte sich halb angezogen aufs Bett. Während sie sich die Wolldecke über Beine und Körper hochstreifte, knisterten die Nylonstrümpfe und erzeugten Fünkchen. In Gedanken der Botschaft auf der Karte nachhängend, übermannte sie bleierne Müdigkeit und Trude fiel in einen tiefen Schlaf.

„New York, Chelsea, 7. April 1966

Liebste Olga,

New York! Was für eine verrückte Stadt! Morgen geht mein Flugzeug zurück nach Australien. Ich sitze im Apartment von Philipp und Angelo. Die beiden Turteltäubchen lümmeln auf dem Wohnzimmerboden vor dem Plattenspieler und legen die neuesten LPs der Stones und Beatles auf. Die Popmusiker sind die neuen Wilden. Ich habe gestern im Fernsehen gesehen, dass da, wo die vier mit ihren langen Haaren auftauchen, Horden von Mädchen in Ohnmacht fallen oder sich in ein hysterisches, ohrenbetäubendes Kreischen steigern.

Yesterday ist der aktuelle Hit der Band. Angelo und Philipp spielen es immer und immer wieder. Das Lied ist ziemlich melancholisch, aber ein richtiger Ohrwurm. Bekommt ihr mit, welche Musik im Westen gespielt wird? Musik ist mittlerweile überall zu hören. In vielen Lokalen stehen Juke Boxes, das sind große Automaten, die mit Vinylplatten bespickt sind. Per Münzeinwurf und Knopfdruck kannst Du Musiktitel wählen, die Dir gefallen.

Es war eine goldrichtige Entscheidung hierherzukommen. Nachdem ich in der Werft gekündigt hatte, ja, Du liest richtig!, brauchte ich einen Tapetenwechsel. Drei Jahrzehnte Schiffsbau, das reicht! Zwischen Mikhail und mir lief praktisch nichts mehr. Wir haben uns in Freundschaft verabschiedet. Es stimmt für uns beide so.

Es hat mich gewurmt, dass Annie mich nicht in Brisbane haben wollte. Ich fühle mich aus ihrem Leben ausgestoßen, seit sie in dieser Freikirche ist. Mein Haus steht leer und ist still, seit Lewis kurz nach Weihnachten gestorben ist. Serge, Lucy und die vier Kinder besuchen mich auch nicht mehr so häufig. Kein Wunder, bei denen geht es drunter und drüber. Aber es geht ihnen prima. Sie sind eine wahre Freude. Doch ich fühle mich einsam und ohne Aufgabe! Es hat mich regelrecht aus Darwin fortgetrieben. Was soll ich da noch? Dann fasste ich den Entschluss, endlich zu Philipp zu fliegen.

Es war einfach in der Distanz, tolerant zu sein. Aber ich habe mir eingestanden, dass ich mich immer ein wenig vor einer Auseinandersetzung mit Philipp und seinem Leben gedrückt hatte. Ich hatte mich im Grunde schwer damit getan, mir vor-zustellen, dass zwei Männer miteinander glücklich sein könn-ten. Wie blöd und unnötig von mir! In den vier Wochen hatte ich Gelegenheit, meinen Jüngsten und Angelo miteinander zu erleben. Es kommt mir jetzt ganz normal und natürlich vor. Die zwei sind jetzt schon seit zwölf Jahren zusammen! Wie die beiden miteinander umgehen, finde ich bemerkenswert. Da kann sich manch „normales" Paar was davon abschneiden.

Auf dem Foto siehst Du uns beim Picknick im Central Park.

Ich bin sehr stolz auf Philipp! Er ist heute ein stattlicher Mann. Erinnerst Du Dich an den kleinen Knirps, wie er auf wackli-gen Beinchen in Deinem Rübenacker laufen lernte? Jetzt steht er mit beiden Beinen auf dem Boden und ist Bürgerrechtler. Angelo und Philipp haben mich zu einer Aktion mitgenommen. Zweihundert Personen versammelten sich vor dem Repräsen-tantenhaus, verteilten Flugblätter und protestierten gegen die Diskriminierung der Homosexuellen. Sie forderten, dass ihre Neigung nicht mehr als Verbrechen in den Gesetzen geahndet wird. Was die sich haben anhören müssen! Ich musste meine Wut im Zaum halten, als eine Passantin Philipp anspuckte. Mich beeindruckt das Engagement der beiden Männer. Ihr

Feuer ist ansteckend! Sie haben mir die Augen geöffnet für die Missstände und Ungerechtigkeiten in der Gesellschaft.

New York hat mich auf neue Ideen gebracht! Ich hatte viel Zeit zum Schlendern und Entdecken. Erzählte ich Dir vom Inder, der mich vor fünf Jahren in Brisbane untersucht und eine fortgeschrittene Arthrose festgestellt hatte? Ich habe ja seit Jahren diese lästigen Schmerzen in den Gelenken. Der Arzt empfahl mir damals Yoga und eine Ernährungsumstellung. Zurück in Darwin vergaß ich seine Ratschläge halbwegs wieder. Einzig mit dem Rauchen hatte ich aufgehört.

Hier in Chelsea in der übernächsten Straße bin ich auf ein Yogastudio gestoßen, die schießen hier förmlich aus dem Boden, und habe gleich einen Wochenkurs gebucht. An Zeit, Langeweile und Neugierde fehlte es ja nicht. Zu Beginn fand ich es drollig, zuzusehen wie sich die Männer und Frauen in ihren flatternden Gewändern verrenkten und dabei tiefe Atemzüge machten. Jetzt gefällt es mir außerordentlich! Meine steifen Glieder laufen wieder wie geschmiert. Du glaubst nicht, was das tägliche Bewegen für einen Unterschied macht! Da bleibe ich dran. Mit dem Meditieren geht es noch nicht ganz so flott. Es fällt mir noch schwer, länger als zehn Minuten still zu sitzen und meinen Geist ruhig zu halten, so wie es Kathy angeleitet hatte. Ich übe. Das bewusste Atmen und In-mich-Gehen macht etwas mit mir! Nenn mich verrückt! Aber es tut mir gut! Und ich brauche etwas Neues!

Mit der Yogalehrerin Kathy, die mehrere Jahre bei einem Guru Maharishi in einem Ashram in Indien verbracht hatte, verstand ich mich ausgezeichnet. Sie hat mich zu einem Curry zu sich nach Hause eingeladen. Ihre Wohnung roch nach Räucherstäbchen und sie war bis zur Decke voll mit Büchern. Sie hat mich auf den Freiheitskämpfer Gandhi und den Philosophen Tagore gebracht. Gandhi war mit seinem gewaltlosen Widerstand ein Vorbild von Martin Luther King, ein amerikanischer Aktivist gegen die Rassendiskriminierung, der in Philipps Kreisen sehr populär ist.

Ich lechze nach neuen Ideen, mein Wissensdurst ist groß. Ich habe mir Biografien von Gandhi, Tagore, King und Kennedy besorgt. Woran ich mich in den Buchhandlungen jedoch stoße: Es gibt kaum Lektüren über weibliche Persönlichkeiten. Ich fand nur Bildbände der First Lady Jacky Onassis und von den Schauspielerinnen Grace Kelly und Marylin Monroe. In der Religionsabteilung fand ich verstaubte Bücher von Heiligen.

Ist das nicht erschreckend! It is a man's world! Das macht mich wütend! Es wird Zeit, dass auch die Frauen ihren Platz einnehmen! Ich war ja schon immer eigensinnig, doch Philipps Engagement, die feurige Bewegung der Menschen in New York, die sich für ihre Rechte, sowohl für die der Schwarzen wie auch die der Schwulen, einsetzen, haben mich inspiriert. Ich durfte an einem Friedensmarsch gegen den Vietnamkrieg teilnehmen. Tausende Menschen waren mobilisiert. Was da an Kräften zum Erwachen kommt, wenn der Zeitgeist stimmt! Das Leben bleibt spannend! Ich bin wieder da!

Love and Peace

Trude"

Auf dem Rückflug von Amerika nach Australien kam Trude neben ein junges, schwedisches Pärchen zu sitzen. Die Studenten sprudelten vor Erzählfreude und verkürzten Trude auf angenehme Art den langen Flug. Das junge Paar hatte vor, quer durch Australien zu trampen.

Trude lauschte und schmunzelte. Wie ansteckend war ihre Jugendlichkeit! Helena berichtete von einem Trend in Europa. In ihrem Freundeskreis unterbrachen viele das Studium, um im Ausland den Horizont zu erweitern. Meist waren die jungen Leute nur mit einem Rucksack unterwegs und hielten sich mit Gelegenheitjobs über Wasser. Amerika und Australien als Destinationen waren für Europäer zwar sehr teuer, aber hoch im Kurs.

Dies brachte Trude auf eine Idee. In ihrem Haus standen ein paar Zimmer leer. Warum nicht an Gäste aus aller Welt zu vermieten? Darwin war ein idealer Ausgangspunkt für Ausflüge zum Kakadu- und Litchfield-Nationalpark. Trude gefiel die Idee. Sie lehnte sich zufrieden im Stuhl zurück, richtete den Blick durch das mit Kondenswasser beschlagene Flugzeugfenster auf den Horizont. Diesen Faden wollte sie unbedingt aufnehmen, wenn sie gelandet war. Es beflügelte Trude, noch einmal etwas ganz Neues anzupacken!

„Seid meine Gäste, wenn eure Reise nach Darwin führt!", schrieb Trude unter ihre Adresse in Helenas Reisetagebuch, bevor sich ihre Wege am Flughafen Sydney trennten.

Trudes Tage bekamen ein Ritual. Erst wurde sie vom Flöten der Magpie geweckt. Sie lauschte einen Moment dem
Konzert der Vögel und schlug danach die Decke zurück. Um
zu pinkeln, tappte sie schlaftrunken ins Bad, trank anschließend ein Glas Wasser, rollte die Kautschukmatte aus und
weckte ihre steifen Glieder mit dem Morgengruß. Nach dem
Yoga setzte sich Trude eine Viertelstunde in den Schneidersitz, darauf legte sie Wert, denn das Sitzen mit verschränkten
Beinen war ein Maßstab ihrer Beweglichkeit, die sie sich noch
lange erhalten wollte, und dann schloss sie die Augen. Die
tägliche Meditation mochte Trude nicht mehr missen. Sie hatte gelernt, sich vollständig dem Atem hinzugeben, das lärmige
Geplapper im Kopf beiseitezuschieben und sich an eine stille
Instanz anzudocken. Die Kontemplation war für ihr Gemüt
wie die achtsame Ölung eines Getriebes, das es ihr mit lockerer Gelassenheit durch den Tag dankte.

Dank der täglichen Yogaübungen konnte Trude die stetig fortschreitende Arthrose einigermaßen in Schach halten. Es gab
Tage, an denen sie sich nicht mehr bücken oder die Hand nicht
mehr zur Faust ballen konnte. Es ärgerte sie zuweilen, dass ihr
Körper eigensinniger wurde und nicht mehr nach ihrem Kopf
tanzte. Aber dann winkte sie ab und dachte bei sich, dass es,
solange sie mobil und geistig gut in Form war, schon irgendwie gehen würde.

Trude war in guter Gesellschaft. Auch die *Beatles* meditierten und praktizierten Yoga. Sie hatte in einer Zeitschrift gelesen, dass die Musiker im selben indischen Ashram wie Trudes Yogalehrerin Katy gelebt hatten und auf spiritueller Suche waren. Diese Nachricht hatte bei den Fans große Wellen geschlagen. Eine Journalistin hatte in einem späteren Artikel die These verfasst, dass es den Beatles zu verdanken war, dass Yoga, Buddhismus und Räucherstäbchen im Westen plötzlich so populär wurden. Die Band aus Liverpool hatte durch ihre mit Sitar und Tabla untermalte Ethnomusik den Geist Indiens in die Welt hinaus transportiert.

An diesem Septembermorgen musste Trude vier Stunden früher als gewohnt aufstehen. Ein fünftägiger Ausflug mit einer Reisegruppe in den Kakadu-Nationalpark stand bevor. Sie hatte die Verpflegung zusammenzustellen und es war noch stockdunkel, Trude entzündete mit einem Streichholz den Docht, um ihr Morgenritual im Kerzenschein durchzuführen. Später tappte sie durch die stillen Wohnräume zur Küche, um sich mit der italienischen Espressomaschine einen Kaffee zu brauen. Es war immer noch Nacht, einzig der Lichtstrahl der Küchenlampe, der durch das Fenster fiel, beleuchtete die Fassade des Nachbarhauses. Trude bewegte sich behutsam durch den Raum, trat mit nackten Füßen leise auf, um die Ruhe der frühen Morgenstunden, die sie so sehr liebte, nicht mit lästigen Geräuschen zu stören. Sie gönnte sich noch eine Viertelstunde, bevor sie sich an die Vorbereitungen machte, löschte das Küchenlicht und setzte sich mit dem dampfenden Kaffee auf den Balkon.

Ihr Blick schweifte zum Meer, das unmittelbar vor ihr brande-
te, und zum Sternenhimmel am Horizont. Es lag ein Hauch von
Magie in der Luft. Trude spürte ein Kribbeln, etwas, das wie
Schmetterlingsflügel sanft kitzelte. Trude deutete es als eine
leise Vorfreude, eine Vorahnung, dass die bevorstehende Tour
erfolgreich werden würde. Sie war stolz auf sich, dass es ihnen
gelungen war, ein kleines Business aufzubauen, nachdem sie
die Bed-and-Breakfast-Pläne und ihr Haus aufgegeben hatte.
Ihre Stimmung änderte sich schlagartig, Trudes Körper durchfuhr ein Schauer. Sie spürte Ekel und Angst aufsteigen, lebhaft
erinnerte sie sich an den Vorfall vor drei Jahren.

Sie hätte damals von Anfang an auf ihr Gefühl hören und den
allein reisenden Mann nicht beherbergen sollen. Schon als
der Taxifahrer nach einem lauten Wortwechsel den Fahrgast
förmlich aus dem Wagen geworfen hatte, wie er mit einem
ungewöhnlich leichten Rucksack die Treppenstufen hinaufge-
schlichen, sich seine schmalzigen Haarsträhnen aus der Stirn
gestrichen und sich mit herablassendem Grinsen als Sam vorgestellt hatte, hatte sie einen Klumpen im Bauch gespürt. Trude musterte den mindestens zwanzig Jahre jüngeren Mann, als
er sich das Zimmer anschaute. Sie beschloss in diesem Moment, ihn am nächsten Morgen unter einem Vorwand wieder
wegzuschicken. Vielleicht wäre es nicht so weit gekommen,
wenn andere Gäste im Haus gewesen wären. Es war ein Glück,
dass sie, nachdem sie mit Sam den Preis geregelt hatte, Serge
angerufen hatte, um das Treffen vom kommenden Sonntag zu
besprechen. Serge berichtete später, dass er am Klang ihrer
Stimme erkannte, dass etwas nicht in Ordnung war. Wie er

zwei Stunden später unangekündigt auftauchte, fand er seine Mutter bewusstlos in der Küche vor. Sie lag gefesselt und geknebelt auf den Holzdielen.

Trude hätte sich und Serge gerne die Details erspart. Doch sie musste dem Inspektor den Tathergang genau schildern. Eine Weile, nachdem der unerfreuliche Gast auf seinem Zimmer gewesen war, trat er zu der Hausherrin in die Küche mit dem Vorwand, Durst zu haben. Als Trude ihm Wasser reichte, schlug der Mann ihr das Glas aus der Hand, packte sie grob an den Handgelenken, stopfte ihr das in Armeslänge hängende Geschirrtuch in den Mund, um ihr Schreien im Keim zu ersticken. In Panik schlug Trude um sich, versuchte sich dem harten Griff des Mannes zu entziehen und zu flüchten. Doch dieser drückte sie mit dem Einsatz seines ganzen Körpers an die Anrichte und stieß sein Knie zwischen ihre Beine. Aus dieser Blockade war es ihr unmöglich, sich frei zu strampeln.

Trudes Herz hämmerte wild, sie war unfähig einen klaren Gedanken zu fassen und sich zu kontrollieren. Sie spürte warmen Urin ihr Bein hinunterrinnen und die Jeans des Peinigers nässen. Dies brachte ihn in Rage. Er packte Trudes Haar und riss ihren Kopf nach hinten, damit sie ihm direkt in seine vor Wut und Macht geweiteten Pupillen blicken musste. Trude begriff voller Entsetzen, dass sie keine Chance hatte. Sie war ihm völlig ausgeliefert. Der Kerl presste seinen Mund, aus dem schlechter Atem und Biergeruch drangen, auf Trudes Lippen. Er drängte seine wabernde Zunge durch ihre Zähne. Brechreiz würgte sie im Hals und sie wünschte sich, sie wäre in diesem

Moment ohnmächtig geworden. Doch sie musste über sich ergehen lassen, wie der Kerl sie mit der linken Hand am Schopf festhielt und mit der freien rechten Hand an seinem Gürtel nestelte, seine Hosen aufknöpfte und mit roher Erregung in sie eindrang, nachdem er ihren Schlüpfer unter dem karierten Baumwollrock mit Gewalt weggerissen hatte. Der Schmerz in der Scheide brannte höllisch. Schlimmer war jedoch die Demütigung. Als er nach wenigen Stößen kam und endlich von ihr abließ, begann sie heftig zu zittern und sackte mit dem Rücken an der Anrichte entlang auf den Boden. Tränen traten ihr in die Augen und sie sah durch einen Schleier, wie der Gewalttäter die Telefonschnur aus der Fassung riss, wieder auf sie zutrat und ihre Hände zusammenschnürte. Danach verpasste er ihr mit der flachen Hand einen Schlag ins Gesicht. Trude prallte mit dem Hinterkopf an einen Knauf des Möbels und wurde bewusstlos.

Sie bekam nicht mit, wie der Schurke das Haus nach Wertsachen durchwühlte und sich mit dem Bargeld und Schmuck in ihrem Wagen davon machte. Einen Tag nach der Fahndung wurde der Mann auf dem Weg Richtung Süden in Katherine gefasst. Im Auto fand die Polizei Diebesgut von weiteren Einbrüchen.

In den ersten Wochen war sie nicht imstande, alleine im Haus zu schlafen. Serges Familie beherbergte die Mutter. Später flog Annie mit den Kindern ein und leistete ihr Gesellschaft. Dank Meilin, die sich nur zu gerne Nacht für Nacht an Trudys Bauch im großen Bett kuschelte, überwand Trude allmählich die Angstattacken, die sie im Schlaf heimsuchten. Zwei Monate nach dem Übergriff erwachte Trude eines Morgens mit der Klarheit, dass sie das Haus verkaufen wollte. Annie wollte sie nach wie vor nicht in Brisbane um sich haben. Bei Serge war sie zwar willkommen, doch Trude konnte sich nicht vorstellen im Outback auf einer abgelegenen Farm zu leben. Sie liebte das Meer und die Möglichkeiten einer Stadt. Dies führte dazu, dass sie sich vom Erlös des Hauses eine kleine Wohnung in Rapid Creek erstand.

Trude nahm den Umzug zum Anlass, sich von allem zu trennen. Die Kinder verzichteten auf die schweren Eichenmöbel aus Europa. Trude verschenkte, was sie nicht verkaufen konnte, an die Heilsarmee. Nie hätte es Trude für möglich gehalten, wie befreiend es war, sich von materiellem Ballast zu entledigen. Mit der physischen Entrümpelung verabschiedete sie sich in Würde von vierzig Jahren Lebenszeit, die von Ehe, Trauer, Mutterschaft und Arbeit geprägt waren. Immer stand das Wohl anderer im Vordergrund. Jetzt war ihre Zeit angebrochen.

Die neue Wohnung lag im dritten Stock einer neuen Überbauung. Trude richtete sie ganz im Stil der frühen Siebziger schlicht und zweckmäßig ein. Die Nasszellen waren mit modischen orangenfarbenen Blumenmustern gefliest. Abgesehen von einem Büchergestell, in das sie ihre literarischen Schätze griffbereit verstaute, ließ sie die Wände frei von Bildern und hängte keine Gardinen an die Fenster. Sie wollte sich den Blick aufs Meer zu jeder Zeit frei halten. Die direkte Lage an der Klippe war der größte Gewinn, den sie nicht mehr missen mochte. So erniedrigend die Vergewaltigung gewesen war – rückblickend war es der nötige Tritt in den Hintern, der sie in Bewegung setzte.

Trude lächelte, trank den letzten Schluck Kaffee, stand auf und trat zur metallenen Brüstung. Sie breitete ihre Arme wie Flügel aus, atmete die warme Morgenluft ein und sprach zu sich, zur Brandung und zu den Sternen als stellvertretende Anwesende der Schöpfung: *„Hey, danke da draußen, dass es immer irgendwie wieder gut kommt!"*

Sie hatte noch eine Stunde, bis Pekeri sie abholen würde. Die persönlichen Sachen, wie Ersatzwäsche, Hygieneartikel, Schreibzeug, hatte sie am Vortag schon in den Rucksack gepackt. Für Wasser, Zelte, Schlafsäcke und Moskitonetze war Pekeri zuständig. Ebenso wie für die Wartung und Betankung des Geländefahrzeuges. Thondosen, Brot, Nüsse, Trockenfrüchte, Kekse lagerten in der Essenskiste. Sie musste sich sputen, für die acht Passagiere Sandwiches zu streichen und frisches Obst in Rationen abzupacken. Um in die Gänge zu kommen, drehte sie das Transistorradio an, das auf das Anrichte stand. Es war das einzige Gerät in der Küche. Annies Küche war mit Toaster, elektrischem Messer, Aufschnittmaschine, Rührgerät, Sandwichmaker und weiteren Apparaten ausgestattet. Trude hielt nicht viel von diesen sperrigen Maschinen und schnitt das Brot nach wie vor lieber von Hand.

„Good morning, Darwin! In wenigen Minuten ist es fünf Uhr, Larry bringt euch gleich News aus aller Welt. Doch zuvor ein Blick auf das Wetter: Es erwarten euch heute und in den

kommenden Tagen heiße 35 Grad und keine Niederschläge.
Ideale Bedingungen, Leute, um nach der Arbeit Freunde zu
einem kühlen Bier und einem schönen Barbecue zu treffen! Bis
zu den Nachrichten spiele ich euch einen hübschen Song von
Barbra Streisand!"

Trudes Nackenhaare stellten sich auf, als sie die ersten Töne
der Melodie hörte. Als die Sängerin *My funny Valentine* anstimmte, musste Trude Buttermesser und die Brotscheibe, die
sie in der Hand hielt, auf die Anrichte legen und sich auf der
Arbeitsplatte abstützen. Es passierte immer unerwartet. Als
würde er sich einen Spaß daraus machen, Trude zu überraschen. Mit dem Lied aus dem Radio strich Valentin wie ein
Schatten an ihr vorbei, liebkoste sie kurz hinterm Ohr und bescherte ihr eine Gänsehaut.

„Ich habe dich nicht vergessen, Liebster!", sprach Trude in
die leere Küche und in Gedanken jedoch an Valentin gerichtet.
„Wie könnte ich!" Nach einer Pause fuhr sie fort: *„Geht es dir*
gut, da, wo du bist? Schaust du mir gerade beim Broteschmie-
ren zu? Hast du Ferkel mich soeben bis zum Klo begleitet?"
Bei dieser Vorstellung musste Trude kichern. Was hatte sie
denn schon vor ihm zu verbergen!

Trude nahm ihre Arbeit wieder auf, beschmierte die letzten
Brote mit Butter, die, kaum aus dem Kühlschrank genom-
men, sogar bei den milden Morgentemperaturen streichzart
geworden war. Sie entfernte die äußeren welken Blätter vom
Salat, schnitt die gesunden klein und wusch sie unter dem
Wasserstrahl. Während Trude die Brote mit Käse, Schinken,

Salat und Tomaten belegte, wandte sie sich wieder in Gedanken Valentin zu: „*Findest du nicht auch, dass ich mich ganz gut durchgeschlagen habe? Ich musste ja einfach ohne dich! Schau mich an, jetzt bin ich zweiundsechzig, die steifen Gelenke machen mir zu schaffen, die weißen Strähnen werden immer mehr und die Haut ist übersät von Flecken. Dir stehen graue Haare bestimmt gut! Du würdest wahrscheinlich auch heute noch bewundernde Blicke von Frauen bekommen ... Ich frage mich manchmal, was du von der Liebelei mit Mikhail gehalten hast. Ich mag euch nicht vergleichen und hoffe, du erwartest von mir nicht Reue. Mikhail hat mich wie eine Lady behandelt. Das habe ich ausgekostet.*"

Trude hielt einen Moment inne und führte dann den Monolog weiter: „*Die kleine Meilin ist der Mensch nach dir, dem ich mich am nächsten fühle. Sie ist ein Geschenk. Sie erinnert mich an meine großen Träume, an die Kraft eines unbändigen Lebenswillens. Ich liebe sie sehr und hätte sie gerne jeden Tag um mich, weil ich mich in ihrer Gegenwart wohlfühle. So wie mit dir damals. Natürlich mag ich die anderen Enkel und anderen Kinder auch. Mir fällt es schwer, zuzugeben, dass ich Malcolm nicht mag und kann es Annie nicht verübeln, dass sie mich nicht bei sich haben möchte. Ich möchte auch nicht Annies wegen nach Brisbane. Nur wegen Meilin. Das bleibt bitte unter uns, ja! Ich wünschte mir so sehr, ich könnte mich mit dir wie früher unterhalten! Ich könnte dir alles anvertrauen und du würdest mir sagen, was du davon hältst. Das ist das Einzige, was ich vermisse: einen Partner auf Augenhöhe, jemand, der mir zuhört und Antwort gibt. Seit wir in Australien*

sind, ist es mir nicht gelungen, mit anderen Frauen Freund-
schaften zu knüpfen. Als hätte ich meine Gabe, unbeschwert
mit Freundinnen umzugehen, in Europa zurückgelassen. Ist
das nicht seltsam? Mir fällt erst jetzt im Rückblick auf, dass
ich, seit wir immigriert sind, eine einsame Kriegerin bin. Vier-
zig Jahre lang! Das ist bedenklich. Die einzige Frau außer-
halb der Familie, die mir wirklich etwas bedeutet hatte, seit
wir nach Australien immigriert sind, war Bakana. Doch auch
zu ihr habe ich nach dem Krieg den Kontakt verloren, nach-
dem wir sie im Outback bei ihrem Clan zurückgelassen haben.
Es ist ein Glück, dass ich Pekeri nach so langer Zeit für die
Touristenreisen habe gewinnen können. Ohne seine Hilfe und
Beziehungen zu den Ältesten im Reservat hätte ich die Touren
nie zum Erfolg bringen können!"

Trude riss sich aus ihrem inneren Dialog mit Valentin und blickte auf die Uhr. Diese zeigte, dass noch dreißig Minuten Zeit war. Sorgsam packte Trude die Brote in Papiertüten, während sie heißes Wasser aufsetzte, um Kaffee in zwei Thermoskannen aufzubrühen. Danach holte sie Avocados und Mangos und den Blechkuchen, den sie am Vortag gebacken hatte aus dem Kühlschrank und legte alles in die gelbe Kühlbox. Als beim Schließen des Plastikdeckels die Luft entwich, ertönte ein gedämpftes Pfeifen. Jetzt legte Trude Tempo zu und beseitigte alle Essensreste aus der Küche und stellte den Abfall vor der Türe bereit, um ihn beim Heruntergehen in die Tonne zu schmeißen. Sie hatte es einmal vergessen und bei der Rückkehr eine Armada von Ameisen in der ganzen Wohnung vorgefunden. Noch einmal sollte ihr das nicht passieren.

Unter der Dusche vertrieb das kalte Wasser die letzte Müdigkeit aus Trudes Knochen. Sie seifte sich ein, fuhr mit den Händen über den Körper, betrachtete von oben die grauen Schamhaare, hob ihre schlaffen Brüste an, die wie zwei schrumpelige Äpfel im Einkaufsnetz hingen, und überließ sie wieder der Schwerkraft.

„Würdest du mich heute noch begehren, Valentin? Ich wäre gerne mit dir alt geworden! Wie früher würden wir unsere Körper erforschen und uns gegenseitig beim Schrumpfen zusehen. Ich bin sicher, wir wären zwei schrullige alte Narren geworden! Ich vermisse dich so sehr!"

Als Trude sich mit dem Frottiertuch abtrocknete, stieg plötzlich ein seltsamer Gedanke auf, den sie nicht einordnen konnte, als ob er nicht von ihr selber stammen würde und doch aus ihrem Inneren sprach: *„Ubirr, auf dem Felsen, heute um Mitternacht."*

Pünktlich um sechs hupte Pekeri unten im Hof als Zeichen des Aufbruchs. Trude hatte ihn schon mehrmals gebeten, das Hupen zu dieser frühen Stunde zu unterlassen, damit sie mit den Nachbarn keinen Ärger bekam. Doch er ließ es sich einfach nicht nehmen. Schnell war alles im Geländewagen verstaut und sie trafen zur vereinbarten Zeit beim Treffpunkt ein. Alle Ausflügler standen schon bereit. Trude deutete dies als ein gutes Zeichen. Wenn sich von Anfang an alle an Vereinbarungen hielten, verlief die Tour in der Regel geschmeidig und erfreulich. Trude schenkte dampfenden Kaffee aus. Pekeri gab jedem die Hand, wies ihnen den Ort für das Gepäck und ihre Sitzplätze zu. Es herrschte eine fröhliche, aufgeräumte Stimmung. Die Müdigkeit war aus den verschlafenen Gesichtern gewichen. Zwei Frauen aus England, ein Paar aus Deutschland, ein Franzose und ein Australier aus dem Süden bildeten die Reisegruppe. Trude mahnte zum Aufbruch. Vier Stunden Autofahrt bis zum Park lagen vor ihnen, die sie vor Einbruch der Tageshitze hinter sich bringen sollten.

Die mehrtätigen Führungen waren Trudes Hauptbeschäftigung geworden. Sie liebte es und ging ganz in der Aufgabe als Guide auf. Besonders mochte sie, Menschen aus aller Welt an die Naturschönheiten und in die Ruhe der heiligen Stätten zu führen, durch das Gelände zu wandern und unter freiem Sternenhimmel zu schlafen.

Der Preis dafür war die lange Autofahrt von Darwin zum *Kakadu-Nationalpark*. Das monotone Fahren auf endlosen, staubigen Straßen war beschwerlich. Die Schlaglöcher setzten dem Geländefahrzeug, einem alten Bus, den sie der Army abgekauft hatte, jedes Mal zu. Nach ihrer Meinung täte die Regierung besser daran, die Zufahrt zum *Kakadu-Park* zu teeren, statt nach jeder Regenzeit die Löcher auszubessern.

Der Schreck der letzten Tour saß ihr noch im Nacken. Die Radachse war gebrochen, weil sie für einen klitzekleinen Moment unaufmerksam gewesen war, als sie auf das vorbeihuschende Wallaby gezeigt hatte, die Senke in der Straße übersehen hatte und mit Vollfahrt hineingeschossen und steckengeblieben war. Geschlagene vier Stunden hatte sie mit ihren Gästen auf der gottverlassenen Strecke ausharren müssen, bis ein anderes Gefährt sie aufgabelte. Der Ausfall der Einnahmen, das Abschleppen und die Reparatur des alten Militärwagens hatte sie ein Monatseinkommen gekostet. Nach diesem Vorfall hatte sie beschlossen, sich nicht mehr selber ans Steuer zu setzen. Auf einer Tour gab es immer einen, der unablässig Fragen stellte, mit den Fingern herumfuchtelte, während der Fahrt aufstand, um zu fotografieren, sofortiges Anhalten forderte, um zu pinkeln oder sich zu erbrechen.

Trude hatte einen guten Riecher zur richtigen Zeit. Ihr kam die zündende Idee der Touren, nachdem die Zeitungen wiederholt vom Frevel an alten Felsmalereien berichteten. Die Ausgangslage war, dass Darwin den Touristenboom verschlafen hatte. Während in anderen Städten Australiens Angebote für Touristen aus dem Boden schossen, erwachte Darwin kaum aus dem Dornröschenschlaf. Die Viehtreiber waren nicht gewappnet für die immer größer werdenden Touristenströme, die die Attraktionen der Northern Territories aufsuchten.

Den *Kakadu-* und der *Litchfield-Nationalpark*, die heiligen Stätten der Aborigines, suchten Urlauber auf eigene Faust auf. Leider entwürdigten die Unkundigen heilige Felsen, beschmierten jahrtausendealte Malereien und hinterließen Müllberge. Dies erzürnte die Aborigines, die Hüter der Gegend, die die Besucher unzimperlich verscheuchten oder bedrohten. Unvorsichtige Abenteurer unterschätzten das Gelände, blieben im Sumpfgebiet mit dem Gefährt stecken. In fünf Jahren wurden drei kühne Personen, die im falschen Gewässer badeten, von Krokodilen gefressen.

Nach dem Umzug in die Wohnung, begann sich Trude bald zu langweilen. Mit den Ersparnissen und dem Erlös des Hauses hätte sie sich wahrscheinlich irgendwie durchbringen können. Aber für Trude war klar, dass es sie nicht erfüllte, nur auf dem Balkon zu sitzen und sich am Meer zu ergötzen. In Trude reifte die Idee heran, mit ihren Sprachkenntnissen etwas für Touristen anzubieten. Es fehlte ihr jedoch etwas, um richtig in die Tatkraft zu kommen. Einmal fuhr sie in ihrem Wagen ziellos durch die Gegend und ließ sich treiben. Der Weg durchs Umland von Darwin führte an verbrannter Erde und kokelnden Bäumen vorbei. Trude hielt an und beobachtete, wie Ureinwohner Unterholz anzündeten und dieses mit ihren eigentümlichen, kehligen Gesängen beschworen. Trude wusste aus Berichten, dass Aborigines aus jahrtausendealter Tradition kontrollierte Feuer legten. Die aufgescheuchten Tiere waren für die Jäger einfacher zu erlegen. Das Abfackeln von dürren Ästen und Laub nach der Regenzeit half aber auch, verheerendere Buschbrände zu verhindern, und diente der Hygiene des Outbacks. Kranke Tiere und Gehölz verbrannten und aus der schwarzen Erde wuchsen gesunde Pflanzen erstarkt in frischem Grün heran.

Auf dem Ausflug kam ihr die zündende Idee: Aborigines, die ersten Bewohner des Landes, sollten ihr Territorium den Touristen zeigen, nicht Weiße, die von den Traditionen wenig

Ahnung hatten. Es kam nur ein Mann als Partner in Frage: Pekeri. Er, der sich in beiden Kulturen auskannte, der mit seiner Frau seit Jahren in einer Stadtwohnung lebte, der seine Kinder in die Staatsschule schickte, perfektes Englisch sprach und mit seiner fröhlichen, gewinnenden Art jeden Griesgram aus der Reserve lockte. Der Aborigine, der seit Kindertagen ein treuer Freund von Serge geblieben war, hatte sich die guten Beziehungen zu verschiedenen Clans erhalten. Pekeri war ein Tänzer zwischen den Kulturen. Trude hatte recht bekommen. Die weißen Reisenden hatten Vertrauen zu ihr und Pekeri. Die Clanältesten sahen, wie die neuen Touristen respektvoller mit ihren geweihten Plätzen umgingen und wurden versöhnlicher. Die Touren wurden ein Erfolg.

Darwin hatten sie schnell hinter sich gelassen. Pekeri hielt das Steuer sicher und entspannt. Der Kleinbus rollte ruhiger, seit er überholt wurde. Der Motor schnurrte, die Landschaft zog an den Fenstern vorbei. Langsam dämmerte es, die Konturen der Bäume und vereinzelten Häuser hoben sich nun deutlicher vom Nachthimmel ab. Und je mehr sie in den Morgen hineinfuhren, desto mehr Farben tauchten auf. Der Himmel begann sich rosa zu färben, die Büsche erwachten in einem Blassgrün, die Straße aus planierter Erde rollte sich in einem sanften Ocker vor ihnen wie ein Teppich aus.

Pekeri hatte auf den ersten Touren, kaum hatten sie Fahrt aufgenommen, aus Freude an seiner neuen Aufgabe die Neulinge mit Informationen zugebuttert. Trude hatte ihn darauf aufmerksam gemacht, dass er den Menschen Zeit lassen sollte.

Die Reisenden waren in den frühen Morgenstunden meist noch scheu oder zu verschlafen, um etwas aufzunehmen und Gespräche mit den Mitreisenden zu führen. Manch einer schloss noch einmal die Augen, die meisten schauten verträumt oder erwartungsvoll aus dem Fenster auf die vorbeiziehende Landschaft, um sich auf das Abenteuer einzustimmen.

Trude nutzte diese Zeit, um die Gästeliste noch einmal durchzugehen und sich die Personen, mit denen sie die nächsten vier Tage verbringen würde und die sich ihrer und Pekeris Obhut anvertrauten, anhand der ausgefüllten Informationen einzuprägen. Die beiden Frauen aus England, Dorothy und Samantha, waren Studentinnen, wirkten neugierig und aufgeschlossen. Der Franzose war Mitte dreißig, hatte seinen Kopf an die Fensterscheibe gelehnt und die Augen geschlossen. Er trug einen Schnauzbart, lange Koteletten und schulterlanges Haar. Von Beruf war er Gymnasiallehrer. Trude stellte sich vor, dass er von seinen Schülerinnen bestimmt angehimmelt wurde. Simon strahlte eine natürliche Schüchternheit aus, die auf gewisse Frauen anziehend wirkte. Ganz anders trat der Australier, gleich alt wie der Franzose, auf. Tony hatte kurz geschorene Haare, die Muskeln spannten sich unter seinem Hemd. Er diente in Darwin bei der Marine und nutzte seinen Urlaub für einen Kulturbesuch im Nationalpark. Beide Männer waren unverheiratet. Das deutsche Paar war um die siebzig. Florian und Ute lebten in Berlin und reisten seit der Pensionierung um die Welt. Sie schienen gut betucht zu sein, was Trude an der akkuraten Kleidung und der feudalen Ausstattung des Gepäckes erkannte.

Es gab eine Kaffeepause auf der fünfstündigen Fahrt. Die Reisenden vertraten sich die Beine, verschwanden ins Gebüsch oder stellten – allmählich in die Gänge gekommen – den Reiseleitern Fragen zu Fauna und Flora. Es war gegen zehn Uhr morgens bereits beachtlich warm und die Hitze trieb den Touristen den Schweiß aus den Poren. Trude legte allen ans Herz, stetig und ausreichend zu trinken. Sie hatte genügend Wasser mitgeführt, das jeder in mitgebrachte Feldflaschen abfüllen konnte. Das Thermometer würde bis zum Mittag 35 Grad erreichen.

In Jabiru, der kleinen Stadt inmitten des Reservats, machten sie einen weiteren Halt. Die Aborigines, die im Gelände wohnten, erkannten schnell, dass mit den Touristen Geschäfte gemacht werden konnten. Kunstbilder, Korbwaren und Didgeridoos waren beliebte Andenken, die zu Hause als Trophäen gerne gezeigt wurden. Trude begleitete ihre Gruppe zu den Künstlern. Sie wusste aus eigener Erfahrung, dass es Überwindung brauchte, sich der fremden Kultur zu nähern.

Wer sich plötzlich von mehreren dunkelhäutigen Menschen, die unverständliche kehlige Laute von sich gaben, umzingelt fühlte, brauchte Beistand oder Zeit, die Befangenheit abzulegen. Einige Urbewohner sprachen gebrochenes Englisch. Wenn etwas nicht verstanden wurde, sprang Pekeri als Übersetzer ein. Simon versuchte einem Didgeridoo unter Anleitung eines Aborigines Töne zu entlocken. Es kamen nur seltsame, dem Furzen ähnliche Geräusche zustande. Unermüdlich spuckte und presste der französische Lehrer Luft in das hölzerne Rohr, übte sich in zirkulärer Atmung, bis ihm die geröteten Augäpfel vor Anstrengung aus den Augen traten. Er nahm nicht zur Kenntnis, dass sich alle die Bäuche hielten vor Lachen. Dorothy und Samantha erwarben ockerfarbene Bilder mit Tiermotiven. Tony wurde stolzer Besitzer einer Gürtelscheide aus Krokodilleder für sein Jagdmesser. Ute und Florian konnten sich für nichts entscheiden und Simon kaufte das Didgeridoo, um weiter zu üben.

Um die Mittagszeit erreichten sie die *Jim-Jim-Wasserfälle*. Pekeri parkte das Fahrzeug unter einer Baumgruppe. Die Männer und Frauen stiegen aus, streckten ihre Glieder, zückten sofort Sonnenbrillen und Hüte, rieben sich Sonnencreme auf Gesicht und Arme, um sich vor der gleißenden Sonne zu schützen. Ute zückte eine Sprühdose aus ihrer Safaritasche und versprühte großzügig Insektenspray in der Runde, obwohl noch keine einzige Mücke oder Fliege zu hören war. Nach einem kleinen Fußmarsch erreichten sie den Billabong mit den Fällen. Die erste Destination hatte sich bewährt, die überhitzten Körper zu kühlen und die Reisenden mit dem schönen Naturspektakel im Wildpark willkommen zu heißen.

Ohne zu zögern, tauschten die Engländerinnen hinter einem Busch ihre Kleider gegen Badeanzüge und stürzten sich mit Wonne in das kühle Nass. Die Männer folgten dem Beispiel der jungen Frauen. Der Australier inszenierte sein gebräuntes Sixpack, während er barfuß auf den Felsen balancierte. Erst als er sich den Blicken der Frauen gewiss war, stürzte Tony mit einem Delfinsprung in den See. Simon zog es vor, seine blasse Haut vor der Sonne zu schützen, und behielt sein Unterhemd an. Auch er genoss die Abkühlung mit wohligen Lauten und Schwimmzügen. Während die vier ausgelassen planschten, den kleinen See schwimmend erkundeten, von Felsen ins Nass stürzten und sich unter den Wasserfällen duschten, blieb das deutsche Paar im Schatten eines Felsvorsprungs sitzen. Sie löcherten Pekeri und Trude mit Fragen zur Sicherheit des Gewässers, zu den Dimensionen des Parks und zum Zusammenleben der Weißen mit den Urbewohnern in der modernen Zeit. Geduldig gingen die beiden Reiseführer auf die Deutschen ein, während sie den Lunch auf einer großen Picknickdecke vorbereiteten.

Bis zum Endziel, dem Platz, wo sie die Zelte für zwei Nächte aufschlagen wollten, mussten sich die Reisenden noch einmal in den überhitzten Bus setzen und zwei Stunden Fahrt in Kauf nehmen. Widerwillig kamen die Jungen der Aufforderung nach, die sich durchaus vorstellen konnten, bei den Jim-Jim-Fällen zu campieren. Sie waren sich näher gekommen. Das ältere Paar hatte jedoch nichts dagegen einzuwenden, weiterzufahren. Für ihren Geschmack war jetzt schon genug geplänkelt und geplanscht. Wegen der Felsmalereien am Ubirr waren sie schließlich auf die Tour gekommen.

Es dämmerte bereits, als sie ankamen. Die Nacht brach sehr schnell herein. Deshalb packten alle mit an, die Kisten aus dem Kleinlaster abzuladen. Pekeri bestimmte die Zeltplätze und die Anordnung. Tony rammte die Heringe in den sandig-trockenen Boden. Dank seiner sachkundigen Hilfe waren die fünf Zelte aus alten Armeebeständen im Nu sternförmig aufgebaut. Trude verteilte die Schlafsäcke und wies die Nachtplätze zu, während Pekeri eine Feuerstelle in der Mitte im Sicherheitsabstand installierte, Holz sammelte und ein Lagerfeuer entfachte.

Die Linsenmahlzeit aus dem Kessel schmeckte allen vorzüglich. Die Engländerinnen tuschelten und kicherten unentwegt. Tony versuchte mit witzigen Sprüchen, gute Laune zu verbreiten, aber auch den Mädchen zu imponieren, was unschwer zu durchschauen war. Sie schienen sich nicht für Pekeris Einführung in die Fauna des Parks zu interessieren. Nur Simon und das deutsche Paar lauschten aufmerksam, woran giftige Schlangen und Spinnen zu erkennen waren und wie man sich im Busch bewegen sollte.

Aus Pekeris Schilderungen sprach tiefe Verbundenheit mit seinen Wurzeln. Obwohl er nicht aus der Gegend des Kakadus stammte, wusste er viel über die geweihten Felsen zu erzählen, die mit unzähligen jahrtausendalten Felsmalereien von der Traumzeit der Aborigines zeugten. Die Besichtigung der Malereien und eine Wanderung im heiligen Gelände waren am nächsten Tag geplant. Der Aborigine berichtete bedrückt von den kürzlich entdeckten Uranvorkommnissen im Gebiet. Die Regierung plante, Minen anzulegen und den kostbaren Rohstoff abzubauen. Dies bedeutete, dass die Clans umgesiedelt werden mussten und die heiligen Stätten womöglich unwiderrufbar zerstört würden.

„Jeder Eingriff in Mutter Erde, rächt sich früher oder später. Wir Aborigines verstehen uns als ein Teil der Erde. Das Land gehört uns nicht und niemand darf sich bereichern. Die

Ahnen werden das nicht zulassen", sprach Pekeri nachdenklich und strich mit den Händen über den Sand, auf dem er im Schneidersitz saß. *„Ihr werdet heute Nacht spüren, dass wir an einem geweihten Ort sind. Es wird uns nichts passieren, ich habe die Ahnen gebeten, uns vor gefährlichen Tieren und bösen Geistern zu beschützen. Aber ihr werdet tiefe Träume haben und Visionen empfangen. Ihr werdet die Sterne flüstern, die Bäume summen und die Erde unter eurem Rücken atmen hören. Hier ist das Tor zur anderen Welt weit offen. "*

Die letzten Worte hatten nun auch die Engländerinnen erreicht, die sich mit entgeisterten Augen anschauten. Eine leise Furcht war in ihren Augen zu erkennen. Tony erkannte dies und bot an, bei den beiden im Zelt zu schlafen. Trude schmunzelte. Dass sich der Australier an die jungen Frauen heranmachen würde, war abzusehen. Doch die Engländerinnen winkten dankend ab. Sie kämen schon klar zu zweit. Tony musste also bei Simon oder Pekeri schlafen. Trude beanspruchte für sich ein eigenes Zelt. Dies brauchte sie, um sich während der verantwortungsvollen Tour nachts regenerieren zu können.

Müdigkeit machte so langsam die Runde. Ute und Florian verzogen sich in ihr Zelt. Bald darauf folgten Dorothy und Samantha ihrem Beispiel. Simon brach für einen Nachtspaziergang durchs Gelände auf. Bald war nur noch der bei jedem Schritt auf und ab tanzende Schein seiner Taschenlampe zu sehen.

Auch Trude erhob sich. Sie kannte das Ubirrgelände mittlerweile wie ihre Hosentasche. Sie zog es vor, sich bei der Orientierung nur auf das Licht der Sterne und der Mondsichel und auf ihren sicheren Tastsinn zu verlassen. Sie hatte eine Verabredung um Mitternacht. Es war am Morgen nur eine Eingebung gewesen. Doch Trude spürte einen starken Drang, dieser nachzugeben und sich jetzt aufzumachen zum Felsplateau. Trude wünschte Pekeri und Tony, die noch die Glut des Feuers bewachten, eine gute Nacht.

Bevor sie aufbrach, schnürte sich Trude die Schuhe fest, füllte ihre Feldflasche mit Wasser und holte sich aus ihrem Zelt ihren Stecken. Auf einer der ersten gemeinsamen Wanderungen hatte ein Ast eines Eukalyptusbaumes Pekeri den Weg versperrt. Er hatte ihn kurzerhand mit der Machete abgeschnitten und ihn Trude als Wegbegleiter und Beschützer überreicht: *„ Geh mit der Haltung eines Gastes über die Erde. Kündige mit dem Stock deine Ankunft und gute Gesinnung an. Die Schlangen werden durch die Erschütterung weichen. Und die Geister werden mit dir sein. "*

An den abendlichen Lagerfeuern machte es sich Pekeri zum Zeitvertreib, Ornamente in das Holz zu schnitzen. Aus dem einfachen Ast war ein wahres Kunststück geworden. Trude hütete den Stab wie einen Talisman. Er verströmte auch nach Jahren noch einen sanften Duft von Eukalyptus, der sich auf ihre Hände übertrug. Und immer, wenn sie daran schnupperte, klärte das ätherische Öl ihren Kopf.

Der Ubirr war ein riesiges Felsplateau aus Sandsteinschichten und konnte leicht zu Fuß über verschiedene kleinere Steinformationen in Stufen erreicht werden. Wie ein überdimensionales Monument zeichnete es sich schwarz vor Trudes Augen und dem nachtblauen Himmel ab. Die Schichten waren deutlich als Falten zu erkennen. Trude kletterte trittsicher über das Gestein. An manchen Stellen war die Höhendifferenz zwischen zwei Felsbrocken so groß, dass sich Trude mit Hilfe der Hände hochzog. An anderen Passagen waren überhängende Felsen so tief, dass Trude den Kopf einziehen musste.

Ein sanfter Nachtwind zog auf, je höher Trude stieg. In den Felsen war immer noch die Hitze des Tages gespcichert und strahlte angenehm warm ab. Bei diesen Temperaturen war es ein Genuss, zu klettern und sich emporzuschwingen. Trude fühlte sich leichtfüßig und freudig erregt im Wissen um die Aussicht, die sie oben erwartete.

Oben angelangt schritt Trude die letzten Meter bis zur Krete des Plateaus und ließ sich ihren vom schnellen Aufstieg beschleunigten Atem mit offenem Mund beruhigen. Die Sterne waren zum Greifen nah, die Weite des Nadab-Sumpfgebietes erstreckte sich in der Ebene und schimmerte in silbernem Nachtgrün. Ein Creek zeichnete sich wie die Spur einer Schlange schwarz ab. Majestätisch und erhaben fühlte sich Trude hoch oben über der scheinbar horizontlosen Talebene. Sie atmete tief ein und aus, um diesen Moment ganz in sich aufzunehmen. Abgesehen von vereinzelten Tierstimmen, die aus der Tallandschaft heraufdrangen, war es völlig still. Die Schöpfung schien zu ruhen.

Nachdem sich Trude an der Weite satt gesehen hatte, legte sie sich mit ausgestreckten Gliedern auf den warmen Felsen. Einen kurzen Augenblick bedachte sie, dass sich Giftschlangen auch bis hier oben verirrten. Trude gab ihr ganzes Gewicht dem Gestein ab, richtete die Handflächen nach oben und blickte in den Sternenhimmel. Sie entspannte sich bei dem fatalistischen Gedanken: *„Wenn es denn sein soll! Ich kann mir keinen schöneren Ort zum Sterben vorstellen!"*

„Wo denkst du hin! Deine Zeit ist noch lange nicht abgelaufen!", vernahm Trude plötzlich eine Stimme. Im ersten Augenblick wähnte sie Simon in der Nähe. Doch als sie sich aufrichtete, traute sie ihren Augen nicht. Wie vom Blitz getroffen starrte Trude ihren verstorbenen Mann an, der real und lebendig wie ein Hologramm vor ihr erschienen war. Sie träumte nicht. Valentin kniete neben ihr und betrachtete sie voller Zärtlichkeit. Seine Haare waren angegraut, Fältchen durchzogen sein Gesicht, die Grübchen verrieten wie früher seinen Schalk. Trude stammelte: *„Redest du als Geist zu mir?"*

Valentins Stimme klang ruhig: *„Ich habe lange gewartet, um mich zu zeigen. Aber ich war immer in deiner Nähe, Liebste! Wir waren nie getrennt. Es war vorbestimmt, dass du den Weg mit den Kindern alleine gehst! Du hättest dich nie so entwickelt, wenn ich geblieben wäre. Ich darf nicht vorgreifen, du wirst zu seiner Zeit alles verstehen! Ich lernte durch meinen Tod und das Weiterleben in nicht stofflicher Form, die Körperlichkeit zu wertschätzen! Was für ein Geschenk wird uns Menschen auf der Erde gemacht! Was würde ich darum geben, deine Lippen zu kosten, über deine Haut zu streicheln, deinen Duft einzuatmen. Ich kann es nicht. Mir fehlen die Sinne. Ich spüre die Liebe als einen Strom zwischen unseren Herzen fließen. Aber ich kann dich nicht physisch berühren."*

Trude brannte eine Frage auf der Zunge: *„Wo ist Juri? Wie geht es ihm?"*

„Es geht ihm gut. Ich darf dir nicht verraten, wo er ist, damit er sich frei entwickeln kann. Wir hatten vereinbart, nur einen kurzen Weg gemeinsam zu gehen. Vertraue, dass alles seine Richtigkeit hat. Ich warte auf dich, bis deine Zeit gekommen ist. Denn ich möchte die nächste Lebensreise mit dir planen. Ich hoffe, du bist einverstanden!"

Trude lachte laut heraus: *„Ist das dein Ernst? Soll es so einfach sein: Wir setzen uns auf eine Wolke, breiten die Weltkarte vor uns auf und entscheiden, wohin die Reise gehen soll? Wir inkarnieren, werden als Baby in eine Familie geboren, wachsen auf, lernen einen Beruf und verabreden uns zu einem bestimmten Zeitpunkt an einem abgemachten Ort?"*

Valentin antwortete: *„Ja, so einfach ist das. Bei uns hat es auch geklappt. Wir haben uns für dieses Leben verabredet und uns gefunden. Hatten wir nicht eine großartige Zeit zusammen? Lies die Bücher, die du in New York gekauft hast noch einmal gründlich. Zwischen den Zeilen sprechen die alten Meister vom ewigen Lernen, von Wachstum und vom stetigen Wiederkehren."*

Nach einer kurzen Pause fügte er schmunzelnd an: *„Ich kann es kaum erwarten, mich in deinem warmen Schoß zu vergraben ... Abgesehen davon bist du die beste Weggefährtin, die ich mir vorstellen kann!"*

Trude verspürte einen heftigen Impuls, ihren Mann zu umarmen, und sagte es ihm.

„Erinnere dich zurück an eine unserer Umarmungen und du kommst dem Gefühl nahe. Anders ist es nicht möglich. Ich mache das oft, wenn mich die Sehnsucht nach dir fast verbrennt. Ich malt mir aus, wie wir in Leningrad in den eiseskalten Wintern unter die klamme Bettdecke gekrochen sind und unsere Körper aneinander wärmten."

Vor Trudes geistigem Auge tauchten lebendige Bilder auf. Sie sah sich mit Valentin als Frischverliebte in der Leningrader Wohnung turteln. Weitere Sequenzen aus ihrem gemeinsamen Leben sah sie vorbeiziehen: die erste Begegnung in der Tanz-kapelle, der erste Kuss, Valentin, wie er in der eisigen Kälte vor Olgas Stall auf Trude wartete, die Geburten der Kinder und die Überfahrt mit dem Dampfer. Es kam Trude vor, als wäre es erst kürzlich gewesen. Es wurde ihr warm ums Herz und gleichzeitig dachte sie bei sich, wie schnell ein halbes Leben verstrichen war.

„Bleibst du noch einen Moment bei mir oder verschwindest du gleich wieder?", fragte Trude.

„Ich besuche dich ab sofort öfter, wenn du willst. Lass uns jetzt den Sternenhimmel anschauen. Erzähl mir dabei von den Kindern!"

Trude legte sich, Valentins Einladung nachkommend, flach mit dem Rücken auf den Felsen und beobachtete, wie er es ihr gleichtat. Sein Körper war transparent und von einem schwachen Licht durchdrungen. Sie versuchte, Valentin an der Wange zu berühren, griff aber durch ihn hindurch und kam auf dem Stein zu stoppen. Das kam ihr unheimlich vor. Und dennoch gewöhnte sie sich schnell an die ungewöhnliche Begegnung. Auch wenn Valentins Körper nicht zu fassen war, ging von ihm eine Gegenwärtigkeit aus. Sie spürte das vertraute Wohlbefinden, eine pulsierende Wärme zwischen ihnen. Es machte mit der Zeit keinen Unterschied mehr, ob er einen Körper hatte oder nicht. Lange lagen die beiden da, tauschten sich über Gewesenes und Gegenwärtiges aus oder schwiegen.

Plötzlich wurde Trude vom Lichtkegel einer Taschenlampe geblendet und erkannte, dass sie wohl eingenickt sein musste. Blitzschnell fuhr sie herum, sah Valentin immer noch an ihrer Seite liegen. Er machte ihr mit dem Zeigefinger am Mund ein Zeichen. Simon leuchtete den ganzen Platz ab und sah Valentin nicht. Trude antwortete auf Simons Frage, was sie denn hier alleine im Dunkeln machte, die Männer hätten schon nach ihr gesucht: *„Ich habe die Sterne gezählt und muss dabei wohl eingenickt sein. Es ist alles in Ordnung. Geh schon voraus. Ich folge dir zurück ins Camp."*

Als Simon ein paar Schritte entfernt war, flüsterte sie Valentin zärtlich zu: *„Ich komme morgen wieder, Liebster!"*

„Hattest du was mit dem Franzosen auf dem Felsen, Trude? Du hast den verträumten Blick einer Frau, die eine schöne Nacht hatte!", bemerkte Pekeri am nächsten Morgen. Sie bereiteten gemeinsam das Frühstück für die anderen, die bald aus ihren Zelten kriechen würden und sich auf einen starken

Kaffee freuten. Trude war im Begriff, ein Holz ins Feuer nach-zulegen, während ihr Partner Speck und Eier in eine Pfanne schlug. Trude zog einen Moment in Erwägung, Pekeri einzu-weihen, entschied sich jedoch, die Begegnung vorerst für sich zu behalten. Sie hatte ausgezeichnet geschlafen und war mit einem glückseligen Gefühl erwacht. Trude zweifelte keinen Moment an ihrer Wahrnehmung. Sie hatte nicht geträumt. Va-lentins Gegenwart so neu zu erleben, gab ihrem Leben mit einem Schlag eine neue Dimension.

„Nein, was denkst du!", antwortete Trude forsch. *„Ich lasse mich doch nicht mit Kunden ein, das weißt du doch! Ich hat-te auf dem Felsen eine mystische Erfahrung, die mich sehr glücklich macht! Mehr möchte ich nicht erzählen."*

„No problem, Madam! Mir gefällt es, dich strahlen zu se-hen!", schloss Pekeri die Unterhaltung.

☙ … ❧

Drei Tage später verabschiedeten die Tourguides sechs Rei-sende in Hochstimmung vor dem Hotel Central in Darwin. Auf der langen Rückfahrt zur Stadt tauschten sie sich über das Erlebte aus. Sie waren sich einig, dass es die beste Tour war, die sie jemals erlebt hatten. Von den dreitausend Jahre alten Felsmalereien am ersten Tag schwärmten sie ebenso wie von der einzigartigen Felslandschaft.

Nachhaltig beeindruckt hatte vor allem die Männer die Schiffs-tour auf dem South Alligator River. Sie waren in einem kleinen

Motorboot, das mit Gittern an den Seiten gesichert war, den gelb-trüben Fluss entlanggetuckert. Das erste Krokodil, das unverhofft in Armeslänge neben ihnen aus dem seichten Wasser auftauchte und sein riesiges Maul aufsperrte, brachte die Passagiere zum Kreischen. Sich plötzlich den mörderischen Zähnen dieses Reptils ausgeliefert zu sehen, war purer Nervenkitzel. Pekeri beschwichtigte die Reisenden und erklärte, dass die Tiere nur auf Schall reagierten und dass niemand Angst zu haben brauchte, wenn man sich richtig verhalten würde. Um die einhundert Krokodile zählte die Reisegruppe am Ufer in der Sonne liegend und im seichten Wasser treibend bis zum Abend.

Die Wanderungen durch das felsige, buschige und abwechslungsreiche Gelände und die Begegnung mit Wallabys und Kängurus lobten die Ausflügler genauso. Am meisten schwärmte die Reisegruppe jedoch vom Campieren in der Wildnis unter der sicheren Obhut der Guides. Das war für alle eine einmalige Grenzerfahrung. An den abendlichen Lagerfeuern rückten sie näher zusammen und tauschten Geschichten aus. Florian entpuppte sich als brillanter Erzähler. Er war einfacher Soldat im Zweiten Weltkrieg gewesen. Seinen Schilderungen von der Front und der russischen Kriegsgefangenschaft folgten alle gebannt.

In der zweiten Nacht siedelte Tony ins Mädchenzelt und Samantha zu Simon ins Männerzelt. Als gäbe es keine Zeit zu verlieren. Die Mädchen erklärten, sie fühlten sich sicherer vor Schlangen und wilden Tieren und hätten nachts weniger Bange bei den unheimlichen Geräuschen aus dem Busch. Dass ihr

Gekicher und die lustvollen Laute aus den Zelten streckenweise alles andere übertönten, behielten die anderen unfreiwilligen Zuhörer für sich.

Auf der Heimfahrt saßen die Engländerinnen eng an ihre neuen Freunde gekuschelt. Aus guter Laune begannen sie zu singen. Tony und Simon zögerten erst, doch sie stimmten schließlich auch ins ausgelassene Singen ein. Zum Schluss trällerten alle im Bus Gospels, Hits von den Beatles und anderen Stars. Simon trug ein paar Chansons bei. Als die zwei Deutschen *Das Wandern ist des Müllers Lust* und *Die Gedanken sind frei* anstimmten, unterstützte sie Trude lauthals, die die Volkslieder noch kannte.

Trude holte ein paar Tage später die Fotos aus dem Entwicklungslabor. Nicht nur auf dem Abschiedsbild, das ein Passant vor dem Central von allen aufgenommen hatte, sondern auf allen Fotos, auf denen Trude abgelichtet war, ging ein Strahlen von ihr aus. Ein Foto berührte Trude besonders. Sie steckte es in ihre Brieftasche. Ute hatte den Schnappschuss von ihr bei der Rast am Billabong gemacht. Die beiden Frauen waren auf einem Felsvorsprung im Schatten zurückgeblieben, während sich die anderen im kühlen Wasser erfrischten. Trude lächelte auf dem Foto in die Richtung einer Baumgruppe. Bestimmt würde niemand außer ihr die luziden Konturen eines Mannes im dichten Grün der Buschpflanzen erkennen.

Trude war sich bewusst, dass ihre Eigensinnigkeit ihr Leben erschwerte. Vielleicht wäre es nicht zu diesem dummen Unfall gekommen, hätte sie vorher einen Arzt aufgesucht und ihre Beschwerden, die sich nun nicht mehr wegschwatzen ließen, therapiert. Aber was sollte sie machen, sie hatte einfach kein Vertrauen zu den Pfuschern in Darwin. Für Trude war Arvin Sharivasalesan der Arzt des Vertrauens. Und der hatte leider seine Praxis im mehr als dreitausend Kilometer entfernten Brisbane.

Sie war in den frühen Morgenstunden an einem Oktobertag, bevor die Sommerhitze zuschlug, an der Esplanade entlanggeradelt. Ein heftiger Stich war durch ihr rechtes Kniegelenk gefahren, hatte sie so sehr überrascht, dass sie vom Fahrrad stürzte. Ein älterer Herr, der seinen Hund ausführte, hatte ihr aufgeholfen, die stark blutende Platzwunde an der Schläfe mit seinem Taschentuch als notdürftigem Pressverband gestoppt und sie anschließend ins Spital gefahren. Trude konnte ihr Knie nicht mehr belasten. Beim Aufprall hatte sie ein Knacken im Unterarm gehört. Die Röntgenaufnahme bestätigte, dass die Elle gebrochen war.

Serge holte Trude ein paar Stunden später aus der Krankenstation ab. Kopfschüttelnd betrachtete er seine übel zugerichtete Mutter, die im Rollstuhl auf ihn wartete und ihn mit dem heilen

Auge kühn entgegenblickte. Das andere Auge lag verborgen unter geschwollenen, blau verfärbten Lidern. Arme und Beine waren mit Schürfungen und Prellungen übersät, der rechte Arm lag eingegipst in einer Schlinge. Der zuständige Arzt empfahl ihr eine gründliche Untersuchung. Er hatte nicht nur die Unfallwunden versorgt, sondern auch festgestellt, dass Gelenke angeschwollen und unbeweglich waren und dass sie auf Reflextests teilweise nicht reagierte. Er äußerte den Verdacht, dass sie, wenn sie nicht mit Kortison ihre fortschreitende Arthrose behandeln ließe, bald nicht mehr würde gehen können.

Die Schmerzen verfolgten Trude schon eine Weile. Sie rollten in Wellen an, raubten ihr nachts den Schlaf. Manchmal brauchte sie eine halbe Stunde, um ihren kleinen Einkauf ins dritte Stockwerk zu tragen. Bei jedem Schritt quälte sie tyrannischer Schmerz, der in die Knie und Hüfte schoss. Doch Trude biss auf die Zähne und weigerte sich, Medikamente zu nehmen. Weder ihre Kinder noch Pekeri weihte sie ein. Solange es ging, wollte sie niemanden beunruhigen. Valentin schüttelte gelegentlich den Kopf und nannte sie ein eigenwilliges Weibsstück. Trude redete sich ein, dass sie mit ihren täglichen Yogaübungen die Altersbeschwerden in Schach halten konnte.

Serge drängte seine Mutter, sich gründlich durchchecken zu lassen. Trude sah es nach dem Sturz ein. Denn auf die Dauer konnte sie ihre Wohnung nicht halten. Das Treppensteigen quälte sie am meisten. Sie meditierte neuerdings auf dem Küchenhocker, weil sie den Schneidersitz nicht mehr zustande brachte. Merkwürdigerweise verspürte sie viel weniger Beschwerden auf den Wanderungen im Outback. Dennoch sah sie es als Glück an, dass Pekeris zwanzigjähriger Sohn Jerara ins Geschäft eingestiegen war, immer mehr Trudes Part übernahm und sich als Tourguide besonders bei jungen Touristinnen beliebt machte.

Es kam Trude nicht ganz ungelegen, nach Brisbane zu fliegen. Das Klima an der Ostküste war angenehm. Die Hitze im Norden, an die sie sich zwar schon so viele Jahre gewöhnt hatte, setzte ihr, je älter sie wurde, immer mehr zu. Es war Ende Oktober. Hohe Luftfeuchtigkeit und Temperaturen bis zu vierzig Grad bauten eine Spannung in der Atmosphäre auf, die sich abends in heftigen Gewittern entlud. Am liebsten verkroch sie sich tagsüber in ihrer Wohnung, die dank der Ventilatoren auf angenehme Temperaturen heruntergekühlt war.

Annie holte Trude vom Flughafen ab. Die Mutter betrachtete ihre Tochter verstohlen aus den Augenwinkeln. Seit ihrem letzten Treffen war Annie erneut dünner geworden und hatte sich eine Dauerwelle in ihre dunklen Haare machen lassen. Unter den Afrolocken blinkten große, silberne Kreolen hervor. Trude wunderte sich, wie sie mit den hohen Absätzen an den Schuhen Gas- und Bremspedal bedienen konnte, ebenso wie sie mit den langen Fingernägeln und dem Schmuck an ihren Handgelenken ihr Tagwerk verrichten mochte.

Das perfekte Make-up konnte die Schatten unter ihren Augen und die eingefallenen Wangen nur oberflächlich kaschieren. Annie sah übermüdet und unglücklich aus. Sie setzte ein gespieltes Lächeln auf, weil sie sich von der Mutter beobachtet wusste. Bei jedem Treffen keimte in Trude die leise Hoffnung, dass sie sich unbeschwert begegnen könnten. Es war möglich! Nostalgisch hielt sich Trude an drei Erinnerungen fest, in denen Mutter und Tochter innig verbunden waren: an die ersten Lebensjahre, als Annie ihr kleines Mädchen war, als sie und Annie bei Sturmgetöse an Valentins und Juris Grab standen und schließlich in den Tagen um Meilins Geburt. In diesen Momenten hatten sie sich sehr nahe gestanden.

Trudes Hoffnung, die sie vor jeder Neubegegnung aufbaute, erstarb auf der Autofahrt vom Flughafen im Keim. Wie zwei Fremde saßen sie im Wagen, suchten fieberhaft nach Gesprächsstoff, ließen es aber nach wenigen Floskeln bleiben. Der Graben zwischen ihnen schien mit dem Älterwerden und von Treffen zu Treffen immer tiefer zu sein und schwieriger zu überwinden. Trude kurbelte die Autoscheibe hinunter und ließ die deutlich kühlere Luft einströmen. Sie streckte den Kopf aus dem Fenster und ließ sich vom Fahrtwind die Grübelei aus dem Kopf pusten. Sie war nicht wegen Annie gekommen. Sondern wegen ihrer Gesundheit und Meilin.

Annie steckte den Schlüssel ins Schloss, auf ihrer Stirn bildete sich eine tiefe Furche, als sie die Haustüre unverschlossen vorfand. Trude folgte ihrer Tochter, die energisch ins Wohnzimmer vorauseilte, mit einigen Schritten Abstand. Annie ballte ihre Fäuste, stemmte sie in die Hüften und baute sich vor ihrer Tochter auf. Auf den Plateauschuhen wirkte sie übergroß, als würde sie gleich vornüberkippen. Annie hob wutentbrannt die Stimme und fuchtelte wild gestikulierend mit den Händen, was den Silberschmuck zum Klimpern brachte. Auf Trude machte Annies Auftritt Eindruck. Meilin fläzte mit angewinkelten Knien auf dem Sofa, blätterte Langeweile demonstrierend in einer Zeitschrift.

„Wagst du es, erneut die Schule zu schwänzen! Du bringst mich zur Weißglut Meilin! Ich mache ernst, ich stecke dich in ein Internat! Ich halte dich und dein freches Benehmen nicht mehr aus! Warte nur, bis Dad nach Hause kommt. Dann wirst du schon sehen. Jetzt bist du zu weit gegangen!", tobte Anne.

Meilin benetzte zwei Finger an den Lippen, blätterte weiter und verzog keine Miene. Provoziert durch ihre Tochter holte Annie die Hand aus. Im selben Augenblick erinnerte sie sich an Trudes Gegenwart, ließ die Hand zögernd sinken, schritt zornig aus dem Raum und rannte die Treppe hinauf. Eine Tür im Obergeschoß knallte mit einem heftigen Krachen zu und ließ die Holzwände erzittern.

Trude näherte sich ihrer Enkelin, die sich äußerlich seit der letzten Begegnung sehr verändert hatte. Sie trug weite Jeans und ein Männerhemd, unter dem sie ihre Rundungen zu verbergen suchte. Ganz im Gegensatz zu Annie war sie fülliger geworden und hatte bereits mit dreizehn schon einen größeren Busen als ihre Mutter. Sie war seit letzten Weihnachten bestimmt zehn Zentimeter in die Höhe geschossen und wurde augenscheinlich hormonbedingt von üblen Pickeln geplagt. Die blonden, welligen Haare fielen ihr trotzig ins Gesicht.

„Darf ich mich zu dir setzen?", begann Trude ein Gespräch.

„Ich will hier raus! Lieber ins Internat als in diesem Halleluja-Irrenhaus durchdrehen! Ich verachte meine Mutter, die vor Dad, diesem scheinheiligen Versager, kuscht. Und die Schule

und die verfickten Lehrer können mir allesamt auch gestohlen bleiben!", brach es aus Meilin plötzlich hervor.

„Nanana, Liebes! Was auch immer los ist, dein Tonfall ist nicht angebracht!", mahnte die Großmutter sanft. Trude trat näher hinzu, setzte sich aufs Polster, streckte Meilin die Arme einladend entgegen. Der Teenager reagierte auf die Geste, indem sie sich dankbar an die Großmutter schmiegte. Sie schwiegen, kosteten einen Moment des Ankommens miteinander aus. Meilin realisierte plötzlich, dass ihre Granny den rechten Arm in Gips hatte und im Gesicht und an den Beinen mit blauen Flecken übersät war. Die Schwellung war abgeklungen, doch zierte ein stattliches Veilchen das Auge.

„Meine Güte, was hast du denn gemacht?", wollte Meilin bestürzt wissen. Trude erzählte vom Unfall und von den Altersbeschwerden. Sie vertraute ihrer Enkelin an, wie ihre fortschreitende Gelenkserkrankung sie immer mehr tyrannisierte und dass sie sich deshalb mit dem Vertrauensarzt über die Zukunft beraten wollte. Sie würde mit dem Gedanken spielen, frühzeitig selber ein Seniorenheim zu wählen, bevor sie den Kindern zur Last fallen würde oder sie notgedrungen überwiesen werden würde.

„Aber Granny, du bist uns doch keine Last! Zieh zu uns! Wir können uns täglich sehen! Ich stoße dich im Rollstuhl durch die Parks!", ereiferte sich Meilin und fügte leise an: *„Und mein Leben in Brisbane wird erträglicher!"* Trude blickte Meilin fragend an, bis Meilin stockend hervorbrachte: *„Ich bin so fett und hässlich, kein Wunder, dass mich niemand mag!"*

Meilin begann nun von sich zu berichten. Während unablässig Tränen über die Wangen des Mädchens rannen, schilderte es, was ihr widerfahren war. Trude hörte schweigend zu, reichte Meilin ein Kleenex nach dem andern, in die das Mädchen mit Getöse rotzte und dann von sich warf. Seit dem Übertritt in die High School war einiges schiefgelaufen. Während ihr um zwei Jahre jüngerer Bruder Peter mit Noten glänzte, brachte sie seit Wochen nur ungenügende nach Hause. Die Freundinnen aus der Primary besuchten nicht mehr dieselbe Schule und sie hatten sich aus den Augen verloren. Es war Meilin nicht gelungen, neue zu finden. Es war nicht zu leugnen: Sie hatte sich einen auffallenden Kummerspeck angefuttert. Zudem war ihr ganzer Körper mit Akne übersät. Die Pusteln im Gesicht konnte das Teenagermädchen leider nicht verhüllen. Die neuen Mitschüler machten sich über Meilin lustig und tuschelten hinter ihrem Rücken über sie. Mehr als einmal hatte Meilin die Wortfetzen „hässliches Schwein" oder „Missgeburt" aufgeschnappt.

„Es erstaunt mich nicht, dass du unter solchen Bedingungen nicht lernen kannst, Sweetheart! Wissen deine Eltern denn Bescheid über die Noten und deinen seelischen Kummer?", hakte Trude nach. Meilin brach beim Stichwort „Kummer" erneut in heftiges Schluchzen aus. Geduldig hielt Trude die Box mit den Papiertaschentüchern hin, bis sich das Mädchen beruhigte und leise fortfuhr.

Die Eltern sagten, sie sollte halt nicht so viel futtern, sie wäre selber schuld, wenn sie so dick wäre. Peter mäkelte auch an seiner Schwester herum. Immer genau in dem Moment, wenn sie sich mal ein Eis gönnte, kam er ums Eck geschossen und stichelte: *„Iss lieber eine Karotte, du Seehund! Du bist total peinlich. Zum Glück gehst du nicht mehr zur selben Schule! Ich müsste mich sonst vor meinen Kollegen für meine Schwester schämen."*

Wie sollte sie da bei ihrer Familie Verständnis bekommen? Für die schlechten Noten bestrafte sie Vater, indem sie Bibeltexte auswendig lernen musste. Doch diese gingen ihr einfach nicht in ihren Kopf. Immer wenn Dad sie abfragte und sie stockend die Zeilen zusammensuchte, wurde er fuchsteufelswild und sperrte sie im Zimmer ein. Mutter hielt zu ihm.

Sie war zum ersten Mal von der Schule ausgebüxt, als sie ihren Spind aufschließen wollte und eine Zeichnung mit Frankensteins Monster angeklebt fand. Unter dem Bild stand: *„Go home Alien!"* Sie blickte um sich, war zum Glück alleine auf dem Gang und zerknüllte den Fetzen schnell. Die Scham brannte höllisch und sie rannte einfach drauflos, um dieses scheußliche Gefühl abzuschütteln. Sie rannte blindlings fort und fand sich plötzlich in ihrer Wohnstraße wieder. Sie hatte nur noch ihr Zimmer als Zufluchtsort vor Augen. Sie hatte Mom und Dad in der Werkstatt gewähnt und war froh gewesen, Zeit zum Nachdenken zu haben. Unglücklicherweise war Malcolm aber in dem Moment zu Hause, um etwas Vergessenes zu holen, und sie war ihm direkt in die Arme gelaufen. Erzürnt darüber, dass sie sich erlaubt hatte, die Schule zu schwänzen, löste er seinen Gurt aus den Hosenschlaufen und drosch auf sie ein. Sie hatte in den folgenden Tagen auf die Zähne gebissen, um sich die Schmerzen beim Sitzen auf den harten Esszimmerstühlen nicht anmerken zu lassen.

Beim zweiten, dritten und vierten Mal, als die Angst vor der Schule sie erneut übermannt und sie es nicht geschafft hatte, zum Unterricht zu gehen, versteckte sie sich in einem verlassenen Schuppen am Rande des Vorortes und kehrte zur gewohnten Zeit zum Elternhaus zurück.

Gestern hatte der Rektor Meilin zu sich zitiert und ihr mitgeteilt, dass sie, wenn sie nicht kooperierte, von der Schule fliegen würde. Er hatte den Eltern einen Brief geschrieben, um sie zu einen Gespräch einzuladen. Dieses Schreiben wollte Meilin an diesem Morgen abpassen. Sie hatte nicht damit gerechnet, dass Annie und Trude so schnell vom Flughafen zurückkehrten.

„Bitte Trudy, hilf mir! Ich bin so froh, dass du zum richtigen Zeitpunkt hierhergekommen bist. Kann ich nicht zu dir nach Darwin ziehen und bei dir bleiben? Oder du wohnst bei uns! Wenn du bei mir bist, können sie nicht so gemein sein. Mit dir ist alles gut."

Meilin blickte ihre Großmutter hoffnungsvoll aus geröteten Augen an. Trude war in ihrem Inneren völlig erschüttert und entsetzt über die Offenbarungen ihrer Enkelin. In Gedanken versuchte sie fieberhaft, die Informationen und ihre eigenen Beobachtungen der letzten Jahre zusammenzubringen. Es schien ihr unangebracht, Meilin an ihren Überlegungen teilhaben zu lassen, und strich stattdessen mit ihrem Handrücken sanft über das Gesicht ihrer Enkelin und sagte: „*Lass mir Zeit zum Überlegen Kleines! Wir finden eine Lösung!*"

Trude blickte Gedanken sortierend um sich und bemerkte, dass sie beide in einer Wolke aus zerknüllten weißen Taschentüchern saßen. „*War der Postbote schon da? Ich glaube, es macht nichts, wenn wir das Schreiben des Rektors für ein paar Stunden ‚auf Eis legen'. Wir sollten vielleicht das Wohnzimmer etwas aufräumen, bevor deine Mutter wieder herunterkommt. Was meinst du?*", fügte die Großmutter an.

Meilin blickte um sich, kicherte unter vorgehaltener Hand. Sie umarmte ihre Trudy stürmisch, bevor sie eine Mülltüte holte und die feuchten Kleenex entsorgte. Danach huschte sie ins Bad, um sich das Gesicht frisch zu machen.

Als wäre nichts vorgefallen, fand Annie ihre Mutter mit ihrer Enkelin einvernehmlich auf dem Sofa bei einer Tasse Tee, als sie eine halbe Stunde später zu ihnen stieß. Sie hatte sich umgezogen und trug jetzt einen eleganten Hausdress in moosgrünem Plüsch. Annie war wie ausgewechselt, schwebte ins Wohnzimmer und setzte sich den beiden Frauen gegenüber in einen Sessel. Sie schlug ihre Beine übereinander, während sie sich eine Zigarette anzündete. Beim Inhalieren des ersten Zuges schloss Annie für einen kurzen Moment die Augen, um gleich darauf Trude und Meilin mit einem eigenartig entrückten Blick anzuschauen. Trude erhob sich, teilte ihre Absicht, auszutreten, mit, streifte auf dem Weg absichtlich nahe an Annie vorbei und sah ihren Verdacht bestätigt: Ihre Tochter stank nach Alkohol, der trotz Zigarettenqualm in Trudes empfindliche Nase stach.

„Meine Güte! Unter diesem Dach liegt einiges im Argen!", sann Trude beim Herausgehen.

Meilin war es geglückt, den Postboten abzufangen. Sie steckte sich das Schreiben in die Gesäßtasche ihrer Jeans. Unter dem hüftlangen Hemd war es gut verborgen vor Mutters Augen, als sie ihr die restliche Briefpost in die Küche brachte. Sie eilte danach ins Gästezimmer. Mit zittrigen Fingern riss Meilin den Brief der Schuldirektion auf und las ihrer Großmutter vor. Es war die letzte Ermahnung des Rektors und die Einladung an die Eltern, mit der Tochter am kommenden Montag um elf zu erscheinen.

„Gut, dann haben wir vier Tage Zeit! Ich denke, am Sonntag nach dem Gottesdienst ist ein guter Zeitpunkt, mit deinen Eltern zu sprechen. Geh morgen zur Schule. Mir zuliebe. Was hätte ich darum gegeben, in die High School zu können, Mädchen!" Trude wanderte in Gedanken zurück zu ihrer Jugend in Estland. Es kam ihr wie eine Ewigkeit vor. Mit einem Lächeln fuhr sie fort: *„Habe ich dir schon einmal von Lena erzählt?"*

Großmutter und Enkelin machten es sich in den unzähligen Kissen auf dem weichen Gästebett bequem. Trude schilderte ihre karge Kindheit, ihren gestrengen Vater und die kostbaren Momente mit ihrer Freundin Lena, mit der sie sich heimlich zum Lesen getroffen hatte. Als Trude von ihrer ersten Regel und dem Wutanfall auf den lieben Gott erzählte, lachte Meilin befreit heraus. *„Trudy, wir haben so vieles gemeinsam! Kann es sein, dass sich Muster in einer Familie wiederholen? Auch Dad Malcolm ist ein Tyrann. Ich fühle mich als Mädchen*

überhaupt nicht willkommen. Peter bekommt die ganze Auf-
merksamkeit unserer Eltern. "

Meilin hielt kurz inne. Sie rollte die Augen zur Seite und schien
etwas zu überlegen. Entschlossen fuhr sie fort: *„Ich habe die-*
ses Jahr auch meine Periode bekommen. Im April entdeckte
ich beim Pinkeln in der Pause Blutspuren im Höschen und
erschrak. Mary steckte mir einen Tampon zu. Mary hat bei al-
len Mädchen einen Heiligenstatus, weil sie ihre Regel bereits
vor einer Weile bekam und schon einen festen Freund hatte.
Den Tampon bekam ich unten jedoch nicht rein. Dann stopfte
ich notdürftig Klopapier in die Unterhose und bin auf dem
Heimweg bei einem Shop vorbei, wo man mich nicht kannte.
Es war mir zu peinlich, in unserem Laden um die Ecke Binden
zu kaufen. Ich habe Mom bis heute nichts gesagt, irgendwie
schäme ich mich, mit ihr über Blut und Jungs zu reden. Ganz
anders als mit dir Trudy!"

Meilin kuschelte sich ganz eng an ihre Großmutter. Sie
plauderten und tratschten noch eine Weile, bis sie nur noch
schweigend, jede in Gedanken versunken, nebeneinander in
der Kissenlandschaft lagen und irgendwann von der gegenseitigen Geborgenheit eingelullt einnickten.

Am Freitag suchte Trude den indischen Arzt in seiner eigenen
Praxis auf. Er war nicht mehr im Krankenhaus tätig. Doktor
Arvin Sharivasalesan saß an seinem Pult, vermerkte eine Notiz

in einer Patientenakte, als er die nächste Patientin ins Sprechstundenzimmer bat. Er legte den Stift nieder, sah auf und erkannte Trude nach all den Jahren auf Anhieb wieder. Der Arzt stand auf, schritt um den Tisch und hieß seine verschollene Patientin mit offenen Armen willkommen. Wie immer umschloss er Trudes Hand mit seinen übergroßen, warmen Händen. Trude fühlte sich bestätigt, dass sie auf ihr Bauchgefühl gehört hatte und sich nur dem Inder anvertrauen mochte. Die Chemie zwischen ihnen stimmte einfach. Auch der Arzt war älter geworden in den dreizehn Jahren, stellte Trude zufrieden fest. Seine schwarzen Haare waren an den Schläfen ergraut und kleine Fältchen umrahmten Augen- und Mundpartie.

Nachdem sie sich begrüßt hatten und sich wunderten, wie schnell die Zeit verflossen war, schilderte Trude ihre Beschwerden und den Unfall. Sie berichtete, dass sie brav Yoga machte und meditierte, seit er es ihr empfohlen hatte. Es gehörte zu ihrem Leben wie Zähneputzen und sie war sich sicher, damit die Schmerzen hinauszögern zu können. Auch würde sie, so oft die Hitze es erlaubte, Rad fahren und zu Fuß gehen. Doch unter Darwins Sonne war es undenkbar, lange Distanzen ohne Schutz eines Autodaches zu bewältigen.

„My dear. Haben Sie auch meine Empfehlung mit der Ernährung beachtet?", fragte Doktor Sharivasalesan geradeheraus und machte sich daran, die Gelenke seiner Patientin abzutasten. Er befühlte ihren Puls, roch an ihr und wollte Trudes Zunge sehen.

„Hm, nein", druckste Trude herum. *„Ich kann einfach nicht*

*auf ein gutes Glas Milch, Ice Cream und ein gegrilltes Steak
verzichten. Es geht nicht! Ich habe es wirklich versucht, ohne
Fleisch auszukommen. Stellen sie sich mal ein Familienfest
ohne Barbecue vor! Sollen wir uns um einen aufgespießten
Kürbis an den Grill stellen und dazu mit Quellwasser anstoßen? Das macht doch keinen Spaß. Überhaupt kann ich mir
nicht vorstellen, dass die Ernährung so einen großen Einfluss
auf die Gesundheit hat. Meine Arthrose schreibe ich dem Älterwerden zu. Die einen werden kurzsichtig, manche taub,
manche debil und ich werde halt krumm. Oder etwa nicht?"*

Der indische Arzt pflichtete ihr bei, dass der Körper nach
der Blütezeit wie jeder Organismus langsam wieder abbaue.
Aber die Nahrung sei nach ayurvedischer Auffassung je nach
Veranlagung Dünger oder Gift, das den Körper stärkt oder
schwächt. Ein Teebaum sei keine Orchidee. Und jede Pflanze
benötige andere Nährstoffe. Mit pflanzlicher Nahrung seien
Trudes Körper und Konstitution aufs Allerbeste versorgt.

*„Ich empfehle Ihnen, dear Trude, als Arzt und als Mensch,
Ihrem vitalen, jungen Geist ein gesundes Gefährt zu schen-
ken! Fasten Sie zwei Wochen, um Ihren Körper zu entgiften.
Schwitzen, pinkeln, kacken Sie alles raus, was er angesammelt
hat und nicht braucht! Sie werden sich danach frei und unbe-
schwert fühlen wie ein Delfin in den Wellen"*, versuchte der
Arzt mit seinem charmanten indischen Akzent die ratsuchende
Patientin zu überzeugen. Die Umstellung vom täglichen Essen
auf das Fasten wäre in den ersten Tagen nicht einfach. Der
Körper rebellierte und sie sollte es unbedingt unter Aufsicht

durchführen. Danach durfte sie langsam mit Obst, Gemüse und Getreide die Nahrungsaufnahme wieder aufbauen. Der Arzt riet ihr, in Zukunft nur noch Nahrung ohne Tiereiweiß zu sich zu nehmen. Das wäre Gift für ihre Gelenke. Es setze sich fest wie Rost in alten Wasserleitungen. Weiter regte der Inder Trude an, sich längerfristig zu überlegen, ob ihr das Klima in Darwin nicht doch zu sehr zusetzte und ein Ortswechsel für die letzten Lebensjahre angebracht wäre.

„Sie werden hundert Jahre alt werden, wenn Sie Ihren Körper wie einen Tempel pflegen, my dear! Und Ihre starke Seele wird große Freude haben, darin zu wohnen!", schloss Doktor Sharivasalesan.

Trude verließ die Praxis mit gemischten Gefühlen. Sie nahm dem Arzt ab, was er dargelegt hatte. Sollten die Beschwerden verschwinden, wäre es bestimmt einen Versuch wert, zu fasten. Doch der Preis war, für den Rest ihres Lebens auf alle Genüsse zu verzichten. Kein Alkohol mehr? Keine Spareribs mehr? Kein Schokoladeneis mehr?

„Ich kann mir nicht vorstellen, an Weihnachten an meiner Gurke zu knabbern, während die anderen sich über Truthahn und Kartoffelstock hermachen! Das kann doch nicht die Lösung sein!", dachte Trude nachdenklich und widerspenstig, als sie sich vom Taxi zurück in den Vorort fahren ließ.

Am Sonntagmorgen, als Trude auf dem Teppich im Gästezimmer ihre gewohnten Asanas machte, hörte sie die Schritte und Stimmen von Malcolm, Annie und Peter im Haus. Die Familie machte sich bereit für die Sonntagspredigt. Trude hatte beschlossen mitzugehen und Meilin aufgefordert, es ihr gleichzutun, um ihre Eltern nicht unnötig zu provozieren. Doch ihre Enkelin war immer noch in ihrem Zimmer, das gleich neben dem ihren lag. Die Musik war laut aufgedreht und durch die Wände hörte Trude Meilin *Waterloo – finally facing my Waterlooooooo* singen. Bei diesem Krach war Trude nicht imstande, sich zu konzentrieren. Sie ließ für heute die Meditation ausfallen. Bei der Kanzelpredigt würde sie die Augen schließen und sich in ihre Innenwelt versenken.

Trude zog ihr geblümtes Sommerkleid an, das total aus der Mode war. Das Kleid mit den blauen Kornblumen, das sie in Estland in jenem Sommer getragen hatte, als sie sich nach einer schwierigen Zeit neu in Valentin verliebte, hütete sie über alle Jahre wie ihren Augapfel. Sie trug es äußerst selten. Es gab kein Konzept, wann und warum es aus der Garderobe genommen werden musste. Trude dachte meist gar nicht daran. Doch urplötzlich verspürte sie ein starkes Bedürfnis, die Kornblumen anzuziehen. Sie hatte es aus demselben Drang mit nach Brisbane genommen. Heute wählte sie das Kleid, um sich darin wie in einen magischen Schutz zu hüllen. Sie fühlte sich darin stark und unverwundbar.

Der Gottesdienst in der anglikanischen Kirche war wie erwartet langweilig. Dennoch hatte sich Meilin benommen und sang bei den Liedern artig mit. Malcolm in Anzug und Krawatte und Annie elegant in Orange saßen wie Marionetten in den Bänken und nickten den anderen Kirchenbesuchern zu. Die Leute kannten sich. Peter verbrachte die Zeit während der Andacht mit andern Kindern im Kindergottesdienst, der in einem Nebenraum des Holzgebäudes stattfand. Valentin hatte sich zu Trude in die leere Bank gesetzt. Ungesehen von den Menschen plauderte er mit seiner Frau, die seine Worte in Gedanken empfing und ebenso darauf antwortete. Sie kommunizierten immer so, wenn er aus dem Nichts auftauchte. Trude hatte sich daran gewöhnt und freute sich jedes Mal wie ein Kind, wenn ihr Liebster sie überraschte. Er kam ihr heute sehr gelegen. Sie bat ihn um seine Meinung zu Meilins Krise. Ihre Mundwinkel hoben sich an, als er dieselbe Idee vorbrachte, die sie sich insgeheim als Vorschlag für die Eltern bereitgelegt hatte. Annie beobachtete ihre Mutter aus den Augenwinkeln. Hocherfreut nahm die Tochter zur Kenntnis, wie die Rede des Predigers Trude entzückte und sie zum Lächeln brachte.

Nach dem Mittagessen bat Peter, den Tisch verlassen zu dürfen, um seine Hausaufgaben zu erledigen. Dagegen hatten die Eltern nichts einzuwenden. Trude gab Meilin mit einem Blick zu verstehen, dass jetzt der Moment gekommen war, das Schreiben zu holen. Sie bat Annie und Malcolm, einen Moment sitzen zu bleiben, und bot sich an, den Tisch abzuräumen.

Als die Katze aus dem Sack war, starrte Annie ihre Tochter fassungslos an. Malcolms Stuhl kippte nach hinten und krachte laut auf, als sich der Vater wutentbrannt erhob. Er tobte. Im Wechsel gab er Annie, Meilin oder dem schlechten Einfluss von Annies vaterloser Erziehung durch Trude die Schuld. Als ihm die Worte ausgingen, stürmte er in die Küche und kehrte mit einem halb vollen Whiskeyglas zurück. *„Und was soll jetzt aus dir werden? Als Mops wirst du nie einen Mann kriegen, der für dich sorgt!"*, sagte er herablassend zu Meilin, die sich auf die Lippen biss und sich mit Trude an der Seite sicher fühlte. Annie schüttelte unablässig den Kopf und schwieg. Sie verbarg ihre zitternden Hände im Schoß.

Als von den Eltern nichts mehr kam, platzte Trude heraus: *„Meine Gesundheit zwingt mich, mich zu verändern. Der Arzt hat mir dringend empfohlen, in eine andere Klimazone umzusiedeln, wenn ich nicht im Rollstuhl landen möchte. Ich biete euch an, Meilin bis Weihnachten zu mir nach Darwin zu nehmen. Ich möchte meine Wohnung auflösen und sie kann mir dabei helfen. Danach suche ich eine Bleibe in Brisbane und Meilin kann bei mir wohnen. An einer anderen Schule kann sie noch einmal von vorne anfangen und ich sorge dafür, dass Meilin ihre Hausaufgaben macht."*

Malcolm und Annie hörten Trude zu, auf ihren Gesichtern waren Zurückhaltung und Skepsis jedoch deutlich abzulesen. Annie suchte den Augenkontakt zu ihrem Mann und bat Trude, ihnen Zeit einzuräumen. Sie bräuchten Zeit, sich darüber zu unterhalten. Meilin und Trude verfolgten angespannt das Wortgefecht zwischen den Eltern, die sich in die Küche zurückgezogen und die Tür hinter sich verschlossen hatten. Meilin biss sich die Fingernägel wund und Trude verdrehte jedes Mal die Augen, wenn sie Malcolms polternde Stimme bis ins Wohnzimmer durchdringen hörte.

Nach einer halben Ewigkeit kehrten die beiden zurück. Malcolm bemerkte kurz: „*Von mir aus, schlimmer kann es ja kaum werden!*", und verließ energisch den Raum. Am aufheulenden Motor erkannten die drei Frauen, dass Malcolm mit dem Wagen davongebraust war. „*Wahrscheinlich fährt er in die Werkstatt, wie immer, um sich nach einer Meinungsverschiedenheit zu beruhigen*", erklärte Annie.

Meilin fiel Trude um den Hals und die Großmutter atmete erleichtert auf. Es versetzte Annie einen Stich, als sie ihre Mutter und ihre Tochter in der Umarmung betrachtete. Sie zündete sich eine Zigarette an, um sich zu beruhigen und die zitternden Mundwinkel zu überspielen.

❦ ... ❦

Alle hatten zugesagt, sich an Weihnachten für die letzte gemeinsame Familienfeier in Darwin einzufinden. Auch Philipp und Angelo aus New York wollten anreisen. Trude hatte im Hotel Seabreeze einen großen Tisch für die Feier und Zimmer reserviert. In ihrer kleinen Wohnung konnte sie die Familie nicht mehr unterbringen. Deswegen hatten sie, seit sie das Haus verkauft hatte, nie mehr gemeinsam Weihnachten gefeiert.

Sie hatte den Rat des Arztes ernst genommen und mit seiner Begleitung das Fasten durchgezogen. Es war von Anfang an geplant, dass sie in Brisbane blieb, bis sie sich vom Unfall erholt hätte. Danach verbannte Trude Milchprodukte und Fleisch komplett von ihrem Einkaufszettel. Malcolm und

Annie waren wie zu erwarten von Trudes ketzerischer Ernährungsumstellung nicht angetan. Für sie war ein saftiges Steak die Krönung einer Mahlzeit. Und Peter verschanzte sich am Frühstückstisch hinter seiner Cornflakesschachtel, mit einer Hand die Milchflasche fest umklammernd, als befürchtete er, seine Großmutter würde sie ihm entreißen und in den Ausguss leeren. Doch darum ging es Trude gar nicht. Sie traf die Entscheidung nur für sich alleine und bereute es keine Minute. Sie spürte von Woche zu Woche eine frappante Zunahme an Vitalität und Beweglichkeit.

Als Trudes Knochenbruch verheilt war, flogen Trude und Meilin nach Darwin.

Die Großmutter liebte es, ihre Enkelin um sich zu haben. Sie konnten stundenlang quatschen, streiften von einem Thema zum anderen. Es wurde ihnen nicht langweilig über den banalen Alltag, über Frauenthemen, Politik oder die Schöpfung zu philosophieren. Sie verbrachten aber auch Stunden jede in einer Sofaecke in einen Schmöker vertieft. Meilin hatte die ersten Tage Trudes Menüplan übernommen. Doch nach einer Woche hatte ihr Appetit genug von Obst und Gemüse und sie besorgte sich Limonade, Käse, Schinken und Brot im Market um die Ecke. Doch sie unterstützte ihre Großmutter mit Eifer bei ihrer veganen Kur, weil es auch ihr zugute kam, wenn ihre Trudy noch lange gesund blieb.

Trude hatte in Meilin bedingungsloses Vertrauen und das Mädchen hielt sich ohne Mucken an vereinbarte Zeiten und Regeln. Trude ließ ihre Enkelin ohne Bedenken ziehen, wenn

Meilin das Bedürfnis hatte, in der Stadt zu flanieren oder an den Klippen spazieren zu gehen. Einmal begleitete Meilin Pekeri auf eine Tour und eine Woche verbrachte sie auf Onkel Serges Farm. Meilin blühte auf. Die dunklen Ringe unter den Augen verschwanden und ihr Lächeln wurde so breit und strahlend, dass die Zähne hervorblitzten. Meilins Pölsterchen schmolzen wie von alleine unter Darwins Sonne. Trude stand an einem Morgen kopfunter in der Yogastellung des Hundes, als Meilin in ihr Zimmer stürzte und ihrer Großmutter die am Bund schlotternde Jeans demonstrierte. Sie konnte ihre Hose trotz geschlossenem Reißverschluss mühelos über ihren Hintern streifen. Meilin jubelte: *„Trudy, ich brauche neue Kleider!"*

Trude richtete sich auf der Matte auf und stimmte in Meilins Lachen ein: *„Aber sicher doch. Wir kaufen dir neue Kleider. Nach dem Frühstück ziehen wir gleich los!"*

Meilin nahm in den Tagen darauf Trude das Fensterputzen ab und trug unter der neuen kurzen Latzhose nur ein weißes Unterhemd und an den Händen rosa Gummihandschuhe. Mit der Rechten fuhr sie mit dem nassen Schwamm über das Glas, in der Linken hielt sie das Tuch zum Nachtrocknen griffbereit. Der Teenager hatte sich die Haare zu einem Rossschwanz hochgebunden und pfiff zu Songs aus dem Radio. Dieses Bild rührte Trude. Wie unglücklich musste das Mädchen im engen Korsett der Eltern gewesen sein. Der Kontroll- und Sicherheitszwang ihrer Tochter war ihr selbst, und Meilin offensichtlich auch, völlig fremd. Es erstaunte Trude immer wieder aufs Neue, wie verschieden Menschen innerhalb derselben Familie waren.

Trude nutzte den Dezember, um alles abzuschließen, was noch zu erledigen war. Sie traf sich unter anderem mit Pekeri, um die Papiere zu regeln. Die Touragentur wurde ihm zu allen Anteilen überschrieben. Sie beglückwünschten sich gegenseitig dafür, dass aus einer risikoreichen Idee ein florierendes Unternehmen erwachsen war, das Pekeri nun in eigener Regie weiterführen konnte.

„Danke, Pekeri! Mögen dich und deine Familie alle Ahnen, Götter, Irdischen und Unsterblichen segnen, die sich um dich herum tummeln!", versuchte Trude zu scherzen, um dem Abschied die Schwere der Endgültigkeit zu nehmen. Sie meinte es aber wahrhaftiger, als es klang, und fügte an: *„Du bist mir ein teurer Freund geworden! Ich wünsche dir, dass es dir wohl ergeht!"*

Trude besuchte Petrowitsch auf seiner großzügigen Jacht, die in Darwin vor Anker lag. Braun gebrannt, das spärlich gewordene Haar schlohweiß, mit unzähligen Schalkfalten um den Augen und in bester Laune empfing Mikhail sein „bestes Pferd im Stall", wie er Trude immer noch neckisch bezeichnete. Es brauchte nicht viel, um Trude zu einer kleinen Bootstour zu überreden. Der Russe hatte seine Werft mit gutem Gewinn an Investoren verkauft, sich aus allen Geschäften zurückgezogen und genoss sichtlich seinen Lebensabend. Bezaubernde Asiatinnen bedienten den Lebemann und seinen Gast unter dem Sonnensegel. Der Kapitän nahm währenddessen gemächlich Fahrt aufs offene Meer auf. Trude gestattete sich einen Schluck Champagner und schwelgte in diesem flüchtigen Luxus.

„ Und? Bist du zufrieden mit deinem Lebensabend? Kommst du auf deine Kosten?", zog Trude ihren ehemaligen Liebhaber auf, den Blick auf die balinesischen Schönheiten gerichtet.

„Ich kann mich nicht beklagen!", antwortete Mikhail verschmitzt. Der Nachmittag war unbeschwert und launig wie die sanfte Meeresbrise, die sie umspielte. Die beiden plauderten über die gemeinsamen Jahre, gestanden sich ihre Alterszipperlein und fanden die schmutzigen Witze von früher immer noch lustig. Hätte Trude gewusst, dass sie Petrowitsch nie wiedersehen würde, wäre sie vielleicht auf seinen beschwipsten Vorschlag, sich noch einmal an die Wäsche zu gehen, eingegangen. Doch sie winkte ab mit einem: *„Ach, lass doch Mate, wir sind doch längst darüber hinausgewachsen!"* Sie küsste ihn auf die sonnengebräunte Halbglatze und schmiegte sich anschließend genüsslich in die Arme ihres Freundes.

Die Wohnung musste aufgelöst werden. Mit dem bevorstehenden Umzug nach Brisbane sollte noch einmal Ballast abfallen. Der Umzug damals vom Haus in die Wohnung war eine Generalprobe. Jetzt wollte sie endgültig alles Materielle loslassen und mit nur einem Gepäckstück ins Abenteuer Alter reisen.

Samstag vor Weihnachten organisierte sie mit Meilin einen *Lawn Sale*, einen kleinen Flohmarkt im Innenhof der Überbauung, um alle Möbel, den Fernseher, Kücheneinrichtungen, Werkzeuge und Bücher zu verhökern. Trude verkaufte das Meiste und verschenkte zum Schluss den Rest außer einer Matratze und dem Transistorradio. Ihr Leben hatte sich auf einen Koffer mit Kleidern, Fotos, Andenken, den schwarzen Tagebüchern und

Hygieneartikeln reduziert. Die Matratze blieb wie eine Insel in der leeren Wohnung auf dem Boden zurück und wurde zum Lebensmittelpunkt der beiden Frauen für die verbleibenden Tage und Nächte.

Heiligabend sollte die letzte Nacht in der Wohnung werden, denn am Weihnachtstag wollten Trude und Meilin zum Rest der Familie stoßen. Die Tickets für den Flug nach Brisbane waren für den 27. Dezember ausgestellt. Die Aussicht, für Silvester in Brisbane keine Pläne zu haben, störte Trude überhaupt nicht. Im Gegenteil: Ihr behagte die Vorstellung, am Neujahrsmorgen 1975 ohne Ballast in einer anonymen Pension an der Ostküste zu erwachen, vom Leben noch einmal einen Blankoscheck ausgestellt zu bekommen und ganz neu anzufangen.

Großmutter und Enkelin freuten sich auf ihren letzten gemeinsamen Abend zu zweit. Sie waren zu einer eingeschworenen Gemeinschaft gewachsen. Meilin nannte die vergangenen Wochen bei ihrer Trudy *„the time of her life"* – die schönste Zeit ihres Lebens, die mit einem gebührenden Fest abgerundet werden musste. Am Vormittag suchten Meilin und Trude den Supermarkt auf, um das Abendessen zu besorgen. Trude warf für diesen Tag alle Ernährungskonzepte über den Haufen und ließ ihre Enkelin wählen.

Die beiden Frauen kurvten mit dem Einkaufswagen zwischen den Gestellen durch und griffen nach allem, worauf Meilin Appetit hatte. Ihr Heiligabendmenü bestand aus Corned Beef, Crevetten, Mango, Oliven, Avocados, Crackern, Schokoladeneis und je einer Flasche Coke und Rotwein. In den Warenkorb kamen auch Einwegbesteck und -geschirr aus Plastik, grüne Servietten mit einem Weihnachtsmannmotiv und eine rote Tischdecke aus Papier. Bei der Kasse blinkten die elektrischen Kerzen eines kitschigen Weihnachtsbaums aus Kunststoff abwechselnd in Gelb, Rot und Weiß. Das Sonderangebot war mit oder ohne Weihnachtsmelodie erhältlich. Trude und Meilin blickten sich an, grinsten breit und ein Karton mit dem Modell „Jingle Bells" landete bei den Einkäufen.

Sie packten ihre Einkäufe in den Kofferraum und fuhren los. Der Wagen wurde auf der Heimfahrt den Klippen entlang immer wieder seitlich von Böen erfasst. Trude musste das Steuer fest umschlossen halten. Seit zwei Tagen baute sich ein Tropentief ein paar Hundert Kilometer nördlich der Stadt auf und trieb mit heftigen Winden und starken Abendgewittern auf Darwin zu. Trude hatte in den Jahren unzählige Stürme aller Stufen miterlebt und sich wie alle Bewohner daran gewöhnt, den Rundfunk eingeschaltet zu lassen, die Wetterberichte aufmerksam zu verfolgen und sich zu wappnen. Der Minizyklon *Tracy* hatte bereits am 22. Dezember die Stadt kurz gestreift und war wieder abgezogen.

„Das pustet ja ganz schön heftig, Trudy! Ich hoffe, wir kommen noch trocken an", bemerkte Meilin mit besorgtem Blick auf die tief hängenden, schwarzen Wolken am Himmel über dem Meer. Noch regnete es nicht, aber es zeichnete sich deutlich ab, dass sich in kürzester Zeit der Himmel entleeren würde. *„Ja, das hoffe ich auch. Doch der Regen kann uns nichts*

anhaben. Das Haus ist ein Neubau und dicht. Ich mache mir mehr Sorgen über den Wind, der von Stunde zu Stunde an Stärke gewonnen hat. Dreh das Radio an. Dann werden wir mehr erfahren"*, antwortete Trude, bemüht, sich ihre Besorgtheit nicht anmerken zu lassen, um ihre Enkelin nicht zu sehr zu beunruhigen.

Der Radiosprecher bestätigte Trudes Befürchtung. *Tracy* nahm erneut Kurs auf die Region auf. Es musste damit gerechnet werden, dass der Zyklon gegen Abend die Stadt erreichte. Die Bevölkerung war aufgerufen, sich so schnell wie möglich in Sicherheit zu bringen und alle Präventionsmaßnahmen zu ergreifen. Trude wusste, was zu tun war, und beruhigte sich und ihre Enkelin, dass sie mit großer Wahrscheinlichkeit nichts zu befürchten hätten. Darwin hatte die Tropenstürme meistens glimpflich überstanden. Die Menschen an der Küste lebten mit dieser Naturgewalt.

In ihrer Straße angelangt sahen sie, wie Männer die Fenster ihrer Häuser mit Brettern zunagelten und Wasservorräte in große Kanister abfüllten. Windstöße zerzausten Haare und Kleider der Leute und wirbelten lose herumliegende Gegenstände herum. Kinder wurden angehalten, ihre Spielgeräte ins Haus zu räumen. Beim Ausladen der Einkäufe sprach Trude den Nachbarn auf den Sturm an.

„No worries. Ich mache mir keine Sorgen. Klar, wir machen die Schotten dicht und bringen uns in Sicherheit. Ich fahre mit meiner Familie gleich los nach Katherine zu meinen Eltern. Heute Morgen beim Rugbytraining waren alle Jungs

überzeugt, dass ,Tracy' uns heute Heiligabend mit Sicherheit kitzeln, aber bestimmt keine großen Schäden anrichten wird. ,Selma' hat uns vor ein paar Wochen ja auch nichts getan. Wünsche schöne Festtage!", schloss der Nachbar und wandte sich wieder seinem Pick-up zu, über dessen Laderaum er eine Plane zurrte.

Seine Worte wirkten ermutigend auf Meilin und Trude. Dennoch machten sie sich daran, die Anweisungen der Behörden umzusetzen. Sie verfrachteten Matratze, Habseligkeiten und Vorräte in das sicherste Zimmer. In Trudes Wohnung war es das fensterlose Badezimmer. Während Meilin die Badewanne voll Wasser laufen ließ, für den Fall, dass die Trinkwasserzufuhr unterbrochen werden könnte, ließ Trude alle Jalousien an den Fenstern herunter. Mehr war nicht zu tun, denn sie hatte ironischerweise nicht mehr, das zu sichern war.

Am frühen Abend saßen Trude und Meilin auf der Matratze, an der Badewanne angelehnt und blickten auf den kitschigen Weihnachtsbaum, den sie auf den Spülkasten gestellt hatten und der die Nasszelle mal in Gelb, mal in Rot und mal in Weiß tauchte. Sie hörten Weihnachtslieder aus dem Rundfunk.

„Was denkst du, Granny, wie lange müssen wir hier ausharren?", fragte Meilin, während sie Oliven aus der Büchse fischte und sich die Finger an der Matratze abwischte.

„Ich weiß es nicht, Kleines! Aber es kann eine lange Nacht werden. Wenn du so weiterkrümelst mit den Crackern, werden wir auf der Matratze eine ebenso unbequeme Nacht wie die Prinzessin auf der Erbse haben", versuchte Trude zu scherzen.

Meilin kannte das Märchen nicht und Trude erzählte ihr die Geschichte von dem Prinzen, der dank einer Hülsenfrucht die echte Prinzessin erkannte. Gebannt lauschte die Enkelin ihrer Großmutter. Trude kramte alle europäischen Sagen aus der Erinnerung, die ihr in den Sinn kamen. Für ein paar Stunden versanken die beiden in eine Fantasiewelt aus Feen und Königen, Räubern und Gespenstern, bis ein ohrenbetäubender, scheppernder Krach sie aus der Eintracht riss.

Trude sprang auf, ermahnte Meilin, im Bad zu bleiben, während sie sich selber vorsichtig dem Wohnzimmerfenster näherte. Sie spreizte die Jalousien, um nachzusehen, was los war. Eine große Reklametafel aus Blech hatte sich am Giebel des Nachbarhausdaches verfangen und wiegte sich dort völlig verbogen im tobenden Wind. Trude begriff bei der Szene vor dem Fenster augenblicklich, dass der Zyklon die Bewohner von Darwin nicht bloß kitzeln würde. Palmen beugten sich unter der Wut des Zyklons, einige waren schon entwurzelt oder enthauptet. Meterhohe Wellen schwappten wütend über den Klippenkamm, griffen wie Klauen nach parkenden Wagen und rissen sie auf dem Rückweg mit ins Meer. Funken stoben, wenn Drähte der Elektroleitung zusammenstießen. Ziegel und Blechteile flogen wie Geschosse durch den Himmel. Zum Glück war kein Mensch und kein Tier mehr auf der Straße. Trude stand wie versteinert und verfolgte das katastrophale Spektakel. Sie zwang sich, schleunigst zu Meilin zurückzukehren. Es war nur noch eine Frage der Zeit, bis die Fenster dem Druck nicht mehr standhielten und wie Streubomben in tausend Splitter zerstäuben würden.

Trude schloss die Badezimmertür und verstopfte mit einem Laken die Ritze am Boden. Sie drehte bei der Rückkehr die Lautstärke des Radios auf, weil inzwischen das Heulen des Orkans die Wände durchdrang. Musik und Sturmgetöse waren so laut, dass es den beiden Frauen nicht mehr möglich war, mit gemäßigter Stimme zu sprechen. Trude wollte um jeden Preis die Nachrichten verfolgen, sich mit dem Radio den Kontakt nach außen bewahren, solange die elektrische Versorgung noch gewährleistet war. Trude bereute zutiefst, dass sie beim Entrümpeln sämtliche Batterien und Kerzen verhökert und am Morgen beim Einkauf schlicht nicht mit einem Notfall gerechnet hatte.

Meilin zitterte und begann zu weinen. Sie war überrascht, dass sie Heimweh nach Mutter und Vater bekam, doch behielt sie es für sich und klammerte sich stattdessen an ihre Großmutter. Diese bettete das Mädchen auf ihren Schoß und streichelte ihr über das Haar. *„Ich habe auch Angst, Meilin. Ich wünschte, ich könnte dir versprechen, dass wir hier heil rauskommen"*, sagte Trude und überlegte sich, ob es angemessen war, mit einem Teenager über ihre Katastrophen zu sprechen, oder ob sie lieber weitere Märchen erzählen oder mit dem Kind singen sollte, um die bangen Stunden zu überbrücken. Sie schwieg, streichelte unablässig die weinende Meilin und sann über Valentins Tod nach.

„Valentin, ich könnte dich jetzt echt gut gebrauchen! Wo steckst du? Was geht hier vor sich? Kommen wir lebend raus?", flehte Trude in Gedanken ihren Mann an. Obwohl er nicht antwortete, breitete sich eine Ruhe in ihr aus, als sie an Valentin dachte.

Sie war durchaus bereit, ihm zu folgen, zu ihm zu fliegen, mit ihm wie ausgemacht noch einmal von vorne zu beginnen. Trude spürte, wie die Liebe zu ihrem Gefährten sie durchflutete und die Sehnsucht nach einer Wiedervereinigung einen mächtigen Sog hatte. Es wäre ein Leichtes, nach draußen zu gehen, sich an die Klippen zu stellen und sich mitreißen zu lassen. Wahrscheinlich würde der Schmerz beim Sterben nicht allzu lange andauern.

Sie betrachtete Meilin zärtlich und wurde sich ihrer großmütterlichen Verantwortung gewahr. *„Ich bin bei dir, meine Große! Das stehen wir jetzt gemeinsam durch!"*, sprach Trude mit erstarkter Stimme zu dem Mädchen.

Der Nachrichtensprecher vermeldete um neun Uhr abends, dass der Zyklon die höchste Stufe auf der Skala erreicht hatte und die Meteorologen Spitzengeschwindigkeiten von 200 km/h gemessen hatten. Es sei damit zu rechnen, dass Darwin vor Mitternacht die volle Wucht abbekommen würde. Alle Bewohner seien dringend aufgefordert, sich wenn immer möglich im Erdgeschoss in einem Betongebäude zu verschanzen und sich mit Decken und Kleidern vor der Wucht der Trümmer zu schützen. Es müsse mit dem Schlimmsten gerechnet werden.

Eine Viertelstunde später gaben das Radio und der Tannenbaum mit einem ohrenbetäubenden Knall ihren Dienst auf. Es wurde stockdunkel im Raum und die beiden waren dem rasenden Lärm des Sturmes ausgesetzt. Kurz darauf barsten die Fenster und damit waren die Schleusen für die Regenflut geöffnet. Es dauerte nicht lange, bis die Wassermassen das

Tuch unter der Tür und die Matratze durchtränkten. Die Frauen wurden von unten nass. Trude tastete sich blind durch den Raum, griff in die volle Wanne und zog den Stöpsel. Als das Wasser abgelaufen war, bettete sie Meilin und sich in Frotteetücher, die am Wandhaken glücklicherweise trocken geblieben waren, in die Ausbuchtung.

Trude begann zu summen, erst alte Weisen aus Estland, die ihr durch den Kopf gingen und deren Texte sie vergessen hatte. Dann begann sie Wiegenlieder vorzutragen, die sie mit ihren vier Kindern gesungen hatte. Meilin erkannte das eine und andere wieder von ihrer Mutter Annie und stimmte mit ein. Lauthals sangen sie gegen das Getöse. Es machte sie mutiger und die Zeit verging.

Nach Mitternacht erzählte Trude, wie sie Valentin kennengelernt hatte und von ihrer Odyssee rund um den Erdball. Meilin hörte aufmerksam zu und lernte unbekannte Seiten ihres Großvaters und ihrer Onkel kennen. Besonders aufmerksam lauschte Meilin, als Trude von Annie erzählte. Das süße, lockige Mädchen, das gerne hübsche Kleidchen trug und sich nicht gerne in den schmutzigen Sand setzte, und der schlaksige Teenager, der sich gegen seine Mutter auflehnte, brachten Meilin zum Lachen.

„Wie alt warst du, als dir Annie den Bernstein zeigte?", fragte Trude ihre Enkelin neugierig. Meilin wusste nicht, wovon ihre Großmutter sprach. Trude weihte Meilin ein und schilderte den Weg, den der Stein der Ahninnen zurückgelegt hatte. Beide waren betroffen, als sie feststellten, dass Annie den

Bernstein, den Trude an Annie bei Meilins Geburt weitergereicht hatte, unter Verschluss hielt oder ihn, noch schlimmer, weggeworfen haben könnte. Meilin hatte nie etwas von diesem Familienstück erfahren und war bestürzt, dass ihre Mutter ihr das starke Symbol vorenthielt. Die Erzählungen und die tiefen Einsichten in ihre Ahnenlinie, die weit bis nach Europa wurzelten, berührten Meilin im Innersten. Sie erfasste die Dimension des Netzes, in das sie verwoben war. Sie fühlte sich mit einmal zugehörig. In Meilin erwachte eine unbändige Lust, nach Europa zu reisen und die Plätze ihrer Ahnen kennenzulernen. Sie musste diese Nacht überleben und in die Welt hinaus! Das schwor sie sich und küsste ihre Großmutter bewegt auf die Wange.

Das Bersten und Tosen hielt an. Das Wasser stand knöcheltief im Badezimmer. Bis jetzt hatten die Wände gehalten, auch wenn sie öfters wegen heftiger Erschütterungen bebten. Wie das gesamte Haus dem Orkan standhielt, in welchem Zustand das Dach war, konnten sie nicht abschätzen. Sie kauerten in der Badewanne, dem einzig möglichen Zufluchtsort, und harrten aus. An Schlaf war nicht zu denken.

„Glaubst du an Gott?", fragte Meilin. Trude seufzte. Diese Frage musste ja kommen!

„Ich glaube nicht, dass es den one and only mit Rauschebart auf einer Wolke sitzend gibt. Es ist nicht mein Ding, dem strafenden Mann im Himmel, den deine Eltern verherrlichen, gehorsam zu sein. Ich bete nicht, weil ich nicht weiß, wen ich anbeten soll."

„*Es geht mir auch so, dass ich nicht verstanden habe, was meine Eltern an diesem Gott und der Kirche gefunden haben. Aber ich mag die Geschichten von Jesus. Er scheint ja wirklich gelebt zu haben. Ich kann mir vorstellen, dass er als eine Art Geist über den Erdball schwebt und seine Schäfchen behütet. Zu ihm bete ich manchmal*", gestand Meilin.

Trude überlegte, ob jetzt der Moment gekommen war, um von Valentins gelegentlichen Erscheinungen zu erzählen. Nein! Dieses Geheimnis wollte sie sich und Valentin bewahren. Stattdessen fuhr sie fort: „*Seit ich Yoga mache und meditiere, bekomme ich eine Ahnung davon, dass es mehr als nur eine körperliche Existenz gibt. Früher erlebte ich diese pulsierende Energie auch im Tanz oder im Gesang mit anderen. Da ist mehr als nur Fleisch und Knochen. Wenn ich außer mir bin und mich durch etwas bedroht fühle, atme ich tief in mein Herz und wieder aus. Es öffnet und zentriert mich zugleich. Es macht mich mild und liebevoll und meistens schwindet die Angst oder der Ärger. Ich glaube fast, mein kleiner Gott sitzt in meinem Herzen. Komm ich zeige dir, wie das geht mit dem Atmen. Es ist ganz einfach. Stell dir dein physisches Herz wie eine Blumenblüte vor. Atme ein und lasse die Luft einströmen, die Blüten öffnen sich, die Blume dehnt sich aus, erstrahlt in höchster Pracht. Atme aus und lass alles, was sich noch hart anfühlt, vom Atemstrom aus der Blütenmitte fließen. Atme ein und nähre die Blume mit Licht. Atme aus und dehne dich aus. Atme Licht ein und atme Schwere aus. Ein und aus. Ein und aus. Bis du dich leicht, gesättigt und ausgedehnt fühlst. Das ist mein Gebet. Und jetzt weihst du mich ein, wie man zu Jesus betet. Es kann uns nicht schaden, seinen Beistand zu haben.“*

Meilin faltete die Hände, schloss die Augen und sprach die Worte:

„Jesus, wenn ich an Dich glaube,
dann bin ich nicht allein.
Du hast es doch versprochen,
uns immer nah zu sein.

Mein Jesus, ich kann Dich nicht seh'n.
Und doch sagst Du: Ich bin bei dir!
Wie soll ich das versteh'n?
Ich bitte dich, komm zeig es mir.“

„Ja. Mister Christ, jetzt ist doch dein Geburtstag. Es wäre ganz fein, wenn du zu deiner Party erscheinen würdest und uns da heil rausholst!“, fügte Trude an, bettete ihre Enkelin in die Arme. Eng umschlungen harrten sie in einem angespann-ten Zustand zwischen Wachen und Dösen aus.

Als sie merkten, dass sie sich wieder in normaler Lautstärke unterhalten konnten, horchte Trude auf. Der Wind hatte nach-gelassen. Trude ermahnte Meilin, sich nicht vom Fleck zu rühren, sie wollte sich erst alleine einen Überblick verschaf-fen. Es war immer noch stockdunkel. Sie stieg aus der Wanne, ertastete mit den Füßen vorsichtig den Boden im Wasser, das jetzt knietief stand und in dem unzählige Gegenstände, die sie nicht zuordnen konnte, herumtrieben. Die durchtränkte Matrat-ze war schwer und blockierte die Tür. Es gelang Trude nicht auf Anhieb, den Ausgang frei zu machen. Auch behinderte sie jetzt, angeregt durch das Wasser, das ihre Schenkel umspülte, ein unaufhaltsamer Drang zu pinkeln. Sie war seit Stunden nicht auf der Toilette. Mit einer entschuldigenden Bemerkung zu Meilin erleichterte sie sich in die Tunke.

In dem Moment, als es ihr gelang, die Tür zu befreien und aufzureißen, zog das Wasser auf das Parkett der Wohnung ab. Vielmehr auf das, was davon noch übrig geblieben war. Trude unterdrückte einen Schrei des Entsetzens. Es eröffnete sich ihr ein Bild des Grauens. Von ihrem Appartement blieben nur noch das Stahlträgergeripppe und wenige bröckelnde Mauerreste übrig. Teilstücke vom Dach hingen schräg in das Wohnzimmer und drohten vollends einzubrechen. Der Sturm hatte längst keine Kraft mehr, dennoch ließ er mit letztem Aufbäumen Windstöße durch die Ruine fahren, die an allem, was noch halbwegs aufrecht stand, zerrten. Trude wischte mit dem nassen Laken einen Weg durch den mit Glas- und Holzsplittern übersäten Boden. Hinter der demolierten Kücheninsel erleichterte sich Trude mit zittrigen Knien in der Hocke und kämpfte gegen die Erschöpfung und die Tränen.

Es gelang Meilin und Trude, das einsturzgefährdete Gebäude über die unversehrten Betonstiegen zu verlassen und sich im Freien in Sicherheit zu bringen. Es grenzte an ein Wunder, dass sie ihre Habseligkeiten, die in den zwei Koffern für die Abreise bereitstanden, bergen konnten. Der wütende Sturm hatte sie in die Nische im Flur gedrängt.

Bestürzt blickten sie um sich. Sämtliche Häuser in der Straße waren zerstört. Unzählige Autos hatte der Wind weggefegt, sie waren in Gebäude oder in Telefonmasten verkeilt oder lagen wie hilflose Käfer auf dem Rücken. Mit Fingern hatte jemand in die Schlammschicht der Heckscheibe eines Autowracks geschrieben: *„Tracy you Bitch!"*. Scharfkantige Blechstücke und zersplittertes Holz von wie Streichhölzer geknickten Bäumen waren auf den Gehwegen zerstreut. Zögerlich wagten sich Menschen aus den Trümmern. Trude fühlte sich um dreißig Jahre zurückversetzt, als sie nach der Bombardierung ein ähnliches Bild der Zerstörung vorgefunden hatte. Sie unterdrückte die aufkeimende, schmerzliche Erinnerung. Jetzt galt es, Erste Hilfe zu leisten und baldmöglichst ihre Familie zu finden.

Eine Woche später fand sich die ganze Familie zu Silvester bei Annie und Malcolm ein. Trude war bei Meilin im Zimmer untergekommen. Sie war, seit sie aus dem Inferno evakuiert worden waren, wie gelähmt und nicht in der Lage, etwas Eigenes zu suchen. Serge, Lucy und die Zwillinge belagerten das Gästezimmer. Die Cousins schliefen bei Peter auf Matratzen. Philipp und Angelo wohnten in einer Pension. Die Katastrophe, insbesondere die Angst um Meilin, hatte Annie und Malcolm zutiefst erschüttert. Ungewöhnlich mild waren ihr Ton und ihr Auftreten, seit sie ihre unversehrte Tochter am Flughafen in die Arme geschlossen hatten. Alle Familienmitglieder waren überrascht über die Silvestereinladung. Es war noch nie vorgekommen, dass Annie sie alle nach Brisbane bat. Philipp zog es dennoch vor, nicht unter demselben Dach zu nächtigen. Zu oft hatte Malcolm ihn und Angelo gedemütigt.

In einem halbierten Ölfass, an das Eisenfüße geschweißt waren, brannte ein offenes Feuer. Kinder und Erwachsene standen darum herum und hörten Trude und Meilin aufmerksam zu, als sie von den bangen Stunden berichteten. Zwei Nächte hatten sie in Notunterkünften verbracht, die der Katastrophenkorps errichtet hatte. Weil sie körperlich unversehrt waren, sprangen sie ein, wo sie konnten. Sie versorgten Verletzte, gaben Essen aus und betreuten verwaiste Kinder. Meilin und Trude wurden am 27. Dezember evakuiert.

Serge berichtete, dass ihre Farm im Outback ebenso Schäden abbekommen hatte. Aber längst nicht in dem Ausmaß wie die Häuser der Stadt. Alle Tiere, die in Panik ausgerissen waren, hatten sie zwischenzeitlich wieder einfangen können. Sie waren sich alle einig, dass es ein Glück war, dass alle Flüge nach Darwin gestrichen worden waren und so Annie, Malcolm und Peter wie auch Angelo und Philipp dem Orkan erst gar nicht ausgesetzt waren.

Alle Zeitungen berichteten von der Katastrophe. In der Geschichte Australiens hatte es noch nie eine vergleichbare Naturkatastrophe gegeben. Weil die Infrastruktur und die Versorgung der Stadt mit einem Schlag vernichtet worden waren, wurden Australier zur Spende oder zur Unterbringung von Obdachlosen gebeten. Die Solidarität auf dem ganzen Kontinent war eindrücklich. Auch Serge und Lucy nahmen eine fünfköpfige Familie bei sich auf. Meteorologen hatten

Windgeschwindigkeiten bis zu 300 km/h gemessen, bevor die Datenschreiber versagten. Drei Viertel der Bauten wurden komplett zerstört, 20.000 Menschen wurden obdachlos und über siebzig fielen dem Sturm zum Opfer. Petrowitsch war unter den Opfern. Wie alle Schiffe im Hafen oder auf dem offenen Meer hatte seine Jacht keine Chance. Sein Leichnam wurde nie gefunden.

Tracy war der Gesprächsstoff des Abends. Das Bedürfnis war groß, jede kleinste Einzelheit in Erfahrung zu bringen. Die Frauen deckten beim Reden den Tisch und richteten Salate an. Jede hatte Freunde in Darwin, die betroffen waren. Die Männer grillten das Fleisch und hielten sich eher an Fakten und Daten. Dabei wurden sie von den spielenden Kindern umkreist, die irgendwann genug hatten von den Katastrophenmeldungen der Erwachsenen. Ihr Interesse galt den Marshmallows, die sie an Stecken in den offenen Flammen braten wollten.

Später, als alle in der Runde versammelt saßen, sprach Malcolm das Tischgebet: *„Lieber Jesus sei unser Gast und segne, was Du uns bescheret hast. Wir danken Dir, dass Du unsere Familie beschützt hast und unser geliebtes Mädchen unversehrt aus dem Inferno gerettet hast. Bitte halte Deine schützenden Hände heute Abend und im kommenden Jahr über jeden von uns. Amen."*

Kurz vor Mitternacht füllte Lucy die Gläser mit Champagner. Gemeinsam zählten sie von zwölf rückwärts. Die Kinder tuteten lauthals mit Plastikinstrumenten, die sie aus einer Tischbombe an sich gerafft hatten, während die Erwachsenen auf das neue Jahr anstießen. Danach entzündeten sie ein Feuerwerk. Die Buben hatten einen Heidenspaß an den lauten Knallfröschen. Trude hätte gerne darauf verzichtet. Doch sie betrachtete ihre Enkel nachsichtig und dachte, dass sie zum Glück noch keine Schäden in der Seele hatten und Krach für sie ein Ausdruck purer Lebensfreude war.

Während Feuerwerksraketen weit in den Himmel schossen und in tausend Funken zerstoben, nahm Trude Meilin zur Seite, strich ihr über die Wange und ließ sie an ihrem Champagner nippen. Sie standen schweigend nebeneinander in der lauen, krachenden Sommernacht, bis Meilin hervorbrachte: *„Vielleicht hat uns Jesus tatsächlich beschützt?"*

„Ja, das glaube ich wohl!", antwortete Annie, die zu Mutter und Tochter hinzugetreten war und die letzten Worte von Meilin gehört hatte. Annie hatte den ganzen Abend keinen Alkohol getrunken, stellte Trude fest. Annie fuhr fort: *„Ich bin unendlich dankbar dafür! Nicht auszudenken! Wie hätte ich mit deinem Tod weiterleben können, Meilin? Ich war nicht bei dir, ich hätte mir das nie verziehen!"*

Die drei Frauen schwiegen. Jede war in ihren Gedanken versunken. Annie fügte leise an: *„Ich fand das Leben nach Dads und Juris Tod unerträglich und möchte nie mehr mitansehen müssen, wie andere Menschen trauern."*

Trude wusste, dass sie gemeint war.

Annie kramte in ihrer Hosentasche und beförderte etwas zutage. Im Dunkeln war es kaum zu erkennen, doch als die Mutter dem Mädchen den Stein in die rechte Handmuschel legte, wusste Meilin sofort, was es war, und stieß freudig aus: *„Du hast ihn also behalten!"*

„Ja, selbstverständlich habe ich ihn behalten. Wie könnte ich ihn weggeben! Er erinnert mich immer an die bangen und glücklichen Momente deiner Geburt ... und ... ", Annie berührte ihre Mutter sanft am Arm, *„... es erinnert mich an dich und wie du für mich da warst! Das habe ich nie vergessen!"* Annie schnäuzte sich in ein Taschentuch. *„Ich finde es nicht einfach, deine Tochter zu sein, Mom. Noch viel schwieriger finde ich es, eine gute Mutter zu sein, Meilin. Wir machen es uns nicht leicht, wir Frauen!"*

Trudes Augen wurden feucht und sie brachte ein kaum hörbares, zustimmendes *„Hmhm ... "* hervor. Meilin packte Mutter und Großmutter und umschlang sie mit beiden Armen. Die Frauen erwiderten ihre Geste.

Malcolm, der mit einer Bierdose in der Hand mit den anderen am Feuer stand, suchte mit den Augen den Garten nach seiner Frau ab und entdeckte die Konturen der drei, die in der Dunkelheit in enger Umarmung standen. Er grölte: *„Hey, alles in Ordnung bei euch?"*

„Ja, alles in Ordnung bei uns!", antwortete Meilin und schwor sich, diesen Silvester nie zu vergessen.

BRISBANE

1980 – 1998

1980 Kuranda

Die Straße wand sich mitten durch den Regenwald den Berg hinauf. Trude rüttelte unsanft an der Gangschaltung, bis diese widerspenstig einrastete. Der alte Chevrolet keuchte vor jeder Kurve und gab eine schwarze Abgaswolke beim Beschleunigen nach der Kehre ab. Das letzte Stück sollte doch noch zu schaffen sein, dachte Trude und sprach laut zur ihrem Fahrzeug: *„Du wirst doch jetzt nicht den Geist aufgeben, kurz vor dem Ziel, ma belle!"*

Zwei Wochen lang war Trude schon unterwegs. Sie war von Brisbane der Ostküste entlang nach Norden bis nach Cairns gefahren und nun auf den letzten Kilometern vor Kuranda. Sie liebte ihr Mädchen, den türkisfarbenen Chevrolet Chevelle SS, der schon 150.000 Kilometer auf dem Tacho hatte und den sie liebevoll „Chevelle – ma belle" nannte. Sie hatte schon unzählige Autos in ihrem Leben gefahren. Die Marke spielte nie eine Rolle beim Kaufentscheid. Die Farbe, das Design und der Preis waren ausschlaggebende Faktoren. Trude hatte schon immer ein Faible für blaue oder türkisfarbene Autos. Aber Trude hatte kein Händchen für Motoren und Getriebe. Der Wagen musste fahren. Punkt.

Malcolm hatte es aufgegeben, seine Schwiegermutter von einem neuwertigen, praktischen Toyota aus seiner Flotte zu überzeugen. Mittlerweile schüttelte er nur noch den Kopf und

reparierte ihre Rostbeulen, die sie von dubiosen Gebraucht-
wagenhändlern erstand, aus Gefälligkeit und behielt seine
Gedanken, dass er Trude für einen sturen alten Esel hielt, für
sich. Malcolm hatte die Augen verdreht, als Annie ihm mit-
teilte, dass ihre zweiundsiebzig Jahre alte Mutter die 1700
Kilometer auf dem Bruce Highway alleine fahren wollte, um
im Hippiedorf einen Heiler aufzusuchen und ein paar Monate
dort zu leben. Dennoch überholte der Schwiegersohn Trudes
Wagen für die lange Fahrt. Er wollte sich nichts zuschulden
kommen lassen.

Das Auto hatte ohne Mucken den Weg nach Norden zurückgelegt. Es hatte treu und zuverlässig geschnurrt und Trude zu
allen Zwischenstopps gebracht, worauf sie spontan Lust hatte.
Der Küstenabschnitt dem Great Barrier Reef entlang enthielt
prächtige Sandstrände, die die Seniorin, die diese Region zum
ersten Mal besuchte, in helle Verzückung versetzte. In Darwin
war Baden im Meer wegen der Klippen und Krokodile absolut
unmöglich. Doch hier gab es Strandabschnitte, die überwacht
und sicher waren. Dazwischen wiesen Passanten und Schilder
auf mögliche Reptilien und Quallen hin. Doch Trude ignorierte die Warnungen. Die Lust, sich ins warme Wasser zu stürzen
und sich wie ein Kind dem Spiel der Wellen hinzugeben, war
größer als die Angst vor der Gefahr. Trude hatte mit ihrem
fortgeschrittenen Alter eine fatalistische Haltung angenommen, die sie als ihre totale Narrenfreiheit betrachtete. Schmerzen sind auszuhalten und etwas Schlimmeres als zu sterben
konnte ihr nicht passieren.

Auch der Tod hatte seine Fratze verloren. Er war zu einem kleinen Gnom geschrumpft, der keine Macht mehr über Trude hatte. Viele Menschen hatte sie gehen sehen und wusste, dass von jedem Spuren blieben. Und spätestens seit Valentin, der in ihren Augen ein noch größerer Narr war als sie, sie zu den unmöglichsten Zeiten besuchte, wusste sie, dass es einfach weiterging.

Trude stürzte sich ins Abenteuer und ließ sich nicht ausbremsen. Weder von ihrer braven Tochter und ihrem Schwiegersohn noch von den giftigen Schmerzen, die ihr die Arthrose und andere zunehmende Altersbeschwerden bescherten. Der Umzug nach Brisbane hatte keine Linderung auf körperlicher Ebene gebracht. Trude begann ihren Tag auf der Yogamatte und sie achtete auf ihre Ernährung. Dies genügte aber offensichtlich nicht. Die Achtsamkeit mit ihrem Körper und ihrem Geist schenkte Trude aber auf vielen Ebenen Lebensqualität und vor allem eine Gelassenheit, sich durch nichts und niemanden mehr aus der Ruhe bringen zu lassen.

❧ ... ❦

Trude hatte, nachdem *Tracy* sie aufs Brutalste aus Darwin fortgefegt hatte, im West End, einem hübschen Quartier in Brisbane, ein Häuschen gefunden. Es war wie alle Queensländer-Häuser auf Stützen gebaut. Über eine hölzerne Außentreppe gelangte man auf die ausladende überdachte Veranda, die von September bis Juni ein zusätzliches Zimmer war. Im

Haus standen Trude eine Küche, ein Bad, ein Wohnzimmer und zwei Schlafzimmer zur Verfügung. In dem einen hatte sich Meilin über vier Jahre lang einquartiert. Unter der Woche hatte die Enkelin bei ihr gelebt und von dort aus die High School besucht. Die Wochenenden hatte sie bei den Eltern und ihrem Bruder verbracht. Dieses Arrangement war für Meilin und für Trude ein großer Gewinn und hatte Trude den Neunanfang leicht gemacht.

Meilin hatte Boden gewonnen und war glücklich in die neue High School gestartet. Trude nahm die neue Aufgabe dankbar an. Sie kümmerte sich um das Wohlergehen ihrer Enkelin und sorgte dafür, dass sie ihre Schulpflichten erfüllte. Und *Tracy* bekam nicht die Macht, sich als Trauma in ihrer Seele festzukrallen. Großmutter und Enkelin sprachen so lange über die dramatische Nacht, bis es ihnen eines Tages langweilig wurde und das Ereignis als wohl einschneidendes, aber nicht mehr bedrohliches in ihrer Erinnerung abgespeichert wurde.

Meilin war nach der Schule ratlos und rastlos. Am liebsten wäre sie sofort losgezogen, doch sie war zu mittellos, um sich ihren Wunsch, die Welt zu bereisen, zu erfüllen. Ihre Eltern besorgten ihr eine Praktikumsstelle im Krankenhaus. Das Mädchen merkte jedoch ganz schnell, dass sie nicht dafür geschaffen war, sich mit Krankheiten herumzuschlagen. Es ging ihr zu nahe, fremde Menschen zu berühren. Beim ersten Anblick von Blut und Eiter musste sie sich übergeben. Mit großem Glück fand sie darauf eine Stelle in einem Reisebüro. Meilin liebte ihren neuen Job und die neu gewonnene Freiheit, sich mit einem eigenen Einkommen auf die eigenen Füße zu stellen. Nach drei Monatslöhnen zog Meilin zu einer gleichaltrigen Arbeitskollegin.

Der Auszug der Enkelin war wieder ein Bruch für Trude. Sie hätte für den Rest ihres Lebens mit Meilin unter einem Dach leben können. Und doch wusste Trude genau, dass junge Menschen sich abnabeln müssen. In den ersten Tagen und Wochen tigerte Trude durch das Haus und wusste nicht, was sie mit sich und der vielen freien Zeit anfangen sollte. Irgendwann waren alle Räume gereinigt, beschädigte Sachen in Stand gesetzt, war alles Nötige eingekauft – und den ganzen Tag zu meditieren schien ihr dann doch zu fad. Trude vermisste Meilin sehr. Sie begann ziellos durch die Stadtquartiere zu streifen. Da sie mit einer spärlichen Rente und dem Ersparten haushalten musste, war Trude meist zu Fuß oder mit dem Rad unterwegs. Oft legte sie Pausen in Parks und am Ufer des Brisbane River ein. Es war ein durchschnittlicher Tag im Juli, der unaufgeregt einen neuen Impuls in ihr Leben brachte. Ein kleiner Gedanke, eine winzige Neugierde nur, die jedoch plötzlich etwas Neues in Bewegung brachte.

Trude saß auf ihrer Lieblingsbank im botanischen Garten unter den ausladenden Bäumen. Ein bissig-kalter Wind drang durch die Kleiderschichten und Trude schlang sich ihren Wollschal um den Kopf, um die empfindlichen Ohren zu schützen. Ihr Leben zog vor ihrem inneren Auge vorbei, während sie Steinchen in das trübe Wasser des trägen Flusses schmiss. Vor einem halben Jahrhundert hatte sie mit Lena am Fluss gesessen und auf die treibenden Blätter gezielt. Trude hatten keinen Kontakt mehr zu Europa. Olga war die letzte Brücke gewesen. Doch der Briefkontakt mit ihr war abgebrochen. Estland war unter dem Kommunismus total abgeschottet. Wehmütig erinnerte sich Trude an die wenigen, aber umso kostbareren Frauen, die sie ein Teilstück ihres Lebens begleitet hatten. Was wohl aus ihnen geworden war?

Trude fragte sich, warum sie, obwohl sie Menschen mochte, keine Freundin hatte, warum sie abgesehen von der Familie wenige Kontakte pflegte. Wie handhabten das andere Frauen? Und was hatten andere Frauen, die keine Kinder hatten, aus ihrem Leben gemacht? Diese Fragen ließ Trude nicht mehr los. Wie in New York begann sie Bibliotheken und Buchhandlungen nach Frauenbiografien abzuklappern und ihre Tage mit einer neuen Passion zu füllen. Dies führte sie irgendwann zu einem kleinen, unscheinbaren Geschäft in *Highgate Hill*. Das große Schaufenster war mit Metallverstrebungen verstärkt. Der Besitzer hatte das Glas nicht ganz bis in die Ecken geputzt. In der Auslage standen von der Sonne vergilbte Fotobände und Secondhandbücher. Das Geschäft wirkte verstaubt, als hätte es die besten Jahre hinter sich, und dennoch übte es auf Trude eine magische Anziehungskraft aus. Als sie näher trat, fand sie hinter der Glasscheibe bei der Eingangstür einen kleinen Notizzettel kleben, auf dem in geschwungener Schrift stand:

„Gesucht:
Aushilfe für zwei Tage
Gehobene Literatur und Reisebücher
Kundschaft anspruchsvoll, aber bezaubernd
Nach Bernadette fragen"

Bernadette war die Geschäftsinhaberin. Sie war zierlich und trug ein rehbraunes Twinset über einem Tweedrock. Die Farbe des Stricks unterstrich ihre braunen Augen. Ihr graues, langes Haar hatte sie zu einer eleganten Frisur hochgesteckt. Stecker und eine Kette aus Süßwasserperlen rundeten die elegante Erscheinung ab. Bernadette bewegte sich ruhig und sprach sanft mit gewählten Worten. Trude sah an sich herunter und fühlte sich in ihren Manchesterhosen und dem ausgeleierten Baumwollpullover für einen kurzen Augenblick schäbig. Sie wischte den Gedanken weg. Wie oft hatte Etikette in ihrem ganzen Leben einen Einfluss gehabt? So gut wie nie! Also. Sie verstand sich mit Bernadette auf Anhieb und beide fanden viele Gemeinsamkeiten. Bernadette war acht Jahre älter als Trude, auch Witwe, hatte erwachsene Kinder und Enkel und liebte Sprachen und Bücher.

Einen Tag später führte Bernadette Trude in ihr Reich, eine Fundgrube an wertvollen literarischen Werken und Fotobildbänden aus der ganzen Welt, ein. Trude fühlte sich auf Anhieb wohl in dieser Welt, in der sich Raum und Zeit auflösten, kaum hatte man die Türschwelle überschritten. Der Altbuchladen an der *Emily Street* wurde Trudes zweite Stube. Sie staubte Bücher ab, flickte zerfledderte Bände und machte eine Bestandsaufnahme, zu der die Besitzerin nicht mehr in der Lage war.

Bernadettes Kosmos beinhaltete wahre literarische Schätze aus der ganzen Welt. Es herrschte nie Großandrang und so hatte Trude immer genügend Zeit, sich durch die Wälzer und Abenteuer durchzulesen. Wenn das Glöcklein an der Eingangstür bimmelte, erhob sich Trude aus dem Ohrensessel hinter der Theke und bediente die Kunden, meist Bücherwürmer, die Bernadettes Antiquariat seit Jahren schätzten und treu aufsuchten.

In dieser kleinen Oase stieß Trude auf mehr Frauenliteratur als in ganz Manhattan. Mit Kleopatra, der ägyptischen Königin, fing Trude an, wälzte sich danach durch die Schriften von *Hildegard von Bingen*, der mittelalterlichen Mystikerin und Heilerin. Erschüttert war Trude von *Jeanne d'Arc's* Freiheitskampf und Ende auf dem Scheiterhaufen. Sie fieberte mit den Grimke-Schwestern mit, die sich in den amerikanischen Südstaaten im 19. Jahrhunderts für Frauenrechte, gegen die Sklaverei und gegen die Todesstrafe engagierten. Trude bewunderte *Marie Curie*, die sich in der männerdominierten Wissenschaft einen Namen machen konnte. In *Simone de Beauvoirs* rebellischem Geist fand sich Trude wieder. *Indira Gandhi* hatte als Ministerpräsidentin im instabilen Indien einen schweren Stand. In *Doris Lessing* entdeckte Trude eine Erzählerin, die sich literarisch mit Mystik und Gesellschaftsthemen auseinandersetzte. Sie fand auch ein paar australische Persönlichkeiten. Der Mut der Pionierin *Maude Bonney*, die 1933 als erste Pilotin von Australien nach England flog, beeindruckte Trude zutiefst. *Mayse Young* wuchs als Kind im Busch auf. Sie hatte acht Kinder geboren und führte ein Motel in Pine Creek 200 km südlich von Darwin. Trude bedauerte, nie zuvor von ihr Kenntnis genommen zu haben, sonst hätte sie diese außergewöhnliche Frau auf jeden Fall besucht.

Die zwei Tage im Buchladen wurden die Höhepunkte von

Trudes Woche. Bei ihrer Aufgabe vergaß sie völlig ihre schmerzenden und ziependen Gelenke. Die Arbeit schenkte Trude geistige Nahrung und brachte sie in Kontakt mit schrulligen, spannenden, scheuen oder schrillen Menschen aus allen Schichten und jeden Alters. Studenten besuchten das Antiquariat als Inspirationsquelle für ihre Masterarbeit. Greise Literaten belagerten stundenlang die Ohrensessel und nickten gelegentlich über dem Buch auf den Knien ein. Trude liebte diese Oase, in der Kultur, Schöngeist und Menschlichkeit zu Hause waren. Sie dankte dem Leben einmal mehr, dass sie zur richtigen Zeit am richtigen Ort gelandet war.

Nach zwei Jahren trat eine neue Wende ein. Der Zeitpunkt war für Bernadette gekommen, sich endgültig zur Ruhe zu setzen und Trude den Laden ganz zu überlassen. Bevor sich Trude verpflichten mochte, handelte sie sich eine Auszeit aus. Sie hatte seit New York nie mehr Urlaub gemacht und verspürte den starken Wunsch, sich noch einmal eine Reise zu gönnen, solange sie noch in der Lage war. Eine deutsche Backpackerin hatte sich irgendwann einmal im Laden verirrt. Ihre Begeisterung hatte Trude nicht mehr losgelassen.

Ein Bildband von Bali, der im Schaufenster ausgestellt war, hatte die Touristin damals angesprochen. Trude hatte der jungen Europäerin wie allen Kunden einen Tee angeboten. Trude hatte sich über die Gelegenheit gefreut, ihr Deutsch hervorzukramen. Heidemarie war von Cairns angereist und berichtete von traumhaften Plätzen an der Ostküste, unter anderem auch von ihrem Retreat in Kuranda, von einem Heiler namens

Mike, von Yoga und von der Magie des Dorfes im Regenwald. Die Globetrotterin schwärmte in schillernden Farben. Seither fühlte sich Trude von diesem wundersamen Ort gerufen. Bevor sie das Antiquariat übernahm, war der richtige Zeitpunkt, dem Ruf zu folgen. Es konnte auch nicht schaden, einmal unkonventionelle Heilmethoden in Betracht zu ziehen. Wer weiß, vielleicht konnte dieser Mike ihre Gelenkschmerzen zum Verschwinden bringen?

Mit dem Ersparten leistete sich Trude den türkisfarbenen Sportwagen, der ihr schon lange ins Auge gestochen war. Monatelang war sie beim Autohändler vorbeigeradelt und war immer erleichtert gewesen, dass der Chevrolet noch auf dem Platz stand. Es musste die Chevelle sein, die sie nach Kuranda fuhr. Drei Monate hatten Bernadette und Trude ausgemacht. Beim Abschied wünschte Bernadette, die ihre Kollegin insgeheim für verrückt hielt, aber auch bewunderte, gute Fahrt und überreichte Trude einen dicken Umschlag. Dieser enthielt eine aktuelle, faltbare Straßenkarte von Queensland. Rechts oben im blauen Feld, das das Meer rund um das Barrier Reef markierte, stand in schöner Kalligrafie: *„Damit du nicht verloren gehst! Komm gesund und inspiriert zurück! Love, Bernadette.“*

Trude schlief nachts auf dem Rücksitz des Autos, immer so nahe wie möglich am Strand. Sie wählte nach Bauchgefühl Nebenstraßen, die vom Bruce Highway abzweigten, und landete meist auf Parkplätzen aus gestampfter Erde, die von Hobbyfischern oder Pärchen frequentiert waren, deren Wagen beim Liebespiel sanft schaukelten und deren Scheiben beschlugen.

Trude hatte nie Angst. Auch nicht, als es am Mission Beach mitten in der Nacht an die Scheibe klopfte und ein dunkelhäutiger Mann sie bat, das Fenster herunterzulassen. Sie war nur einen Moment verwirrt, weil sie den Eingeborenen nicht in die Handlung ihres Traums einordnen konnte. Der Besucher fragte sie, ob sie Alkohol dabeihätte. Als sie kopfschüttelnd verneinte, verzog er sich wieder. Trude verriegelte die Tür und schlief weiter.

Endlos und langweilig schien ihr die Fahrt an den Zuckerrohr- und Bananenplantagen entlang. Dicht stand das Grün und verhinderte jeglichen Blick aufs Meer, das nur wenige Kilometer hinter den Anlagen war. Je nördlicher sie kam, desto mehr Dunst hing in den Hügelketten, die von Regenwald bedeckt waren. Tramper nahm sie nicht mit. Sie wollte unabhängig bleiben und sich treiben lassen, wo immer sie Lust hatte anzuhalten. Die Nachrichten aus dem Radio langweilten sie. Es ging immer ums Gleiche: Das Geplänkel zwischen der NATO und Russland, Putschs und Krieg im Orient, Korruption in Asien, um Ölpreise und Rohstoffe. Die Resultate der Rugby League waren ihr ebenso einerlei wie der Wetterbericht. Wenn Trude am Morgen erwachte, schaute sie zum Himmel und wusste, ob es regnen würde oder ob der Himmel klar blieb.

Zum Glück hatte sie ihre Mixtapes dabei. Meilin hatte ihren Radiorekorder und ein paar leere Kassetten beim Auszug zurückgelassen. Trude hatte Spaß bekommen, sich ihre Lieblingslieder selber zusammenzumischen. Immer wenn ihr ein Lied, das im Radio gespielt wurde, gefiel, drückte sie reaktionsschnell auf die Aufnahmetaste. In einem Tankstellenshop hatte sich Trude zudem Musikkassetten gekauft. Puccinis Arien und Abbas Voulez-vous lagen im Sonderangebot neben Sonnenbrillen und Scheibenwischwasser.

Als Trude *Nessun Dorma* aus Puccinis Oper *Turandot* zum ersten Mal hörte, musste sie an den Straßenrand fahren und anhalten. Die inbrünstige Stimme des unbekannten Tenors ergriff Trude. Sie schaltete den Motor aus, lehnte sich in die Ledersessel des Autos zurück, schloss die Augen und ließ die Tränen über ihre Wangen rinnen. So etwas Schönes hatte sie seit Langem nicht mehr gehört! Bei den Mixtapes und Abbas beschwingtem Sound drehte Trude den Lautstärkeregler bis zum Anschlag auf und sang alles mit, während der Wagen die Kilometer nach Norden fraß. In Cairns angekommen konnte sie alle Lieder auswendig.

In der Stadt nahm sie ein Hotelzimmer, um nach der vierzehntägigen Reise in einem richtigen Bett zu schlafen und ausgiebig zu duschen. Mit nassen Haaren und einem knappen Frottiertuch umgebunden lief sie barfuß aus der Etagendusche über den abgegriffenen, lachsfarbenen Teppich den Gang entlang zu ihrem Zimmer. Vor dem Spiegelschrank blieb sie lange stehen, ließ das Tuch fallen und studierte ihr nacktes Spiegelbild. Vor vielen Jahrzehnten hatte sie Grimassen schneiden müssen, um tiefe Furchen auf Stirn, um die Augen und den Mund bilden zu können. Jetzt standen die Falten ohne irgendein Zutun in ihrem Gesicht. Die Haut war überall mit Altersflecken übersät. Brüste und Po schienen des Lebens erschöpft und gaben sich der Schwerkraft hin. Trude musste lachen. Die Frau im Spiegel war ihr sehr sympathisch, doch das konnte unmöglich sie selbst sein! Sie fühlte sich doch jung und vital!

„Du gefällst mir immer noch, Liebste!", sprach Valentin plötzlich aus dem Nichts. *„Zu gerne würde ich mit meinen Fingern über deinen schönen Rücken streichen, deine Brüste liebkosen und mit dir knutschen! Du glaubst nicht, wie sehr ich unsere Sinnlichkeit vermisse! Was gäbe ich darum, wieder einmal ein Glas köstlichen Rotwein zu trinken! Mir bleibt, dich zu betrachten und in Erinnerung zu schwelgen!"*

An Valentin und ihre Begegnung im Hotelzimmer dachte Trude am Tag darauf, als sie ihren Chevrolet anspornte, die steile Serpentinenstraße nach Kuranda zu schaffen. Trude warf einen Blick in den Rückspiegel, betrachtete ihre rosa Wangen und schmunzelte verschmitzte. Valentin hatte nicht davon abgelassen, ihr seine erotischen Fantasien zuzuflüstern. Er sparte keine Details aus und es erregte Trude, ihm zuzuhören. Die Hitze in ihrem Schoß begrüßte Trude mit Erstaunen, weil es schon eine Weile her war. Valentin hatte ihr zugesehen, wie sie sich in fortgeschrittenem Alter noch selber beglückt hatte.

Jäh wurde Trude aus ihren entrückten Gedanken gerissen. Die vor ihr liegende Rechtskurve war so eng, dass das entgegenkommende Auto, ein roter Holden Van, ihre Fahrbahn schneiden musste. Trude trat instinktiv mit dem Fuß auf die Bremse, der Motor protestierte mit einem lauten Würgen und erstickte. Der Chevrolet blieb mit einem heftigen Ruck stehen. Trude atmete auf, sie hatte das andere Auto nicht gestreift. Sie zog die Handbremse, ließ sich für einen Moment in die Lehne zurückfallen und entspannte sich für ein paar Atemzüge, bis das Zittern nachließ.

„Puh! Gerade noch einmal Glück gehabt!", dachte Trude erleichtert, als sie einen kurzen Blick zum Abgrund warf, der links vom Auto abfiel. Sie drehte den Zündschlüssel, um ihren Wagen wieder zu starten und sich außer Gefahr zu bringen. Außer einem müden Röcheln brachte der Motor keinen Laut hervor. Trude versuchte es zwei, drei weitere Male. Doch der Wagen machte keine Anstalten. Trude stieg aus, öffnete die Haube und betrachtete das Innenleben ihrer Chevelle und kratzte sich ratlos am Kopf. Ein braun gebrannter Bursche, Trude erkannte ihn als den Fahrer des roten Vans, kam oberkörperfrei in ausgefransten Shorts die Straße hinaufgerannt. In der Eile stolperte er und verlor seine Tongs (Strandlatschen), bis er sie abstreifte, in die Hand nahm und barfuß zu Trude eilte.

„Madame, alles in Ordnung? Kann ich Ihnen helfen?", sprach der Mann mit einem französischen Akzent. Trude schilderte ihm die missliche Lage und sie stellten sich einander vor. Als es Gérard auch nicht gelang, mit der Zündung das Auto anzuwerfen, fummelte er stirnrunzelnd an Kabeln und Leitungen herum. Plötzlich schnellten seine Finger aus dem Motorraum zurück. Der junge Franzose hatte sich an der heißen Batterie verbrannt und Trude schwante, dass der junge Globetrotter sich mit Automotoren auch nicht besser auskannte als sie. Sie holte einen Eisbeutel aus der Kühlbox und hielt ihn auf Gérards Handrücken, der bereits Blasen gebildet hatte.

Das Auto musste aus der Gefahrenzone. Mit gelöster Handbremse rollten sie unter höchster Konzentration Trudes Wagen rückwärts zu Gérards Van, den er in einer Ausbuchtung zwischengeparkt hatte. Der Chevrolet musste abgeschleppt werden. Gérard war nach Cairns unterwegs, um einen Tauchkurs im Great Barrier Reef zu buchen, und konnte Trude bis zur nächsten Werkstatt mitnehmen. Als sie Trudes Gepäck in Gérards Wagen verfrachtet hatten, waren die beiden geschafft vom Manöver. Gérards blonde Strähnen waren klatschnass und der Schweiß rann in einem Rinnsal über den Rücken in die Shorts. Trudes Sommerkleid klebte ihr am Leib.

Fünfzig Jahre Altersunterschied genügten Trude, um keine Schamgefühle vor dem jungen Franzosen zu haben, und sie begann, hinter der offenen Autotür, dem Wald zugewandt, die Kleider zu wechseln. Gérard lachte befreit und tat es ihr gleich. In diesem Moment tuckerte ein bunt bemalter VW-Bus die Straße hinauf und stieß bei jeder Gangschaltung eine graue Abgaswolke aus dem Auspuff. Durch die offenen Fenster ertönte Reggaemusik und eine Bande fröhlicher Hippies grölte die Lieder mit. Als sie Trude und Gérard beim Umziehen erblickten, pfiffen sie laut und ausgelassen, beglückwünschten das ungewöhnliche Paar zu seinem vermeintlichen Stelldichein.

„Yes! Go for it Baby!", hörte Trude eine junge Frauenstimme aus dem Wageninnern rufen. Nun hielt Trude nichts mehr und sie stimmte in Gérards Lachen ein. Sie kugelten sich, bis sie die Bäuche zwickten.

„Die halten uns für Harold and Maude!", bemerkte Trude

immer noch glucksend, als sie Gérards Wagen bestiegen und Fahrt Richtung Cairns aufnahmen. Bei der ersten Werkstatt am Weg hielt der Franzose an. Trude klärte mit dem Mechaniker die Situation und kam mit erhobenem Daumen zurück zum Van, wo Gérard auf sie wartete. Sie bedankte sich bei ihrem Zufallsbekannten für die Hilfe, holte ihre Reisetasche aus dem Kofferraum und bat ihn um seine Anschrift. Trude wollte sich bei ihm erkenntlich zeigen. Gérard schrieb seine Aufenthaltsadresse in Kuranda auf einen Wisch und sagte: *„Für den Fall, dass du jemanden brauchst, der dir aus der Patsche hilft."* Grinsend fügte er hinzu: *„Oder wenn dir nach Gesellschaft von Harold zumute ist."*

Sie verabschiedeten sich mit einer freundschaftlichen Umarmung. Trude winkte dem roten *Holden* nach, bis er um die Kurve hinter dem hoch stehenden Zuckerrohr verschwand. Sie schüttelte grinsend den Kopf und wandte sich danach dem Mann in der Werkstatt zu.

Später stand Trude an derselben Stelle mit der Reisetasche in der Hand und hielt Ausschau nach einer Mitfahrgelegenheit. Sie hatte sich schweren Herzens von ihrem Baby, der türkisfarbenen Chevelle, verabschiedet. Sie hatten den Chevrolet mit dem Abschleppwagen zur Garage geholt, wo der Fachmann die Pannenursache untersuchte. Mit dem gesenkten Blick eines Chirurgen, der den Patienten nicht mehr retten konnte, trat er auf Trude zu und unterbreitete ihr die Möglichkeiten. Der Motor musste ersetzt werden. Auch die Kolben und Zylinder seien durch die Überhitzung arg in Mitleidenschaft gezogen worden. Die Bremsscheiben seien dünn und abgeschliffen wie Holzspan. Sie hätte Glück gehabt. Alles in allem kostete die Reparatur so viel, wie Trude für die Reise gespart hatte. Sie hatte sich zwischen dem Wagen oder zwei Monaten Urlaub entscheiden müssen.

„Nur nicht zurückblicken und schnell weg hier", dachte Trude. Sie spürte ihren mobilen Weggefährten, den sie dem Werkstattbesitzer für eine Handvoll Dollar überlassen hatte, in ihrem Rücken schmollen und befürchtete, ihren Entschluss über den Haufen zu werfen und mittellos nach Brisbane zurückreisen zu müssen.

ೋ … ⊱

Die schwere Holztür ächzte, als Trude sie aufstieß. Sie trat aus ihrem Cottage, zurrte ein königsblaues Baumwolltuch über bequemen Shorts und einem Trägershirt oberhalb ihres Busens fest und schritt über den Pfad aus gestampfter Erde zum Dorfzentrum, das wenige Gehminuten von ihrer Bleibe entfernt war.

Seit zwei Wochen war der schlichte Holzbau mit Blechdach und einer klitzekleinen überdachten Veranda ihr temporäres Zuhause in Kuranda. Es enthielt ein Zimmer mit einem Bett und einem offenen Gestell. Auf dem Tisch stand ein Gaskocher. Die Fassade war tomatenrot gestrichen, Tür und Fensterrahmen in Türkis bildeten dazu einen frischen Kontrast. Die Hütte fiel jedoch nicht als außergewöhnlich auf. Alle

Häuschen im Ort waren bunt und winzig. Jedes war auf seine Art originell und schief, organisch zwischen und unter die majestätischen Regenwaldbäume gebaut. Die ersten Bewohner hatten sich der Hoheit des Waldes untergeordnet und ihre Behausungen im Dialog mit den Gegebenheiten erbaut. Kein Baum war gefällt worden. Das Gefälle im Gelände wurde mit Holztreppen und verschlungenen Pfaden überbrückt. Zwischen den Latten wucherten Farne und bunte, süß riechende tropische Pflanzen. Im Herzen der Kommune waren ein großer Gemeinschaftsraum, kleine Läden für den täglichen Bedarf und Cafés entstanden.

Trude teilte das „Badezimmer" mit drei anderen Frauen. Die Dusche bestand aus einer Konstruktion aus drei Bambuswänden, über die eine improvisierte Brause an einem Baum befestigt war. Der Zugang wurde mit einem orangefarbenen Sari, auf dem ein schwarzes Mandala prangte, geschlossen. Als Seifenspender diente die offene Hand einer hüfthohen, im Schneidersitz thronenden Buddhastatue aus Beton.

Das Plumpsklo, auch ein schlichter Bretterbau, war Trudes größte Herausforderung. Die Diele mit dem Loch in der Mitte war roh gezimmert und bescherte Trude bereits beim ersten Geschäft einen Splint am Allerwertesten. Doch damit kam sie besser klar als mit dem schwarzen Schlund unter ihr, der tief in den Boden gegraben war, alles schluckte und nichts mehr hergab. Sie hütete sich, lose Teile oder gar Schmuckstücke mit auf die Waldtoilette zu bringen, nachdem ihr Lieblingsschal auf den Haufen unter ihr gesegelt war und fortan für immer und ewig in Mutter Erdes Schoß ruhte. Trude lockte verkrampft über dem Loch, stets auf der Hut vor Schlangen, Spinnen oder einem dieser unzähligen ekligen Käfer, die im Regenwald anzutreffen waren, summte unzählige Lieder, um sich zu entspannen, oder sprach ihrem Darm gut zu, sich locker zu machen. Nach sieben Uhr abends trank sie nichts mehr, um nachts nicht zu müssen.

Abgesehen von dieser täglichen Herausforderung – ihre Yogalehrerin Gladys bemerkte dazu, es sei eine wunderbare Übung, sich den Ängsten zu stellen, sich in Entspannung zu üben und über sich hinauszuwachsen – fühlte sich Trude überaus wohl in dem Dorf, wo sich Kunsthandwerker, Musiker, spirituelle Sucher und Aussteiger zusammenfanden, eine neue Lebensform auszuprobieren. Trude hatte sich bei der Ankunft aufs Geratewohl nach Gérard durchgefragt, um auf ihn zu warten. Es war leicht, ihn unter den paar Hundert Menschen ausfindig zu machen. Man kannte sich, man half sich gegenseitig. Gérard hatte ihr am ersten Tag die leer stehende Hütte vermittelt, sie mit Freunden bekannt gemacht und ihr damit den Einstieg an diesem ungewohnten, geheimnisvollen Ort erleichtert. Zwei Tage später brach er für eine unbestimmte Zeit zum Great Barrier Reef zum Tauchen auf.

Am Abend traf sich die Dorfgemeinschaft jeweils um ein offenes Feuer. Immer hatte einer die Gitarre dabei, zupfte Melodien, die ein Nächster aufnahm und zu einem Lied anstimmte. Dem mehrstimmigen Gesang folgten Rasseln und Trommeln. Manchmal spielte jemand Didgeridoo oder Mundharmonika. Wenn ein Neuankömmling hinzutrat, rückten zwei, ohne den

Gesang zu unterbrechen, auseinander und schafften eine Lücke, um die Person willkommen zu heißen. Trude liebte diese Singkreise und die Weisen aus der ganzen Welt, die Erinnerungen an Livonia wachriefen.

Jeden Morgen besuchte Trude die öffentliche Yogaklasse. Sie war die älteste Teilnehmerin, aber dank ihrer jahrelangen Praxis bei Weitem nicht die ungelenkste und sie erntete anerkennende Kommentare von den jüngeren Frauen. Zum Mittagessen kehrte sie alleine oder mit den neuen Bekanntschaften in eines der kleinen Cafés ein, nahm eine vegetarische Mahlzeit zu sich. Nach einer Siesta bummelte sie durch das Dörfchen, las, schrieb Tagebuch oder erforschte den Regenwald. Sie ließ sich treiben und von dem, was ihr auf dem Weg begegnete, inspirieren. Trude freute sich über Gespräche, die sich mit anderen ergaben, war aber auch gerne alleine. Das tägliche Durchbewegen, das meditative Sitzen und die Beschaulichkeit der Umgebung vitalisierten Trude.

Es fühlte sich an, als sei Trudes Seele mit einem imaginären Lift einen Stock tiefer hinabgesunken und sie hätte sich im Körper noch mehr verankert. Aus ihrer Mitte strahlten Ruhe und Ausgeglichenheit. Die Zeit spielte keine Rolle mehr. Das Alter ebenso wenig. Trude fühlte sich weise und übermütig jung zugleich. Ihre Sterblichkeit war real, doch machte sie ihr keine Angst. Sie ertappte sich öfter beim Gedanken, dass ihr Leben rund war und sie gehen könnte. Ohne Reue.

„Ich bin einverstanden. Ich bin glücklich. Ich bin frei", schrieb Trude am Ende eines langen Briefes an Meilin. Als P.S. fügte

sie an: *„Es würde dir hier bestimmt gefallen! Hättest du nicht Lust, mich zu besuchen?"*

చా...ఌ

Einmal überraschte Gladys ihre Yogaklasse mit einer Aufgabe. Ahnungslos trat Trude an diesem Morgen zu der Klasse. Die acht Frauen unterbrachen ihr fröhliches Plaudern und hießen Trude willkommen, als sie sich auf ihre Matte im Kreis setzte. *The Heart*, wie die Kommune ihr Begegnungszentrum nannte, war kein geschlossener Raum, vielmehr eine überdachte Bühne. Mobile Bambusparavents dienten je nach Veranstaltung als Wände oder Raumtrenner. Meist baumelten jedoch nur riesige, bunte Tücher von der Dachkonstruktion und wogten sanft mit dem Wind oder wenn eine Person vorbeistreifte. Von den Lücken des dichten Blätterdaches warf das gebündelte Sonnenlicht Scheinwerferstrahlen durch die Tücher und tauchte den Platz in ein magisches Farbspektakel. Der Ort war weise gewählt. Das Spiel von Licht, Schatten und Farben wirkte auf jeden, der den Raum betrat. Trude liebte es, darin einzutauchen.

Die Yogasession rundete Gladys stets mit einer Meditation ab. An diesem Morgen sprach sie jedoch zu ihren Schülerinnen: *„Ladys, ich habe aus euren Gesprächen aufgeschnappt, dass die eine oder andere mit ihrer Mutter nicht im Reinen ist. Da hängt noch viel Groll, Abhängigkeit und Mangel in der Luft. Packen wir doch die Gelegenheit beim Schopf, da wir im Moment*

nur Frauen sind, uns über unsere Mütter auszutauschen. Die
Mutter, die erste Frau in unserem Leben, hat unsere Weib-
lichkeit und unser Rollenbild wohl am meisten geprägt. Da-
mit wir frei und selbstbestimmt leben können, sollten wir dem
Menschen, der uns das Leben geschenkt hat, würdigen und
wertschätzen. Heute können wir überprüfen, welche Werte
sie uns auf den Weg gegeben hat und ob diese mit unseren
übereinstimmen. Wir sind als Erwachsene zu jedem Zeitpunkt
für unser Tun und Handeln selber verantwortlich, auch dafür,
welchen Einfluss jemand auf unser Wohlbefinden hat. Gibt es
Verletzungen, befreit es, zu verzeihen und loszulassen. Denn
was war, ist vorbei. Wir leben im Hier und Jetzt und haben
die Macht, uns Umstände zu erschaffen, in denen wir wachsen
können. Unsere Mutter an den Platz zu setzen, der ihr in unse-
rem Leben gebührt, bringt unser ganzes System in Ordnung."

„Oh nein! Nicht dieses Mutterding. Das habe ich doch schon
längst abgehakt!", dachte Trude entsetzt. Sie wurde zappelig
und spürte, dass eine Mischung aus Zorn und Enttäuschung
in ihr hochstieg. Sie hatte keine Lust auf diesen Psychokram.
Ihre Mutter war verstorben und sie hatte sie nie gekannt. Trude hatte ihr Leben alleine gemeistert. Was gab es da zu klären?
Zu Gladys sagte sie schroff:*„Ich weiß nichts von meiner Mut-*
ter. Ich kann nicht teilnehmen und möchte jetzt gehen."

Die Yogalehrerin erwiderte sanft: *„Aber natürlich kannst du*
mitmachen! Wenn du deine Mama nie persönlich erlebt hast,
ist es umso wichtiger, dass du dir eine Vorstellung von ihr
machst und sie in dein Bewusstsein holst. Vertrau darauf, dass

dir dein Unterbewusstsein Bilder oder Symbole von ihr zeigt! Sie war und ist immer präsent, auch wenn du sie physisch nicht gespürt hast. Ihr Kraftfeld und deines sind verbunden. Alle unsere Ahnen sind mit uns über unsichtbare Fäden verbunden. Bitte versuche, dich einzulassen. Es ist ein Puzzlestück, das dich vollständig macht."

Trudes Widerstand war mächtig. Sie rang mit sich. Schließlich willigte sie ungern ein und blieb. Gladys lächelte und fuhr an alle Frauen gewandt fort: *„Zur Übung: Nimm zwei Kissen vom Stapel. Setz dich im Schneidersitz auf das eine und das andere lege vor dich hin. Es steht für deine Mutter. Schließ die Augen. Lass den Atem tief ein- und ausfließen. Geh nun in deiner Fantasie in deine Kindheit zurück und stelle dich dir als kleines Mädchen in einer Alltagssituation mit deiner Mutter vor. Lass Bilder und Gefühle auftauchen, lass alles zu, was sich zeigen will. Was siehst du? Was riechst du? Was empfindest du? Siehst du Spielsachen? Was hast du an? Wie sieht deine Mutter aus? Worüber redet ihr? Möchtest du ihr Fragen stellen? Gib dich in diese Situation eine Weile ein."*

Trude ließ sich ein. Mit dem Atemfluss legte sich der Widerwillen und ihr Herz schlug wieder in sanftmütigem Rhythmus. Die Bilder stiegen überraschend und leicht wie Seifenblasen vor ihrem inneren Auge hoch, ploppten weg und neue erschienen. Sie sah sich in Tartu, in ihrem leinenen Kleid barfuß über den Hof laufen. Sie sah sich mit den Brüdern am Tisch sitzen und eine Milchsuppe mit einem geschnitzten Löffel aus einem Holzteller schlürfen. Es war laut. Sie sah sich in Wolllumpen gehüllt auf dem Boden kniend, mit geröteten, aufgeweichten Händen die Dielen scheuernd und in der kalten Luft eine weiße Atemwolke ausstoßend. Die glasklaren Bilder von der Kleinen verblüfften und rührten Trude zutiefst. Sie hatte sie völlig vergessen. Eine Welle von Mitgefühl und Liebe durchströmte die alte Frau für dieses zarte Geschöpf in dieser herben Umgebung.

Als Gladys die Überleitung zum anderen Kissen machte, verabschiedete sich Trude beinahe wehmütig von ihrem kleinen Ich, folgte aber gefügig der Stimme, die von außen in sie drang: *„Dann löse dich, öffne deine Augen und setze dich auf den Platz deiner Mutter. Stell dir die genau selbe Situation noch einmal vor. Aus ihrer Sicht. Was siehst du? Was riechst du? Was empfindest du? Was hast du an? Wie siehst du das kleine Mädchen dir gegenüber? Worüber redet ihr? Gib dich in diese Situation eine Weile ein. Und dann sprich mit deiner Tochter über dich. Erzähle ihr von deinem Alltag, von deinen Gefühlen, von deinen Gedanken, vom Vater und den Geschwistern, von Freuden und Sorgen. Erzähl!"*

Auf der Unterlage bequem positioniert, schloss Trude die Augen und lauschte Gladys Anleitung. Da! Wie ein Traumbild deutlich und klar stand eine Frauengestalt vor ihr. Trude wusste sofort, dass es ihre Mutter Marthe war. Trudes Herz klopfte ungestüm, setzte einen Moment aus und setzte den Galopp fort.

„Ich werde doch jetzt nicht einen Infarkt bekommen!", durchfuhr es sie. Sie riss die Lider auf und fasste sich an den Brustkorb, um sich zu beruhigen. Gladys eilte herbei, kniete sich hin,

legte ihre Hand auf Trudes Schultern und blickte ihr zustimmend in die Augen. Der Herzschlag beruhigte sich. Schnell schloss Trude wieder die Augen und hoffte, an das Bild anknüpfen zu können. Die Frau stand unbeirrt am selben Ort, als hätte sie auf ihre Tochter gewartet. Marthe war klein. Unter einer weißen Schürze trug sie ein schmuckloses, dunkelbraunes Kleid, das bis zum Hals hochgeschlossen und an den Handgelenken zugeknöpft war und bis zu den Knöcheln reichte. Der dichte Stoff verbarg den kümmerlichen Busen und den knochigen Körper nicht. Die Wangenknochen zeichneten sich deutlich ab und die dunklen Schatten unter den Augen verrieten eine abgrundtiefe Erschöpfung. Die braunen Haare waren mit silbernen Fäden durchsetzt und unter dem Kopftuch nur im Ansatz erkennbar. Über Marthes Gesicht huschte ein mattes Lächeln, flüchtig blitzte ein Funkeln in den Augen auf. Jetzt entdeckte Trude den Leberfleck auf der linken Wange.

Sie unterdrückte den Impuls, die Hände nach ihrer Mutter auszustrecken aus Angst, dass sich das Bild vor ihrem inneren Auge in Luft auflösen könnte. Trude war sich bewusst, dass sie sich physisch in Kuranda und parallel im Tagtraum in Tartu befand. Beide Welten existieren in diesem Augenblick real und wahrhaftig. Sie nahm einen Atemzug durch die Nase und nahm den Stallgeruch wahr, der ihr von Tartus Pferden vertraut war. Sie näherte sich imaginär ihrer Mutter und schnupperte. Die Kleider rochen nach muffigem Stoff, nach Rauch und Kernseife. Als hätte sich diese bäuerliche Note selber wie eine Wolke weggeschoben, gab sie darunter einen liebreizenden Duft frei. Das musste Marthes Hautausdünstung sein. Der

Wohlgeruch umhüllte Trude und brachte sie zum Weinen. Plötzlich spürte sie sich in Laken strampeln. Ergriffen sprach sie in Gedanken: *„Mutter, du bist es wirklich! Bitte bleib. Bitte erzähl!"*

Gladys holte Trude nicht aus der Trance, als die anderen Frauen aus ihren Bilderreisen auftauchten. Trude, die ruhig atmend physisch wohl anwesend war, aber mit dem Geist durch die Zeit reiste, behielt sie wachsam im Auge. Die Lehrerin verabschiedete die Gruppe und setzte sich zu Trude. Sie stand in der Pflicht, ihre Schülerin nachher aus der Zwischenwelt zurückzuführen. Sie dankte ihrem indischen Meister in Gedanken für die spirituellen Unterweisungen, die sie im Ashram von ihm empfangen durfte. Ihre Intuition hatte sie an diesem Morgen nicht getäuscht, als sie die Eingebung hatte, für Trude einen geschützten Rahmen zu schaffen für die mystische Reise zu ihren Wurzeln.

Gladys stellte vier Paravents um die Kissen, schrieb auf ein Papier, das sie mit einem Stein beschwerte *„Bitte nicht stören!"*, und setzte sich Trude gegenüber im Schneidersitz. Sie rief ihren Meister und die Geister des Ortes an, den Raum zu behüten. Anschließend versank sie selber in tiefe Kontemplation.

Eine Ewigkeit später, die Sonne fiel von einer anderen Seite ein und tauchte den Platz in ein sanftes Grün, als die beiden Frauen zeitgleich die Augen öffneten. Trude blickte ihrer Lehrerin in die Augen, nahm tiefe Atemzüge, stand auf und schüttelte ihre steifen Glieder.

„Ich gehe jetzt in mein Häuschen. Ich muss niederschreiben", sagte Trude. Sie umarmte Gladys und murmelte: *„Danke, das war groß."*

Trude eilte davon, als gälte es, keine Zeit zu verlieren.

„Ja ...", schickte ihr Gladys leise nach.

Trude schrieb. Schlaf, Durst, Hunger und Notdurft waren ihr lästige Unterbrechungen, in die sie sich aber schickte. Als das Heft voll war und sie im Dorfladen ein neues beschaffen musste, besorgte Trude gleich ein halbes Dutzend auf Vorrat. Ab und zu bekam sie in der rechten Hand einen Schreibkrampf. Doch Trude schrieb wie in Trance. Nach sieben Tagen setzte sie den letzten Punkt, ohne zu lesen, was sie notiert hatte, klappte die Kladde zu, legte sich aufs Bett und schlief zwölf Stunden.

Ein polterndes Klopfen an der Tür weckte Trude. Schlaftrunken rieb sie sich die Augen, öffnete die Tür und sah Gérard lässig auf der Veranda stehen. In den Tagen seiner Abwesenheit hatte er sich einen Bart stehen lassen. Eine blonde Strähne fiel ihm in die Augen, die er mit einem Atemstoß aus dem Mund wegpustete. Als er Trude anstrahlte, entblößte sich die Zahnlücke zwischen seinen Schneidezähnen.

„Was für ein charmanter junger Bursche! Wenn ich ein paar Jahrzehnte jünger wäre, könnte er mich glatt um den Finger wickeln", dachte Trude. Gérard streckte ihr mit der einen Hand einen Kassettenrekorder entgegen, auf dem zwei Aufkleber prangten, eine rote Zunge auf weißem Grund und eine Friedenstaube mit dem französischen Satz *Faites l'amour, pas la guerre*. Mit der anderen Hand reichte er eine Kassette nach. Es war Cat Stevens Soundtrack von *Harold und Maude*.

Kurz darauf hockte das ungleiche Paar auf dem Absatz der Veranda, nippte an einer Tasse Chai und beide ließen ihre

Beine baumeln, während sie *If you want to sing out, sing out* mitsummten. Gérard erzählte begeistert von seinem Schiffstörn. Für sein Tauchbrevet war Gérard dem Great Barrier Reef entlang Richtung Süden gesegelt. In unzähligen Tauchgängen waren sie in die faszinierende, atemberaubend schöne Unterwasserwelt abgestiegen. Gérard schilderte das Korallenriff und die Begegnung mit schillernden Fischen und Schildkröten in allen Farben und war in seiner Begeisterung nicht zu bremsen. *„Neongelbe oder rot-weiß gestreifte Fische, die ich aus Aquarien kenne, schwammen an meiner Nase vorbei! Ein Manta hat mich gestreift und ich habe vor Ergebenheit fast das Atmen vergessen. Ich habe noch nie in meinem Leben so viel Schönheit gesehen! Das war ein Sinnesspektakel! Die perfekte Krönung meiner Australienreise! So stelle ich mir das Paradies vor."*

Es stimmte Trude traurig, als sie erfuhr, dass der Franzose in zehn Tagen zurückkehren musste, weil sein Visum abgelaufen war. Seine Einladung, ihn in Frankreich zu besuchen, freute sie sehr, doch wusste sie, dass es unrealistisch war, dass sie nach Europa reisen würde und dass sie sich bald für immer verabschieden mussten. Trude, die schon so viele Abschiede geschafft hatte und sich bewusst war, dass, je älter sie wurde, *die letzten Male* zu ihrem Leben gehörten, war dennoch betrübt. Sie mochte Gérard. Er war unkompliziert, trug die Unschuld und ein Versprechen in sich, dass nichts unmöglich war. Seine Jugendlichkeit war ansteckend. Auch wenn Trude ihr eigenes Leben aufgeräumt betrachtete, ertappte sie sich jetzt dabei, dass sie sich ein unbeschwerteres, freieres, wilderes gewünscht hätte. Und wäre sie zwanzig gewesen, wäre sie mit Gérard, mit seinem unerschütterlichen Optimismus als Garant für ein Gelingen, nach Europa getrampt.

Sie behielt ihre Gedanken für sich, wünschte ihrem jungen Freund jedoch alles Gute und nahm sein Angebot, seinen Wagen abzukaufen, an. Die beiden verabschiedeten sich bis zum nächsten Abend zur September-Celebration – zum Fest, das einmal im Monat im *Heart* für alle Bewohner veranstaltet wurde. Es gab Tanz, Darbietungen von Aborigines, Improvisatonstheater und Feuerspektakel. Jeder brachte etwas zum Essen und Trinken für ein Sharingbuffet mit.

৵...৽

Am folgenden Tag, es war ein Samstag, machte sich Trude nach der Yogasession auf zur Wäscherei. In einer Hütte waren drei Waschmaschinen mit Münzautomaten installiert, die in Dauerbetrieb waren. Die Bewohner trugen sich in Listen ein. Trude wusch ihre Unterwäsche und Shirts meistens von Hand mit kaltem Wasser. Doch ab und zu mussten die Kleider mit hohen Temperaturen von Schweißresten und Bakterien reingewaschen werden. Am liebsten würde sie auch ihre gammelige Matratze, die von den unzähligen Menschen vor ihr durchgelegen und speckig war, im Kochwaschgang reinigen. In Sachen Bazillen und Milben war sie sehr heikel. Überall, wo sich Menschen mit ihren Sekreten verewigten, kam Trude schnell an ihre Toleranzgrenze.

„Auch dafür ist Kuranda ein Übungsfeld", räumte sich Trude ein, als sie mit ihrem Schlafsack unterm Arm, in dem die Schmutzwäsche eingerollt war, zum Waschsalon loszog. Plötzlich hörte sie ihre schwedische Nachbarin ihr nachrufen: *„Trudy, es verlangt jemand nach dir und wartet in deinem Haus auf dich!"*

Trude stutzte, machte auf dem Absatz kehrt, um nachzusehen. Die Überraschung und Freude waren groß, als sie Meilin auf der fleckigen, nackten Matratze sitzen sah. Großmutter und Enkelin fielen sich in die Arme. Was für eine Freude, dass Meilin der Einladung tatsächlich gefolgt war! Sie tratschten, während die Waschtrommel ihre Runden drehte. Trude berichtete von der Reise, von der Panne, vom Yoga und von den netten Menschen im Ressort. Sie erwähnte auch Gérard und die Kassette, die er ihr geschenkt hatte. Meilin erzählte von den Reibereien mit ihrer Mitbewohnerin: *„Franky ist eine Messie. Wenn sie sich rasiert, vergisst sie, ihre Scham- und Achselhaare abzuspülen. Diese kleben dann überall. Wie eklig! Sie futtert mir die Lebensmittel aus dem Kühlschrank, ohne sie zu ersetzen. Mir ist es so leid mit ihr. Und, naja, der Job im Reisebüro ist ganz o. k., aber ich weiß jetzt, wie Reiseprospekte sortiert werden und wie der Chef seinen Kaffee gerne hat. Dein Brief und die Reise nach Kuranda kamen mir wie gerufen!"*

Am Nachmittag bummelten sie durch die Märkte. Trude kaufte Meilin als Willkommensgeschenk ein Baumwolltuch. Alle Frauen im Ort schlangen diesen Universalstoff um die Hüften, Schultern oder als Turban um den Kopf. Das Tuch diente wunderbar als spontane Picknickdecke, als Raumteiler oder als Badetuch. Trude fand, Meilin musste so ein indisches Tuch einfach haben, und suchte für Meilin eines in Türkis- und Blautönen aus, was Meilins Augen zum Leuchten brachte. Auf der Terrasse eines Cafés tranken sie Kokosmilch aus der Nuss und aßen mit bloßen Händen frisch frittierte Pankoras. Meilin bewunderte, mit welcher Unbekümmertheit sich ihre Großmutter in dieser Gemeinschaft bewegte und dass sie der Altersunterschied zu den meist jungen Menschen überhaupt nicht kratzte.

„Du bist die großartigste Granny, die man sich wünschen kann!", sagte Meilin und fuhr fort: „Wenn ich dich nicht hätte .., dann ..." Sie stockte mitten im Satz und ließ ihren Blick über die bunten Häuser, die schmalen Treppen und verschlungenen Pfade, die von den Riesen des Waldes überdacht waren, wandern.

„Dann?", hakte Trude nach. Sie zog die Augenbrauen hoch und betrachtete ihre Enkelin zärtlich.

„Dann ... wäre ich nicht mehr da. Ich wollte mich damals ... du weißt schon ... umbringen ... Ich fühle mich nur bei dir richtig. Mit anderen Menschen komme ich mir immer so falsch vor. Meine Eltern gehen mit hängenden Schultern durch ihren Alltag, weil sie überzeugt sind, dass wir als Menschen in Gottes Schuld stehen und für etwas sühnen müssen. Ich kapiere es einfach nicht. Und alle anderen in meinem Alter tun so, als wäre das Leben eine reine Party. Vielleicht liegt es an Brisbane? Hier gefällt es mir! Die Leute sind freundlich, versuchen, im

Einklang mit der Natur zu leben. Sie respektieren die Kultur der Aborigines und behandeln sie nicht wie Menschen zweiter Klasse. "

Meilin sog am Strohhalm und fuhr fort: *„Ich muss raus aus dem Bann meiner Eltern! Ich möchte irgendetwas Verrücktes tun. Ich möchte MICH spüren. Ich habe Angst, dass, wenn ich in diesem Job bleibe, ich irgendwann ersticke an Fadheit. Oder so langweilig werde wie meine Eltern. Du bist so anders. Du bist so jung geblieben! Hast du keine Lust, nach Europa zu reisen? Mich zieht es dorthin, wo unsere Wurzeln sind. Warst du schon einmal in der Schweiz? Im Emmental, wo deine Eltern geboren sind? Wie mag Estland heute aussehen? Möchtest du das nicht noch einmal sehen? "*

Meilins Worte bewegten Trude. Sie erwiderte: *„Schatz! Mir fehlen doch die Mittel für diesen großen Sprung und ich bezweifle, dass meine Knochen eine strapaziöse Reise noch mitmachen. Zieh los! Finde deine eigenen Abenteuer! Ohne Großmutter im Gepäck. Du hast alle Zeit, die Welt steht dir offen. An deiner Stelle würde ich den Job behalten, vielleicht einen zweiten in einer Bar suchen und für ein Ticket nach Europa sparen. Ich freue mich jetzt schon auf deine Reiseberichte!"*

Trude erhob ihren Drink und klackerte mit ihrer Kokosnuss an Meilins, dass die Strohhalme zitterten.

Drei Tage später lag Meilin noch zusammengerollt in ihrem Schlafsack, als Trude den Tagesproviant packte. Die blonden Wellen der jungen Frau lagen wie Tintenfischtentakeln um ihren Kopf. Aus dem offenen Mund stieß sie Luft, von vereinzelten, kaum hörbaren Schnarchlauten begleitet. Trude fühlte sich an diesem Morgen zerknittert. Sie teilte das schmale Bett mit Meilin und hatte nun die dritte Nacht in Folge kaum geschlafen. Meilin hatte seit der Pubertät Pfunde verloren, Üppigkeit gehörte jedoch zu ihrem Naturell und sie beanspruchte dementsprechend Platz. Es war jedoch das unruhige Wälzen der Enkelin, das Trude den Schlaf raubten. Kaum hatte sie sich in Position entspannt, drehte sich Meilin und brachte die Matratze zum Wippen, dass Trude fast aus dem Bett katapultiert wurde. So ging es die ganze Nacht. Und allem zum Trotz – Trude hielt sich an dieser kostbaren, unschuldigen Nähe fest, solange die Enkelin noch mochte.

Trude weckte Meilin sanft, nachdem sie Wasser und Verpflegung in die Rucksäcke verstaut hatte. Die junge Frau setzte sich auf, blinzelte verschlafen zu ihrer Großmutter und nahm den Instantkaffee, den ihr Trude in einer blau-weiß gestreiften Tasse mit einem abgebrochenen Henkel reichte, entgegen. Meilin nippte schweigend am heißen Getränk, beobachtete ihre Granny beim Zähneputzen und Kämmen und kam allmählich in die Gänge.

Eine halbe Stunde später war sie geduscht, angezogen und startklar für die Regenwaldwanderung. Die Schlucht des Barron River, ein paar Kilometer von Kuranda entfernt, zählte zu Trudes

Lieblingsplätzen, den sie Meilin unbedingt vor ihrer Rückreise zeigen wollte. Die beiden zogen los, ließen das bunte Dorf hinter sich, überquerten den Parkplatz beim Dorfeingang und folgten den Schildern. Der Weg führte ein Stück weit der Zufahrtsstraße nach Kuranda entlang. In diesen frühen Morgenstunden begegnete ihnen jedoch kein einziges Auto. Trude kannte zum Glück die Route. Denn das Schild, das den Waldpfad anzeigte, war von Schlingpflanzen überwuchert und kaum zu erkennen. Sie bogen rechts ab. Ihre Füße spürten den abrupten Wechsel vom harten Asphalt auf weichen Waldboden, der jeden Schritt abfederte.

Nicht nur das Gehen wurde sanfter. Als sie durch den grünen Vorhang schritten, wurde es plötzlich still. Als wären sie mit dem Eintritt ins grüne Dickicht durch ein magisches Portal geschritten, veränderte sich die ganze Sinneswahrnehmung und Szenerie. Meilin sprang ein paar Mal zwischen Straße und Waldpfad hin und her, sang dabei lauthals, um sich zu vergewissern, ob sie ihre Sinne nicht täuschten. Tatsächlich, jedes Mal, wenn sie durch die unsichtbare Tür hüpfte, legte sich das Grün wie ein Mantel über sie, schluckte Licht, Meilins Stimme und die Tritte.

Die Luft war spürbar um ein paar Grade frischer. Die gigantischen Bäume formten ein dichtes Blätterdach. Armdicke Lianen schlangen sich um die meterhohen Stämme oder baumelten verspielt von den Ästen. Sonnenstrahlen fielen trichterförmig durch Lücken ein und inszenierten ein fantastisches Lichtspiel am Waldboden. Farne, exotische Büsche und Palmenarten bildeten das Unterholz und verströmten einen intensiven, moosig-feuchten Duft. Dann und wann summte ein Insekt vorbei oder ein Vogel gellte frech aus dem Blätterdickicht. Meilin wähnte sich in einer Kathedrale.

„Das ist magisch!", rief sie verzückt und rannte übermütig los. Trude ermahnte ihre Enkelin, auf dem ausgeschilderten Pfad zu bleiben, und machte sie auf die Gefahr aufmerksam, dass sie sich verirren konnten und dass giftige Schlangen und Spinnen ihren Weg kreuzen konnten. Meilin nickte zustimmend, ließ sich aber nicht in ihrer Begeisterung bremsen. Ohne viel zu reden, spazierten die beiden durch den Dschungel, hielten ab und zu inne, um Vogelstimmen zu lauschen oder einem vorbeihüpfenden Wallaby nachzublicken. Der Pfad aus gestampfter Erde schlang sich zwischen den Bäumen hindurch und war nicht zu verfehlen. Später mündete er in einen Steg. Die Holzkonstruktion stieg an und führte wie eine Brücke über das Unterholz hinweg. Dadurch rückten die Baumkronen näher und die Dimension der majestätischen Giganten wurde für den Wanderer noch greifbarer. Trude, die der leichtfüßigen und flott voranschreitenden Meilin kaum folgen konnte, bat um eine kleine Trinkpause.

„Du hast es ja eilig!", bemerkte Trude ein wenig außer Atem. Sie nahm ein paar Schlucke Wasser aus der Flasche, lehnte sich an das Geländer und atmete die moosige Waldluft ein.

„Ich bin so kribbelig und ... glücklich ... und aufgeregt ... und eigentlich wollte ich es niemandem sagen ..., aber es muss jetzt einfach raus...", stammelte Meilin und platzte dann heraus:

„Gérard und ich haben uns verliebt. Ich schmeiße meinen Job und begleite ihn nach Frankreich! Es ist beschlossene Sache. Du brauchst gar nicht versuchen, mich umzustimmen. Gérard schießt mir Geld vor und hat mir das Ticket schon besorgt. Wir fliegen am Donnerstag", fügte Meilin hastig hinzu.

Die Luft, die Trude durch ihre Zähne einsog und auspustete, erzeugte einen scharfen Ton. Sonst war es still zwischen den beiden. Trude suchte fieberhaft in ihrem Gedächtnis nach Zusammenhängen, Bildern, Wortfetzen, die sie in den vergangenen Tagen in irgendeiner Weise auf diese Nachricht, die wie eine Bombe bei ihr einschlug, hätte vorbereiten können. Sie fand keinen einzigen Anhaltspunkt. Klar hatte sie Meilin und Gérard einander an der Party vorgestellt. Sie hatten alle ausgelassen miteinander getanzt und gefeiert. Klar, Alkohol war geflossen. Trude hatte Meilin und Gérard in keinem einzigen Moment einander zärtlich zugewandt gesehen. Trude war früher als die meisten zu Bett gegangen. Es musste nachher passiert sein. Meilin hatte ihr erzählt, dass sie bis in die Morgenstunden gefeiert hatten. Doch außer der Zappeligkeit, die Meilin immer an den Tag legte, war ihr keine besondere Veränderung bei ihrer Enkelin aufgefallen.

In Trudes Kopf spulten sich alle möglichen Szenarien ab. Malcolm und Annie würden toben. Darauf konnte sie wetten. Meilin war noch nicht einmal zwanzig! Dennoch traute sie Meilin die Reise nach Europa durchaus zu. Gérard war ein netter Kerl. Plötzlich durchfuhr sie wie ein Blitz, dass sie selber ihr geraten hatte, sich aufzumachen. Trude fluchte ein leises *„Shit!"*

vor sich hin. Sie schwieg noch eine Weile, betrachtete Meilin kopfschüttelnd. Dann grinste sie plötzlich und sprach: *„Ich müsste schimpfen, dich zurückhalten, dich zur Vernunft bringen. Aber ich kann es nicht ... Du willst deinen Horizont erweitern? Dann mach es! Ich kann nicht nachvollziehen, wann das zwischen dir und Gérard gelaufen ist. Aber ich verstehe dich! Ich kann deine Sehnsucht, auszubrechen, gänzlich nachvollziehen. Wir sind uns tatsächlich so ähnlich, Liebes. Was ich heute anders machen würde, ich würde mich nie mehr von einem Mann abhängig machen. Dass dich Gérard unterstützt, gefällt mir nicht an der Geschichte. Wenn ich du wäre, würde ich mir das Geld selber zusammensparen. Du hast einen Job, du könntest noch eine Ausbildung machen ... Aber dich einfach dem Erstbesten, der dir über den Weg läuft, an die Backe zu kleben, gefällt mir nicht. Auch wenn ich Gérard sehr mag und ihn, wenn ich so jung wäre, auch nicht von der Bettkante stoßen würde.“*

Meilin rempelte ihre Großmutter beinahe um, als sie sich ihr an den Hals warf. Die wesentlich größere Enkelin küsste Trude übermütig von oben herab auf den grauen Scheitel.

„Du bist die Beste! Die allerallerbeste Großmutter der Welt! Dass du mich verstehst, ist wie ein Segen für die Reise und ist mir wie ein Versprechen für ein gutes Gelingen! Ich gelobe dir: dass ich mir in Europa einen Job beschaffe. Ich werde Trauben ernten, Schnee schaufeln oder Kühe melken. Irgendetwas werde ich finden! Ich weiß ja nicht, wohin das mit Gérard führt. Doch wir lieben uns und er möchte mit mir

zusammenbleiben. Sein Visum ist abgelaufen. Wie können wir es herausfinden, ob unsere Liebe etwas taugt, wenn wir getrennt werden? Ich habe nichts zu verlieren. Ich kann nur gewinnen!", ereiferte sich Meilin.

„Und deine Eltern?", wollte Trude wissen. *„Wie und wann sollen sie es erfahren?"*

Meilin druckste herum: *„Naja, sie wissen ja noch nicht mal, dass ich bei dir bin ... Ich habe ihnen erzählt, dass ich für das Reisebüro nach Cairns geflogen bin, um die Umgebung für die Kundenberatung auszukundschaften. Sobald wir in Paris gelandet sind, werde ich sie anrufen. Ich werde ihnen nicht sagen, dass du es gewusst hast. Dann bist du raus aus der Nummer."*

Die beiden Frauen setzten ihre Wanderung auf dem Hochstieg fort. Beide marschierten in gleichmäßigem Trott in ihre Gedanken und Gefühle versunken. Jede spielte Meilins Europareise und die möglichen Konsequenzen im Kopf durch. Meilin atmete befreit durch, als sie realisierte, dass sie zum allerersten Mal ihr Leben selbstbestimmt und ohne Einfluss der Eltern gestaltete, die volle Verantwortung und das geballte Risiko selber trug. Trude konnte sich vorstellen, dass Meilin bereits an Weihnachten wieder vor ihrer Tür stehen würde, um bei ihr Unterschlupf zu finden. Bei diesem Gedanken schmunzelte Trude. Nur kurz, denn ebenso bestand durchaus die reelle Möglichkeit, dass Meilin für immer in Europa blieb. Das könnte bedeuten, dass dies ihre letzte gemeinsame Wanderung war.

Trude seufzte. Ohne das Gehen zu unterbrechen, fasste sie Meilins linke Hand. Die beiden blickten gleichzeitig auf und tauschten Blicke aus. Durch einen Tränenfilm erkannten sie in den Augen der andern ihre tiefe Verbundenheit und Liebe.

❧...❦

Drei Wochen später brauste Trude mit dem roten Van über den Bruce Highway Richtung Süden. Anders als auf der Hinfahrt unterbrach sie die Fahrt nur für kurzes Austreten, ein erfrischendes Nickerchen oder eine Mahlzeit. Kuranda lag Meilen zurück. Mit einem Stein befestigt, klemmte ein Foto von Meilin und ihr auf der Ablage. Trude ließ immer wieder ihren Blick über die Aufnahme gleiten. Es zeigte die beiden vor dem monumentalen Wasserfall des Barron River, der tosend in die Schlucht stürzt. Ein Passant hatte das Foto von ihnen geschossen. Meilin und Trude standen eng umschlungen, als hielten sie sich aneinander fest, um nicht abzustürzen. Meilin lachte über das ganze Gesicht. Trudes Mund war geschlossen und brachte nur ein zaghaftes Lächeln zustande.

Trude hatte Meilin und Gérard zum Flughafen begleitet und dort die volle Filmrolle in einem Instantlabor entwickeln lassen. Sie hatte an der Theke bezahlt, sich den Umschlag mit den Fotos und Negativen aushändigen lassen und sich aufgeregt auf die erstbeste Sitzgelegenheit gesetzt. Neben gelungenen Aufnahmen waren manche Fotos verwackelt oder unscharf. Sie lachte über abgeschnittene Füße oder Köpfe, entdeckte Details, die sie beim Fotografieren übersehen hatte. Die Bilder waren eine Stimmungscollage der vergangenen Wochen.

Auf Schnappschüssen, die sie bei den Streifzügen durch Kuranda gemacht hatte, waren die bunten Häuser und vertraute Gesichter verewigt. Zu fast jedem fiel Trude eine kleine Begebenheit ein. Bei einem Schild, das an eine Hütte getackert war, blieb ihr Blick hängen: „ *Mike – Healing Hands* " stand in weißer Schrift auf lila Grund. Trude lachte laut auf. Sie hatte den Heiler, den ihr die deutsche Touristin empfohlen hatte und der mit ein Anlass gewesen war, warum sie nach Kuranda reiste, gar nie aufgesucht, sie hatte ihn wie auch ihre Beschwerden vollkommen vergessen!

Ein Foto zeigte sie am Strand von *Arlie Beach* an ihren Chevrolet angelehnt. Wie schön, so hatte sie eine Erinnerung an ihre fahrende Freundin. An das Bild, das sie vor der Abreise noch in der Buchhandlung geschossen hatte, hatte Trude nicht mehr gedacht. Bernadette war darauf abgebildet. Sie saß im Lehnsessel, umrahmt von den mit Büchern vollen Regalen, in einem taubengrauen Twinset, das eine Knie elegant über das andere geschlagen, auf ihren Knien ein Fotoband von Tasmanien. Sie blickte, von der Kamera überrascht, über den Brillenrand hinweg zum Betrachter. Trude freute sich jetzt auf das Wiedersehen mit Bernadette. In wenigen Tagen würde sie über die Ladenschwelle treten.

Was Trude am Fest entgangen war, enthüllte ein weiteres Foto. Beim Fotografieren hatte sie die ausgelassenen Menschen, die ekstatisch zur Musik tanzten, im Fokus. Die Discokugel und die bunten Scheinwerfer warfen schöne Muster auf die Gesichter. Jetzt erkannte Trude beim Betrachten des Bildes, verschwommen im Hintergrund des Geschehens, wie Meilin mit dem Rücken an die Bar gelehnt war und Gérard sie auf den Mund küsste. Unmissverständlich.

Durch die heruntergekurbelten Wagenscheiben wirbelte der Fahrtwind Trudes Haare wild durcheinander und ließ das Foto auf der Ablage flattern. Zwischenzeitlich waren Gérard und Meilin in Paris gelandet. Trude wünschte sich inständig, dass ihre Enkelin ihr Versprechen eingelöst und den Eltern Bescheid gegeben hatte. Trude kurbelte die Windschutzscheibe hoch, beschleunigte und umklammerte entschlossen das Lenkrad. Sie drückte das Gaspedal ganz durch, bis ihr der Magen kitzelte. Ihr voraussichtlich letzter Urlaub durfte ruhig mit Getöse zu Ende gehen.

Mit der Übernahme der Buchhandlung würde sie mehr angebunden sein. Wie lange sie sich selber mit dem winzigen Einkommen durchbringen konnte, wie lange die Knochen noch mitmachten, stand in den Sternen. Mit zweiundsiebzig musste sie sich mit einem stetigen Abbau ihrer Kräfte und der Verlangsamung ihres Geistes auseinandersetzen. Davor graute Trude. Für einen klitzekleinen Moment kokettierte sie mit dem Gedanken, mit Vollgas über die Klippe zu fahren und in Würde in völliger Narrenfreiheit zu gehen. Ihre schlimmste Vorstellung war, von Annie gepflegt werden zu müssen, die Kosten der Altersbetreuung von Malcolm ständig unter die Nase gerieben zu bekommen.

Doch die Vorfreude auf den Buchladen, die schrulligen Kunden, die Lust, Meilins Abenteuer mit zu verfolgen, die anderen

Kinder und Enkel auf ihrem Weg zu begleiten, beflügelten Trude. Ein Lächeln huschte über ihr Gesicht und sie drosselte das Tempo.

„Ja. Lass dir noch etwas Zeit mit dem Sterben, Liebste! Deine Mission ist noch nicht beendet!", vernahm Trude eine vertraute Stimme links von sich. Sie drehte ihren Kopf Richtung Beifahrersitz und lachte freudig überrascht, als sie Valentin angegurtet und ihr zuzwinkernd neben sich sitzen sah.

„Meine Mission??!", überlegte Trude leise.

1986 Roter Flaum

März 1986. Aus dem Abstellraum drangen gurgelnde Geräusche. Das Wasser kämpfte sich durch die völlig veraltete Leitung. Trude seufzte erleichtert. Der Vermieter hatte vor zwei Tagen die Wasserleitung abgestellt. Er hatte schließlich auf ihr eindringliches Bitten eine weitere Woche Zahlungsaufschub gewährt und den Anschluss wieder freigegeben. Trude stand bei der Kasse und sortierte Rechnungen nach Dringlichkeit. Sie fand die Nebenkostenabrechnung in der Höhe von 250 Dollar und legte sie zuoberst auf den Stapel.

Miriam trat in den Verkaufsraum. Sie trug ein überdimensionales rosafarbenes T-Shirt mit Achselpolstern, das auf einer Seite mit einem Knoten festgezurrt war. Darunter trug sie kniekurze Trikothosen mit einem lila-rosa-mintgrünen Muster und Stiefeletten. Ihre braunen Haare hatte sie zu einem seitlichen Rossschwanz hochgebunden, der bei jedem Schritt fröhlich mitwippte. An den Händen trug Miriam gelbe Gummihandschuhe und stemmte einen blauen Eimer mit schaumigem Putzwasser, das nach *Green Apple* roch. Die Studentin reinigte einmal die Woche das Antiquariat. Trude hatte vor zwei Jahren an der *Griffith Universität* am Anschlagbrett Sprachunterricht und Nachhilfe angeboten. Miriam, die an der Uni Internationale Beziehungen studierte, war auf die Notiz gestoßen und erhielt seither von Trude Privatunterricht in Russisch und Deutsch. Zu Beginn hatten die Eltern der Zweiundwanzigjährigen die

Privatlektionen bezahlt. Doch als im Verlauf der Zeit Trude die Ladenreinigung zu beschwerlich wurde und eine Lösung gefunden werden musste, sprang Miriam ein. Alle fanden die Idee mit dem Leistungsausgleich ausgezeichnet. Ihre Eltern meinten sogar, es käme Miriams Charakterbildung zugute, wenn sie selber etwas zu ihrer Bildung beitrug und eine alte Frau unterstützte.

Miriam trat aus der Tür und nahm die Glasfront in Angriff. Es war ihr schleierhaft, welches Interesse Kinder an der alten Bücherei hatten. Jede Woche musste sie die Spuren von klebrigen Fingern und platt gedrückten Nasen entfernen. Durch die Scheibe beobachtete sie Trude, über Papiere gebeugt, wie sie sich auf der Theke abstützte und die Augenbrauen zusammenzog, sodass sich eine tiefe Furche auf der Stirn der alten Frau zog.

Miriam schätzte ihre Mentorin sehr. Sie kam gerne zu den unterhaltsamen und lehrreichen Lektionen in die Bücherei. Trude vermittelte neben der Grammatik geschichtliche Zusammenhänge und ließ lustige oder besinnliche Anekdoten aus ihrem reichen Leben einfließen. Das Putzen machte ihr nichts aus. Mit Besorgnis beobachtete Miriam aber die schleichenden Veränderungen. Trude sprach nicht mit ihr über ihre Sorgen. Doch Miriam konnte eins und eins zusammenzählen. Es war nicht zu leugnen: Trude stand von Monat zu Monat wackliger auf den Beinen. Sie schlurfte zunehmend und konnte ihre Beine nur mühsam heben. Schmerzen in Hüft- und Kniegelenken machten der alten Frau das Leben schwer. Um die Bücherei war es nicht gut bestellt. Der Laden war immer weniger frequentiert, die Nachfrage nach Secondhandbüchern ging zurück.

Neue billige und dennoch hochwertige Prints aus Asien verdrängten Secondhandbücher vom Markt. Wenn drei Kunden am Tag hereinschneiten, waren es viele. Miriam vermutete, dass Trude auch Sorgen mit den Angehörigen bedrückten. Trudes anfängliche Unbeschwertheit war einer beklemmenden Schwere gewichen, die sie wie eine finstere Wolke umgab und mit sich zog.

Durch die offene Ladentür war das Klingeln des Telefons zu hören. Trude rückte einen Hocker heran, setzte sich, nahm den Hörer ab. Nachdem sie ihren Namen in die Muschel gesprochen hatte, lauschte sie der Stimme am anderen Ende der Leitung. Ihre Gesichtszüge erstarrten und wurden leichenblass. Miriam sah, wie Trudes Hände heftig zitterten, dass ihr beinahe der Hörer entglitt. Die Studentin ließ Eimer und Lappen stehen, streifte sich die Gummihandschuhe ab und eilte zu Trude, die in der Zwischenzeit aufgehängt hatte.

„Soll ich Ihnen ein Glas Wasser holen? Oder kann ich sonst etwas für Sie tun?“, fragte Miriam besorgt.

„Am allerliebsten hätte ich jetzt etwas richtig Hartes, einen Whisky zum Beispiel! ... Ich fasse es nicht! ... Meine Enkelin hat ein Mädchen geboren. Und ich habe nicht einmal gewusst, dass sie schwanger war. Jetzt hat mich soeben der Vater des Kindes, ein Walter aus irgendwo ... angerufen ...“, brachte Trude zögernd hervor.

Miriam überlegte, ob sie Fragen stellen sollte, um die Situation, die sich ihr im Moment nicht erschloss, zu verstehen. Doch sie holte als Erstes Wasser. Als Trude das Glas in einem

Zug geleert hatte, fuhr sie fort: *„Meilin lebt in Europa. Ich habe seit Monaten nichts mehr von ihr gehört. Sie lebt in einer Kommune in Südfrankreich. Meilin war noch nie eine fleißige Briefschreiberin. Doch diese Neuigkeit haut mich jetzt von den Socken! Der letzte Freund, von dem ich wusste, hieß Sid und war Marokkaner. Walter war kurz angebunden, hat Deutsch mit einem Akzent gesprochen. Er wäre der Vater und würde sich kümmern, auch wenn er nicht mit Meilin zusammen sei. Meilin sei nicht in der Lage gewesen, selber anzurufen. Dem Baby und ihr gehe es gut. Er bat mich, Meilins Eltern Bescheid zu sagen."*

Miriam überlegte. Ihr war die Angelegenheit suspekt. Warum hatte Meilin die Schwangerschaft ihren Eltern und ihrer Großmutter vorenthalten und schob jetzt bei der Übermittlung den Vater des Kindes vor? Sie fragte stattdessen etwas indirekter: *„Wie ist es denn dazu gekommen, dass Meilin in Europa lebt?"*

„Das ist eine lange Geschichte. Die erzähle ich dir ein anderes Mal. Ich muss mich jetzt sammeln und eine kluge Vorgehensweise ausdenken. Meilins Mutter ist meine Tochter Annie. Sie und mein Schwiegersohn Malcolm haben den Kontakt vor sechs Jahren zu mir abgebrochen. Sie geben mir die Schuld an Meilins überstürzter Abreise nach Europa. Sie leben in einem Vorort von Brisbane und wir haben uns seit 1980 nicht mehr gesprochen. Einzig Meilins Bruder ist zwei-, dreimal zu mir ins Geschäft gekommen und hat nach meinem Wohlergehen gefragt. Es ist ziemlich kompliziert", schloss Trude. Sie bat ihre Hilfe, fertig zu putzen und den Laden zu hüten.

Wenn sie zur Vorlesung musste, sollte Miriam eine Nachricht an der Tür hinterlassen. Trude brauchte dringend frische Luft, um klare Gedanken zu fassen. Die unbereinigte Sache mit ihrer Tochter und ihrem Schwiegersohn holte sie mit Wucht ein. Ihr war schwindelig.

Trude merkte erst ein paar Häuserblocks weiter, dass sie noch die orthopädischen Gesundheitsschuhe an den Füßen hatte, die sie gewöhnlich nur im Laden trug. Doch sie hatte keine Lust, umzukehren. Sie hatte weitaus größere Sorgen! Meilins Mädchen machte sie zur Urgroßmutter. Sie fühlte sich plötzlich uralt und konnte sich gerade noch auf eine Bank setzen, bevor die Beine versagten. Ihr Herz raste wild, das Gehen hatte sie angestrengt und sie kochte vor Wut. Meilin hatte jetzt eine Grenze überschritten.

Seit sie in Europa herumtingelte, trudelten sporadisch Postkarten mit nichtssagenden Floskeln ein. Gérard war schnell vergessen, ein Sid war überraschend in die Bresche gesprungen. Mit dem lebte sie in Marokko. Wovon hatte Trude nicht in Erfahrung bringen können, weil Meilin nie eine Adresse hinterlassen hatte. Trude klammerte sich an der äußersten Holzlatte der Bank fest, kniff die Augen zusammen und nahm ein paar tiefe Atemzüge, wie sie es im Yoga gelernt hatte. Sie wollte nicht, dass Bitterkeit oder Wut in ihr Raum gewannen. Zwei, drei Tränen kullerten ihr über die Wangen. Sie sträubte sich gegen die Erinnerung, die hochkam. Mit Schimpf und Schande hatten Malcolm und Annie sie aus dem Haus gejagt und den Kontakt abgebrochen. Meilin hatte sich nicht wie vereinbart aus Paris bei ihren Eltern gemeldet. Im Reisebüro hatte keiner Bescheid gewusst. Das Zimmer in der WG hatte sie unaufgeräumt zurückgelassen. Sie war einfach nach Frankreich abgehauen, ohne die Angelegenheiten zu Hause zu regeln. Annie war nach zwei Wochen besorgt zu Trude gekommen und hatte erst durch sie erfahren, dass Meilin in Cairns war. Meilin hatte sie angelogen. Trude hatte ihrer Tochter geschildert, was in Kuranda vorgefallen war, und hatte betont, dass sie darauf bestanden hatte, dass Meilin ihren Eltern umgehend Bescheid gab und die Jobangelegenheit selber regelte.

Am Folgetag war Malcolm in die Bücherei gestürmt. Ungeachtet von Mr. und Mrs. Clayton, einem älteren Ehepaar, das zu Trudes treuen Stammkunden zählte, die sich in ihre Bücher verkrochen, hatte sich Malcolm vor seiner Schwiegermutter aufgebaut und eine wüste Schimpftirade über sie ergossen. Die Anklage hörte Trude noch heute in ihren Ohren: *„Ich habe zu Anne immer gesagt, dass du eine Gefahr für unsere Familie bist! Du hast einen Pakt mit dem Teufel! Dein okkulter Hokuspokus hat Meilin total den Kopf vernebelt. Ich will nichts mehr mit dir zu tun haben und verbiete dir den Zutritt zu unserem Haus! Sobald Meilin wieder australischen Boden betritt, wird sie ordentlich verheiratet. Ich sorge persönlich dafür, dass sie nur noch in anständigen Kreisen verkehrt. Es war auch Annies ausdrücklicher Wunsch. Sie hat dich als Mutter schon immer total daneben gefunden. Sie will keinen Kontakt mehr mit dir und du darfst auch Meilin nicht mehr sehen!"*

Trude hatte sich an einem Regal festgehalten und ihrem

Schwiegersohn perplex zugehört. Sie war beim *okkulten Hokuspokus* hängen geblieben und fragte sich, ob er damit Yoga und Meditation gemeint hatte. Sie hatte erst begriffen, was seine Worte in der Konsequenz für sie bedeuteten, als er nach seinem Auftritt die Glastür zornentbrannt hinter sich zugeknallt hatte. Erstaunlicherweise war das Glas nicht zersprungen. Am Abend hatte Trude versucht, Annie anzurufen. Sie hatte die Wogen glätten wollen. Doch ihre Tochter hatte den Hörer nicht abgenommen. Darauf hatte sich Trude ein teures Taxi genommen und sich trotz Malcolms Warnung in die Vorstadt fahren lassen. Als sie mit pochendem Herzen an der Haustür geklingelt hatte, öffnete Malcolm. An seinem zornesroten Gesicht, den zusammengekniffenen Augen, aus denen ihr blanker Hass entgegenblitzte, und der auf sie gerichteten Flinte erkannte sie deutlich, dass er es ernst meinte.

In ihrer Verzweiflung hatte Trude ihren Sohn Serge um Rat gebeten. Seine Vermittlungsversuche waren an Malcolms und Annies Sturheit gescheitert. Serge hatte seiner Mutter berichtet, dass sich Malcolm an die Polizei gewandt hatte, um seine Tochter mit Interpol suchen zu lassen. Der diensthabende Officer hatte ihn ausgelacht. Meilin wäre eine erwachsene Frau und aus freien Stücken nach Europa gereist. Wo kämen sie denn hin, wenn sie nach jeder Touristin fahnden würden.

Gérards Eltern in Frankreich hatten ihr auch nicht weiterhelfen können, da sich das junge Paar nicht bei ihnen gemeldet hatte. Sie schienen auch nicht sonderlich bekümmert darüber. Gérard würde sich schon wieder melden. Er sei nun mal ein

Weltenbummler. Trude sollte sich keine Sorgen machen. Sie würden Meilin ausrichten, wenn sie aufkreuzte, dass sie sich umgehend bei der Großmutter melden sollte.

Das erste Lebenszeichen ihrer Enkelin war einen Monat nach der Abreise eingetroffen. Zwischen der Tagezeitung, einer Arztrechnung und Werbeprospekten war Trude die Ansichtskarte ins Auge gesprungen, auf der eine von Palmen gesäumte rote Stadtmauer abgebildet war. Aus Essaouira hatte Meilin geschrieben:

„Liebe Trudy – mir geht es großartig!
Ich bin mit Gérard in Marokko!
Alles bestens.
Mach Dir keine Sorgen!
Meilin (sehr verliebt)"

In monatlichen Abständen waren weitere wortkarge, aussageschwache Postkarten aus dem Maghreb eingetrudelt. Meilin hatte weder eine Anschrift hinterlassen noch angegeben, wie sie zu erreichen war, so, als hätte sie ihre Narrenfreiheit ausgekostet. In ihrer Ohnmacht hatte sich Trude damit besänftigt, dass das Mädchen das Abenteuer gebraucht hatte und sich sicherlich melden würde, wenn sie sich die Hörner abgestoßen hätte. Sie hatte sich stets eingeredet, dass Meilin sicherlich ihren Eltern ausführlicher berichtete und an ihrer Reise teilhaben ließ. Es stimmte sie jedoch unendlich traurig, dass ihr Vertrauen in Meilin erschüttert war.

Ziemlich genau ein Jahr nach Meilins überstürzter Abreise hatte Trude einen Brief aus Frankreich erhalten. Die Zeilen ließen die schwelende Sorge um ihre Enkelin erneut aufflackern. Gérard schrieb:

„Liebe Trude,

wenn ich an dich und Kuranda denke, habe ich ein breites Grinsen im Gesicht. Da Meilin und ich uns ja getrennt haben, habe ich das Bedürfnis, dir zu schreiben, damit du von mir kein verzerrtes Bild vermittelt bekommst. Ich habe Meilin geliebt, sie war so frei und unbekümmert. Wir sind in Marokko, Tunesien und Frankreich herumgereist und hatten eine fantastische Zeit zusammen. Wir haben von Luft und Liebe gelebt. Ab und zu haben wir bei Bauern als Erntehelfer gearbeitet und uns so über Wasser gehalten. Wir schliefen im Zelt, im Auto oder unter freiem Himmel.

Irgendwann wurde es mir jedoch zu langweilig. Eines Morgens wachte ich auf und hatte mit einem Schlag genug vom Herumzigeunern und wollte zurück nach Frankreich. Meilin war nicht bereit, mitzukommen und hatte sich entschieden, auf eigene Faust weiterzureisen. Afrika oder Europa – es war ihr einerlei, aber sie wollte sich auf keinen Fall niederlassen. So haben wir uns verabschiedet. Ein paar Wochen später hörte ich, dass sie bei einem Wüstentrekking einen Tourguide kennengelernt hatte.

Meilin kann man nicht festbinden, das ist mir ziemlich klar geworden. Ich habe mich mit Paul, einem guten Freund, zusammengetan. Wir haben in Avignon eine kleine Agentur aufgebaut, die Kultur- und Kajaktouren anbietet. Es ist ziemlich gut angelaufen und mir macht die Arbeit viel Freude. Du solltest manchmal die erschreckten Gesichter der Touristen sehen, wenn sie vor dem „Pont du Gard", einem römischen Aquädukt, stehen, das sich in schwindelerregender Höhe über den Fluss spannt, und dieses zu Fuß überqueren sollen! Der Stolz und das Glücksgefühl nachher, wenn sie es geschafft haben – unbezahlbar!

Dies nur ein kleiner Einblick. Trude, sei jederzeit herzlich willkommen, mich zu besuchen! Du hast immer einen Platz bei mir. Ich hoffe sehr, dass es dir gut geht und du dein Leben rockst!"

Unterschrieben hatte er mit *Harold*. Dem Brief war ein Flyer beigelegt, den Trude tagelang in ihrer Handtasche mit sich geführt hatte. Wie oft hatte sie die Fotos angeschaut: das besagte Viadukt, ein charmantes französisches Café und auf einem Foto Gérards gewinnendes Lachen, wie er in einem Kajak durch die Schlucht paddelte. Trude hatte nächtelang abgewogen, nach Frankreich zu fliegen. Mit Gérards Hilfe hätte sie Meilin bestimmt gefunden.

Doch dann hatte sie immer an ihren Laden gedacht, an die Ebbe auf dem Konto, an ihre Knochen, die ihr zu schaffen machten, und an Meilin selber. Hätte ihre Enkelin gewollt, dass Trude käme, hätte sie sie schon längst eingeladen oder um Hilfe gebeten. Dieses Argument vernichtete jegliche Wiedersehenspläne.

Noch immer hielt sich Trude an der Parkbank fest. Sie sackte in sich zusammen. Die Wut war verflogen. Die Großmutter konnte Meilins Benehmen nicht begreifen. Trude war enttäuscht und fühlte sich ohnmächtig. Ihre Wangen waren jetzt nass. Aus ihrer Rocktasche klaubte sie ein zusammengedrücktes, mehrfach benutztes Papiertaschentuch hervor und wischte sich das Gesicht trocken. Der Gedanke an Serge richtete sie auf. Trude erhob sich beschwerlich von der Bank und wandte sich zum Gehen in Richtung der nächsten Bushaltestelle. Ein Gespräch mit Darwin würde ihr guttun.

Zwei Tage später reiste Serge mit Lucy an. Das Paar war sich einig, dass Meilins Baby und das Zerwürfnis zwischen Annie und Trude eine Familienangelegenheit waren. Serge hatte am Telefon aus Trudes kraftloser Stimme herausgehört, dass etwas in seiner Mutter zerbrochen war. Und tatsächlich, die einst vor Vitalität strotzende Frau war nur noch ein Schatten ihrer selbst, als sie ihren Sohn und die Schwiegertochter an der Tür in Empfang nahm. Dunkle Augenringe und ein aschfahles Gesicht ließen erkennen, dass Trude wegen Meilins rätselhafter Umstände und aus Angst vor der bevorstehenden Konfrontation mit den frischgebackenen Großeltern kaum geschlafen hatte.

Lucy hatte mit jeder Schwangerschaft und einem guten Leben auf dem Land durch die Jahre kräftig zugelegt. Als sie die wesentlich kleinere, zerbrechliche Schwiegermutter in der offenen Tür mitfühlend an ihren Busen drückte, bekam Trude für einen kurzen Moment keine Luft und musste sich freistrampeln. Diese komische Situation entlockte der alten Frau ein Lachen. Nachdem Serge und sie sich mit einer stummen Umarmung begrüßt hatten, atmete Trude auf und bat die Neuankömmlinge ins Haus. Serge war ihr schon immer ein Fels in der Brandung gewesen. Es war ein Glück, dass er in Lucy eine treue, bodenständige Gefährtin hatte, die auch ihr gut gesinnt war. Die beiden beseelten ihre Stube sofort mit Zuversicht und menschlicher Wärme, die Trude ganz dringend gebrauchen konnte.

Am folgenden Abend läutete Serge an der Haustür seiner Schwester. Annie und Malcolm waren im Begriff, das Abendessen vor dem Fernseher einzunehmen, und baten Serge zögerlich und unwirsch herein. Der überraschende Besuch aus der Familie konnte ja nur etwas Ungutes bedeuten. Malcolm erhob sich, um seinem Schwager ungefragt ein Bier aus der Küche zu holen. Annie schaltete währenddessen das Gerät auf lautlos und lud ihren Bruder ein, Platz zu nehmen. Serges Blick fiel auf den Bildschirm. Michail Gorbatschow und Ronald Reagan gaben sich gerade einen Handschlag. Worüber sich die zwei geeinigt hatten, konnte Serge ohne Ton nicht nachvollziehen. Serge kannte die Staatsmänner, war aber in der globalen Politik nicht ganz auf dem Laufenden. Im Moment war ihm, was auf der weltpolitischen Bühne passierte, sowieso ziemlich egal, solange innerhalb der Familie der kalte Krieg fortdauerte.

Sowie Malcolm wieder in seinen Polstersessel saß, platzte Serge heraus: *„Habt ihr Neuigkeiten von Meilin?"*

Als seine Schwester und sein Schwager ihn nur mit verdutztem Blick anschauten, nahm er einen tiefen Atemzug und fuhr fort: *„Ich gehe jetzt einmal davon aus, dass ihr es noch nicht wisst. Trude hat einen Anruf aus Frankreich bekommen. Ihr seid Großeltern geworden. Meilin hat ein Mädchen geboren."*

Der kalte Rest des Hotdogs, den sich Malcolm gerade in den Mund geschoben hatte, blieb ihm im Hals stecken. Er riss die Augen auf und begann heftig zu husten. Annie hämmerte ihm mit den Fäusten so lange auf den Rücken, bis sich ihr Mann allmählich erholte.

„Das glaube ich nicht! Wir wären die Ersten, die es erfahren würden, wenn Meilin schwanger wäre! Jetzt schickt Trude dich wieder, um uns zu ködern oder was?", blaffte Malcolm mit hochrotem Kopf und befeuchtete mit einem Schluck Bier die vom Husten trockene Kehle. Annie, die die ganze Zeit geschwiegen hatte, fragte mit bebender Stimme: *„Hat sie selber angerufen? Geht es ihr gut? Wo ist sie?"*

Serge schilderte den beiden alles, was er von Trude wusste. Annie ging nervös auf und ab und krallte die Fingernägel in die zittrigen Handballen. Auf Malcolms Stirn bildete sich eine Furche, während er nachdachte. Zwischen schweren Atemzügen murmelte er Unverständliches zu sich selber. Abrupt blieb Annie stehen und eröffnete den beiden mit resoluter Stimme: *„Ich fahre nach Frankreich und suche Meilin! Jetzt reicht es! Du kannst mich nicht davon abhalten, Malcolm! Wir sind seit Monaten ohne Nachrichten von unserer Tochter. Ich MUSS sie sehen und wissen, wie es ihr geht! Und dann werden wir* *ja erfahren, ob das stimmt mit dem Baby."* Annie schnaubte und schickte ihrem Gatten einen finsteren Blick: *„ Unser Kind muss uns die teure Reise wert sein! Und wenn du es mir verbietest, finde ich Wege. Sonst sind wir geschiedene Leute!"*

Serge presste seine Lippen zusammen und atmete leise durch die Nase. Er würde sich am liebsten unsichtbar machen. Zwischen den Eheleuten bahnte sich etwas an. Serge wollte um keinen Preis Zeuge der Explosion werden. Er erhob sich, erfand einen fadenscheinigen Vorwand und verabschiedete sich. Als er die Wagentür aufschloss, war das Wortgefecht bereits in vollem Gang. Annies Stimme überschlug sich grell, als sie Malcolm derbe Schimpfwörter an den Kopf warf. Malcolm konterte schlagfertig und nicht weniger laut. Jeder kannte Malcolms Jähzorn. Er war ein Pulverfass und könnte für Annie gefährlich sein. Doch Serge fand, dass dieser Streit schon seit Jahren überfällig war und ohne Dritte stattfinden musste. Er würde morgen vorbeischauen und nach dem Rechten sehen, beschloss er, als er den Zündschlüssel drehte, den Gang einlegte und davonbrauste.

Eine Woche später saßen Annie und Serge in einer Quantas-Maschine Richtung Singapur nach Paris. Annie war es gelungen, Malcolm davon zu überzeugen, dass ihnen als Eheleute die Trennung guttun würde und dass das Geld gut in ihre Ehe und in ihre Familie investiert sei. Mehr war aus Annie nicht rauszukriegen. Trude hatte nie nachgebohrt, wie es zur Entscheidung gekommen war, dass Serge und nicht Malcolm ihre Tochter begleitete. Trude war so erleichtert, dass Annie wieder mit ihr sprach, dass Malcolm bereit war, den Bann zu brechen. Sie gebot sich selber, die vielen Fragen zur Seite zu schieben, um die zerbrechliche Annäherung mit der Tochter nicht zu strapazieren. Nach Annies Rückkehr hatten sie Zeit, die letzten Jahre aufzuarbeiten. Und wie beglückte es Trude, dass ihre Kinder zu Meilin unterwegs waren. Endlich kam etwas in Bewegung! Ganz leise traute sich Trude sogar, sich Hoffnungen auf ein Wiedersehen mit ihrer Enkelin zu machen. Vielleicht gelänge es Annie, Meilin und das Baby zu einer Heimkehr zur Familie zu bewegen?

Annie und Serge hatten die Abtrünnige mit Gérards Hilfe tatsächlich ausfindig machen können, wie Annie ihrer Mutter am Telefon berichtete. Meilin lebte mit Walter und fünfzig anderen in einer Kommune. Annie hatte wenig begeistert geklungen, als sie den Ort und die Zustände beschrieb. Trude spürte, dass sich ihre Tochter eine Bemerkung wegen Kuranda verkniff. Meilin sei kaum wiederzuerkennen gewesen. Sie hätte sich die Haare kurz geschoren, rot gefärbt und sei erschreckend dünn. Der Überraschungsbesuch von Mutter und Onkel hätte sie im ersten Moment geschockt. Sie hätte sich jedoch schnell gefasst. Als Annie vom Baby sprach, sprudelte sie vor Freude und Stolz. Es stimmte also. Meilin und Walter waren Eltern eines gesunden Babys.

Meilins Mädchen hieß Amber.

Während Serge Frankreich, Italien und Deutschland bereiste, blieb Annie bei ihrer Tochter und der Enkelin. In wöchentlichen Abständen berichtete sie Trude. Sie ließ kein gutes Haar an Ambers Vater. Trude versuchte, sich ein Bild von Meilins neuem Partner zu machen. Doch abgesehen davon, dass er Gymnasiallehrer war, einen Vollbart und eine John-Lennon-Brille trug und in ausgewaschenen Cordhosen und ausgeleierten T-Shirts gekleidet war, war nichts aus Annie herauszuquetschen. Sie mochte Walter nicht, das hörte Trude aus dem despektierlichen Unterton heraus. Doch schlimmer waren nach Annies Berichten die Zustände in der Kommune. *„Mutter – es geht hier zu wie in Sodom und Gomorra! Die Männer und Frauen haben überhaupt kein Schamgefühl. Sie laufen grad wie es ihnen beliebt halb bekleidet herum. Den Knirpsen trieft die Rotze in gelb-grünen Bächen aus den Nasenlöchern direkt in die offenen Münder und keiner Frau kommt es in den Sinn, ihrem Kind das Gesicht ordentlich zu säubern. Wo immer es ein Paar überkommt, knutscht es in aller Öffentlichkeit. Kinder schauen ihren Eltern ungeniert sogar beim ..., du weißt schon was, zu! Wenn eine Mutter gerade nicht im Blickfeld ist, hängen sich Kinder an die Busen einer anderen Frau. Zum Essen gibt es undefinierbare Bohneneintöpfe und Getreidebreie. Als Erstes werde ich in Australien wieder ein saftiges Beefsteak essen! Dann tanzen die alle nach der Geige dieses selbst ernannten Gurus! Ich bin sicher, die hatten alle eine Gehirnwäsche! Ich halte diesen Räucherstäbchenduft nicht mehr aus! Ich wünschte, Meilin käme mit nach Australien. Doch Walter und Meilin haben entschieden, das Baby in Zürich großzuziehen! Ich bin heilfroh, dann kommen meine Töchter und Enkelin aus diesem Rattenloch heraus! Ich werde die drei in die Schweiz begleiten. Serge wird dort zu uns stoßen, bevor wir dann die Heimreise antreten."*

Einmal rief Meilin selber an, da ihre Mutter das teure Ferngespräch bezahlte. Das Wandtelefon in Trudes Wohnzimmer klingelte zwanzig Mal, bevor es Trude hörte. Sie war an diesem Sonntag kurz vor Mittag im Begriff, die Wohnung zu saugen. Bei der Entspannungsübung nach der morgendlichen Yogasession hatte sie Staubmäuse unter dem Sofa entdeckt und nachgerechnet, dass sie seit mindestens drei Wochen ihre Wohnung nicht mehr gründlich durchgefegt hatte. Das Staubsaugen bereitete ihr höllische Schmerzen im Kreuz und gehörte zu ihren unangenehmsten Hausarbeiten, die sie so lange wie möglich hinauszögerte. Es war eine lästige Qual, den Düsenkopf mit Druck über Böden, Treppen oder unter die Möbel zu schieben und das Gerät nachzuschleppen. Weder regelmäßige Gymnastik, Meditation noch die gesunde Ernährung hatten Trudes Gelenksdegeneration aufhalten können. Die Arthrose war ihre Gefährtin geworden und Trude hatte sich mit ihr arrangiert. Jeden Tag erinnerte sie sie bei jeder Bewegung daran, dass ihr Körper sich allmählich abbaute und sich Trude bei aller geistigen Widerspenstigkeit und Vitalität, wie alle anderen auch, nicht den Naturgesetzen widersetzen konnte. Trude schrumpfte und wurde knorrig wie ein alter Baum. Fremde Hilfe bei der Haushaltung anzufordern, käme jedoch dem Eingeständnis gleich, dass sie zu alt für eigenständiges Wohnen wäre.

Trude hatte bei ihren Gedankengängen nicht achtgegeben und die Fransen vom Flurteppich hatten sich im Düsenloch angesaugt. Trudes steife Finger hatten nicht die Kraft, sie loszureißen. Umständlich bückte sich Trude, um das Gerät auszuschalten. Erst jetzt hörte sie das Läuten, stolperte über das

Kabel und eilte zum Apparat. Außer Atem nahm sie den Hörer ab und ließ sich erschöpft auf den eigens fürs Telefonieren bereitgestellten Stuhl fallen. Als Trude Meilins Stimme hörte, hüpfte ihr Herz vor Freude und ihre Augen wurden feucht. Endlich!

Nach der Begrüßung berichtete Meilin von den Abenteuern in Marokko und Trude lauschte. Meilin zählte die Namen aller Liebhaber auf und Trude schüttelte den Kopf. Meilin erzählte von den Geldnöten und Trude litt mit ihrer Enkel mit. Meilin erklärte ihrer Großmutter den Grund, warum sie sich so wenig gemeldet hatte, und Trude verzieh.

Doch Meilin erwähnte Amber und Walter mit keinem Wort. Das machte Trude stutzig und sie hakte nach.

„Trudy ...“, seufzte Meilin. *„Ich kann dir einfach nichts vormachen. Amber ist süß! Keine Frage. Sie würde dir total gefallen! Aber ich bin einfach nicht fürs Muttersein geschaffen! Ich kriege mein Leben noch nicht mal auf die Reihe, wie kann ich mich da um einen anderen Menschen kümmern? Ich bin völlig überfordert mit dem Säugling. Dir kann ich es ja sagen: Das mit Walter, das ist nichts. Wir sind gar kein Paar, wir tun nur so für Mutter. Walter und ich haben einfach miteinander rumgemacht, wie alle hier. Er ist unverkennbar der Vater, sie hat seine roten Haare. Er möchte unbedingt für das Kind aufkommen. Er ist ein netter Kerl, aber ich war nie in ihn verliebt. Er ist viel zu brav. Ich möchte hier in Frankreich bleiben. Hier fühle ich mich wohl und unter meinesgleichen! Dem Frieden zuliebe fahre ich mit Mutter und Walter mit nach*

Zürich, mache ein wenig auf Familie. Aber sobald Mutter und Serge im Flieger sitzen, kehre ich zurück in die Kommune."

Trude war perplex. Sie suchte fieberhaft nach einer Antwort. Es lag ihr auf der Zunge: *„Kannst du dich nicht mit dem Vater arrangieren? Das Kind braucht doch seine Mama."* Doch Trude schaffte es nicht, den Satz auszusprechen. Trude war außerstande etwas Angebrachtes, Aufmunterndes, Richtiges zu sagen. Nicht nur die räumliche Distanz, auch der Generationengraben beklemmte Trude. Sie hatte keine Vorstellung von Meilins neuer Welt.

„Trudy, bist du noch in der Leitung?", hörte sie Meilins Stimme am Ende der Leitung.

„Ja, ja. Bin noch da. Ich weiß nur nicht, was ich sagen soll. Du bist in Europa und bist Mutter geworden. Ich kann kaum teilhaben an deinem Leben. Ich fühle mich abgehängt und kann deiner Entscheidung nicht folgen. So wie ich dich kenne, machst du sowieso, was du möchtest. So verkneife ich es mir, dir einen Rat zu geben. Mir wäre es am liebsten, dich in der Nähe zu haben. Ich kann die Reise zu dir und Amber nicht machen. Mich macht das alles ziemlich traurig und konfus", stockte Trude mit kraftloser Stimme. *„Werde ich die Kleine denn je kennenlernen?"*

Meilin begriff schlagartig, dass sie mit der Entscheidung, in Europa zu bleiben, nicht nur ihre Eltern, sondern auch Trude ausklammerte. Das Band zwischen Trude und ihr, das schon durch ihre Schreibfaulheit spröde geworden war, wurde mit diesem unseligen Telefongespräch noch mehr belastet. Meilin bereute ihre Offenheit, kämpfte mit aller Macht gegen die aufkommenden Tränen und verabschiedete sich hastig von ihrer geliebten Trudy, ohne ihr eine Antwort auf die offene Frage zu geben. Meilin wusste, dass sie ihre Großmutter vor den Kopf stieß, und konnte dennoch nicht anders. Sie wollte niemanden in ihre Abgründe blicken lassen. Denn bevor sie sich um Amber kümmern konnte, musste sie ihr eigenes Leben auf die Reihe bekommen. Es war ein Glück, dass Annie nichts bemerkt hatte. Walter war der Einzige, der ihr schamvolles Geheimnis kannte und der ihr die Hand reichte. Meilin konnte nicht nach Australien heimkehren und Trude vor die Augen treten, bevor sie nicht clean war. Sie wollte ihrer Trudy und sich selber beweisen, dass sie es schaffte.

Trude blieb nach dem Gespräch noch lange wie erschlagen auf dem alten Stuhl im Flur sitzen. Trude sah an sich hinunter, betrachtete die knorrigen, fleckigen Hände in ihrem Schoß. Sie fuhr mit den Fingern über das Holz der Lehne.

„Das Leben findet jetzt ohne mich statt", murmelte Trude resigniert und seufzte. Sie erhob sich, denn sie brauchte dringend frische Luft und Bewegung. Hastig schnappte sie sich ihre Umhängetasche und den Hausschlüssel und ignorierte den buckeligen Läufer, dessen Fransen immer noch im Staubsaugerrohr steckten.

Trude streifte ziellos durch das Quartier und wanderte in Gedanken zu ihren Angehörigen. Die Familie war in alle Himmelsrichtungen zerstreut. Wie launisch und unzuverlässig waren die Kontakte doch geworden. Das traurige Bild alter

Menschen, die an ihr Haus oder in einer Institution festgebunden waren und auf die Zuwendung der Angehörigen harrten, ängstigte Trude. Sie wollte um keinen Preis, dass Sinn und Lebensfreude von ihren Enkeln und Kindern abhängig wurden. Diese Erwartung wollte sie sich selbst und ihren Nachkommen nicht aufbürden. Auch wenn sie ihre Eltern zeitlebens manchmal schmerzlich vermisste, überwog die Unabhängigkeit, ein von einem bindenden Generationenvertrag freies Leben geführt zu haben. Gewiss, Meilins Abkehr tat entsetzlich weh, doch die Enkelin war ihr nichts schuldig.

In der folgenden Woche bat sie Miriam, ihr bei der Hausreinigung zu helfen. Die Studentin kam der Bitte gerne nach und putzte an einem halben Tag die Fenster spiegelblank, klopfte alle Teppiche aus, saugte und wischte Böden feucht. Die Küche und das Badezimmer sollten in der darauffolgenden Woche an die Reihe kommen. Miriam bemerkte beim Hausputz das leere Gästezimmer. *„Möchtest du nicht das Zimmer an Studenten vermieten? An der Uni werden immer wieder Schlafplätze gesucht! Du könntest auch anderen Nachhilfe geben. Ich helfe dir gerne bei der Vermittlung."*

Tatsächlich brachte Miriams Anstoß neues Leben in Trudes Haus. Der erste Untermieter war Yoshi, ein japanischer Austauschstudent. Yoshi pflegte am Vorabend vorzukochen und bedachte seine Vermieterin jeweils mit. Während der drei Wochen seiner Anwesenheit fand Trude abends, wenn sie aus der Bücherei nach Hause kam, den Küchentisch gedeckt. Auf einem apart angerichteten Teller lagen Reisbällchen und Sushirollen. Daneben befand sich eine mit Kalligrafie beschriebene Karte mit einem inspirierenden japanischen Spruch, der die Gastfreundschaft ehrte. Yoshi selber bekam Trude selten zu Gesicht. Tagsüber war er in der Uni und abends lernte er zurückgezogen in seinem Zimmer. Samstags überreichte Yoshi in einem adretten Umschlag die Wochenmiete.

Yoshi beanspruchte Trudes Nachhilfe nicht. Hingegen füllte sich die Bücherei wieder mit Studenten, nachdem Miriam in der Uni Handzettel verteilt und für Trude Werbung gemacht hatte. An zwei Nachmittagen in der Woche versammelten sich Germanistikschüler in der Bibliothek und lasen mit Trude alte und moderne deutsche Klassiker. Damals in Tartu waren sie und Lena nur Zaungäste gewesen, hatten Wortfetzen und geistige Ergüsse der männlichen Studenten aufgepickt wie herunterfallende Krümel. Jetzt hingen ihr die jungen Männer und Frauen an den Lippen und teilten mit ihr die Liebe zur Sprache und zur Literatur. Trude liebte diese Zusammenkünfte. Sie tauchte darin ein wie in ein Genussbad. Dann und wann streifte ihr Blick durch den Raum, dessen Regale von klugen Büchern überquollen, über die Gesichter der faltenlosen Menschen, die sich zu hitzigen Debatten und philosophischen Diskursen versammelten. Trude lächelte dabei und bat ihr Schicksal, es ihr noch so lange wie möglich zu gönnen.

Als am 26. April 1986 im Kernkraftwerk Tschernobyl Techniker einen Stromausfall simulierten, war niemandem die Tragweite der Tests bewusst. Zwei Tage später sickerte die Schreckensnachricht vom GAU in der Ukraine nach Australien durch. Unsachgemäßes Hantieren mit Brennstäben hatte Explosionen und in der Folge eine nukleare Reaktorkatastrophe ausgelöst. Es gab Todesopfer und eine radioaktive Wolke bedrohte Europa. Die weitläufigen Konsequenzen waren noch nicht abzusehen.

Trude überflog die Schlagzeile der Tageszeitung, die wie jeden Morgen auf dem Treppenabsatz der Bücherei lag, und las den Begleitartikel mit pochendem Herzen. Kurzerhand zog sie den schweren Weltatlas mit dem blauen Ledereinband aus dem Regal und breitete ihn auf dem Tresen aus. Der Wälzer stammte aus dem Jahr 1956 und entsprach bei Weitem nicht mehr dem neusten kartografischen Stand. Doch da Städte bei einer politischen Grenzverschiebung nicht versetzt, höchstens umbenannt wurden, fand Trude dieses veraltete Nachschlagewerk nach wie vor für ihre Zwecke tauglich. Sie schlug die Europaseite auf und fuhr mit dem Finger den Ländergrenzen entlang und schätzte die Entfernungen über den Daumen. Tartu lag in etwa tausend und Zürich zweitausend Kilometer entfernt vom Katastrophengebiet.

Ihre erste Sorge galt Meilin und Amber. Radioaktivität konnte für ein Neugeborenes dramatische Folgen haben. Trude bedachte aber auch Olga und Lena. Mit einer leisen Wehmut fragte sich Trude, wie es ihnen erging. Ungeachtet der Tageszeit in Europa, es musste dort nach Mitternacht sein, wählte Trude die Zürcher Telefonnummer, die Annie ihr ins Adressbuch notiert hatte. Sie musste wissen, was Sache war. Walter klang, als hätte Trude ihn aus dem Tiefschlaf geholt. Trude atmete erleichtert auf, als nach einer kurzen Pause Meilins vertraute, wenn auch schläfrige Stimme ertönte. Sie war also noch in Zürich.

Ja, es ginge ihnen so weit gut und nein, sie könne noch keine näheren Angaben machen. Sie waren in Europa nicht besser im Bilde als in Australien. Das Sowjetische Außenministerium hielte sich mit Informationen zurück. Die Schweizer Regierung habe beschwichtigt und zur Besonnenheit aufgerufen. Walter würde sich am nächsten Tag mit Greenpeaceleuten der Stadt Zürich treffen, um die Lage zu analysieren. Walter meinte, man könnte den offiziellen Berichten nicht trauen. Und nein, sie wollte nicht nach Australien zurückkehren. Trude solle sich dennoch keine Sorgen machen, sie kämen zurecht und wüsste, was sie täte. Meilin bedankte sich bei ihrer Großmutter für den Anruf, schickte einen Kuss durch die Leitung und wünschte ihr eine gute Nacht.

Im Sonnenstrahl, der durch das Schaufenster brach, betrachtete Trude das Foto, das sie nach dem Telefonat aus ihrer Brieftasche gezogen hatte. Eine müde Meilin hielt die neugeborene Amber auf den Armen. Ein roter Flaum leuchtete über dem schlafenden Gesichtchen. Trude strich zärtlich über die Aufnahme.

„Ich bete für euch, meine Mädchen. Ich werde euch immer lieben!“, flüsterte Trude.

1988 Bibeln und moderne Maschinen

So sehr Trude auch mit dem Geld haushaltete, es war nicht mehr von der Hand zu weisen: Die Bücherei rentierte sich nicht. Sie hatte sich längst mit ihren Zipperlein arrangiert, doch Trude konnte nicht die Augen davor verschließen, dass sie auf ihren achtzigsten Geburtstag zuging. Früher oder später würde sie ihren Buchladen loslassen müssen.

Eine Lösung kam unerwartet von Annie. Mutter und Tochter hatten sich seit Ambers Geburt wieder angenähert und verabredeten sich jeden Samstagmorgen zum Frühstück in ihrem Lieblingscafé. Sie tratschten über Meilin, Peter, alle anderen Familienangehörigen und über gemeinsame Bekannte. Wenn es über Personen nichts mehr zu berichten gab, streiften sie das Zeitgeschehen, ohne in die Tiefe zu gehen. Ihre Gespräche bewegten sich stets auf unverfänglichem Terrain und übergingen meisterhaft die Tretminen Malcolm und Religion. Nach einer Stunde ging ihnen der Gesprächsstoff meist aus und jede ging wieder ihren Weg. Mutter und Tochter hielten konsequent an diesem Morgen fest, weil es eine bewährte Form geworden war, sich auf neutralem Boden zu begegnen, sich trotz grundlegend verschiedener Weltanschauung gegenseitigen Respekt zu zollen. Einmal erzählte Annie von Peter. Meilins Bruder wohnte mit fünfundzwanzig immer noch bei den Eltern. Er hatte keine amourösen Ambitionen und machte auch keine Anstalten, eine eigene Wohnung zu nehmen. Peter war in Malcolms Fußstapfen getreten und hatte Automechaniker gelernt. Es war keine Frage, dass er später Vaters Werkstatt übernehmen würde. Annie fügte ergeben hinzu: *„Nun ja. Jetzt habe ich die doppelte Menge Blaumänner zu waschen und zwei Kerle mit schwarzen Rändern unter den Fingernägeln am Tisch. Der latente Geruch von Motorenöl und Benzin ist nicht mehr aus den Wohnräumen zu kriegen."*

Trude hörte zu, kaute auf einem Bissen Bagel und stellte sich das Vollzeitprogramm ihrer Tochter vor. Annie arbeitete ganztags, bekochte ihre Männer, machte deren Wäsche und hielt das ganze Haus in Schuss, während die Herren in ihrer Freizeit am Spielfeldrand der *Queensland Reds*, der lokalen Rugbymannschaft, oder vor dem Fernseher hingen. Doch statt ihre Tochter zu fragen, warum sie ihren Mann und ihren erwachsenen Sohn bei den Hausarbeiten nicht einspannte, erzählte Trude, dass sie mit dem Gedanken spielte, die Bücherei mittelfristig abzustoßen und eine gute Nachfolge zu suchen.

Am Mittwoch darauf betrat ein Mann das Antiquariat, streckte Trude die Hand hin, stellte sich als Luke Sharp vor und schaute sich um. Trude stutzte, denn die formelle Begrüßung war ungewöhnlich. Die Kunden traten meist mit einem schlichten *Guten Tag* oder *Hello* durch die Tür. Der Handschlag passte zum steifen Erscheinungsbild des Mittfünfzigers, der einen Rollkragenpullover unter einem karierten Sakko und eine kunstlederne Mappe unter dem Arm trug. Es klärte sich schnell, dass Mister Sharp im Auftrag der Heilsarmee unterwegs war. Ihm war über Annies Kirchgemeinde zu Ohren gekommen, dass Trude ihre Bücherei verkaufen wollte.

„Der HERR hat uns beauftragt, in Brisbane präsenter zu werden. ER hat mich zu Ihnen geführt. Die Heilsarmee ist interessiert an Ihrem Geschäft und möchte es gerne erwerben." Trude musterte den Fremden perplex, holte Luft, um etwas zu entgegnen, doch Luke Sharp sprach weiter: *„Sie können so lange Sie mögen die Bücherei und ihr Angebot weiterführen. Uns würde es dienen, mit Ihrer Hilfe im Quartier anzukommen und das Vertrauen der Anwohner und Kunden zu gewinnen. Unsere einzige Auflage ist, dass Sie das Sortiment mit christlicher Literatur aufstocken. Um die Finanzen kümmern wir uns, wenn wir uns einig werden."*

Als Luke Sharp sich verabschiedet hatte, setzte sich Trude in den Lehnstuhl. Ihre Augen wanderten zwischen Sharps Visitenkarte in ihrer Hand und den Bücherregalen hin und her. Sie schüttelte den Kopf und sprach in den menschenleeren Raum: *„Nun muss ich mich tatsächlich auf meine alten Tage noch mit der Bibel auseinandersetzen. Ja, Du da oben, Deine Wege sind unergründlich! Wenn ich nicht zu Dir komme, suchst Du mich auf, wirst Du Dir gedacht haben, nicht wahr? Soll ich vor meinem Abgang das Alte und Neue Testamente durchackern? Ist es das, was Du möchtest? Du bist hartnäckig, das muss ich Dir lassen! Du weißt doch genau, dass ich mich mit Deinen brutalen Geschichten und Deinem Weltbild mit dem Mann als Krone der Schöpfung schwertue!"* Trude seufzte, erhob sich und schlurfte zum Wasserkocher, um sich einen Tee zu brühen, und führte ihre Selbstgespräche fort. *„Zugegeben, das Angebot der Heilsarmee ist gut! Ich bin mit einem Schlag die finanziellen Sorgen los und kann dennoch bleiben, solange mich die Knochen tragen. Wenn ich rechne, kann ich mich mit der Nachhilfe, der Zimmervermietung und der winzigen Rente gerade so über Wasser halten. Sharp hat mir sogar einen kleinen Lohn angeboten. Wenn ich das richtig verstehe, bedeutet das, dass Du für mich sorgst, mir dafür Jesus in den Laden stellst, damit ich ihm vor meinem Ableben noch mal eine Chance gebe ..."*

Trude richtete sich an ihre Bücher: *„Was meint ihr, Kinder, würdet ihr ein wenig zur Seite rücken und dem lieben Gott Platz machen?"*

Zwei Wochen später war der Vertrag aufgesetzt, unterschrieben und fortan war Trude von der Heilsarmee angestellt. Mister Sharp schleppte drei Kartons mit gebundenen Bibeln und illustrierten Geschichten aus dem Alten und Neuen Testament an. Trude packte Ratgeber für den christlichen Familienalltag, wie *„Tischgebete für die ganze Familie", „Wie erziehe ich meine Kinder?" „Mit Jesus mittendrin"* aus, entfernte die Cellophanschutzhüllen und reihte sie ein. Sie hatte ein ganzes Regal für die Neuankömmlinge freigemacht. Mister Sharp hatte darauf bestanden, dass die Bücher prominent beim Eingang positioniert werden mussten.

Trude dachte beim Einsortieren an Miriam und fragte sich, was sie wohl zu den Veränderungen sagen würde. Die Studentin trampte seit dem Universitätsabschluss durch Südamerika und schickte in losen Abständen Kartengrüße. Bilder vom *Machu Pichu*, von einer Eisenbahn, die durchs peruanische Hochland tuckerte, von Lamas und bunt gekleideten Indiokindern befestige Trude mit Reißzwecken neben den anderen Postkarten ehemaliger Kunden und Schüler aus der ganzen Welt.

Studenten, die ihre Bücherei besucht oder die ihr Gästezimmer belegt hatten, erinnerten sich offensichtlich gerne an die alte Frau. Sie schrieben wohl auch, weil sie wussten, dass die Postkarten in der kleinen Toilette an die Wand gepinnt wurden und jeden Besucher beim kleinen oder großen Geschäft unterhielten. Bestimmt hat manch ein Weltenbummler im kleinen Örtchen die Inspiration für seine Reise bekommen. Mit Meilins Palmen vor der roten Stadtmauer hatte das Bilderpatchwork seinen Anfang genommen.

Miriam hatte in der Bücherei Spuren hinterlassen. Sie war schuld, dass noch vor den Bibeln moderne Geräte Einzug gehalten hatten. Ein Regal hatte einem Faxgerät und einem Fotokopierer, die Trude einem Technikfreak als Secondhandware hatte günstig abkaufen können, weichen müssen. Die Errungenschaften wurden eine winzige zusätzliche Einnahmequelle und vor allem hielt es die Studenten bei der Stange. Es erlaubte ihnen, Buchseiten für ein paar Cents zu kopieren, statt wie bis dahin von Hand abzuschreiben. Bei dem Volumen an Arbeiten, die sie zu bewältigen hatten, war dies eine enorme Entlastung. Das Faxgerät benutzten die Schüler für den Dokumentenaustausch mit ausländischen Kollegen. Die politisch Aktiven informierten Gleichgesinnte in anderen Städten über

Aktionen. Manchmal wurden auch Partyeinladungen verschickt. Trude erkannte den Zugewinn dieser Maschine, als sie das erste Faxschreiben von Meilin in den Händen hielt. Wenn sich ein Fernschreiben ankündigte, piepste und ratterte das Gerät, sodass Trude neugierig hinzuwehte, um das Papier, das sich langsam aus dem Gerät schob und zu einer Rolle kringelte, wie eine Hebamme ein Baby in Empfang zu nehmen. Als sie den vertrauten geschwungenen Schriftzug ihrer Enkelin erkannte, machte die Großmutter einen Freudensatz und beglückwünschte sich, auf Miriam gehört zu haben. Dank der neuen Technik ließen sich die enormen Distanzen zu ihren Liebsten nun noch einfacher überbrücken. Es fand ein reger Austausch zwischen Europa, Australien und Amerika statt. Die Briefe, fröhliches Kindergekritzel, auch Dokumente knatterten hin und her, als würde der Absender nur im Nebenzimmer sitzen.

Trudes Begeisterung für den Fortschritt machte jedoch vor dem Computer halt, der überall Einzug hielt. Miriams Überredungsversuche stießen bei Trude auf Granit. Sie brauchte keine Maschine zum Katalogisieren der Bücher. Es stand ihr auch nicht der Sinn danach, ein eigenes Buch zu schreiben. Briefe schrieb sie nach wie vor lieber von Hand. Bei Malcolm und Annie stand einer dieser klobigen Kästen und Trude war einmal Zeugin gewesen, wie sich Annie mit dem Gerät und seiner Logik abmühte. Ihre Tochter hatte etwas in die Tastatur gehämmert, was als grüne Zeichen auf dem schwarzen Bildschirm erschien. Dabei blinkte ständig ein nervöses Licht, das Annie Cursor nannte. Trude konnte die Schrift auch mit der Lesebrille nicht lesen. Nein, ein Computer war nichts für sie

Die technischen Errungenschaften und die Geschäftsübernahme wandelten Trudes Geschäftsgang. Das christliche Sortiment zog frische Kundschaft an. Nach wie vor gehörten die beschaulichen Morgenstunden ihren treuen Kunden, den Senioren. Die ließen sich alle Zeit der Welt beim Stöbern, Lesen und Teetrinken. Am Nachmittag stiegen Lärm- und Energiepegel in den Räumen mit jungen Akademikern sprunghaft an. Die Neukunden huschten meist nur durch den Ladenraum, suchten die Bedienung oder ein bestimmtes Buch aus dem religiösen Regal, bezahlten, sobald sie fündig wurden und verschwanden wieder. Die Studenten witzelten über die Neuankömmlinge, die sie *die Frommen* nannten, ließen sich jedoch nicht von ihnen verscheuchen.

Über Mittag oder nach Feierabend schloss Trude die Eingangstür, drehte das Schild auf „Geschlossen" und widmete sich der von Gott gesandten Lektüre, wie sie die Bibel nannte. Schließlich musste Trude ja wissen, was sie feilbot. Sie fühlte sich durch diese seltsame Fügung mit der Ladenübernahme persönlich von Gott herausgefordert. Trude nahm die Challenge an und begann ganz von vorne: *„Am Anfang schuf Gott Himmel und Erde."*

Trude kämpfte bei den langweiligen Passagen gegen die Müdigkeit. Bei den heroischen Schlachten und blutrünstigen Fehden gegen ihre Aversion für die maskuline Kriegsgeilheit. Immer dort, wo der Mann als Krönung der Schöpfung hochgejubelt wurde, unterdrückte sie den Impuls, die Bibel zornig in eine Ecke zu schmeißen. Trude zwang sich, das Buch von vorne nach hinten zu lesen. Sie wollte endlich im tiefsten Grunde verstehen, worauf ihr Vater, Malcolm und die Kirchenväter sich beriefen, um sich als direkte Nachfolger nach Gott über die Frauen und die Schöpfung zu erheben. Worauf fußte diese Religion, die Gewalt, Krieg und Machtmissbrauch legitimierte? Es beanspruchte Wochen und Trudes ganze Energie.

Am Ende des Alten Testaments angelangt, klatschte Trude die Bibel zu und resümierte an Gott gerichtet: *„Eine hübsche Sammlung imposanter Geschichten! Doch warum stellst Du Dich als bösen, strafenden Herrscher dar? Warum schneiden die Frauen so schlecht ab? Die Märchensammlung mag ja ihren Sinn gehabt haben, um den Menschen im Altertum Orientierung zu geben. Ich finde, die Zeit der Mahnfinger ist vorbei! Das menschliche Bewusstsein hat sich in den letzten zweitausend Jahren weiterentwickelt! Ist es nicht allerhöchste Zeit neue Geschichten zu sammeln!?“*

In den folgenden zwei Wochen ließ Trude alle Bücher links liegen, sie war für nichts mehr aufnahmefähig. Der Lesemarathon hatte Trude geplättet. Sie vermochte für eine Weile nur noch in Klatsch- und Modeheften zu blättern. Des Abends setzte sie sich, statt sich wie gewohnt einem Roman zu widmen, vor den Fernseher und ließ sich berieseln.

Als neue Leselust aufkeimte, nahm sie das Neue Testament in Angriff. Jesu Geburt und Werdegang waren leichtere Kost. Trude fand Jesus sympathisch. Sie malte sich Gottes Sohn als gut aussehenden, charismatischen Mann mit einer wallenden Hippiemähne vor, der so freundlich und charismatisch auftrat, dass er Menschen gewinnen konnte. Wie würde der Menschenfreund wohl in der Neuzeit ausgesehen haben? Wie würde sie reagieren, wenn er plötzlich auf der Ladenschwelle stünde? Trude würde, ohne zu zögern, eine Tasse Tee anbieten und lauschen, was er vom Himmel zu berichten wusste. Das Lesen des Neuen Testaments fiel Trude erstaunlich leicht und ging flott voran.

Eines Nachts erwachte Trude schweißgebadet und vollkommen verwirrt. Sie knipste das Licht an und blickte sich um. Noch spürte sie Valentins Wärme, hatte seinen Duft in der Nase, doch er war nicht im Zimmer. Sie hatte geträumt, stellte sie mit leisem Bedauern fest. Trude langte nach Kugelschreiber und Tagebuch, die stets auf dem Nachttisch für Geistesblitze und Träume bereitlagen. Unzensiert schrieb Trude nieder:

„Ich eilte barfuß durch das Outback zu Pekeris Clan. Ich hatte erfahren, dass Bakana gestorben war und wollte an ihrer Abschiedszeremonie Anteil nehmen. Der rote Sand brannte unter meinen Fußsohlen. Ich hatte mich verirrt. Alle Markierungen, an denen ich mich früher orientieren konnte, waren in der Regenzeit weggeschwemmt worden. Auch auf meinen sonst tadellos funktionierenden inneren Kompass war kein Verlass. Als die Nacht hereinbrach, war ich froh über die Abkühlung, doch ich verlor die Sehschärfe und stolperte über Steine und dorniges Gestrüpp. Ich trieb mich trotz blutender Füße und quälendem Durst weiter, gewährte mir keine Rast. Die Sterne boten mir keinen Anhaltspunkt. Ich hatte vergessen, wie sie zu deuten waren.

Ich strauchelte, stand auf, trieb mich weiter und verlor nach und nach einen Sinn nach dem anderen. Als wäre ein Schalter gekippt worden, verschwanden Sterne und die nachtschwarzen Schatten der Landschaft – ich war blind. Dadurch verlangsamte ich meinen Schritt, trat behutsam auf, ertastete die Erde mit den Zehen. Plötzlich spürte ich auch meine Füße nicht mehr. Als ich mich panisch auf die Knie warf, spürte ich weder den Aufprall noch irgendetwas Gegenständliches mit meinen hastig suchenden Händen. Ich schleckte mir die Finger ab, die vom Schweiß salzig schmecken sollten. Aber meine Zunge schmeckte nichts. Dann richtete ich die Ohren aus, um meinem hysterischen Verstand in der Schwärze eine Orientierung zu geben. Kein Laut war zu vernehmen. Der würzige Duft des Gesträuches oder der süße Nektar von Buschblüten waren bis soeben ein beständiger Begleiter. Aber auch die Nase versagte ihren Dienst.

Panik stieg auf, ein Angstschrei bahnte sich einen Weg durch meine Kehle, blieb aber auf halbem Weg stecken. Mein Geist raste vor Verzweiflung und war in einem Körper gefangen, der sich auf der nachtschwarzen Erde krümmte. In dem Augenblick löste sich ein Anteil meines Wesens aus dem Körper und beobachtete von außen das andere Ich. Eine Stimme flüsterte leise:

‚Pscht ... Pscht ... Beruhige dich. Atme ganz ruhig. Du bist das eine und das andere auch. Habe keine Angst! Atme ... Atme ... Atme ... Lausche!‘

Mein Verstand hielt inne, der Körper entspannte sich.

‚Beobachte deinen Herzschlag‘, sprach die Stimme weiter.

Mein Herz galoppierte. Doch durch das Atmen und das acht-
same Beobachten beruhigte sich allmählich mein Puls und
ich entspannte mich. Plötzlich flutete mich Geborgenheit.
Es war wie ein Nach-Hause-Kommen. Liebe pulste mit dem
Herzschlag, strömte in Wellen durch den ganzen Körper und
überraschte mich so sehr, dass ich vor Glück zu weinen be-
gann. Seelenruhe breitete sich in mir und um mich aus. Abso-
lute Stille, absolutes Nichts. Absolute Gewissheit, dass mir die
Wüste nichts anhaben konnte.

Ich richtete mich auf, noch immer spürte ich den Boden nicht
unter den Füßen und lauschte den Regungen meines Herzens.
Mein Herz pulste rhythmisch und ich wusste, es würde mir
den Weg weisen. Es überkam mich eine unbändige Lust, mich
vertrauensvoll hinzugeben. Achtsam machte ich einen Schritt
nach dem anderen. Völlig angstfrei und ohne mich an einem
Widerstand zu stoßen, schritt ich durch die Nacht. Dann gebot
mir ein Impuls, einem Hauch gleich, innezuhalten und stehen
zu bleiben. Mit einem Mal nahm ich um mich andere Wesen
wahr. Glasklar konnte ich bestimmen, dass es keine Tiere, son-
dern menschliche Wesen waren. Da ich immer noch nicht sah,
hörte, roch und physisch fühlte, musste es das Herz sein, das
mir diese Information gegeben hatte. Doch wie sollte ich kom-
munizieren, ohne zu hören? Würde ich gehört werden? Mein
Herz begann ungeachtet meiner Gedanken zu strömen und
eine für meinen Verstand noch unverständliche Botschaft aus-
zusenden. Die unmittelbare Antwort traf mich mit einer Wucht
und ich begriff sie sofort:

‚Tritt heran, wir haben dich erwartet.'

Nach zwei, drei weiteren Schritten in die Richtung, die mich mein Herz wies, spürte ich Valentins Präsenz. Doch er war nicht alleine. Es waren mehrere Menschen in unmittelbarer Nähe. Und plötzlich begann mein Körper zu zittern und ich erkannte überwältigt Juri. Auch er war da! In mir, um mich, ganz verbunden, als wären wir nie getrennt gewesen. Glück und Liebe fluteten und heilten mein Mutterherz.

Kaum hatte ich gewünscht, dass ich ihn sehen möchte, kehrten mit einem Schlag alle Sinne zurück. Ich erblickte meine beiden Liebsten, stürzte zu ihnen hin, erhaschte Valentins vertrauten Geruch und schloss ihn und meinen Sohn, der der zwölfjährige Junge geblieben war und jetzt wahrhaftig vor mir stand, in meine Arme. Für eine Ewigkeit.

Einen Schritt von Valentin und Juri entfernt sah ich ein offenes Feuer brennen. Darum herum kauerten Aborigines. Mitten unter ihnen Bakana. Unverändert wie zu ihren besten Tagen. Und neben ihr saß Jesus. Sein Herz leuchtete rot durch den Stoff des Gewandes. Es pulste, Lichtwellen gingen von ihm aus, die die Umgebung in einen sanften, hellen Schein tauchten. Er war umgeben von einer Korona, die mich beim Betrachten in Bann zog. Beim Nähertreten erkannte ich, dass bei jedem der Versammelten sowohl das Herz als auch eine Korona sichtbar waren. Bei mir genauso wie bei Valentin und Juri. Jeder Mensch strahlte in einer individuellen Farbe und einzigartigen Schönheit. Ich war geblendet und berührt von dem Bild, das sich mir präsentierte.

Ich trat zum Kreis, setzte mich zwischen meine Männer auf die rote Erde, schmiegte mich ganz nahe an Valentins Schulter und legte den Kopf meines Sohnes auf meinen Schoß. Ich streichelte sein schwarzes Haar und fuhr zärtlich mit meinem Handrücken über seine Wangen. Die Farben unserer Auren vermischten sich und hüllten uns als Einheit in einen einzigen leuchtenden Strahlenkranz.

Ich beobachtete, wie die Urbewohner und Jesus in einem regen Gedankenaustausch vertieft waren. Es redete immer nur eine Person. Die anderen hörten aufmerksam zu, bis der Sprecher seinen Worten einen Schlusspunkt setzte, indem er den Stein, den er während des Sprechens in den Händen hielt, in die Mitte an den Rand des Feuers legte. Wer immer in der Folge etwas sagen wollte, ergriff den Stein. Die Aborigines sprachen in ihrer Sprache, ich hatte keine Mühe zu folgen. Jesus sprach Aramäisch und ich verstand jedes einzelne Wort. Die versammelte Runde tauschte sich über die Entwicklung und den Fortbestand der Menschheit und der Welt aus. Christus würdigte die Aborigines als Hüter der Erde.

Und unvermittelt richtete er seinen Blick auf mich und sprach zu mir: ,Hör mir zu Trude. Du wirst Gottes Güte und Größe nie mit dem Verstand begreifen. Vergiss die Bücher. Entlass alle Lehren aus deinem Kopf. Du bist, was du denkst. Gedanken werden Dinge und die Energie folgt der Absicht. Glaubst du an einen zornigen Gott, wirst du immer in Furcht kuschen und die Welt als Bedrohung wahrnehmen. Glaubst du an einen gütigen Gott, wird dein Weltbild friedvoll sein. So oder so, du wirst immer Sklave deiner Gedanken sein. Ein freies Leben kannst du nur aus einem reinen, empfangenden Herzen heraus führen. In dieser Hingabe lebst du immer im gegenwärtigen Moment. Werde leer und empfange mit der Unschuld eines Kindes. Gott findet dich. Du kannst ihn weder finden, begreifen noch empfangen, wenn dein Geist verstopft ist und dein ganzes System dominiert. In stiller Hingabe wirst du Gottes Wohlklang mit dem Herzen hören. Er wird dich berühren und dein Sein für immer verändern.'"

Als sie den letzten Satz geschrieben hatte, setzte Trude den Stift ab. Sie las ihre eigene Schrift und bekam eine Gänsehaut. Unmissverständlich enthielt ihr Traum eine Botschaft. Kam sie aus dem Unterbewusstsein oder von Gott?

Trude glitt aus dem Bett und tappte ins Bad. Beim Waschbecken hielt sie ihr Gesicht unter den Wasserstrahl, kühlte ihre erhitzten Wangen und trank durstig. Danach streifte sie ihr durchgeschwitztes Nachthemd ab und wechselte es gegen ein sauberes. Es gelang ihr nicht, wieder einzuschlafen, nachdem sie sich zurück ins Bett gelegt hatte. Der Traum wühlte Trude zu sehr auf. Sie schlang Bettlaken, Steppdecke und eine weitere Wolldecke um sich und kuschelte sich auf der Veranda in ihren Lieblingssessel. Die winterliche Augustnacht war empfindlich kühl. Doch warm eingepackt begrüßte Trude die frische Luft, die ihre Gedanken klärte. Ihr Blick streifte zum sternenübersäten Horizont und sie sann über ihren Traum nach. Erst, als die Dämmerung einsetzte, wurde Trude schläfrig. Kaum war sie ins Bett zurückgeschlüpft, fiel sie umgehend in einen tiefen Schlaf und erwachte erst kurz vor Mittag.

Die Bücherei blieb an diesem Tag geschlossen.

In Kuranda hatte Trude während der täglichen Meditationspraxis diese „Leere" erreicht. Trude wusste genau, wovon Jesus im Traum gesprochen hatte. Wenn es gelang, die hektischen Gedanken, die wie ungeduldige Kinder im Kopf durcheinanderlärmten, zur Ruhe zu bringen und im Kopf still zu werden, machte der Geist Platz für einen Bewusstseinszustand, den Trude als glückseligen, heiligen Raum erfahren hatte. Sie hatte dieser Erfahrung nie einen Namen geben wollen, weil sie befürchtete, mit einer Definition den Zauber zu zerstören.

In ihrem Traum sprach Christus von diesem Leerwerden und davon, den göttlichen Klang zu empfangen. Er meinte damit seinen Gott. Denselben Gott, den Malcolm und Luke Sharp und all die Christen anbeteten. Es fiel Trude wie Schuppen von den Augen, dass am Ende Christen, indische Meister, Juden, Moslems und Freigeister im Grunde dasselbe meinten, aber sich auf dem Weg zurück zur Quelle, getrieben von der Sehnsucht nach diesem heilen Zustand, in die Haare gerieten. Trudes esoterische Praktiken, Weltoffenheit und ethische Toleranz bedrohten Malcolms Weltbild. Im Gegenzug hatte Trude kein Verständnis für sein Patriarchat und nahm ihrem Schwiegersohn übel, dass er, sich auf die Heilige Schrift berufend, Annie und Meilin unterdrückte und alle Menschen aus seinem Denksystem ausschloss, die nicht in seine Vorstellung passten.

Trude fasste den Entschluss, sich ihren Vorbehalten zu stellen. Es war nicht genug, die Bibel zu lesen. Um das Christentum und am Ende ihre eigenen Wurzeln zu verstehen, sollte sie sich den Menschen, die diese Religion ausübten, annähern. Vielleicht war an dem Beten was dran. Vielleicht hatten ihre Tochter und ihr Schwiegersohn Gotteserfahrungen gemacht, die ihrer „heiligen Leere" gleich waren. Sich mit ihren nächsten Angehörigen nicht darüber auszutauschen, kam ihr plötzlich unsinnig vor. Trude nahm, durch den Traum daran erinnert, die tägliche Praxis des regelmäßigen Meditierens, die sie in letzter Zeit vernachlässigt hatte, wieder auf. Und sie wollte endlich wissen, wie Annie Gott begegnete.

Am folgenden Samstag traf sich Trude wie gewohnt mit Annie im Café. Die Sonne drückte durch die dichte Wolkendecke und wärmte die Gesichter der in Jacken eingepackten Passanten auf der Straße. In wenigen Wochen würden sie wieder in kurzärmeligen Shirts und barfuß in Flipflops draußen sitzen können. Annie saß an ihrem Lieblingstisch im Café und war in *The Courier-Mail* vom Freitag vertieft, als Trude hinzutrat. Den Schlagzeilen entnahm sie, dass der Erste Golfkrieg mit einem Waffenstillstand beigelegt wurde und dass die *Queensland Reds* in der Meisterschaft ihren Titel verteidigten. Annie faltete die Zeitung und beobachtete, wie Trude ihren Mantel ablegte, ihrer Tochter einen leichten Kuss auf die Wange drückte und sich setzte. Noch immer wirkte ihre Mutter vital. Jedoch waren ihre Bewegungen langsamer geworden, sie bewegte sich in kleinen Schritten durch den Raum und sie schien kleiner zu werden. Ihr Haar war schlohweiß und das Gesicht zierte unzählige Falten. Annie lächelte mild und bedachte ihr eigenes Älterwerden. Auch an ihr ging die Zeit nicht spurlos vorbei.

„Ich möchte morgen mit euch in den Gottesdienst kommen", eröffnete Trude das Gespräch, während sie die Getränkekarte aufklappte.

„Was ist der Anlass für deinen Gesinnungswandel?", fragte Annie verblüfft.

„Naja. Wie du mitbekommen hast, habe ich, seit die Heilsarmee die Bücherei übernommen hat, ein neues Klientel. Eine gute Geschäftsfrau macht eine Kundenanalyse. Und ich möchte dich und Malcolm auf meine alten Tage besser verstehen lernen ...", erklärte Trude ihrer Tochter. Nach kurzem Zögern war sie zur Überzeugung gelangt, dass sie mit ihrer Offenheit nichts zu verlieren hatte, und fügte an: *„Neulich hat mich Jesus im Traum besucht."*

Annie riss erstaunt die Augen auf und blickte sie anerkennend an. *„Dann hast du hohen Besuch bekommen! Erzähl!"*

Trude berichtete in allen Einzelheiten von ihrem Traum. Es tat ihr wohl, ihn mit ihrer Tochter teilen zu können. Annie lauschte nickend, anerkennend, staunend. Als Trude schloss, streckte Annie ihre Arme über das Bistrotischchen und umschloss die Hände ihrer Mutter mit den ihren. Beide kosteten die Berührung und die Innigkeit des Augenblicks schweigend aus, bis die Bedienung hinzutrat und die Bestellung aufnahm: Kaffee, Orangensaft und mit Lachs gefüllte Bagels wie immer. Diese kleine Freude gönnte sich Trude, die sich sonst vegetarisch ernährte, einmal in der Woche.

Später erinnerte sich Annie daran, dass sie mit Trude unbedingt noch etwas klären musste: *„Mama, du wirst im Oktober* *achtzig! Hast du Pläne? Ich habe neulich mit Philipp und Serge telefoniert. Wir möchten alle zusammenkommen und dir ein Fest nach deinen Wünschen gestalten."*

Trude musste nicht lange überlegen. Sie hatte in der Tat noch drei Wünsche, die sie schon lange in sich herumtrug. Sie wollte, solange es noch möglich war, noch einmal nach Darwin fliegen. Sie hätte zu gerne gewusst, wie es Olga erging. Und sie wünschte sich, Meilin und die kleine Amber zu sehen.

かタ...のか

Serge stand die Freude im Gesicht, als das Reisegrüppchen in der Ankunftshalle des Darwin Airport durch die Tür trat. Trude lachte beim Anblick ihres Sohnes. Sie hatten sich seit zwei Jahren nicht gesehen. Die Wiedersehensfreude war riesig. Sie umarmten sich und wurden von Annie, Malcolm und Peter, die hinzugetreten waren, umringt. Nach der Begrüßung trat die Gruppe aus dem klimatisierten Flughafengebäude. Die Hitze schlug den vom kühleren Süden Ankommenden wie eine Wand entgegen. Trude trug ihr liebstes Kornblumenkleid. Sie wusste, dass es längst aus der Mode war und auch nicht mehr einwandfrei passte, sie war mit den Jahren kleiner und dünner geworden, doch sie fand, sie hatte alle Narrenfreiheit, in ihrem Alter zu tragen, was ihrer Stimmung entsprach. Für diese Reise musste es dieses Sommerkleid sein.

„Mein Kleid ist goldrichtig!", dachte Trude zufrieden. Ihr Körper erinnerte sich sofort wieder an das Klima des Northern

Territory, obwohl schon vierzehn Jahre seit *Tracy* verstrichen waren und Trude kein einziges Mal zurückgekehrt war.

Ihre Kinder hatten nicht geknausert und Trude zum Achtzigsten ein großartiges Paket geschenkt. Sie hatten für Trudes Flug, das Fest und eine Woche Urlaub für alle Familienangehörigen in Fanny Bays bestem Hotel zusammengelegt. Niemand sprach es explizit aus, doch alle hielten es für wahrscheinlich, dass dies die letzte Zusammenkunft sein würde. Trude war in kribbeliger Vorfreude, die Brut wie eine alte Henne um sich zu scharen. Einzig, dass es sich Meilin nicht hatte einrichten können, aus Zürich anzufliegen, dämpfte die Festlaune. Meilin hatte am Telefon bedauert, die Mittel nicht aufzubringen, um mit Amber anzureisen. Trude hätte, ohne zu zögern, die teuren Flüge bezahlt, doch ihre kümmerlichen Ersparnisse reichten bei Weitem nicht, um ihre Enkelin und Urenkelin einzufliegen. Meilin hielt sich mit Gelegenheitsjobs über Wasser, damit sie nicht vollends von Walter abhängig war. Trude war nach wie vor die Einzige in der Familie, die wusste, dass Meilin und Ambers Vater kein Paar waren. Fern der wachsamen Augen ihrer Eltern mogelte sich Meilin durch. Sie führte ein unstetes Leben auf der anderen Seite der Weltkugel, genoss alle Freiheiten, büßte aber auch dafür.

Serge führte Mutter, Schwester, den Schwager und Neffen zum Wagen und hievte alle Gepäckstücke auf die Ladefläche des Pick-ups. Trude nahm auf dem Beifahrersitz Platz und beobachtete ihren Sohn, der Fahrt aufnahm, aus den Augenwinkeln. Serge kannte jede Abzweigung, jede Ampel und Häuserzeile wie seine Hosentasche und lenkte den Wagen entspannt. Er war schon immer ein gemütlicher Mensch gewesen, doch schien ihn das Alter noch mal einen Gang runterzuschalten. Am kleinen Bäuchlein, das an das Lenkrad stieß, war zu erkennen, dass Serge etwas zugelegt hatte. Seine Gesichtshaut war sonnengegerbt und ledrig, die Züge waren kantiger geworden. Mit einem Schmunzeln registrierte Trude Geheimratsecken und schüttere Stellen auf dem Haupt, Falten um die Augen und schlaffe Haut unter dem Kinn als Anzeichen des Älterwerdens.

Serge hielt das Lenkrad lässig in der Hand und plauderte locker mit den Ankömmlingen über die Entwicklungen auf der Farm, in der Familie und der Region. Lucy würde später mit den vier erwachsenen Kindern anreisen. Sie war dabei, die Farm zu organisieren. Die Söhne Greg und Tim und ein befreundeter Farmer würden die Stellung halten, wenn Serge und Lucy nach Trudes Fest ihre Flitterwochen nachholten!

„Lu und ich gehen nun auf die sechzig zu und wir haben noch kaum etwas von der Welt gesehen. Es ist beschlossene Sache und wir freuen uns wie Kinder auf Weihnachten. Wir werden nach Bali fliegen und dort richtig flittern, wenn ihr wisst, was ich meine", lachte Serge schallend. Aus den Worten war zu entnehmen, dass zwischen ihm und seiner molligen Lucy immer noch Zunder war und trotz Elternschaft mit vier Kindern und dem harten Farmleben keine Abnutzungserscheinungen zu erkennen waren. Nach Bali würden sie bei Philipp in Big Apple einen Stopover machen und anschließend nach Europa

fliegen. Sie wollten zu ihren Wurzeln reisen. Erst würden sie Lucys Verwandte in Irland, danach Leningrad, Estland und Deutschland besuchen. Die Europatour würden sie mit einer Schweizreise abschließen und by the way bei Meilin und Amber nach dem Rechten sehen.

Trude beglückwünschte Serge zum Reiseprojekt und ignorierte den kleinen Stich des Bedauerns, dass sie nicht selber zu Meilin fahren konnte. Sie wandte ihren Blick nach hinten, um in Annies und Malcolms Gesichtern eine Reaktion auf Serges Pläne zu deuten. Die beiden schauten gedankenverloren aus dem Fenster. Weder in ihren noch in Peters Zügen, der üblicherweise mürrisch auf seine Schwester reagierte, war eine Gefühlsregung zu sehen. Trude schwieg und schenkte ihre Aufmerksamkeit der Skyline von Darwin.

Dort, wo bei ihrer Evakuation Schutt und Trümmer gelegen hatten, ragten jetzt Hochhäuser in den Himmel. Die Stadt hatte sich vollständig rekonstruiert. Die Menschen waren zurückgekehrt, wenn auch nur etwa zwei Drittel der ursprünglichen Bevölkerung. Trude biss sich auf die Lippen, die vor Erregung zitterten. Mit Wucht klatschten die Erinnerungen der unseligen Weihnachtsnacht zurück: die Angst um Meilin, um Serge und seine Familie, die Ungewissheit beim Ausharren in diesem völlig durchtränkten Raum. Als wäre es gestern gewesen, spürte Trude die aufgeweichte Haut an den Fingern, hatte sie den modrigen Gestank von Holz, Tierkadavern und Schutt in der Nase, der am Folgetag in der Sonne ausdünstete. Es war ein Wunder, dass sie alle heil herausgekommen waren. Und es grenzte an ein Wunder, dass die Bevölkerung die Kraft aufgebracht hatte, sich nach der totalen Zerstörung aus den Trümmern zu erheben und neu anzufangen.

Bis sie das Hotel in Fanny Bay erreichten, sprach Trude kein Wort und hörte auch nicht mehr, worüber die anderen sich unterhielten. Die Familienmitglieder waren gerade im Begriff, an der Rezeption im Hotel *Seabreeze* einzuchecken, als die *New Yorker*, wie sie von allen genannt wurden, durch die Schwingtür in die Lobby traten. Adrett gekleidet und gepflegt stürmte Philipp seiner Mutter entgegen. Angelo folgte dichtauf. Das graue Haar stand ihm gut, verlieh seinen ebenmäßigen Zügen Reife. Er war in diesem Jahr siebzig geworden. Trude schloss ihn ebenso in die Arme und würdigte Angelo mit dieser Umarmung stumm für seine Treue zur Familie. Es war beachtlich, dass Philipp und Angelo trotz des großen Altersunterschiedes von siebzehn Jahren unbeirrt ihr Leben gemeinsam bestritten. New York war mit Sicherheit ein guter Wohnort für das schwule Paar. Sie bewohnten immer noch dasselbe Apartment in Manhattan. Doch auch in Amerika pfiff nach wie vor ein scharfer Wind gegen Homosexuelle.

Homophobie hatte mit der Ausbreitung der Immunkrankheit Aids wieder zugenommen, die eine neue mediale Welle der Stigmatisierung losgetreten hatte. Schwule waren weltweit in Verruf geraten und wurden als Sündenböcke beschuldigt. Einmal hatte Trude besorgt angerufen, nachdem sie die neusten Zahlen von Infizierten und Toten gelesen hatte. Philipp beschwichtigte. Er und Angelo verkehrten zwar nach wie vor rege in den homosexuellen Kreisen. Doch nur Männer mit flüchtig wechselnden Partnern, Stricher und Drogenabhängige gehörten zur Risikogruppe, da die Übertragung ausschließlich über Blut oder Körpersekrete erfolgte. Philipp war als Streetworker nah dran. Drei enge Bekannte hatten Angelo und Philipp wegen Aids verloren. Alle drei hatten, als von der Kirche und Gesellschaft Geächtete, Angelos seelsorgerischen Beistand angenommen und er hatte die Kranken bis in den Tod begleitet.

Angelo, Philipp und Trude neckten sich, machten Small Talk über die Reise und freuten sich sichtlich, sich gesund und wohlbehalten gegenüberzustehen. Annie begrüßte ihren Bruder mit einem flüchtigen Backenkuss, währenddessen sich die Männer mit einem Handschlag begnügten. In dem Moment kam Trude das Spannungsfeld, in dem sie sich befanden, wieder ins Bewusstsein. Annie und ihr Mann verurteilten die Neigung ihres Bruders immer noch. Wenn Malcolm in Fahrt kam, zitierte er Bibelsprüche, die gleichgeschlechtliche Liebe als Sünde belegten.

Trude prustete Luft aus, um sich vom Druck in der Brust zu erleichtern. Sie war es mit achtzig leid, wie eine Mediatorin den Rahmen zu halten und sorgsam darauf zu achten, dass bloß niemand bei den Familienzusammenkünften im Minenfeld der heiklen Themen aus Versehen oder absichtlich auf einen Sprengkopf trat. Sie wollte feiern!

„Von mir aus! Soll es knallen! Sollen die sich doch mal ihren dicken Hals leeren. Ich mag nicht mehr auf der Bremse stehen! Ja, vielleicht braucht es mal einen ordentlichen Schlagabtausch",

dachte sie und sagte laut zu den Männern, die Trude fragend ansahen: *„Ich wünsche uns ein ausgelassenes Zusammensein! Lasst uns das Leben feiern! Wer weiß, wie viele Jahre mir noch beschieden sind!"*

„Das ist ein Wort!", lachte Philipp und führte seine Mutter am Arm an die Bar, um ihr einen Cocktail zu spendieren.

Es war noch früh am Nachmittag. Trude und ihre Angehörigen waren die einzigen Besucher an der Theke. Durch die breite Fensterfront sah man Hotelgäste, die im Pool tummelten oder unter den ausladenden, Schatten spendenden Palmen Siesta machten. Die Bar war klimatisiert, die Hitze ausgesperrt.

„Bier löscht den Durst am besten in diesen Breitengraden!", verkündete Serge und bestellte eine Runde. Es gab viel zu berichten und auszutauschen. Als Lucy und die Kinder eintrudelten, gab es ein großes Hallo. Trude drückte ihre Schwiegertochter und die vier Enkel, die sie alle um vieles an Körpergröße überragten, einen nach dem anderen innig an ihre Brust.

„Ich erkenne euch ja kaum wieder! Ich platze gleich vor Stolz über meine Enkelschar!", sprach Trude auch mit Blick zu Peter gewandt. Dieser freute sich, mit den Cousins und Cousinen endlich Gesellschaft von Gleichaltrigen zu bekommen. Auch sie hatten sich lange Zeit nicht gesehen. Sie waren unter gänzlich verschiedenen Bedingungen groß geworden: Peter wuchs wohlbehütet und von den Eltern sehr christlich erzogen in der Stadt auf und wurde – auch wenn Annie dies vehement bestreiten würde – Meilin gegenüber bevorzugt. Währenddessen lernten Greg, Tim und die Nachzügler Elisa und Beth früh, auf

der Ranch mitanzupacken und Verantwortung zu übernehmen. Trudes Enkel waren allesamt zwischen zwanzig und dreißig und fanden ihre Gemeinsamkeiten bei Popmusik und Sport.

Die Gruppe löste sich nach ein paar Bierchen langsam auf. Jeder verzog sich auf sein Zimmer für ein kleines Nickerchen oder um sich frisch zu machen. Trude war leicht beschwipst und hatte das dringende Bedürfnis, die Beine hoch zu lagern. Der Flug, die Klimaumstellung und der Trubel setzten ihr doch ein wenig zu.

„Mit achtzig darf ich mich nicht darüber beklagen", dachte sie, als sie gleichzeitig mit Annie und Malcom den Fahrstuhl in den ersten Stock betrat.

„Und, geht es dir gut?", wollte Annie von ihrer Mutter wissen.

„Ja, sehr", antwortete das Geburtstagskind zufrieden und freute sich insgeheim, dass das Wiedersehen mit ihrer Familie bisher ausgelassen und ohne Grundsatzdiskussionen verlaufen war. Nach ihrem Geschmack durfte es in den nächsten Tagen so weitergehen.

Trude erwachte nach einem erholsamen Mittagsschläfchen. Sie fühlte sich gestärkt und ausgeruht. Bis zum fünfgängigen Abendessen blieben ihr noch drei Stunden Zeit. Eine gute Gelegenheit, die Beine zu vertreten und am Strand den Kopf auszulüften. Sie streifte sich wieder ihr Kleid über, das sie zum Schlafen abgelegt hatte, und schlüpfte ohne Strümpfe in die Sandalen. Trude freute sich wie ein Kind, nachher die hässlichen Gesundheitsschuhe, mit denen sie sich hatte anfreunden müssen, abstreifen zu können und endlich wieder einmal Sand unter den Füßen zu spüren. Diese Freude hatte sie sich schon lange nicht mehr gegönnt.

Trude hatte ein Zimmer mit Aussicht. Vor ihrem Fenster ergoss sich die türkisfarbene Weite des Meeres. Wie sie diese Farbe liebte. Sie würde ihrer nie überdrüssig werden. Die Sonne würde in wenigen Stunden untergehen und brannte nicht mehr so heiß vom Himmel. Also konnte Trude den Sonnenhut getrost im Zimmer lassen. Als sie aus der Hotellobby trat, sah sie ihre Enkel ausgelassen im Pool planschen. Fröhlich winkte Trude ihnen zu und setzte ihren Weg Richtung Meer fort. Ein kleiner Bretterpfad und ein paar Holzstufen führten direkt zum hoteleigenen Strand. Trude wusste von früher, dass Krokodile den Küstenabschnitt um Darwin bevölkerten. Daran hatte sich bestimmt nichts geändert. Tatsächlich wiesen Schilder darauf hin, dass das Baden untersagt war, auch wenn die Anlage überwacht war.

Unbeeindruckt wie früher näherte sich Trude dem Wasser. Tausend Lichterfunken tanzten auf der Oberfläche im Spiel der Wellen. Der Sand leuchtete unter der abendlichen Sonne goldgelb. Rote Felsformationen ragten daraus empor, dazwischen lagen Steine, rot, weiß, schwarz, gelb, gefleckt, gemasert, mit Einschlüssen, wie lose gestreutes Konfetti im Sand. Es war ein reines Farbspektakel. Trude streifte sich die Schuhe ab und versteckte sie unter einem Strauch. Sie wollte ihre Hände frei haben. Als sie ihre Zehen in den warmen Sand bohrte, durchfuhr Trude ein längst vergessenes Kribbeln. Die sinnliche Erfahrung erregte sie von den Zehenspitzen bis zu den Haarwurzeln und zurück in den Schoß. Trude hielt ihr Gesicht der Sonne entgegen, breitete die Arme weit aus und schloss wonnevoll die Augen. Mit einem sachten Platschen ergossen sich die Wellen über den Sand. Es war Ebbe.

„Ist das schön!", durchfuhr es sie.

Trude blieb noch eine ganze Weile tief versunken in diesem Moment der Glückseligkeit, als bliebe die Zeit stehen. Das Meer und sie. Neben Valentin führte Trude mit ihm die längste Liebesbeziehung. Am liebsten würde sie sich in der Abendsonne in die warmen Wellen legen, sich sanft umspülen und einlullen lassen.

„So stelle ich mir mein Sterben vor. Ich gebe mich völlig hin und lasse mich in die andere Ebene hinübertragen. Das wäre ein würdevoller und wunderschöner Tod", sinnierte Trude, während die Brandung ununterbrochen Wasser ans Land spülte und sich wieder abzog. Wie seit Urzeiten. Bis in alle Ewigkeit.

Trude wandte sich nach links, einem inneren Impuls folgend, um am Saum des Meeres entlangzuschlendern. Ganz behutsam setzte sie ihre Ballen auf. Ihre steifen Gelenke dankten dem weichen Untergrund und Trudes Füße genossen die sanfte Massage durch den warmen Sand. Wäre sie noch ein paar Lenze jünger, würde sie übermütig auf und um die Felsen springen. Das war ihren alten Knochen jedoch nicht mehr abzuverlangen.

Daran, dass der Küstenabschnitt, der sich vor ihr auftat, weit weniger gepflegt und von Menschen bevölkert war, erkannte Trude, dass sie das Gelände des Hotels verlassen hatte. Auf einem Felsen hockten Aboriginesfrauen in lumpigen Kleidern. Sie unterhielten sich laut, während ihre Männer die Angeln auswarfen. Der Klang der eigenartigen gurgelnden und gutturalen Sprache versetzte Trude unmittelbar Jahrzehnte zurück: in die Zeit, als sie mit den Kindern bei Bakanas Clan bis zum Ende des Krieges ausharrten, oder in die Jahre, in denen sie mit Pekeri Touristen zu den Buschleuten begleiteten.

„Ich hatte ein reiches Leben!", anerkannte Trude.

Andere Strandläufer kreuzten Trude auf ihrem gemächlichen Abendspaziergang. Eltern hatten ein wachsames Auge auf ihre herumtollenden Kinder, Hundebesitzer gewährten ihren Vierbeinern Auslauf und warfen ihnen zum Spiel Stöcke in die Wellen, Freunde trafen sich zum Feierabendbier auf den Klippen. Jeder in seinem Kreis, jeder in seinen Gedanken, beschlossen die Bewohner friedvoll den Tag. Wie gut war es, dass der Mensch fähig ist, zu vergessen und sich schnell wieder dem Leben zuzuwenden. Fanny Bay war, wie alle anderen Quartiere Darwins, durch den Zyklon *Tracy* dem Boden gleichgemacht worden. An diesem idyllischen Abend war nichts mehr von diesem Trauma zu spüren.

Sich des Diners besinnend, machte Trude auf dem Absatz kehrt und trat den Rückweg zum Hotel an. Sie freute sich auf das mehrgängige Abendessen in Gesellschaft ihrer Kinder. Trude ertappte sich dabei, dass sie begann, alles mit endlichen Augen zu betrachten. Alles konnte ein letztes Mal sein.

„Der Tod ist eigentlich ein Lehrmeister. Weil alles vergänglich ist, sollten wir jeden Augenblick des Lebens auskosten – und

dies nicht nur am Ende", erörterte Trude. Sie hielt nach dem Busch Ausschau, unter dem ihre Schuhe lagen. Gäste hatten sich jetzt am Hotelstrand eingefunden. Sie zeichneten sich als Silhouetten vor der untergehenden Sonne ab. Beim Nähertreten erkannte Trude einen Mann und zwei Frauen mit einem Kleinkind. Das Mädchen tapste auf dem Sand herum, bückte sich, um Steine aufzuheben. Wenn es ihr gelang, diese ins Wasser zu werfen, gluckste die Kleine vor Freude. Ihre Haare leuchteten im Abendlicht wie ein Flammenkranz um ihr Köpfchen und hüpften bei jeder Bewegung mit. Trude schaute dem Spiel des Kindes entzückt zu.

Eine der beiden Frauen hob den Kopf. Trude spürte den Blick auf sich gerichtet. Ihr Atem stockte und sie schlug sich beide Hände auf den Mund, als sie begriff, wer sich ihr entgegenstürzte: Meilin, ihre verlorene Enkelin!

Meilin umklammerte ihre kleine Großmutter und schluchzte ergriffen. Auch Trude konnte ihre Tränen nicht zurückhalten. Acht Jahre hatten sie sich nicht mehr gesehen! Die beiden hielten sich aneinander fest wie zwei Überlebende nach einem Schiffsbruch. Sie sprachen kein Wort, bis das kleine Mädchen seine Fingerchen zwischen die beiden schob. In ihrer Stimme schwang leises Unbehagen mit: *„Maman?"*

Meilin nahm das Mädchen auf den Arm, streichelte ihr über die Wangen und sprach zu ihr und zu Trude: *„Das ist Trudy, von der ich dir so viel erzählt habe! Trudy, das ist deine Urenkelin Amber!"*

Hastig klaubte Trude das flach gefaltete Taschentuch aus dem

Dekolleté, das sie stets im Büstenhalter stecken hatte, und trocknete sich Gesicht und Augen. Ohne den Tränenschleier sah sie klarer. Meilin hatte sich äußerlich sehr verändert. Das längere Haar trug Meilin zu einem Pferdeschwanz hochgebunden. Ihre Enkelin war schlanker als früher, trotz der Dämmerung waren die dunklen Schatten unter den Augen deutlich zu erkennen. Trude deutete das als Spuren von Müdigkeit oder Sorgen. Trude schwankte und suchte nach etwas, woran sie sich festhalten konnte. Weil nichts in der Nähe war, atmete sie tief ein und aus, um ihre Ergriffenheit zu besänftigen. Als ihr dies gelungen war, streckte sie die Hand aus, um Amber zu begrüßen. Die Kleine nahm das Angebot nicht an, wandte sich ab und vergrub ihren Kopf in Meilins Halskuhle.

Aus dem Hintergrund traten Annie und der Unbekannte zu der Szene. Meilin machte mit der freien Hand eine verbindende Bewegung zwischen Trude und dem Mann. *„Das ist Walter, Ambers Papa. Dank ihm sind wir heute hier."*

Walter bot seine Hand zum Gruß an. Trude nahm sie, hielt sich an ihr fest und sagte mit belegter Stimme: *„Grüezi Walter. Wir hatten ja schon einmal das Vergnügen. Schön, dass wir uns persönlich kennenlernen."*

Nach kurzem Smalltalk wandte sich Trude an alle: *„Ich möchte nicht unhöflich sein, aber mir wird das jetzt alles ein wenig zu viel des Guten! Ich kann mich kaum noch auf den Beinen halten. Ich möchte mich bis zum Abendessen zurückziehen und mich hinlegen. Ich freue mich, euch alle danach zu sehen!"*

„Darf ich dich begleiten, Trudy?", fragte Meilin.

„Hmhm ...", Trude überlegte kurz. *„Doch, ja. Gerne. Sei bitte so lieb und bringe mir meine Schuhe, die ich da drüben ins Gebüsch gelegt habe."*

Eine Viertelstunde später hatte sich die Großmutter auf ihrem Bett ausgestreckt und ließ sich von Meilin fürsorglich mit einem Tuch zudecken. Amber war mit ihrem Vater mitgegangen. Meilin und Trude waren ungestört.

„Leg dich zu mir wie früher! Erzähl! Ich höre dir zu, auch wenn ich meine Augen geschlossen habe!", ermunterte Trude ihre Enkelin und machte eine einladende, tätschelnde Bewegung auf die Matratze. Meilin kam der Einladung zu gerne nach und kuschelte sich an die Großmutter. Trudes unveränderter Duft umhüllte die Enkelin mit einem Gefühl von Geborgenheit.

„Ach Trudy! Wie habe ich dich vermisst!", seufzte Meilin. *„Bitte versprich mir, dass du für dich behältst, dass ich nicht mit Walter zusammenlebe! Ich möchte nicht, dass Mutter mich bedrängt. Ich möchte mein Leben selber auf die Reihe kriegen! Bitte! Du kennst sie ja ..."*, bettelte Meilin. Nachdem Trudy begütigend genickt hatte, begann die Enkelin zu berichten: *„Ich lebe mit Amber alleine in Südfrankreich in der Kommune. Walter in Zürich. Wir haben zu Beginn Amber zuliebe zusammengelebt. Walter ist ein freundlicher Mensch. Ich kann wirklich nichts Schlechtes über ihn sagen. Er unterstützt mich finanziell. Wir waren nie verliebt ineinander und wir passen einfach nicht zusammen. So wenig wie ich in die Schweiz passe. Ich habe mir so sehr Mühe gegeben! Ich habe gekellnert,*

um unter die Leute zu kommen und Geld zu verdienen. Walter passte abends auf die Kleine auf und ich arbeitete in einem Gasthof. Rössli hieß er. Die Gäste waren Vereinsmenschen oder Senioren, die sich auf ein Bier oder zum Kartenspiel trafen. Der Besitzer sagte, ich solle mich nicht zieren, als ich ihn um Rat bat, nachdem mir Betrunkene wiederholt den Hintern begrabscht und über mich schmutzige Witze gemacht hatten.

Im Mehrfamilienhaus habe ich aus Unwissenheit, nicht aus böser Absicht, am falschen Tag gewaschen. Der Vermieter, der uns sowieso auf dem Kieker hatte, weil Walter und ich im Konkubinat lebten, was in der Schweiz als unsittlich gilt, hat uns eine eingeschriebene Ermahnung geschickt, weil sich die Nachbarn bei ihm beschwert hatten.

Fahren mit öffentlichen Verkehrsmitteln ist ein Trauerspiel. Die Menschen starren alle mit leeren Blicken aus den Fenstern, als würden sie zu einer Beerdigung fahren. Schweizerdeutsch zu erlernen ist noch schmerzhafter als eine Geburt! Diese Laute! Und diese alltägliche Schizophrenie! Alles wird auf Hochdeutsch angeschrieben. Aber auf der Straße wird eine ganz andere Sprache gesprochen. Wie kann sich da ein Ausländer mit dem Schweizer verständigen? Ich habe mit Amber Englisch und Französisch gesprochen, weil mir das Erlernen der deutschen und schweizerdeutschen Sprache sehr schwer gefallen ist. Vieles wäre einfacher gewesen, hätte ich andere Mütter kennengelernt. Treffpunkte und Angebote für Kleinkinder gab es nicht. Und auf Spielplätzen haben sie uns nur entgeistert angestarrt oder sich schnell abgewandt und sich wieder dem Tratsch mit ihren Freundinnen gewidmet. Ein Knirps warf Amber Sand in die Augen, nachdem sie ihm aus Spielfreude sein Schaufelchen geborgt hatte.

Im Winter haben mir die Kälte und der ewige Nebel den Rest gegeben. Eines Abends, als Walter von der Schule heimgekehrt ist, hat er mich mit Ambers Plüschhund im Arm im Kinderzimmer vorgefunden. In der Zeit, in der ich in meiner Einsamkeit und Verzweiflung ihr Kuscheltier vollgerotzt hatte, hatte Amber die Eierschachtel aus dem Kühlschrank gefischt und die Masse aus Eiern und Karton auf dem Kokosfaserteppich zermanscht.

In diesem Moment habe ich Walter eröffnet, dass ich zurück nach Frankreich wollte. Dort lebe ich jetzt seit einem Jahr. Ich bin in der Gemeinschaft gut aufgehoben und habe dort meine Jobs. Alle werden für eine Woche in der Küche, im Putzdienst, in der Kinderbetreuung oder in der Eventgruppe eingeteilt. Ich bin nie allein und Amber wächst mit anderen Kindern auf. Aber wir haben kein Geld. So mogeln wir uns durch. Dies ist jedoch bei Weitem besser, als in der Schweiz in diesem frostigen Klima zu vereinsamen.

Walter hat mich vor einer Woche abgeholt und mir das Ticket nach Australien geschenkt. Er bestand darauf, dass ich es annehme. Damit ich dich wiedersehen kann und damit Amber dich endlich kennenlernt. Und so wie ich ihn kenne, war er selber neugierig auf meine Familie."

Meilin machte eine Pause und atmete tief aus. Trude fuhr ihrer Enkelin zärtlich übers Haar und strich mit dem knotigen

Zeigefinger die Fransen aus ihren Augen. Meilin fingerte an ihrer Jeanstasche herum und brachte etwas zutage.

„Schau! Mutter hatte mir nach Ambers Geburt den Bernstein übergeben. Sie sagte mir, er trage die Würde der Frauen in sich. Der Stein sollte mich und die Kleine beschützen. Ich trug zu diesem Zeitpunkt Amber in einem Tragetuch. Sie nuckelte zufrieden an meiner Brust und nur ihr kleiner Rotschopf guckte hervor. Der Stein und Ambers Haare leuchteten im Sonnenlicht in derselben Intensität. In diesem Augenblick flutete mich ein seltenes Glücksgefühl. Die Nackenhaare und Fläumchen an Beinen und Armen standen mir zu Berge. Mir war, als hätte sich der Himmel einen Spalt aufgerissen und ich hätte einen flüchtigen Blick in die Ewigkeit machen können. Ich hatte eine Vision bei hellem Bewusstsein: Urgroßmutter Marthe hob an einem Strand den Stein gegen die Sonne. Unmittelbar vor ihr standst du, dann Mutter, ich und Amber in einer Linie. Ein Sonnenstrahl wurde durch den Bernstein gebündelt und tauchte uns Frauen in einen warmen Orangeton. Es war wie ein Zeichen des Segens. Ich habe den Bernstein immer auf mir getragen!", schloss Meilin.

Trude sagte gerührt: *„Was für ein schönes Bild."*

Meilin legte sich auf die Matratze zurück, verschränkte die Arme hinter dem Kopf und starrte zur Zimmerdecke. Auch Trude streckte sich aus und bewegte ihre müden Gelenke. Nach einem Moment des einvernehmlichen Schweigens murmelte Meilin: *„Ich überlege mir, mit Amber zu bleiben."*

1993 Kookaburra Sits in The Old Gum Tree

Eigentlich hatte sich Trude Orangensaft aus dem Kühlschrank holen wollen. Ihr Blick blieb am Foto an der Tür, auf dem sie mit ihrer Enkelin und Urenkelin abgebildet war, hängen und sie vergaß augenblicklich ihre Absicht. Philipp hatte die Aufnahme an ihrem runden Geburtstag geschossen. Trude schob den Magnet mit dem Smileygesicht zur Seite, nahm das Foto in die Hand und strich mit den Fingern die gewölbten Ränder glatt. Der kleine Rotschopf hatte die Bäckchen mit Luft gefüllt und den Mund spitz verschlossen. Sie war kurz davor – und sehr entschlossen – zusammen mit ihrer Mama, die sie von hinten umschlungen hielt, Trudy zu helfen die achtzig Kerzen auf dem Kuchen auszupusten.

Trude liebte diesen Schnappschuss. Meilin und Amber sind schließlich doch nicht in Australien geblieben.

„Was wollte ich gerade noch mal?", fragte sich Trude, als sie das Foto in ihre Rocktasche gleiten ließ. Sie blickte sich in der Küche um, um sich zu erinnern. Überall standen Kartons, randvoll gefüllt mit Küchengeräten, Büchern, Kissen und Stoffen. Alles war fein säuberlich sortiert. Annie hatte mit schwarzem Filzstift die Kartons in Großbuchstaben beschriftet: *Trude, Familie, Heilsarmee, Sperrmüll.* Trude war heilfroh um die Hilfe ihrer Tochter. Alleine hätte sie es nicht

geschafft. Trude wandte sich zur Uhr und fand nur noch den dunklen Fleck an der Wand. Trude schlurfte ins Wohnzimmer. Auf der Anrichte lag seit Jahr und Tag Valentins Armbanduhr. Sie war noch nicht in Trudes Karton verschwunden und zeigte, dass es kurz vor neun war. Gleich würden ihre Tochter und Peter, der sich frei genommen hatte, kommen, um den Rest in Angriff zu nehmen. Morgen sollte der Umzug stattfinden. Jetzt besann sich Trude wieder, dass sie Durst hatte, und tappte in die Küche zurück.

Sie nahm den Saft aus dem Kühlschrank, setzte sich auf den Stuhl und hob die Flasche an die Lippen. Trude trank nicht gerne ohne Glas, aber da sie den Überblick verloren hatte, was wo verstaut war, blieb ihr nichts anderes übrig. Prompt schwappte die Flüssigkeit beim Trinken neben dem Mund heraus. Die volle Flasche war Trude zu schwer geworden, um sie, ohne zu zittern, in der Luft zu halten. Sie schnaubte, setzte die Glasflasche auf der Tischplatte ab und wischte sich unwirsch Mund, Hals und den nassen Blusenausschnitt ab.

Es war der richtige Zeitpunkt, in die Altersresidenz umzusiedeln. Bevor sie vergaß, Herd, Kerzen oder Bügeleisen auszumachen und sich oder andere in Gefahr zu bringen. Das leuchtete Trude mittlerweile auch ein. Sie hatte lange noch geglaubt, mit den Untermietern selbstständig im Haus bleiben zu können. Doch als Nachlässigkeiten und Pannen sich häuften, begriff Trude, dass sie auf keinen Studenten die Verantwortung für ihr Leben oder ihr Haus abwälzen durfte. Trude verschwieg ihren Angehörigen, dass es ein paar Mal vorgekommen war, dass sie das Haus verlassen und die Haustüre sperrangelweit offen gelassen hatte. Es war ihr peinlich, über die Wasserschäden zu berichten, die die übergelaufene Wanne angerichtet hatte.

Annie kam es gelegen, dass Peter das Haus übernehmen wollte.

„Endlich!", hatte sie Trude gestanden. Der Nesthocker hatte sich bis zu diesem Tag im Hotel Mama eingenistet. Peter sollte der Großmutter Miete bezahlen. Mit dieser guten Lösung waren die Kosten für die Einzimmerwohnung und das Essen in der Altersresidenz *Kookaboora* gedeckt. Erst wenn Trude Pflege oder einen Arzt benötigen sollte, brauchte Trude ihre Notreserve zu knacken. Und wenn diese aufgebraucht war, würden die Kinder für die Auslagen bis zu ihrem letzten Tag aufkommen. Trude war überglücklich, dass das unangenehme Thema gütlich mit ihren Kindern und Enkeln hatte gelöst werden können. Sie wollte so lange wie möglich ohne Hilfe und Pflege der Angehörigen auskommen und hoffte, in Würde zu sterben, bevor sie jemandem peinlich werden oder zur Last fallen sollte.

Den neuen Lebensabschnitt betrachtete Trude als ihre hoffentlich letzte Meisterschaft. Darunter verstand sie jetzt die Mission, die Valentin damals auf der Rückfahrt von Kuranda gemeint hatte. Es brach die Zeit des großen Loslassens an. Sie sah sich immer als eine zähe Wurzel. Fest verankert in der Erde konnte sie allen Lebensstürmen standhalten. Doch jetzt spürte Trude, dass sich die Anhaftung im Boden lockerte und der nährende Energiezufluss aus der Erde allmählich versiegte. Es war nicht mehr wichtig. Trude beobachtete sich und die

Veränderungen in klaren Momenten neugierig und schauend. Sie erlebte, wie sich eine stille, immaterielle Instanz Raum schaffen wollte. Es musste wohl ihre Seele sein, die immer mehr erwachte, sich ausdehnte und sich auf ihren letzten Flug vorbereitete, sann Trude.

Güter und Besitz wurden dabei zu Ballast. Alle materiellen Ziele, Wünsche, Visionen entließ Trude aus ihrem Leben. Es fiel ihr erstaunlicherweise leicht, sich von ihrem Hausrat zu trennen. Der Inhalt der vollen Kisten, die sich in der Küche und im Hausflur auftürmten, war Trude bedeutungslos geworden. Einzig an den Fotoalben und wenigen Erinnerungsstücken an Valentin und Juri hielt sie fest. Jeder beschwerdefreie Tag bei klaren Gedanken war ein Geschenk.

Der Abschied vom Antiquariat zwei Monate zuvor war ihr schwerer gefallen. Trude trug stets ein Bild in ihrem Kopf, wie sie ihre Bücher liebevoll wie eine Glucke ihre Küken unter ihr Gefieder scharte, so sehr liebte sie sie. Die Kommission der Heilsarmee hatte sich Trude und ihrer altersbedingten Gemächlichkeit gegenüber lange kulant gezeigt. Doch irgendwann war ihre Vergesslichkeit auch für die nachsichtigen Christen nicht mehr tragbar. Trude hatte ihre sorglose Angewohnheit, zu Hause Restgeld liegen zu lassen, in die Bücherei übertragen. Die Kunden hatten Trude immer höflich auf die Geldscheine aufmerksam gemacht, die sie als Buchzeichen in die Bände gesteckt hatte und dann vergaß. Es kam vor, dass trotz Einnahmen am Samstag weniger Geld in der Kasse war als am Montag. Irgendwann musste damit Schluss sein, meinte

Luke Sharp so einfühlsam wie möglich, als er das Gespräch mit Trude suchte.

„Trude, Sie wissen, dass wir die Zusammenarbeit mit Ihnen in den letzten Jahren sehr geschätzt haben. Wir müssen doch der Tatsache ins Auge blicken, dass Sie jetzt fünfundachtzig sind. Wir möchten Sie aus Ihren Verpflichtungen lösen. Gönnen Sie sich jetzt die wohlverdiente Pensionierung! Sie haben so viel geleistet. Tun Sie nur noch, was Ihnen Freude bereitet“, sagte Sharp begütigend und legte seine Hand auf Trudes Arm.

„Es war dieses Geschäft, das mir Freude bereitet hatte, Mister Luke.“ Trude sprach den Gedanken nicht aus. Sie war unendlich traurig und zeitgleich erleichtert, dass es Luke war, der den Schlussstrich zog. Von sich aus hatte sie die Entschlossenheit nicht aufbringen können. Sie hatte den richtigen Zeitpunkt schon längst verpasst gehabt.

Wenige Tage nach dem Gespräch stolperten drei Burschen in die Bücherei. Sie waren noch keine zwanzig. Wo andere in ihrem Alter grelle T-Shirts, Baseballkappen und Jeans trugen, steckten die pickeligen Männer in blauen Bundfaltenhosen und weißen Hemden. Sie sprachen nur das Nötigste mit Trude. Sharp hatte sie instruiert, wie sie der alten Frau beim Aussondern des Sortiments zu helfen hatten. Alle Bücher, die keinen christlichen Inhalt hatten und die älter als zehn Jahre waren, wurden ausrangiert und landeten in den mitgebrachten Kartons. Trude schmerzte es physisch, als sie ein Buch nach dem anderen in die Kisten wandern sah. Die jungen Männer gingen sehr unzimperlich vor. Man sah, dass sie keine Beziehung zu

Büchern hatten. Trude konnte es ihnen nicht verübeln, aber es brach ihr das Herz „*ihre Kinder*" so unachtsam behandelt zu sehen und sie der Müllverbrennung zugeführt zu wissen. Ihre private Bücherwand platzte bereits aus allen Nähten. Im Anbetracht des bevorstehenden Umzuges konnte Trude unmöglich noch weitere Bände retten.

In ihrer Not bat sie Mark um Rat. Er gehörte zu den letzten Studenten, die noch regelmäßig in der Bücherei verkehrten. Die geselligen Nachmittage, an denen sich die Kommilitonen im Antiquariat zum geistigen Austausch und Studium trafen, gehörten längst der Vergangenheit an. Eine neue Generation von Hochschülern war nachgerückt, die ein modernes Lokal für ihre Treffen auserkoren hatte. Es besuchten nur noch Nostalgiker und die allertreusten Studenten Trudes Laden. Mark verstand Trudes Not sofort. Er pflegte zu Büchern eine Beziehung wie andere Menschen zu ihren Haustieren. Es empörte ihn, wie ein Mensch mit gesundem Verstand überhaupt auf die Idee kommen konnte, geistige Schätze oder kunstvolle Bildbände, geringschätzig dem Brennofen zuzuführen.

Mark nahm die Bücherentrümpelung kurzentschlossen in die Hand. Luke Sharp hatte nichts einzuwenden. Der Student mobilisierte ein Auto und tatkräftige Hilfe von Freunden, die zwanzig volle Bücherkartons abtransportierten. Das Antiquariat wurde danach für zwei Wochen geschlossen. Die Heilsarmee ließ Trude einen Tag Zeit, um ihre persönlichen Sachen zu räumen. Die Handwerker sollten den Rest entsorgen und die Pläne der Umgestaltung in Angriff nehmen.

Trude streifte an ihrem letzten Tag durch den geräumten Laden. Wie nach einer Polizeirazzia klafften Lücken in den Regalen. Die zurückgebliebene Unordnung machte es ihr einfacher loszulassen. Sie setzte sich in einen der speckigen, abgegriffenen Ohrensessel. Er war unbehaglich geworden, also erhob sie sich wieder. An der Theke durchstöberte sie die Schubladen, steckte einen Lieblingsfüller und zwei, drei persönliche Papiere in ihre Umhängetasche. Unter der Theke entdeckte sie ihre Gesundheitsschuhe, die sie im Laden zu tragen pflegte, und ließ sie stehen. Das Faxgerät entlockte ihr ein Lächeln. Sie fuhr mit dem Finger darüber und pustete danach die Staubschicht weg. In der Toilette klaubte sie nur Meilins Postkarte von der Wand. Darunter kam der ursprüngliche Grünton der Tapete zum Vorschein. Vor den anderen Kartengrüßen verneigte sie sich zum Abschied. In Gedanken wanderte sie zu den einzelnen Menschen, die ihren Laden mit Leben gefüllt hatten. Sie pinkelte ein allerletztes Mal in die Keramikschüssel, zog an der Kette und sagte leise: *„So, das war es dann wohl!"*

Trude packte ihre Tasche, drehte sich noch einmal im Verkaufsraum herum und schritt zur Tür. Die Metallstäbe des Windspieles klangen nach, als sie den Schlüssel drehte und ihn in den Briefkastenschlitz steckte. Ohne sich umzudrehen, schlurfte Trude zur Bushaltestelle. Es tröstete sie sehr, als sie Valentins Anwesenheit spürte. Er begleitete sie schweigend, bis sie eine Stunde später erschöpft auf ihr Sofa sank, die Beine unter aller Kraftanstrengung auf das Polster hievte und die Häkeldecke über die Knie zog. Trude döste sofort weg und nahm nicht mehr wahr, wie er ihr zärtlich einen Kuss auf die

Stirn hauchte und sagte: *„Ich freue mich so sehr auf dich, Liebste."*

Wochen später klingelte es an einem Samstag an der Tür. Trude war völlig perplex, als sie Mark im Rahmen stehen sah und er sie aufforderte mitzukommen. Sie entschuldigte sich, weil sie wie immer mit Annie verabredet war. Marks Lösung bestand darin, dass er Trude zum Café fuhr und sie bat, im Wagen zu warten. Trude sah durch die Glasscheibe, wie Mark auf Annie einredete, wie diese sich achselzuckend erhob, bezahlte und ihm folgte. Er grinste nur und verriet den beiden Frauen nicht, wo die Fahrt hingehen sollte. Erst als die drei den Unicampus erreicht hatten und Trude und Annie bunte, im Wind tanzende Ballone, fröhliche Menschen und das allesüberspannende Transparent sahen, begriffen sie. Auf dem Banner stand in farbigen Lettern: *„Trudes Farewell Party"*

Mark hatte für sie einen Bücherflohmarkt organisiert. Trude erkannte unter den rund fünfzig Anwesenden viele vertraute Gesichter und wunderte sich, wie der junge Mann es zustande gebracht hatte, alle zusammenzutrommeln. Ehemalige Deutschschüler, Nachmittagsstudenten, treue Senioren und sogar Familien der Heilsarmee saßen an den Festbänken bei Kaffee und Kuchen. Eine junge Frau löste sich aus dem Getümmel. Miriam stürzte sich Trude an den Hals. Sie war eigens aus Sydney hergeflogen, um Trude die letzte Ehre zu erweisen. Menschen aus allen Altersschichten gaben Trude die Hand oder umarmten sie. Annie hielt sich im Hintergrund und beobachtete ihre Mutter mit einer Mischung aus Anerkennung und Erstaunen, wie sie wie ein Star umjubelt wurde.

Trude wurde es schwindelig. Sie schwebte in einem Glücks-
staumel. So viel Ehre kam ihr zuteil und war ihr fast zu viel
des Guten. Als sie sich erhob, um ein paar Dankesworte an die
Anwesenden zu richten, zitterte ihre Stimme bewegt und sie
brachte nur ein heiseres Krächzen zustande. Wahrscheinlich
hatten nur wenige verstanden, was sie sagte, dennoch brach
tosender Applaus aus, als sie sich wieder setzte.

Als sich die Ersten verabschiedeten, spürte Trude plötzlich
eine bleierne Müdigkeit. Sie hatte das Bedürfnis, sich zurück-
zuziehen. Doch sie mochte nicht unhöflich sein und harrte aus.
Mark trat wenig später zu ihr und überreichte ihr ein großes
Einmachglas voller Münzen und Scheine. *„Das ist für dich.
Es müssen um die eintausendfünfhundert Dollar zusammenge-
kommen sein. Ich habe es noch nicht gezählt. Fast alle Bücher
sind weg. Die Beträge für die Getränke und Kuchen haben die
meisten aufgerundet. Gönn dir etwas Schönes in unserem Namen! Schau mal, wer alles in das Gästebuch geschrieben hat!
Du bist eine großartige Lady! Du hast Spuren hinterlassen
und uns allen ein Stück Heimat gegeben in deiner Bücherei!"*

Mark umfasste und stützte Trude, die sich kaum mehr auf
den Beinen halten konnte, mit seinen starken Armen und ignorierte, dass ihre Tränen sein T-Shirt nässten. Als sie sich
voneinander gelöst hatten, informierte Mark Trude über den
weiteren Verlauf: *„Es ist ein schöner Herbsttag! Die Studenten möchten noch bleiben. Ich habe gehört, dass einige Holz-
kohle und Fleisch für ein Barbecue besorgen. Wie du siehst,
hat die Band die Leute zum Tanzen animiert. Wahrscheinlich*

wird heute noch viel Bier fließen. Du brauchst dich aber nicht verpflichtet fühlen zu bleiben, Trude.“

Erleichtert über sein Verständnis, bedankte Trude sich und verabschiedete sich von Mark. Danach bat sie Annie, sie zum Büchertisch zu begleiten. Ein einziges Buch sollte es noch sein. Sie dachte sich insgeheim ein Spiel aus. Aus den verschmähten *„Küken“* wollte sie eines blind, wie eine Zigeunerin eine Tarotkarte zu ziehen pflegte, als Symbol für ihren allerletzten Lebensabschnitt auswählen. Ohne Titel oder Einband zu beachten, fuhr Trude mit der Hand über die zwölf verbliebenen Bücher. Bei einem spürte sie ein leises Kribbeln und sie richtete die Augen darauf.

Zwischen den Welten von Michael Spring. Titel und Autor waren Trude gänzlich unbekannt. Sie war völlig erstaunt, dass dieses Exemplar aus ihrem Sortiment war. Sie hatte es noch nie in den Händen gehalten. Oder vergessen. Der Einband war in den Farben Lila, Weiß und Orange gehalten. Vermutlich handelte es sich um ein esoterisches Buch. Ohne länger Gedanken darüber zu verschwenden, denn sie würde in der Residenz genug Zeit haben, darüber zu sinnieren, bat Trude Annie, das Buch und das Einmachglas mit dem Geld in ihrer Plastiktüte zu tragen. Sie wollte jetzt nur noch nach Hause. Und sich ausruhen.

„Auf meinen Lorbeeren!“, dachte Trude und ließ ein zufriedenes Lächeln über ihr Gesicht huschen.

Kookaburra Sits in The Old Gum Tree ...

Das Kinderlied vom lachenden Vogel mit dem blauen Schnabel ging Trude an diesem Morgen durch den Kopf, als sie, vor dem Fenster sitzend, ihre Augen über die Parkanlage zum Gummibaum am Ende streifen ließ. Die grüne Rasenfläche leuchtete zwischen den hindernisfreien Gehwegen und den Blumenrabatten. Alle paar Meter stand durch stattliche Bäume gut beschattet eine weiße Bank. Es waren immer dieselben Senioren, die die Anlage nutzten, um sich die Beine zu vertreten. Trude hatte in den Wochen seit ihrer Ankunft die Mitbewohner und ihre Alltagsrituale sehr gut beobachtet. Sie hatte ja nun unendlich viel Zeit. Trude konnte gut und gerne ein paar Stunden in ihrem neuen Lehnstuhl sitzen, schauen und lauschen. Es gab so viele Vogelstimmen zu entdecken. Wie lieb war ihr das Krächzen, Gurren und Flöten als Weckruf am Morgen und als Gutenachtkonzert am Abend geworden.

Es überraschte Trude am meisten, dass es sie nicht langweilte.

Ihr Körper war müde geworden und er dankte es ihr damit, dass die Gelenke weit weniger schmerzten als früher. Vielleicht war es einfach auch nur, weil sie Bewegungen vermied. Außer zu sanften Yogastellungen im Stehen und zu Spaziergängen durch den Park trieb sie sich nicht zu mehr Anstrengungen an. Es durfte jetzt alles ganz langsam sein. Es musste nichts mehr erledigt werden. Es wurde für Trude erledigt. Kein Kochen und Putzen mehr. Sie musste kaum noch Entscheidungen treffen. Wenn sie nicht lesen mochte, musste sie nicht. Trude vermisste mit keinem Tag den Bücherladen. Mit keinem Tag

ihr Haus. Ihr Leben hatte sich in die richtige Dimension geschrumpft. Mehr als ihr Zimmer, die schöne Aussicht, dann
und wann Besuch oder ein Telefongespräch mit den Kindern,
wenig Lektüre und nur noch ihre Lieblingsserien im Fernsehen brauchte Trude nicht.

Trude hatte ihr Kopfkino. Ein Leben lang hatten sich Geschichten angesammelt, die Trude jetzt, wo die äußere Betriebsamkeit weggefallen war, hervorkramen konnte. Jeder
Lebensabschnitt war wie ein imaginäres Buch, in dem sie
nun blättern und stöbern konnte. Ihre Hände, dankbar, keine
schweren Wälzer mehr halten zu müssen, durften im Schoß
ruhen, während der Geist Jahrzehnte zurückwanderte.

Trude hatte ihren Kindern, als sie noch klein waren, immer
Gutenachtlieder vorgesungen. Sie war nie eine gute Sängerin.
Es schien die Kinder nie gekümmert zu haben. Reihum hatte
sie jedem Kind sein Lieblingslied gesungen. Philipps Lieblingslied war: *Row Row Row Your Boat ... Life is but a Dream.*
Das Leben ist ja nur ein Traum. Wie passend, Philipp hatte
sich seinen eigenen Traum geschaffen.

Als Trude sich an Annies Lied erinnerte, verzog sich ihr Gesicht zu einem Schmunzeln. Annie mochte keine Lieder, in
denen Tiere vorkamen oder die zu schwermütig waren. Bei
jedem Lied, das Valentin oder Trude anstimmten, um sie in
den Schlaf zu wiegen, brüllte Baby Annie los. Bakana hatte es
mit Lullabies der Aborigines versucht. Doch auch darauf hatte
der Säugling mit herzerweichendem Jammern reagiert. Sie alle
schickten sich drein, dass das Mädchen offenbar überhaupt

keinen Gesang mochte. Es war ein Zufall, der sie auf das richtige Lied brachte.

Philipp hatte die Mutter, als sie während des Krieges im Outback lebten, einmal gebeten, ihm ein deutsches Lied zu singen. Er mochte es, wenn sie Deutsch sprach. Spontan war ihr damals *Zum Tanze da geht ein Mädel mit güldenem Band* eingefallen, das ihr Valentin oft vorgesungen hatte. Sie trug das Tanz- und Necklied mit feuchten Augen den bettelnden Buben vor. Plötzlich unterbrach auch Annie ihr Spiel, horchte auf und begann zu lachen. Es musste das erste Mal gewesen sein, dass es Deutsch gehört hatte. Offensichtlich hatten dem damals fünfjährigen Mädchen der Klang der Sprache und die Melodie gefallen, denn sie sagte: *„Mama, Güldenband ist jetzt mein Lullaby."*

Serge war nicht wählerisch. Er mochte einfach, wenn Mutter oder Vater ihm am Abend Zeit widmeten, ihm über den Schopf oder die Wangen strichen und manchmal die Füße massierten. Es war die Nähe, nicht das Lied, woran er Abend für Abend festhielt. Er protestierte von allen am meisten, wenn sie das Gutenachtritual aus Erschöpfung mal hatten ausfallen lassen wollen. Serge hatte irgendwann aus dem Unterricht bei Pater Angelo, das Lied vom *Kookaburra*, nach Hause gebracht. Dies erkor er in der Folge zu seinem Einschlaflied. Die Altersresidenz war nach dem Vogel benannt. Trude hatte hier jedoch noch keinen zu Gesicht bekommen, bemerkte sie jetzt.

Juris Lied war *Bajuschki*. Marija hatte es ihm in St. Petersburg vorgesummt und sie hatten es mit nach Australien genommen.

Nach Juris Tod hatte es Trude nie mehr singen können. Doch jetzt, in diesem unendlichen Raum der Zeitlosigkeit, in dem die Ströme Vergangenheit, Gegenwart und Zukunft zu einem einzigen Ozean verschmolzen, traute sie sich, das Wiegenlied wieder leise zu summen und überhaupt alles zuzulassen, was sie tief im Herz vergraben hatte.

„In der Ferne weit der Heimat denkst du immerzu an die Mutter, die dich lieb hat, Bajuschki Baju ..."

Das Heimweh nach ihrem Kind hatte den Giftstachel verloren. Seit sie Juri im Traum gesehen hatte und seit sie ein Gefühl dafür hatte, wie wenig Sand in ihrer eigenen Lebensuhr übrig geblieben war, hatte Trude beinahe Frieden gefunden. Sie war mit sich übereingekommen, dass sie den Sinn seines frühen Todes nicht verstehen musste. Und Trude war sich sicher, dass sie ihrem Sohn und auch Valentin in nicht allzu langer Zeit gegenüberstehen würde. Trude vertröstete sich: *„Was auch immer nach dem Leben kommt, dort werde ich auf alle übrig gebliebenen Fragen eine Antwort finden. Wenn nicht da, wo sonst?"*

Als die Kinder klein waren, hatte es oft Überwindung gekostet, sich nach einem langen Tag jedem einzelnen Kind vor dem Schlafengehen zu widmen. Doch jetzt nach so vielen Jahrzehnten realisierte sie als alte Mutter, dass es genau diese zehn Minuten nach einem betriebsamen Tag ausmachten. In diesem kostbaren Augenblick waren Nähe und Innigkeit zwischen den Eltern und jedem einzelnen Kind möglich. Heute waren die Kinder längst eigenständige Erwachsene, fern ihrem Mutterschoß. Doch genau in diesen Momenten der ungeteilten

Aufmerksamkeit hatte sie mit jedem ihrer Kinder ein Band des Vertrauens knüpfen können. Dieses Band war, unter aller Anspannung, Distanz und bei allen Differenzen nie gerissen.

Trude atmete zufrieden aus. Sie hatte aus ihrer Sicht ihr Bestes gegeben und die Kinder waren wohlgeraten. Vielleicht waren sie anderer Ansicht, aber das war ihr einerlei. Schließlich gab es gute Psychotherapeuten, falls die Kinder einen Mangel haben sollten. Bei dieser Idee lachte Trude laut auf, stieß sich ab und erhob sich bedächtig aus ihrem Stuhl.

Ein paar Tage nach dem Einzug hatte sie das Geld vom Bücherflohmarkt gezählt. Sie leerte den Inhalt des Weckglases auf der hellblauen Tagesdecke ihres Bettes aus, sortierte, stapelte die Münzen und bündelte die Scheine. Sie musste ein paar Mal von vorne beginnen. Die Münztürme wurden bei jeder geringsten Bewegung Trudes hochkatapultiert oder stürzten in sich zusammen. Ein weiteres Mal, als sie bei 1300 Dollar stand und sie das dringende Bedürfnis, zur Toilette zu gehen, verspürte, hatte sie nachher vergessen, wo sie stehen geblieben war. Als zwei Kontrolldurchgänge das gleiche Resultat ergaben, legte Trude den Betrag auf 1907 Dollar und 80 Cents fest. So viel Geld hatte sie nie in einer Woche eingenommen!

Trude kaufte sich mit dem Geld den neuen Lehnstuhl und einen Fußschemel in ihrer Lieblingsfarbe Petrol. Prahlend stand er nun am gardinenfreien Fenster und erfreute sie jeden Tag aufs Neue. Mit der ebenso neu erworbenen Polaroid hatte Annie ein Bild von ihr, genüsslich im Sessel thronend, geschossen. Dieses schickte sie Mark in die Uni. Das Restgeld schaufelte sie wieder ins Einmachglas. Auf dem Regal wartete es nun auf die Endbestimmung. Annie regte sich bei jedem Besuch auf und schimpfte mit ihrer Mutter, dass sie unvernünftig mit dem Geld umging. Es würde die Bediensteten verführen, zu stehlen. Sie würde schon sehen. Vielleicht hatte ihre Tochter ja recht, dachte Trude. Aber sie fand nichts Schlimmes daran, dass sich vielleicht jemand, der es nötiger hatte, an ihrem Reichtum bediente. Ihr mangelte es schließlich an nichts. Annie schimpfte manchmal auch mit ihr, weil ihre Mutter nach ihrer Ansicht immer eigensinniger wurde.

Ihr Zimmer war spärlich nach Trudes Geschmack eingerichtet. Es enthielt ein Bett, eine Ablage für die Brille, die Gutenachtlektüre und ein Glas Wasser, damit sie nachts nicht aufstehen musste. Weiter besaß Trude einen Kleiderschrank mit dem Allernötigsten und ein Regal mit wenigen Büchern, gerahmten Fotos und einem Blumenstrauß, den sie wöchentlich erneuerte. Am Fuß im Schrank stand eine graue Kartonschachtel. Auf dem Deckel klebte Meilins Karte aus Marokko. Darauf war mit Filzstift in Großbuchstaben geschrieben: *Reduced to the max*. Trude hatte beim Umzug eine Weile überlegt, wie sie ihre Erinnerungskiste prägnant beschriften könnte. Die spontane Eingebung „aufs Maximum reduziert" erheiterte sie und traf den Kern. Fotos, Briefe, die schwarzen Notizhefte, Valentins Armbanduhr, Juris Zeichnung und *Der Glöckner von Notre Dame* passten problemlos in eine Schachtel. Ihr Leben passte in einen simplen Pappkarton.

Sie hatte noch kein Bild aufgehängt, weil sie noch keines gefunden hatte, das ihr gefiel. Zudem fand sie, dass die prachtvolle Aussicht in den Park jedes Bild überflüssig machte, weil ihr Blick sowieso von selbst dorthin schweifte. Auch einen passenden Tisch hatte sie noch nicht gefunden. Ihren Küchentisch, der von der Größe her ins Zimmer gepasst hätte, hatten Peter und Annie, ohne sie zu fragen, auf den Sperrmüll geworfen, weil sich die Melaminbeschichtung an den Rändern abgelöst hatte. Trude hätte ein Tischtuch darübergelegt.

Trude pflegte mit Lucy und Philipp schon immer und inzwischen auch mit Meilin einen regen Briefwechsel. Die Post wurde jeden Tag gegen halb neun Uhr verteilt. Trude hatte sich bereits nach wenigen Tagen ein Ritual festgelegt. Nach Meditation, Yoga und Morgentoilette nahm sie das Frühstück im Gemeinschaftsraum mit den anderen Pensionären ein. Trude hatte mit sich selbst vereinbart, die Mahlzeiten mit den Mitbewohnern einzunehmen, um sich dadurch eine tägliche Dosis an zwischenmenschlicher Interaktion zu sichern, auch wenn sich bisher noch keine tieferen Gespräche oder Freundschaften ergeben hatten. Nach dem Morgenessen wartete Trude auf einem Stuhl beim Empfang, bis der Concierge alle Post in den Fächern der Bewohner verteilt hatte.

Oft war nichts für sie dabei, aber wenn doch, hüpfte Trudes Herz. Um sich dann die Vorfreude aufzusparen, verkniff sie sich den Blick auf die Schrift, die den Absender verraten hätte, sondern sie steckte sich den ungeöffneten Umschlag an den Busen. So hatte sie die Hände frei und schlenderte zum Park. Dies tat sie jeden Morgen. Sie liebte diese Tageszeit. Die Luft war noch klar und erfrischend, bevor die Sommersonne vom Himmel brannte und den Aufenthalt im Freien fast unerträglich machte. Nach einer gemächlichen Runde setzte sich Trude auf eine Bank. Hatte sie keine Post bekommen, ruhte sie sich einfach nur aus, legte die Hände in den Schoß und sog die frische Morgenluft durch die Nase ein.

Trude erkannte an der rot-blauen Kante des Umschlages, dass sie an diesem Tag einen Luftpostbrief erhalten hatte. Sie zog das dünne Kuvert, das von ihrer Haut gewärmt war, aus ihrem Ausschnitt. Erst schnupperte sie mit geschlossenen Augen am Papier, Philipps Briefen haftete immer ein Hauch seines After Shaves an, und erst dann richtete sie ihr Augenmerk auf die Schrift. Trudes Atem beschleunigte sich, als sie am Poststempel und Absender die Herkunft erkannte. Der Brief stammte aus Estland. Trude liebte es gewöhnlich, bedächtig und feinsäuberlich das zugeklebte Papierdreieck vom Umschlag zu lösen, um sich den Genuss der Spannung so lange wie möglich aufrechtzuhalten. Doch bei diesem Brief aus der alten Heimat steckte sie den Zeigefinger in die Lücke und riss den Umschlag ungeduldig auf.

Mit zitternden Händen entfaltete Trude das beinahe transparente Flugpostpapier. Ihr war die schöne, zierliche Frauenschrift nicht vertraut, deshalb drehte sie neugierig den zweiseitigen Brief um und las am Ende den Namen: Malena. Es dauerte nur einen Bruchteil einer Sekunde, bis Trude glasklare Bilder im Kopf und den unverkennbaren Stallgeruch in der Nase hatte. Olgas jüngste Tochter streckte ihre kleine Hand nach ihr aus und strahlte die junge Trude mit kindlicher Unschuld an.

Trude wischte die Träne, die ihr über die Wange rann, nicht

ab und begann den Inhalt, der in Estnisch geschrieben war, zu lesen:

„Liebste Trude!

Es hat ein wenig gedauert, bis ich Deine Anschrift herausgefunden hatte! Die letzte Spur, die Mutter von Dir hatte, führte nach Darwin. Über die Stadtverwaltung bin ich auf Serge gestoßen. Es hat mich unendlich gefreut, von ihm zu hören, dass er glücklich verheiratet ist und eine Familie hat und dass Du noch lebst! Hat er Dir erzählt, dass wir kurz telefoniert haben?

Ich habe Dich nie vergessen! Meine Mutter und meine Schwestern auch nicht. Wir haben immer wieder von Dir gesprochen und davon geträumt, Dich in Australien zu besuchen. Es ist beim Träumen geblieben. Der Kommunismus hatte uns wie eine Bärenklaue fest im Griff. Wir haben Jahrzehnte lang gedarbt, es ging eigentlich immer nur ums Überleben. Wir besitzen nichts und konnten kein Geld sparen. Zum Glück hat uns Mutter mit auf den Weg gegeben, wie man sich von dem, was das Land hergibt, ernährt und sich von nichts und niemandem unterkriegen lässt.

Estland ist unabhängig geworden! Und wir erschrecken alle, jetzt, wo wir in den Westen blicken können, wie hier die Zeit stehen geblieben ist. Wir haben seit einem halben Jahr einen Fernseher und staunen, dass wir Europäer uns so unterschiedlich entwickelt haben! Bei uns bewegen sich die Menschen noch mit Ochsenkarren wie zu Kriegszeiten auf unplanierten Straßen, während in Deutschland Autos über mehrspurige Bahnen flitzen. Unsere einfachen Holzhäuser sind heruntergekommen, es fehlte stets an Baumaterial und Farbe.

Im Westen sind ganze Dörfer und Städte neu entstanden. Wir waren zufrieden, am Sonntag ein Stück Fleisch zwischen die Zähne zu bekommen. Viele westeuropäische Politiker haben pralle Backen und sind aufgedunsen wie gemästete Schweine. Die mussten bestimmt nie hungern!

Jetzt flüchten die Ungeduldigen in den Westen, um dort schnelles Geld zu machen. Doch zum Glück bleiben auch ganz viele und krempeln die Ärmel hoch. Für Menschen mit Ideen birgt der Neuanfang große Chancen. Ich feiere mit Jaan nächstes Jahr unsere goldene Hochzeit. Unsere drei Kinder Kristiina, Elena und Mati haben uns zu glücklichen Großeltern gemacht. Ich bin erleichtert, dass alle bleiben. Estland braucht die Energie der jungen Menschen, sonst blutet es aus. Wir Alten sind müde vom Überlebenskampf.

Elena und Mati leben mit ihren Familien in Pärnu. Jaan und ich wohnen auf dem Gut von Kristiinas Mann auf Saareema. Wir können von der Landwirtschaft und vom Fischfang bescheiden, aber gut leben. Erkennst Du mich auf dem Foto? Auf der Rückseite habe ich angeschrieben, wer alle die Personen sind, die Du ja gar nicht kennen kannst. Meine große Familie! Wo ist nur alle Zeit hin?

Wir werden uns in diesem Leben nie mehr gegenüberstehen. Wie sollte ich die Mittel aufbringen, um nach Australien zu reisen!? Zudem habe ich Angst davor und fühle mich zu alt zum Fliegen. Einmal noch möchte ich eine Reise machen. Vielleicht nach Deutschland oder nach Frankreich. Wir werden sehen. Unsere liebe Mutter Olga ist vor zwölf Jahren im Alter von 91 Jahren gestorben. Sie lebte bei uns. Auch hochbetagt hat sie ihre würdevolle Persönlichkeit nie verloren. Sie sah zwar nicht mehr gut, dennoch pflegte sie den Garten, so gut sie es vermochte. Sie hütete die Kinderschar, als Kristiina und ich zum Zuverdienen in der Fischkonservenfabrik arbeiteten. Bis zum letzten Tag ging sie aufrecht. Ein Gehstock half ihr, sich auf dem Hof zu orientieren. Eines Nachts ist sie einfach entschlafen. Wir fanden sie mit einem sanften Lächeln auf dem Gesicht am nächsten Morgen in ihrem Bett.

Serge hat mir ein wenig von Dir berichtet. Er hat mich angerufen. Das war aufregend! Ich würde mich sehr freuen, von Dir ein Lebenszeichen zu bekommen und hoffentlich zu hören, dass es Dir wohlergeht.

Ich vergesse Dich nie, meine große Schwester!

In Hochachtung und Liebe

Deine Malena"

Trude ließ den Brief auf ihren Schoß sinken, den letzten Abschnitt hatte sie schwer entziffern können, weil ihr die Tränen die Sicht verschleierten. Ein kleines Lüftchen zerrte an den Enden des hauchdünnen Papieres. Trudes hielt den Brief jedoch fest in ihren schwitzenden Händen. Trudes Lippen zitterten. Sie richtete ihre Augen auf einen unbestimmten Punkt aus, ohne etwas Bestimmtes zu fixieren. In ihren Gedanken wanderte sie Tausende Meilen auf die andere Seite der Erde.

„Ich habe euch auch nicht vergessen."

Im Winter vor ihrem neunzigsten Geburtstag hatte ein Grippevirus, das in der Altersresidenz kursierte, auch Trude erwischt und sie mit hohem Fieber ans Bett gefesselt. Annie war von der Pflege unterrichtet worden und hielt ihre Geschwister auf dem Laufenden. Alle machten sich ernsthafte Sorgen und waren auf das Schlimmste gefasst. Philipp hatte einen Flug gebucht.

Es war für alle überraschend gekommen. Zwei Wochen zuvor hatte Serge mit seiner Mutter telefoniert, um mit ihr Pläne für die Geburtstagsfeier im Oktober zu schmieden. Trude hatte erst gezögert, sich noch einmal feiern zu lassen. Doch dann hatte sie sich von seinem Enthusiasmus, die Familie nach zehn Jahren wieder einmal zusammenzutrommeln, anstecken lassen. Die Vorstellung, nach Darwin, nach New York oder noch kühner, nach Europa zu fliegen, hatte Trude sehr beflügelt. Die Kinder schenkten ihr wieder eine Reise zum Jubiläum und Trude durfte den Ort der Familienzusammenkunft frei wählen.

Schließlich war sie für ihr Alter sehr vital geblieben. Noch immer stand sie jeden Morgen gerne auf und ließ sich überraschen, was ihr der Tag so bescheren möge. Und die Gelenkschmerzen gehörten halt einfach mit dazu, wie eine lästige Nachbarin, die einem an der Backe klebt, an die man sich aber über die Jahre gewöhnt hatte. Nach dem Telefongespräch mit Serge hatte Trude begonnen, die Kataloge, die Annie ihr mitgebracht hatte, zu studieren und in Gedanken zu verreisen.

Doch dann war sie von einem Tag auf den anderen krank geworden.

Annie besuchte sie täglich am Morgen und am Abend. Mehr, als ihrer Mutter die feuchte Stirn abzuwischen, den Mund mit einem getränkten Wattebausch zu befeuchten und ab und zu die verschwitzten Leinentücher und Nachthemden zu wechseln, konnte sie nicht tun. Der Arzt hatte Trude eine Infusion gelegt, damit ihr Körper nicht dehydrierte und genügend Nährstoffe bekam. Die plötzliche Wahrscheinlichkeit, dass ihre Mutter, die sich selbst als unausrottbare Wurzel bezeichnete, zu jeder Stunde unwiderruflich gehen könnte, schlug wie ein Blitz in Annies Bewusstsein ein. Sie hatte den Tod ihrer Mutter trotz deren würdigen Alters immer verdrängt. Die Ungewissheit, wie viel Zeit noch war, machte Annie urplötzlich Angst.

Am fünften Krankheitstag betrat Annie das Zimmer, schritt hastig zum Bett, um sich als Erstes einen Überblick über den Zustand der Patientin zu machen. Trude lag wie ein kleines Häufchen Etwas in den Laken. Die Arme der Patientin lagen regungslos neben dem Körper, die Wangen waren gerötet und auf der Stirn glänzte ein Schweißfilm. Trude schlief mit offenem Mund, aus dem ein schlechter Atem in abgehackten Stößen kam. Annie setzte sich auf die Bettkante, umfasste Trudes schlaffe Hand. Im Gegensatz zum glühenden Körper war diese eiskalt.

„Ach Mütterlein! Ich bin noch nicht so weit", stammelte Annie. Sie biss sich auf die Unterlippe, so, als wollte sie weitere
Worte zurückhalten. Annie wischte sich mit dem Handrücken
die feuchten Augen ab. Die Spuren der schwarzen Wimpern-
tusche ärgerten sie und sie suchte die Nasszelle auf, um sich
im Spiegel zu kontrollieren. Hastig korrigierte Annie das
Make-up. Danach kehrte sie ins Zimmer zurück, wo Trude
unverändert döste.

Annie war von Unruhe getrieben und suchte im Zimmer nach
Ablenkung. Sie hätte sich eine Zeitschrift mitnehmen sollen,
dachte sie. Annie stellte sich vor das Bücherregal und überflog die Titel. Sie hatte sich immer wenig für Mutters Bücher
interessiert, weil sie ihr zu abgehoben und schwer zugänglich
waren. Ein Buch zog ihre Aufmerksamkeit auf sich. Die weiße
Schrift auf dem orangenen Buchrücken kam ihr bekannt vor.

Zwischen den Welten

Das war doch das Buch, das Trude vom Flohmarkt gerettet
hatte, erinnerte sich Annie. Sie hatte es zusammen mit dem
schweren Glas voller Münzen für ihre Mutter einstecken und
tragen müssen. Annie suchte den Raum nach dem Glas ab.
Trude hatte es immer noch halb voll auf dem Regal stehen! Es
war Annie unbegreiflich.

Annie zog den Hardcovereinband aus dem Regal, setzte sich
in den Ohrensessel, streifte ihre Schuhe ab und legte die Füße
auf den Polsterschemel. Ein Lächeln huschte über ihr Gesicht.
In diesem Stuhl hatte sich also ihre Mutter jeweils die Zeit vertrieben. Als Annie das abgegriffene Buch aufschlug, bemerkte

sie, dass Trude an gewissen Seiten Eselsohren geknickt und viele Textstellen mit blauer Tinte, Farbstift oder Bleistift – was wohl gerade zur Hand war – angestrichen hatte.

Annie überflog die dreihundert Seiten und pickte planlos Kapitel heraus. Es war die Rede von einer *Akasha Chronik*, in der alles, was je passiert ist und je geschehen wird, festgehalten war. Jeder Mensch könnte, mit geschärftem Bewusstsein oder der Intuition, dieses Wissen des Ewigen abrufen. Annie stutzte, begriff nicht, was sie las, und blätterte weiter. Kühn fand Annie die Behauptung, dass jeder Mensch auf einem Energiestrahl, dem gewisse Merkmale eigen waren, geboren wurde. Michael Spring schrieb, dass Menschen in sieben Archetypen erfasst werden konnten. Es gebe Helfer, Künstler, Kämpfer, Gelehrte, Verkünder, Priester, Herrscher.

Annie blieb beim Abschnitt *Leben zwischen den Leben* hängen. Der Astralzustand sei der Normalzustand der Seele. Sie würde immer wieder in einen Körper inkarnieren, um sich weiterzuentwickeln, um mehr Selbsterkenntnis und Bewusstsein zu gewinnen. Nach einem abgeschlossenen Leben löse sich die Seele wieder aus dem Körper und kehre zur Seelenfamilie zurück. Der Aufenthalt zwischen jeder Inkarnation sei zur Verarbeitung der Erfahrungen aus der letzten und der Planung der nächsten Inkarnation notwendig. Die Seele entwerfe mit Hilfe der Seelenfamilie und einem Seelenführer einen Lebensplan, der auf der vorangegangenen Inkarnation aufbaue und die Entwicklung fortsetze.

Annie ließ das Buch in den Schoß sinken und überlegte:

„Wenn diese unerhörte Annahme stimmte, bedeutete das, dass Mutter und ich und alle anderen uns vor unseren Leben bereits gekannt hatten. Wir entwarfen unsere Lebensreise gemeinsam und vereinbarten, wo und wann wir uns auf diesem Globus treffen wollten. Sollten Dads und Juris Tod Teil des Plans sein???!"

Annie war bestürzt. Sie legte die Stirn in Falten und nahm tiefe Atemzüge. Das klang alles zu abwegig. Gott war ihr Schöpfer und hatte alle Menschenschicksale in der Hand. Darauf hatte sie stets vertraut und mehr brauchte sie nicht zu wissen. Gottes Allmacht zu hinterfragen, hatte Malcolm immer als Gotteslästerung bezeichnet. Das Gelesene überstieg Annies Verstand und widersprach allem, was sie je gehört und gelesen hatte. Es wurde ihr regelrecht schwindelig. Am meisten schockierte Annie die Tatsache, dass sie keinen Schimmer hatte, in welcher geistigen Welt sich ihre Mutter bewegt hatte. Es erschütterte sie, wie wenig sie ihre Mutter gekannt hatte.

Plötzlich hörte Annie Trude hüsteln, sie klappte die Lektüre zu, eilte zur Kranken, legte das Buch auf den Nachttisch und setzte sich auf die Bettkante. Die glasigen Augen der Mutter suchten die Zimmerdecke ab, um sich zu orientieren. Als Trude Annie erkannte, lächelte sie matt. Sie versuchte die Hand zu heben, ließ sie aber sogleich wieder sinken.

„Ich habe Durst", flüsterte Trude kaum hörbar. Als Annie ihr den Kopf stützte und das Wasserglas reichte, saugte Trude gierig am Trinkhalm. Mit einem tiefen Seufzer ließ sie sich aufs Kissen zurücksinken.

„Ich bin unendlich müde! Danke, dass du gekommen bist!", brachte Trude gerade noch hervor, bevor sie wieder wegdämmerte. Annie blieb sitzen. Sie beobachtete die Gesichtszüge ihrer Mutter genau, als wollte sie sich diese für immer einprägen. Sachte fuhr Annie den hervorstehenden Adern und Sehnen an Trudes Händen nach. Der Ehering, der vom Tragen durch die Jahrzehnte kaum mehr dicker als ein Draht war, steckte nun am Daumen. Alle anderen Finger waren zu dünn geworden, um ihn zu halten.

„Mama, du bist mir mein größtes Rätsel. Ich habe dich nie ganz verstanden. Wie oft hätte ich dich am liebsten ausgetauscht. Ich habe mich oft geschämt wegen dir. Du bist so ... anders. Und jetzt, wo ich dich hergeben muss, merke ich, wie sehr ich dich liebe!"

Als die ersten Tränen auf das Laken tropften, versuchte Annie sie noch mit dem Ärmel wegzuwischen. *„So ein Blödsinn! Wen kümmert es!"*

Annie gab ihrem drängenden Impuls nach. Sie legte sich aufs Lager, bettete sich an die Schlafende und legte achtsam ihren Arm um den zerbrechlichen Körper. So hatte sie Meilin einst im Arm gehalten.

Eine Pflegerin fand die beiden schlafenden Frauen, machte jedoch auf dem Absatz kehrt, als sie sich vergewissert hatte, dass der Zustand der Kranken stabil und sie in Obhut einer Angehörigen war. Annie wachte auf, als die Tür ins Schloss fiel. Sie räkelte sich und erhob sich langsam. Mit einer zärtlichen Bewegung löste sie eine Strähne aus den Wimpern der geschlossenen Augen ihrer Mutter. Bevor sie den Raum verließ, küsste sie Trude auf die Stirn und hauchte: *„Danke!"*

Trude hatte weder Annies Weggang noch die nächtlichen Kontrollgänge der Schwestern bemerkt. Sie hatte tief und traumlos geschlafen. Am nächsten Morgen erwachte sie und fühlte sich, als sei sie von einer weiten Reise hergekommen. Ihre Glieder waren immer noch bleiern, sie konnte sich nur unter großer Anstrengung aufsetzen. Den Impuls, aus dem Bett aufzustehen und Wasser zu lassen, verwarf sie sofort, als sie bemerkte, dass man ihr einen Blasenkatheter gelegt hatte. Wann das geschehen war, daran konnte sie sich nicht erinnern.

Der Körper streikte, aber Trudes Geist war glasklar. Erfreut nahm sie zur Kenntnis, dass jemand ein Fenster einen Spalt offen gelassen hatte. Sie atmete die einströmende, frische Luft dankbar ein. Kissen, Nachthemd und sie selber rochen äußerst unangenehm. Sobald die Schwester kam, wollte sie sie um frische Laken und Hilfe bei der Morgentoilette bitten.

Dann vernahm sie das vertraute Trillern der Vögel. Es verzückte sie immer noch aufs Neue, auch nach fünf Jahren. Trude schloss die Augen und gab sich dem Morgenkonzert hin. Plötzlich dachte sie an Malena. Sie hatte ihr doch noch schreiben und von den Reiseplänen berichten wollen. Trude blickte sich nach Schreibsachen um, fand aber nur ein Notizheft und einen Bleistift in Griffnähe auf dem Nachttisch. Das schöne Briefpapier mit den Ornamenten, das sie gerne verwendete, lag auf dem Holztischchen. Sie suchte eine stabile Schreibunterlage und griff nach dem Buch auf der Ablage.

Als sie den Titel sah, wunderte sich Trude. Sie erinnerte sich nicht, dass sie kürzlich *Zwischen den Welten* gelesen hatte. Aber sie erinnerte sich an so manches nicht, was in den letzten fiebrigen Tagen vorgefallen war. Annie war öfters da gewesen. Vielleicht hatte sie im Buch gestöbert? Das konnte sich Trude jedoch nicht vorstellen.

Mit dem Buch als Unterlage auf den Knien begann Trude, auf die Linien des herausgerissenen Blattes zu schreiben. Es fiel ihr schwer, den Bleistift mit Druck aufzusetzen. Trude spürte bei jedem Wort, das sie zu Papier brachte, wie erschöpft ihr Körper anscheinend immer noch war und dass er der Absicht des Kopfes kaum Folge leisten konnte. Nach drei Sätzen musste sich Trude ergeben. Sie schaffte es nicht, sich länger in der Position aufrecht zu halten.

„Ich mache ein Nickerchen und werde später weiterschreiben", beschloss Trude. Sie legte Schreibzeug und Buch weg, rutschte ins Bett zurück und atmete erleichtert auf, als sie ihren Kopf ins Kissen sinken ließ. Die Augen dankten es ihr, als Trude die schweren Lider schloss. Ihre Aufmerksamkeit schenkte sie wieder dem Gesang der Tiere, der aus dem Park ins Zimmer drang. Ihr Herz hüpfte vor Freude. Der Körper sank immer schwerer in die Unterlage, während Trude dem Vogelkonzert lauschte. Dort ein Trillern, da ein Flöten. Es waren die Stimmen von Freunden. Trude entspannte sich ganz in diesen Wohlklang hinein. Da mischte sich plötzlich ein neues Lied in den Klangteppich. Eine feine, melancholische Weise webte sich wie ein Faden hinein. Trude kannte die Melodie,

konnte sie aber nicht sogleich einordnen. Sie horchte noch genauer hin und in dem Moment, als sie erkannte, was es war, explodierte Licht in ihrem Kopf.

Vor ihrem inneren Auge trat Juri, umgeben von einem gleißenden Strahlen, auf sie zu und summte *Bajuschki*.

Unmittelbar neben ihm stand Valentin mit ausgebreiteten Armen und sprach: *„Wir sind gekommen, um dich abzuholen, Liebste!"*

Trude stieß einen letzten Atemzug aus und schwebte Valentin entgegen.

❧ ... ☙

Wenig später fand die Schwester Trudes leblosen Körper. Sie wusste, was zu tun war, doch die erfahrene Schwester wollte die Stille nicht sofort mit Betriebsamkeit stören. Bevor sie Arzt und Angehörige alarmierte, gönnte sie sich ein paar Minuten, setzte sich auf den Bettrand und betrachtete die Verstorbene. Die Schwester war nicht sonderlich fromm, doch sie war jedes Mal aufs Neue von der heiligen Ruhe, die die Toten umgab und das Zimmer füllte, berührt. Die Schwester faltete die Hände und betete still, wünschte Trudes Seele eine gute Reise und bedankte sich bei ihr und dem mystischen Universum für diesen kostbaren Moment der Einkehr.

Als sie die Augen wieder öffnete, fiel ihr Blick auf das lose Blatt Papier, das auf den Boden gesegelt war. Darauf stand:

„Dear Malena.
Nach einer heftigen Grippe bin ich heute zum ersten Mal wie-
der bei klarem Kopf. Meine Augen und Glieder sind noch et-
was müde. Umso besser hören meine Ohren! Ich lausche den
Vögeln im Par ...."

Die Schwester legte das Papier achtsam auf das Nachttisch-
chen, strich sanft zum Abschied über Trudes Arm und erhob
sich, um die nächsten Schritte einzuleiten.

Alle kamen in Darwin zusammen. Nicht zur Geburtstagsfeier wie geplant, sondern um Abschied zu nehmen. Es war
nicht Trudes ausdrücklicher Wunsch, sondern der der Kinder,
die Asche der Mutter bei Vater und Bruder im Outback den
Elementen zurückzugeben. Im Schatten des Teebaumes grub
Serge mit bloßen Händen ein Loch in die Erde zwischen den
Felsen, wo sein Vater und sein Bruder einst zur Ruhe gebettet
worden waren, und ließ einen Teil der Asche in die nackte Erde
rieseln. Philipp stieg mit der Urne auf den Felsen. Er entnahm
eine Handvoll und übergab sie einem aufgekommenen Wind-
stoß, der die grauen Partikel in den Himmel zerstob. Annie
übergab die letzten Überreste dem Feuer, das sie gemeinsam
entzündete hatten. Enkel und Pekeri folgten in einem schwei-
genden Zug den Ritualen. Jeder schritt in sich gekehrt, um die
Verstorbene auf seine eigene Art zu würdigen. Angelo schloss
die ruhige Zeremonie mit Segensworten.

Serge, Philipp und Annie wirkten gefasst an der Stätte, wo sie vor mehr als fünfzig Jahren schon einmal Abschied nehmen mussten. Einzig Meilin rang um Fassung. Sie schluchzte unentwegt. Die zwölfjährige Amber war ihrer Mutter dicht auf den Fersen. Sie kannte ihre Verwandtschaft nur von Bildern. An die Begegnungen an Trudes achtzigsten Geburtstag konnte sie sich kaum erinnern. Als sich alle um das Feuer zusammenfanden, erfuhr Amber zum ersten Mal vom Frauenstein. Meilin hatte den Bernstein während der Abschiedszeremonie in ihrer linken Hand vergraben. Ihr Gesicht war tränenüberströmt und sie blickte stumm in die lodernden Flammen, als sie die Faust in ihrem Schoß langsam öffnete und den Stein zum Vorschein brachte. Amber, die ihre Mutter an diesem Tag mit Argusaugen verfolgte, rückte neugierig näher. Auch Annie beobachtete ihre Tochter besorgt von der linken Seite.

Gerade noch rechtzeitig gelang es Annie, Meilins Versuch, den Stein ins Feuer zu werfen, zu stören. Die Mutter legte sachte die Hand auf Meilins Arm und sagte: *„Bitte Meilin, tu es nicht! Er gehört Amber!"*

❧ … ❧

Meilin und Amber begleiteten Annie nach Brisbane. Es war nicht viel, aber dennoch war Annie froh, Unterstützung beim Räumen von Trudes Zimmer zu bekommen. Das Mädchen staunte über den kleinen bescheiden ausgestatteten Raum, in dem ihre Urgroßmutter die letzten fünf Jahre gelebt hatte.

Großmutter Annie zog den Karton aus dem Schrank. Sie war schon lange neugierig, was sich darin befand. Meilin stieß einen Schrei des Entzückens aus, als sie ihre Postkarte entdeckte. Sie strich mit den Fingern den gewellten Rand glatt und schniefte sich Rotz die Nase hoch.

Annie trug den Karton zum Bett und legte ihn zwischen sich und Meilin, die sich schon platziert hatte und die Beine über den Bettrand baumeln ließ. Amber plumpste mit einem Satz auf die Matratze und katapultierte die Frauen und die Schachtel ein paar Zentimeter in die Luft. Meilin tadelte sie nicht, sie war zu ungeduldig, was sich in der geheimnisvollen Kiste befand. Annie hob den Deckel zur Seite und griff hinein. Als Erstes kam ein Bündel aus hellblauem Seidenpapier hervor. Durch das hauchdünne Papier schien das Kornblumenkleid durch. Ein Lächeln huschte über Annies und Meilins Gesicht. Sie erklärten Amber, dass dies Trudes Lieblingskleid gewesen war. Danach kamen unzählige schwarze Hefte, gebündelte Briefe, Fotoalben und in einem bordeauxroten Etui Valentins Armbanduhr zutage. Amber zappelte wild hin und her und war enttäuscht, dass sich nur langweilige Sachen darin befanden. Sie hätte sich gewünscht, in der Schatztruhe Schmuck und Edelsteine zu entdecken, statt nur schnöde Hefte und alte Fotos.

Ganz zuunterst auf dem Kartonboden lag ein Buch. Der Ledereinband war an den Ecken eingerissen und ein paar zerfledderte, vergilbte Seiten quollen hervor. Darunter lugte die Ecke eines Briefes hervor. Annie unterdrückte den aufsteigenden Ekel vor dem uralten Relikt. Mit spitzen Fingern hob sie das

Buch, legte es neben sich und barg den Umschlag. Annie las laut die Anschrift:

„An meine Ahnentöchter"

Annie entfaltete den Brief mit zittrigen Händen

„Liebe Annie, liebe Meilin,
ich vermute, dass es ihr Frauen seid, die meine letzten Habse-
ligkeiten nach meinem Tod in die Hand nehmt, darum richte
ich das Wort an euch. Das ist alles, was ich habe. Mehr bleibt
nicht. Den Reichtum, den das Leben mir geschenkt hat, trage
ich in mir und ich hoffe, auch ihr habt euren schon in euch
gefunden!
Eine Frau zu sein hat mich nicht immer, aber am Ende meines
Lebens mit Stolz und Würde erfüllt. Valentin und ich liebten
uns, wir waren uns die besten Freunde. Doch es war uns nicht
beschieden, ein ganzes Leben zu teilen. Ich habe gelernt, dass
eine Frau keinen Mann braucht, um ein erfülltes Leben zu füh-
ren. Mich freut und ehrt es, dass in dir Annie, in Meilin und
nun auch in Amber unsere Frauenlinie weitergeht. Wir müssen
uns nicht ähnlich sein, um dennoch verbunden zu sein. Ich
liebe euch, meine Töchter! Ich liebe auch meine Söhne und
Enkel. Einfach anders.
Seid liebevoll mit euren Männern, Freunden und Brüdern.
Und begegnet ihnen auf Augenhöhe und in Respekt. Dann
werden sie auch euch so entgegentreten.
Ich habe aufgelistet, wem ich meine ‚Schätze' weitergeben
möchte:
Serge: Papas Armbanduhr

Philipp: Papas Briefe

Annie: schwarze Hefte aus meiner Jugend

Meilin: Kleid mit den Kornblumen

Alles andere verteilt an die Enkel oder unter euch

Liebe Amber,

dir als vorerst Jüngste in unserer Ahnenreihe möchte ich Marthes Geschichte überlassen. Deine Ururgroßmutter ist bei meiner Geburt gestorben. Ich hatte in Kuranda – frag deine Mama Meilin, wo und was das ist – eine eigenartige Erfahrung gemacht. In einem Wachtraum habe ich das Leben meiner Mutter gesehen und ihre Geschichte danach aufgeschrieben. Du wirst vielleicht denken, dass ich mir das alles nur ausgedacht habe und alles meiner Fantasie entsprungen ist. Ich kann dir keine andere Erklärung geben, als dass ich es einfach so vor meinen inneren Augen gesehen habe, wie einen Spielfilm im Kino. Ob es stimmt oder nicht, kann ich nicht beurteilen. Mir gefällt die Geschichte meiner Mutter. Seit ich sie habe, fühle ich mich vollständig.

Ich wünsche Dir ein glückliches, erfülltes Leben mein Kind!

Deine Urgroßmutter Trude"

Amber machte ein langes Gesicht.

„Freust du dich denn nicht, darüber? Es ist eine große Ehre, dass dir Trudy ihre Aufzeichnung schenkt!", wies Meilin ihre Tochter zurecht, die den Mund verzog und mit den Achseln zuckte.

„*Ich würde Marthes Geschichte gerne lesen! Was meint ihr, sollen wir sie uns nicht gemeinsam vorlesen? Schließlich ist sie von uns allen die Urahnin!*"

„*Das finde ich eine gute Idee!*", antwortete Annie.

Von der Zwölfjährigen kam ein Gedrucktes:

„*Na dann, von mir aus ...*"

Herzensdank

Ohne

- *meine Liebsten Matthias, Rahel, Jaromir und Ruben*
- *meine Buddys Jeanet Hoenig, Ute Elise Paluch, Christian Katz*
- *dem Trude-Fan der ersten Stunde Barbara Eberhard*
- *meiner Lieblingsnachbarin Pascale Elsener*
- *der liebevollen Hartnäckigkeit von Bettina Zumstein und ihrem Buch „Ungeschminkt Frau"*
- *dem Schreibkurs bei Veit Lindau und dem SchreibGlück-Forum*
- *meine Verlegerin Cornelia Linder*
- *dem inspirierenden, nährenden Austausch mit treuen und zufälligen Facebook-Menschen*
- *die Freunde und meine Familie, die mir zum fünfzigsten Geburtstag den Herzenswunsch ermöglicht haben, nach Australien zu reisen*

- *der Gastfreundlichkeit von Heidi Durrer, Arlette Staufer, Alexandra Zimmermann, Heidi Külling, Kathrin Wild, Daniela Thürlemann Klingele, Karin Frauenfelder, Ute Kerstin Gutwein, Alexandra Lier, die mir ein Schreibplätzchen zur Verfügung gestellt haben*

- *Bettina Sahling und Rita Fasel, die mich mit ihrem Wirken schon manche Jahr inspirieren und sich wohlwollend bereiterklärt haben, den Roman vorab zu lesen*

- *die zauberhafte Bücherfreundin Carolin von Kameke*

und

- *TRUDE, die mich 1988 in Brisbane für wenige Tage beherbergt hat,*

wäre dieser Roman nie zwischen zwei Buchdeckel gekommen.

Vita

Rose Marie Gasser Rist ist 1966 in Schaffhausen geboren und als jüngste von fünf Geschwistern auf einem Mehrgenerationenhof aufgewachsen. Spuren der Weltkriege, Existenzfragen und festgefahrene Geschlechterrollen haben sie als Kind geprägt. Ihren Erstberuf als Kauffrau wählte sie, weil in einem dörflichen Universum nur tote Künstler vorkommen. Eine Reise nach Australien 1988 wurde zum Befreiungsschlag. Das Vorhaben auszuwandern ist zwar gescheitert, doch die Sehnsucht nach der Welt, die Neugierde, was in und zwischen Menschen geschieht, und die Faszination für Kulturen und Mystik blieben wach.

Sie hat neben ihrer Erziehungsarbeit mehrere Jahre als Kunsttherapeutin und Interkulturelle Mediatorin gewirkt. Nach drei Publikationen wagt Rose Marie Gasser Rist heute, sich Schriftstellerin zu nennen. Als Liedermacherin und Sängerin tritt sie mit ihrem Mann Matthias Rist in verschieden Formationen öffentlich auf. Die Autorin lebt mit ihrer Familie am Bodensee.

www.rose-marie-gasser-rist.com

Empfehlungen aus dem Sheema Medien Verlag

Michael Weger

OCTAGON – Am Ufer der Seele

Roman

Ein Abenteuer in heilenden Worten

Dieses Buch ist magisch. Es berührt tief, ver-
ändert und lässt einen wachsen. Es versammelt
tiefe Weisheit in sich und wirkt weit über das
Erzählte hinaus. Mit Kraft und Sanftmut, mit
Bedachtsamkeit und Humor, mit Berührung und
Einkehr. Es ist ein wesentliches, ein heilendes
Buch, kurzum ein Roman mit Tiefgang – spiritu-
elle Weisheiten charmant verpackt in eine Aben-
teuer- und Liebesgeschichte.

Hardcover, Leseband, ISBN 978-3-931560-61-4

Auch erhältlich als **E-Book** und **Hörbuch** (MP3-CD) Ungekürzte
Lesung des Autors. ISBN 978-3-931560-62-1

Michael Weger

SHARE – Die Teile der Liebe

Roman

Ein Buch, das man gerne wieder und wieder zur
Hand nimmt: Fesselnde Geschichte, beeindru-
ckende Bilder, Lesevergnügen pur.

Michael Weger ist wahrlich ein Erzähler - und hier
erzählt er vom wahren Wesen der Liebe, von der
wahren Natur der Seele. Es sind quasi drei Bücher
in einem: Ein Science-Fiction-Roman, so auf-
wühlend wie hoffnungsvoll und beruhigend. Eine
Liebesgeschichte, gleichermaßen berührend wie
spannend. Ein Lebens- und Liebesratgeber, der
Gänsehaut auslöst.

Hardcover, ISBN 978-3-931560-63-8   Auch als **E-Book** erhältlich!

Uwe Pettenberg
AM ENDE. LIEBE.
Systemische Erzählung

Wenn du das Geschenk des Lebens entdeckst

AM ENDE. LIEBE. ist eine berührende Erzählung, entstanden aus systemischen Shortcuts, garniert mit den lehrreichen Erfahrungen eines erfolgreichen Lebenstrainers. In diesem Sinne nicht nur eine Geschichte und auch kein Ratgeber, sondern ein – auch manches Mal humorvoller – Herzimpulsierer.

Im Erleben der beiden Protagonisten finden wir uns wieder, unsere möglichen Themen und Anliegen. Familienbande werden sichtbar. Und wir erhalten Antworten auf so manche Frage nach dem Sinn des Lebens.
Hardcover, ISBN 978-3-931560-53-9

Nada Devi
DATE IN DER UNENDLICHKEIT
Poetische Erzählung

Nada Devi nimmt uns mit auf eine episch-lyrische Reise, in der es um innere Führung und Vertrauen geht. Lyrik und Prosa sind kunstvoll miteinander verwoben und entfalten sich zu einem „Weckruf des Seins".

Ungewöhnlich beginnt ihr Weg in den schneebedeckten Bergen des Schwarzwalds. Fernab jeglicher Vernunft folgt sie der inneren Stimme bis nach Nepal, wo sie viele Monate bei Schamanen lebt und lernt. Sie ist bereit, die Schleier der Illusion zu lüften und alle Konzepte oder Vorstellungen loszulassen.
Hardcover, ISBN 978-3-931560-56-0

Besuchen Sie unsere Homepage,
dort finden Sie weitere Bücher, Hörbücher und CDs.
Wir freuen uns auf Sie!

www.sheema-verlag.de

KONTAKT

Sheema Medien Verlag
Bücher. Aus Liebe.

Hirnsbergerstr. 52
D - 83093 Antwort

Tel.: +49 (0)8053 - 7992952
Fax: +49 (0)8053 - 7992953

E-Mail: info@sheema.de
http://www.sheema-verlag.de

SHEEMA

MÖGEN ALLE WESEN GLÜCKLICH SEIN